林继中文集

唐诗：日丽中天
唐诗与庄园文化

五

第五册目录

唐诗：日丽中天

上编 本 体 论

下编　流 变 论

唐诗与庄园文化

唐诗：日丽中天

前　言

　　唐诗知多少？单单现存于《全唐诗》及《全唐诗外编》的，就有五万首出头。唐诗人又知多少？仅仅《全唐诗》中有姓名可考者就有二千二百多人之众！更要紧的是，还没有哪一个朝代拥有如此众多的为人所熟知的诗人群：李白、杜甫、王维、高适、岑参、孟浩然、白居易、李商隐……他们的诗是如此入人心肺，脍炙人口，乃至今日小儿牙牙学语，也往往以"床前明月光""春眠不觉晓"作为"万里之行"的起步。刘埙《水云村稿》卷五称唐诗"去唐愈远而光景如新"；袁中道《珂雪斋文集》卷二称唐诗"相去千年之久，常如发硎之刃"。时至今日，我们依然有唐诗鲜艳乃至"生猛"之感。

　　就诗歌自身的发展轨迹看，唐诗也正处于众体齐备的成熟期，恰到好处。李维桢《唐诗纪序》说得对："六朝以上惟乐府、《选诗》，眉目小别，大致故同。至唐而益以律、绝、歌行，诸体迥不相侔。"后此千年，诗人多以唐代定型的古、律、绝为诗歌创作的基本形式。至于其风格的多样化，几乎无所不包。谢榛《四溟诗话》卷三曾用形象的语言作如下描述：

　　　　熟读初唐、盛唐诸家所作，有雄浑如大海奔涛，秀拔如孤峰峭壁，壮丽如层楼叠阁，古雅如瑶瑟朱弦，老健如朔漠横雕，清逸如九皋鸣鹤，明净如乱山积雪，高远如长空片云，芳润如露蕙春兰，奇绝如鲸波蜃气……

3

　　噫！唐诗之美，无可复加，以致鲁迅先生也要感叹："一切好诗，到唐已被做完，此后倘非能翻出如来掌心之齐天大圣，大可不必动手。"[1]为什么唐诗是如此不可企及？这就如同古希腊艺术的不可企及一样，因为它是一种文化现象，其永久的魅力"是同它在其中产生而且只能在其中产生的那些未成熟的社会条件永远不能复返这一点分不开的"[2]。古希腊艺术是该时代独特文化的有机部分，甚至是社会生活中不可或缺的部分。

　　与古希腊艺术相似，唐诗也是那个"永远不能复返"的时代人们生活中不可或缺的部分。上自帝王，中及士大夫，下至市井小民，莫不如是。唐代帝王往往能诗，上唱下和，倾动朝野。《唐诗纪事》有一则记中宗与群臣唱和的场面：帐殿前搭起彩楼，群臣应制百余篇，由上官昭容评定最佳者为新翻御制曲，从臣悉集楼下听候裁定。须臾，未中选的诗笺雪片般纷纷扬扬从彩楼飘下，人头攒动，那场面真够壮观。还有一则记德宗与学士言诗于浴堂殿，竟至"夜分不寐"的程度。更重要的还在于帝王对诗人的礼遇可谓空前绝后。武则天"夺袍之赐"，唐玄宗为李白"御手调羹"，已是为人熟知的掌故了。再如白居易去世，大中皇帝以诗吊之（《唐摭言》卷一五）。唐人诗集，多有帝王下诏编进，"如王右丞、卢允言诸人之在朝籍者无论，吴兴昼公（僧皎然），一释子耳，亦下敕征其诗集置延阁。更可异者，骆宾王、上官婉儿身既见法，仍诏撰其集传后，命大臣作序，不泯其名"（《唐音癸签》卷二七）。像这样连"朝廷钦犯"的诗也由帝王下诏征集，不但空前，而且绝后，"重诗人如此，诗道安得不昌"（《唐音癸签》卷二七）？

　　至于将帅大臣，也往往尊重诗人，如李白所至之处，"二千石郊迎"（魏颢《李翰林集序》），郭子仪收罗文人为幕府达六十余人

----

① 《鲁迅全集》第 12 卷《书信·杨霁云》，人民文学出版社 1995 年版，第 612 页。
② 马克思《〈政治经济学批判〉导言》，《马克思恩格斯选集》中文版第 2 卷，人民出版社 1972 年版，第 114 页。

（《新唐书》本传），名诗人高适、岑参也都曾为将帅所礼遇。地方长官常资助文士，如牛僧孺应举，诣于頔，嫌资助太少，怒去，于立命小将赍绢追之（《幽闲鼓吹》）……此类例甚多，兹以葛立方《韵语阳秋》卷四的一段话概其余：

> 唐朝人士，以诗名者甚众，往往因一篇之善，一句之工，名公先达为之游谈延誉，遂至声闻四驰。"曲终人不见，江上数峰青"，钱起以是得名。"微云淡河汉，疏雨滴梧桐"，孟浩然以是得名。"兵卫森画戟，宴寝凝清香"，韦应物以是得名。"野火烧不尽，春风吹又生"，白居易以是得名。"敲门风动竹，疑是故人来"，李益以是得名……

反过来，达官贵人也往往因诗人见重。钱易《南部新书》辛卷载："大历来，自丞相已下，出使作牧，无钱起、郎士元诗相送者，时论鄙之。"此种风气由官场文坛而渐及民间，冯贽《云仙杂记》卷二载："李白游慈恩寺，寺僧用水松牌，刷以吴胶粉，捧乞新诗。"一些巨商首富，也以结识诗人学士为荣。如《开元天宝遗事》"豪友"条载：

> 长安富民王元宝、杨崇义、郭万全等，国中巨豪也，各以延纳四方多士，竞于供送。

甚至仆夫、妓女、强盗，也知爱诗识才：

> 又闻有军使高霞寓者，欲聘娼妓，妓大夸曰："我诵得白学士《长恨歌》，岂同他妓哉！"由是增价。（白居易《与元九书》）

> 萧颖士性异常严酷，有一仆事之十余载，颖士每以棰楚百余，不堪其苦。人或激之择木，其仆曰："我非不能他从，迟留者，乃爱其才耳。"（《唐摭言》"贤仆夫"条）

　　王毅举生平得意句,市人为之罢殴;李涉赠"相逢莫避"
诗,夜客为之免剽①。唐爱诗识诗人何多!(胡震亨《唐音癸签》
卷二六)

这种"爱诗识诗"还落实到婚姻大事上来呢!刘崇远《金华子》卷下
就记载李郢因"诗调美丽"而战胜竞争者,与邻女成婚。更有甚者,
竟有街子葛某,"自颈以下,遍刺白居易舍人诗……凡三十余首,体
无完肤,陈至呼为白舍人行诗图也"(段成式《酉阳杂俎》前集卷
八),这真够得上是个"发烧友"了!

　　以上种种形形色色奇奇怪怪的记载,或许未必都如实,但总体
上所反映的唐诗在该时代已成为人们特殊生活方式中重要的组成
部分,却是无可置疑的。

　　"天意君须会,人间要好诗!"唐人的生活不但促成了唐诗,唐人
的生活更为唐诗美酒的酿造提供了原料。正是唐人丰富的生活内
容使唐诗如此鲜妍。这是本书将要展开的话题。

　　如果我们将唐诗比醇酒,那么,诗人的灵感便是酿酒之曲,而唐
代的社会生活为酿酒原料五谷,唐文化呢,就是生长这五谷的大地。
所以,不知道唐代文化的总体风貌,便不足与言唐诗。和希腊文化
不同的是,唐文化并非处于我民族发展的幼儿、少年时期,而是处在
青春期。因此,它有生与熟之间的特征:既集古老文化之大成,又
开新世界之门户。它好比有两节车厢的大客车,初、盛唐是一节,
中、晚唐是一节。前一节是士族文化的总结、吸收,后一节是世庶地
主文化之开始,两种文化构型同处一个王朝②。在新旧交替的临界
点上的它,既有善于总结、吸收,又有善于创新、辐射的特点,有着宋

①　《全唐诗》卷四七七载李涉《井栏砂宿遇夜客》诗并序云:"涉尝过九江,至皖口,遇盗。
　　问:'何人?'从者曰:'李博士也。'其豪首曰:'若是李涉博士,不用剽夺,久闻诗名,愿题
　　一篇足矣。'涉遂赠诗云云。
②　参看拙著《文化建构文学史纲(中唐——北宋)》第一章第一节,海峡文艺出版社1993年
　　版(收入本《文集》第四册)。

玉所谓"增之一分则太长,减之一分则太短"的奇情妙趣。唐诗,如日丽中天!

中华大地经历了四个世纪不堪想象的乱而停、停而复乱的痛苦,终于孕育了统一稳定的幅员广阔的唐帝国。从此,南北文化合一,形成有巨大凝聚力的中土文化,由此而勇于汲取外来文化,兼收而并蓄之。这就是博大浑雄的唐文化精神。

唐文化的博大精深,首先体现在无比丰富精彩的内容上。儒学方面,有孔颖达、颜师古等所撰《五经正义》,对历来纷乱的儒学诸派作了系统的整理,堪称集大成者。以史学为例,则《廿四史》中,唐修史占八部之多。至如杜佑《通典》,苏冕、杨绍复《会要》《续会要》,刘知几《史通》,都是对过去史学及重要文献的集大成,并且开创了新体例,影响至深至巨。政法典章如《唐六典》,是对前代典章制度的定型,成为后来王朝所法的经典之作。哲学,则有柳宗元《天说》、刘禹锡《天论》、韩愈《原性》、李翱《复性论》等,皆为承前启后的大手笔。科技方面,也有丰硕的成果,如世界上最早的医院的设置,雕版印刷的发明,政府编修《新唐本草》,药王孙思邈著《千金要方》、《千金翼方》,李泰著《括地志》,李吉甫著《元和郡县图志》,李淳风著《法象志》,僧一行著《开元大衍历经》,等等,可谓不胜枚举。

唐文化的博大精深更体现在兼收并蓄,具有开放性的特点上。唐代的开放性不但反映在用人上敢于任人惟贤,举用许多少数民族乃至外国人来担任文武大臣(文臣如长孙无忌、于志宁等为汉化的鲜卑人,武将如李光弼为契丹人,仆固怀恩为铁勒部人,哥舒翰是突骑施人),而且吸收外来文化无忌讳。当时居长安及扬州等大都市的有大量的外族人,如突厥、新罗、回纥、昭武九姓胡人等,还有大量外来生活习惯与衣饰、食物、用具等,形成唐文化特有的"胡气"。宗教方面不但有本土的道教,还有魏晋时渐兴的佛教,至唐大盛;祆教、景教、摩尼教、伊斯兰教等,都与本国固有宗教并行,各行其道。印度、西域、高丽、康国、安国、波斯等外来舞蹈、音乐、美术乃至数学、医学、语言学等成果，都融入唐文化①。由本土文化与外来文化互相认同而形成的唐文化具有很强的辐射性，乃至形成以唐王朝为核心的巨大文化圈。如朝鲜、日本、南诏、越南、吐蕃以及西域诸国，与唐有长期的文化交流，从组织制度到生活方式，都不同程度地受唐文化影响，一荣俱荣。其中如朝鲜、日本，都善于以唐为模式组织他们的国家，甚至采用中国的文字，摹仿中国的文体，从艺术到宗教、法制，来个"全盘中化"。日本学者和田清著《中国史概说》曾这样议论唐文化："含有大量的外来因素的唐代文化，与其说是纯中国式的，毋宁说是世界性的。"

　　唐时的中国，可谓文化中国。我认为，这种"文化中国"对唐诗最内在的影响，是树立起高昂的民族自信心，并与其他因素（如人才环境的改善、诗歌形式的成熟等）相结合而形成唐人特有的开朗、多激情的文人集体性格，促成"情志合一"，将个人功业与民族利益融为一体，化作汹涌激昂的群情，以臻美的诗的形式表达出来。其深、其高、其广、其滔滔无际、其声势夺人，足称诗国之狂澜！

　　本书意在从唐文化的视角介绍唐诗这一民族文化之骄子的主流精神，上编从横断面展开，下编从历史之维度深入，企盼能以文化之经与诗学之纬交织出唐诗当年之辉煌于万一。

---

① 韩国磐《唐代文化特点述略》对此有详论，足资参考。见郑学檬等主编《唐文化研究论文集》，上海人民出版社1994年版。

上编　本　体　论

第一章　唐诗与诗唐（上）

诗人闻一多说："一般人爱说唐诗，我却要说'诗唐'，懂得诗的唐朝，才能欣赏唐朝的诗。"①这话说得妙极了，也对极了。大凡最能体现时代精神的，往往就是那些最能代表该时代普遍性且为他时代所不及或难再现的东西。唐诗之独特，首先是唐文化之独特、唐诗人之独特。固然唐、宋诗"非仅朝代之别，乃体格性分之殊"②，但历史有其不可逆性，唐文化不可再现，故而要体味作为独特的唐人生活再现之唐诗，能不先了解一番那诗一般的唐人生活？

第一节　挥鞭直就胡姬饮

鲁迅曾称"唐室大有胡气"，这只要读陈寅恪《唐代政治史述论稿》上篇，以及向达《唐代长安与西域文明》，也就相信此言不虚了。兹引向达的一段文字：

> 开元、天宝之际，天下升平，而玄宗以声色犬马为羁縻诸王之策，重以蕃将大盛，异族入居长安者多，于是长安胡化盛极一时，此种胡化大率为西域风之好尚：服饰、饮食、宫室、乐舞、绘

---

① 郑临川《闻一多先生说唐诗》上，《社会科学辑刊》1979 年第 4 期。
② 钱锺书《谈艺录》，中华书局 1984 年版，第 2 页。

画,竞事纷泊;其极社会各方面,隐约皆有所化,好之者盖不仅帝王及一二贵戚达官而已也。[1]

其实唐人自己早有这个意见:"今北胡与京师杂处,娶妻生子;长安少年有胡心矣!"(唐陈鸿《东城老父传》)

胡气、胡心的本质是各民族文化的大融合,是历史给南北朝以来三百年大混战的巨大补偿。过于烂熟的古老文明,有时需要输入新鲜、原始的血液来激活其生命力。唐初南北文化交融本身就是"胡气"的来源,加上此后西域文化之涌入及与东南亚各国之交往,都极大地开拓了唐人的胸襟,使之具有封建时代仅见的开放、健全的心态。

胡气、胡心之产生首先是前言所提到的"文化中国"所独具的巨大魅力与吸引力。据说,穆罕默德曾勉励其弟子:"学问虽远在中国,亦当求之。"敦煌和安西壁画上的发愿文也往往有边陲人愿来世"转生中国"的祷音。大唐周边各国都有大量遣唐使、留学生、商人络绎来华。唐文化不但太阳般辐射向周边世界,同时也"黑洞"似地汲取着周边世界的文化。以下仅就对唐诗有比较直接影响的事略作描述。

先从生活方式说起。由于外国使者、商人、留学生的频繁往来,以及唐朝对"化外人"的优惠政策(《唐户令》、《赋役令》均有安置、优待迁入中国居住的"化外人"的具体条款),所以在中国居住的外国人甚多,长安、洛阳、广州、洪州、扬州等都市尤盛。如贞观初(631年),突厥降人入居长安就近万家之众。唐初战乱甫平,人口不多,"而长安一隅突厥流民乃近万家,其数诚可惊人矣"(向达语)。又,《通鉴》载,德宗时检括久滞长安而有田宅之胡客,凡得四千人。仅此两端,已可见当时外国人在中国之多。他们不但频繁来

---

[1]　向达《唐代长安与西域文明》,生活·读书·新知三联书店1957年版,第41页。

往,且有许多人久居中国,娶妻生子,其生活方式对中国之影响甚大,向达《唐代长安与西域文明》述之甚详。

"天纵奇才"的李白篇什中屡咏及胡姬:"胡姬招素手,延客醉金樽。"(《送裴十八图南归嵩山》)"细雨春风花落时,挥鞭直就胡姬饮。"(《白鼻䯄诗》)这些胡姬在酒家侍酒,且有歌舞:"胡姬貌如花,当垆笑春风。笑春风,舞罗衣,君今不醉将安归!"(《前有樽酒行》)"双歌二胡姬,更奏远清朝。举酒挑朔雪,从君不相饶。"(《醉后赠朱历阳》)这样的酒家在过去似未出现,此时却已成为"长安少年有胡心"之一证:

> 五陵年少金市东,银鞍白马度春风。
> 落花踏尽游何处,笑入胡姬酒肆中。
>
> （《少年行》之二,《李太白集》卷六）

诚如向达所云,服饰饮食,胡衣、胡帽、胡床、胡饭、胡舞,一整套的外来生活方式已为新一代唐人所接受,成为一时的风尚。《旧唐书·舆服志》载:

> 武德、贞观之时,宫人骑马者依齐、隋旧制,多著羃䍠,虽发自戎夷,而全身障蔽,不欲途路窥之。王公之家,亦用此制。永徽之后,皆用帷帽,拖裙到颈,渐为浅露……则天之后,帷帽大行,羃䍠渐息。中宗即位,宫禁宽弛,公私妇人,无复羃䍠之制。开元初,从驾宫人骑马者皆著胡帽,靓妆露面,无复障蔽。士庶之家又相仿效,帷帽之制,绝不行用。俄又露髻驰骋,或有著丈夫衣服靴衫,而尊卑内外,斯一贯矣!

"胡气"浸染成风俗终成"胡心",胡衣胡帽对传统封闭心态之冲击可谓有力矣!贵妇宫人尚且露髻驰骋,着丈夫衣服招摇过市,下层妇女就更不必说有多开放了。《教坊记》称：

> 坊中诸女以气类相似，约为香火兄弟，每多至十四五人，少不下八九辈。有儿郎聘之者，辄被以妇人称呼：即所聘者，兄见呼为新妇，弟见呼为嫂也……儿郎既聘一女，其香火兄弟多相奔，云学突厥法。

妇人尚且如此，男士们自然"胡气"更甚。我们尤感兴趣的是唐文人性格的变化，那就是尚武与豪放的倾向。先看二节笔记文：

> 景云中，吐蕃遣使迎金城公主，中宗于梨园亭子赐观打毬。吐蕃赞咄奏言："臣部曲有善毬者，请与汉敌。"上令仗内试之。决数都，吐蕃皆胜。时元（玄）宗为临淄王，中宗又令与嗣虢王邕、驸马杨慎交、武秀等四人，敌吐蕃十人。玄宗东西驱突，风回电激，所向无前。吐蕃功不获施。（《封氏闻见记》卷六《打毬》）

> 乾符四年，诸先辈月灯阁打毬之会，时同年悉集。无何，为两军打球，军将数辈，私较于是……刘覃谓同年曰："仆能为群公小挫彼骄，必令解去，如何？"状元以下应声请之。覃因跨马执杖，跃而揖之曰："新进士刘覃拟陪奉，可乎？"诸辈皆喜。覃驰骤击拂，风驱电逝，彼皆愕视。俄策得球子，向空磔之，莫知所在。数辈惭沮，俛俛而去。时阁下数千人，因之大呼笑，久而方止。（《唐摭言》卷三）

我们看到的唐代帝王学士的面目，同后来戏台上那些弱不禁风的形象实在毫无共同之处。据向达考证，唐人打球，是传自波斯的一种马上之戏，帝王、达官贵人、军中及闾里少年、文人学士都嗜之，蔚成风气，与声色犬马斗鸡几成长安少年之时髦功课。李廓《长安少年

行》云:

> 追逐轻薄伴,闲游不着绯。
> 长拢出猎马,数换打球衣。
> 晓日寻花去,春风带酒归。
> 青楼无昼夜,歌舞歇时稀。

(《全唐诗》卷四七九)

此又"胡气"浸染成风俗终成"胡心"之一证。宋人刘攽《中山诗话》曾对此深有感慨,云:

> 古人多歌舞饮酒。唐太宗每舞,属群臣。长沙王亦小举袖,曰:"国小不足于回旋。"张燕公诗云:"醉后欢更好,全胜未醉时。动容皆是舞,出语总成诗。"李白云:"要须回舞袖,拂尽五松山。醉后凉风起,吹人舞袖环。"今时舞者必欲曲尽其妙,又耻效乐工艺,益不复如古人常舞矣。

唐人不耻亲自歌舞是实。《新唐书·王翰传》载:"翰自歌,以舞属嘉贞,神气轩举自如。"张嘉贞时为并州长史,诗人王翰为其幕客,府主幕客同歌共舞,在后人也是不可想象的。至若宰相宋璟、张说善羯鼓,王维善琵琶,而这些外来快节奏的音乐又陶冶其性情,影响其性格。《唐语林》卷四云:

> 玄宗性俊迈,不好琴。会听琴,正弄未毕,叱琴者曰:"待诏出!"谓内官曰:"速令花奴将羯鼓来,为我解秽。"

可见俊迈的性格是与羯鼓、胡旋一类外来音乐相辅相成的。所以胡衣胡帽胡姬,羯鼓琵琶胡旋舞,打球击剑骑马,都能培养唐人健全的体魄与心态。因此在唐人笔下的文人形象绝非南朝士人那样肤柔骨脆、熏衣剃面、羸弱如女子，而是鹰扬豹变、踔厉昂藏、刚而能文。李颀《别梁锽》描写一位"大军掌书记"、"行路吟新诗"的盛唐文人形象，虎虎有生气，节录如下：

> 梁生倜傥心不羁，途穷气盖长安儿。
> 回头转眄似雕鹗，有志飞鸣岂不知。
> 虽云四十无禄位，曾与大军掌书记。
> 抗辞请刃诛部曲，作色论兵犯二帅。
> 一言不合龙额侯，击剑拂衣从此弃。
> 朝朝饮酒黄公垆，脱帽露顶争叫呼。
> ……
> 忽然遣跃紫骝马，还是昂藏一丈夫！
> 洛阳城头晓霜白，层冰峨峨满川泽。
> 但闻行路吟新诗，不叹举家无担石。

（《全唐诗》卷一三三）

　　李颀笔下文人大都脱略细节，豪气逼人。如《送陈章甫》中主人公形象是："陈侯立身何坦荡，虬须虎眉仍大颡。腹中贮书一万卷，不肯低头在草莽。"（《全唐诗》卷一三三）写綦毋潜是："徒言青琐闼，不爱承明庐。百里人户满，片言争讼疏。手持《莲花经》，目送飞鸟余。"（《全唐诗》卷一三二《送綦毋三谒房给事》）写张旭是："露顶据胡床，长叫三五声。兴来洒素壁，挥笔如流星……左手持蟹螯，右手执丹经。瞪目视霄汉，不知醉与醒。"（《全唐诗》卷一三二《赠张旭》）这一形象与杜甫的描写颇一致。杜甫《饮中八仙歌》云："知章骑马似乘船，眼花落井水底眠。汝阳三斗始朝天，道逢曲车口流涎，恨不移封向酒泉。左相日兴费万钱，饮如长鲸吸百川，衔杯乐圣称避贤。宗之潇洒美少年，举觞白眼望青天，皎如玉树临风前。苏

晋长斋绣佛前,醉中往往爱逃禅。李白一斗诗百篇,长安市上酒家
眠。天子呼来不上船,自称臣是酒中仙。张旭三杯草圣传,脱帽露
顶王公前,挥毫落纸如云烟。焦遂五斗方卓然,高谈雄辩惊四筵。"
(《杜诗详注》卷一)这是"九龙壁"似的诗人群像。至若被后人戏称
为"村夫子"的杜甫本人,亲见过他的任华说是:"昔在帝城中,盛名
君一个。诸人见所作,无不心胆破。郎官丛里作狂歌,丞相阁中常
醉卧……如今避地锦城隅,幕下英僚每日相随提玉壶。半醉起舞持
髭须,乍低乍昂傍若无。古人制礼但为防俗士,岂得为君设之乎?"
(《全唐诗》卷二六一《寄杜拾遗》)看来,唐人的狂放,既传自魏晋以
来个体对精神自由追求的某些传统,又染上"胡气"东来的新风尚,
形成这样颇有艺术气质的特异性格。你能说"张颠"的狂草与外来
快节奏的音乐艺术及狂傲豪放的个性无关? 李肇《唐国史补》卷上
"张旭草书得笔法"条载:

> 旭言:"始吾见公主担夫争路,而得笔法之意。后见公孙氏
> 舞剑器,而得其神。"旭饮酒辄草书,挥笔而大叫,以头揾水墨中
> 而书之,天下呼为"张颠"。

公孙氏舞剑器对张旭草书影响可谓大矣。她又是怎么个舞法? 杜
甫《观公孙大娘弟子舞剑器行》称其舞姿云:"爟如羿射九日落,矫
如群帝骖龙翔。来如雷霆收震怒,罢如江海凝清光!"(《杜诗详注》
卷二十)这无疑是健舞,序中称之为"剑器浑脱"。"浑脱"是胡语,
敦煌写卷《剑器词》(斯坦因·6537 号)有"喊声天地裂,腾踏山岳
摧。剑器呈多少,浑脱向前来"的描述,看来"剑器浑脱"并非前人
推测的是"剑器"与"浑脱"二舞之综合,而是与外来民族舞蹈有牵
连的一种舞蹈。总之,外来文化的注入无疑促使唐人性格之新变,
进而影响其文学艺术。当然,最深层的变化是其价值取向的变化,
容下节讨论。

第二节　欲将书剑学从军

南朝士流与唐人价值取向之不同,可从以下二则资料的对比中窥见:

> 《南齐书·张岱传》载岱之弟有功,当升太守,岱反对说:"若以家贫赐禄,臣所不辞;以功推事,臣门之耻。"①
>
> 贞观二十年(646)洛州人赵义深致西州张隆训的书札云:"……在此亲眷,皆悉(中阙)知大兄得勋官云骑尉,居子等僖(喜)悦不可言。"(《唐贞观二十年赵义深自洛州致西州阿婆家书》)②

南朝士族以"平流进取,坐至公致"为荣,而立功升迁反以为耻;唐人立功致勋官则"僖(喜)悦不可言",不辞六千余里外致书为贺。两样的价值取向何其不同!然而这只是冰山浮出海面的尖角,自唐前期始,就在酝酿着士族文化向世俗地主文化滑落的巨变。固然,唐人尚武与李唐王朝起自关陇军事贵族集团以弓马为功有关,其政策多有鼓励尚武精神者,如以勋官酬功,法定勋官"与公卿齐班"(《旧唐书》卷四二《职官志一》),并按勋阶给永业勋田、免其徭役等;但更根本的是隋末农民起义对六朝士族进行了大扫除,在此基础上唐王朝实行均田制、府兵制,从根本上划去士族的根基。而"九品中正"制的废除使中央掌握了用人权,军功与科举成为唐朝士子

---

① 唐长孺《魏晋南北朝史论丛续编·南朝寒人的兴起》,生活·读书·新知三联书店1978年版。
② 《吐鲁番出土文书》第5册,第9页;见郑学檬等主编《唐文化研究论文集·唐代尚武之风与追求功名观的变迁》,上海人民出版社1994年版,第285页。

入仕的两条通途。正是这样的时代背景,导致唐人尚武的风气。事实上唐代文人出将入相者不在少数,如贞观中举明经的裴行俭从大将军苏定方授用兵奇术,后来屡立边功(《旧唐书》本传);又,娄师德,贞观进士,高宗时吐蕃犯塞,抗表自请为猛士,颇有战功,后竟"专综边任,前后三十余年"(同上书本传);又,张说"弱冠应诏举,对策乙第",后屡建边功,出将入相(同上书,本传)。陈寅恪《唐代政治史述论稿》上篇之篇末曾指出:"关陇集团本融合胡汉文武为一体,故文武不殊途,而将相可兼任。"文武不殊途的观念与一些文人出将入相的现实无疑大大鼓舞了唐代士子由军功入仕的想头,所以唐诗人向往边塞、亲至边疆,乃至从军入幕者不在少数。《旧唐书·赵憬传》称:"大凡才能之士,名位未达,多在方镇。"白居易《温尧卿等授官赐绯充沧景江陵判官制》也说:"今之俊人,先辞于征镇,次升于朝廷。故幕府之选,下台阁一等,异日入为大夫公卿者,十八九焉。"出塞入幕几乎成为诗人的"选修课",如王翰在并州当过张嘉贞、张说的幕客;孟浩然据谭优学《唐诗人行年考》称,曾北去幽州客张说幕府;而王昌龄也曾赴河陇、出玉门;王维则二度出塞复入塞[1];高适、岑参入节度使幕充掌书记更广为人知;而"春城无处不飞花"作者韩翃,也曾入淄青节度使侯希逸幕中为从事,还留下一则与蕃将纠葛的故事(唐人许尧佐《柳氏传》)。大批诗人接触到边塞生活,这对唐边塞诗质量之提高很有利。唐人自己也看到这一点,《河岳英灵集》卷中评崔颢:"晚节忽变常体,风骨凛然。一窥塞垣,说尽戎旅。"而诗人李益《从军诗序》尤能现身说法:

> 从事十八载,五在兵间。故其为文,咸多军旅之思……凡所作边塞诸文及书奏余事,同时幕府选辟,多出词人。或因军中酒酣,或时塞上兵寝,相与拔剑秉笔,散怀于斯文。率皆出于

---

[1]　参看[日]入谷仙介《王维研究》第六章,东京创文社 1976 年版,第 207—251 页。

慷慨意气,武毅犷厉。本其凉国,则世将之后,乃西州之遗民
欤？亦其坎壈当世,发愤之所致也。①

塞外军中艰苦而充满豪情的生活使诗人意气慷慨,写出风骨凛
然的诗来,这是规律。如陈子昂,随武攸宜征契丹,登蓟北楼,这才
写下了千古名篇——《登幽州台歌》；而边塞诗人高适喜言王霸大
略,曾为边帅哥舒翰掌书记,杜甫称其："高生跨鞍马,有似幽并儿。"
(《送高三十五书记十五韵》)其为人雄杰慷慨,负气敢言,故《唐诗
品》徐献忠称其："殆侠徒也。故其为诗,直举胸臆。"再如岑参,有极
其丰富的边塞生活经验,据1973年于吐鲁番阿斯塔那发现的唐文
书糊成之纸棺资料推知,岑参天宝年间曾到过轮台以西极边远的西
陲,难怪能写出《热海行》、《火山云歌送别》一类奇之又奇的边塞
之作。

更内在而深刻的影响还在于因此而促使唐人重意气、多豪情。
是的,唐人入仕有科举、隐逸征召、从军入幕等诸多途径,但科举使
人愈陷愈深,终成为这一制度的附属物而不能自拔；隐逸则易使人
消沉而颓唐,从"独善"走向明哲保身。惟从军一途颇特殊,从军本
为建功立业,但因任侠精神的注入,使之成为人生的一种原则,一种
品格,一种追求,事情于是有了变化——功业成为意气之表现,意气
才是第一义的。有几位"田园诗派"诗人这么歌唱：

> 男儿一片气,何必五车书。
> 好勇方过我,多才便起予。
> 运筹将入幕,养拙就闲居。
> 正待功名遂,从军继两疏。
>
> (孟浩然《送告八从军》,《全唐诗》卷一六〇)

---

① 见陈伯海主编《唐诗论评类编》,山东教育出版社1992年版,第130页。

一身能擘两雕弧,虏骑千重只似无。

偏坐金鞍调白羽,纷纷射杀五单于。

（王维《少年行》,《王右丞集笺注》卷一四）

鸣鞭过酒肆,袨服游昌门。

百万一时尽,含情无片言。

（储光羲《长安道》,《全唐诗》卷一三九）

好个"男儿一片气"! "田园派"尚且如此,庸论他哉! 难怪文人偏说"宁为百夫长,胜作一书生",而恂恂如的儒生要被嘲为"白首死章句""窗间老一经"。反之,脱略小节、豪荡使气者被视为英雄,如郭元振,宰臣张说为其写行状,连私铸钱、掠人财也成豪举（《全唐文》卷二三三《兵部尚书代国公赠少保郭公行状》）,武则天闻其名驿征引见,将其《古剑篇》摹写数十本遍赐学士,传为美谈。这《古剑篇》也的确是任侠使气的佳作:

君不见昆吾铁冶飞炎烟,红光紫气俱赫然。

良工锻炼凡几年,铸得宝剑名龙泉。

龙泉颜色如霜雪,良工咨嗟叹奇绝。

琉璃玉匣吐莲花,错镂金环映明月。

正逢天下无风尘,幸得周防君子身。

精光黯黯青蛇色,文章片片绿龟鳞。

非直结交游侠子,亦曾亲近英雄人。

何言中路遭弃捐,零落漂沦古狱边。

虽复尘埋无所用,犹能夜夜气冲天!

（《全唐诗》卷六六）

在如是氛围中,傲岸不羁的性格受到鼓励,被强化为任侠精神。早被冷落了的先秦游侠精神在唐代竟得以在某种程度上复兴是有其时代原因的。罗宗强《李杜论略》对此曾有过颇为深入的分析①。单从《新唐书》中就可看出，初、盛唐上自皇室及其子弟，下至一般文人，不少都有过任侠的历史。唐太宗准备起兵时就阴结过豪杰，唐玄宗当临淄王时也曾结欢豪俊。甚至如名相宋璟的第四子宋恕，也曾阴养刺客；裴炎之子则"养客数百人"；更不用说"安史之乱"后各藩镇豢养刺客侠士为非作歹，甚至刺杀宰相的事实了。在这样的氛围中，文人也以任侠为尚，于是乎文豪李邕与汉代大侠剧孟相提并论（《旧唐书·文苑传》载孔璋救李邕疏）；卢藏用《陈氏别传》以"驰侠使气"目陈子昂（《全唐文》卷二三八）；《新唐书·王翰》称其"日与才士豪侠饮乐游畋，伐鼓穷欢"；至若诗人李白，不但以"十五好剑术"自诩（《全唐文》卷三四八《与韩荆州书》），竟还公然歌唱侠客"十步杀一人，千里不留行"（《侠客行》），"笑尽一杯酒，杀人都市中"（《结客少年场行》）。韦应物《逢杨开府》作自画像云：

> 少事武皇帝，无赖恃恩私。
> 身作里中横，家藏亡命儿。
> 朝提樗蒲局，暮窃东邻姬。
> 司隶不敢捕，立在白玉墀。

（《韦江州集》卷五）

其中并无多少悔意。任侠在唐代已成为一种特殊的伦理观与价值取向，由此而形成风尚，诚如罗宗强所指出：最普遍的"任侠活动"实际上只是豪贵公子与无赖少年斗鸡走狗、纵酒挟妓的生活方式而已。王仁裕《开元天宝遗事》"看花马"条称：

> 长安侠少，每至春时，结朋联党，各置矮马，饰以锦鞯金辔，

---

① 　罗宗强《李杜论略》，内蒙古人民出版社1980年版，第66—73页。下引其观点不另注。

并辔于花树下往来,使仆从执酒皿而随之,遇好围则驻马而饮。

"任侠活动"虽已等而下之,但追求不受束缚负气而行却是一致的。胡气胡心也好,出塞任侠也好,都构成唐代社会的生活方式,浸润、陶冶着唐诗人,在很大程度上铸就某些类型的性格,其一便是唐诗人恃才傲物的狂放个性。

汉末以来,士大夫的性命情调大体上可归纳为:建功立业、追求精神自由、及时行乐。唐代士大夫的性命情调仍不外乎此三者,但由于已改变了六朝以来"徒以凭借世资"的人才僵局,所以士子的性命情调更多地体现为建功立业。在当时,"布衣干政,平步青云"并非都是幻想,如马周"少孤贫","落拓不为州里所敬",却因代主人家上书言得失合旨,"太宗即日召之,未至间,遣使催促者数四。及谒见,与语甚悦,令直门下省",终成名臣(《旧唐书》本传),魏元忠"志气倜傥,不以举荐为意,累年不调",后"赴洛阳上封事"为高宗所赏识,"甚叹异之,授秘书正字,令直中书省",武则天朝为相(《旧唐书》本传)。姚崇为濮州司仓,五迁夏官郎中。"时契丹寇陷河北数州,兵机填委,元崇剖析若流,皆有条贯,则天甚奇之,超迁夏官侍郎",后为玄宗时名相(《旧唐书》本传)。张九龄"年十三,以书干广州刺史王方庆,大嗟赏之,曰:'此子必能致远。'……玄宗在东宫,举天下文藻之士,亲加策问,九龄对策高第,迁右拾遗",后为名相(《旧唐书》本传)。这些人因受皇帝重视而平步青云,于是产生两种社会效应:一是"重才"的价值观在社会上得到广泛认同;二是促使"意气"与"言志"挂钩,情与志日趋复合。

"重才"的价值观在唐代社会取得广泛认同,首先体现在最高统治者的"爱才",甚至对敌对集团中人也有所表示。《唐语林》卷二载武则天读骆宾王的讨檄文,至"一抔之土未干,六尺之孤安在",乃不悦曰:"宰相因何失如此之人!"盖有遗才之恨云。《次柳氏旧闻》载唐明皇擢用源乾曜,喜其容貌言语类萧至忠。高力士曰:"至忠不尝负陛下乎？陛下何念之深也?"上曰:"至忠晚乃谬计耳。其初立朝,得不谓贤相乎?"这种"爱才宥过"的大度,据说博得"闻者无不感悦",造成影响。同僚互相见赏的例子则如《隋唐嘉话》下所载:

> 崔湜之为中书令,汉东公张嘉贞为舍人,湜轻之,常呼为"张底"。后曾商量数事,意皆出人右,湜惊美久之,谓同官曰:"知无? 张底乃我辈一般人,此终是其坐处。"

由"轻之"到"惊美久之",也是"爱才"的结果。流风所及,乃至豪商、仆夫也见赏才子:

> 长安富民王元宝、杨崇义、郭万全等,国中巨豪也,各以延纳四方多士,竞于供送。(《开元天宝遗事》"豪友"条)

> 萧颖士性异常严酷,有一仆事之十余载,颖士每以棰楚百余,不堪其苦。人或激之择木,其仆曰:"我非不能他从,迟留者,乃爱其才耳!"(《唐摭言》卷一五)

以上材料未必尽是事实,但因屡见于正史、笔记、集序,如人们熟知的李阳冰《草堂集序》云明皇召见李白,"以七宝床赐食",魏颢《李翰林集序》云李白以布衣身份而"所适二千石郊迎",都是当时人记当时事,所以从总体上可反映出"重才"的价值取向在社会上得到较普遍认同这一事实。当然在实际上能否做到人尽其才还要有其他条件,自当别论。本节拟探讨的是,这样的人才环境将唐代士子导向何方?

问题回到上述唐人"重意气"这上面来。对于刚从"九品中正"人才桎梏中挣脱出来的士子,这样的人才环境简直是个充满幻想的童话世界,使他们深信"天生我材必有用",靠自家本事就能挣一席之地！卢象《赠程秘书》诗云：

> 忽从被褐中,召入承明宫。
> 圣人借颜色,言事无不通!

(《全唐诗》卷一二二)

一副布衣得志相。然而个体在功业意气中被放大了,意气将个体的情与志包容了。《唐语林·赏誉》有一则材料可参看：

> 贞观中,蜀人李义府八岁,号神童。至京师,太宗在上林苑便对,有得乌者,上赐义府,义府登时进诗曰:"日里扬朝彩,琴中伴夜啼。上林多许树,不借一枝栖。"上笑曰:"朕今以全树借汝。"后相高宗。

这则故事中的比喻很生动地表现了士大夫主动靠拢皇室,皇室亦有意礼遇士大夫的"君臣相得"关系。任继愈《从佛教到儒教》一文认为：大一统的封建中国存在一对矛盾,一方面中央政府要有高度集中的权力,如果政权不集中,这样广大的领域就无法统一;另一方面广大小生产者要有生产的能力与兴趣,否则政权集中统一无从说起。两者关系处理得好天下就太平,反之就是乱世①。六朝就是属于两者处理得很糟的乱世,作为身份性地主的士族,有庄园经济做后盾,"百役不及,高卧私门",可以"平流进取",所以《南齐书》卷二三萧子显说:"世禄之甚,习为旧准;羽仪所隆,人怀羡慕。君臣之节,徒致虚名。"也就是说,"九品中正"时代的士族知识分子与皇族并不"贴心"。唐代因用人权在中央,加上盛唐以前几个皇帝颇能用人,所以"英贤亦竞为之用",士子"借一枝栖"的心态与皇室"全树

---

① 详见《中国文化》1990年第3期。

借汝"的政策默契,这就是盛唐诗人"情志合一"的背景。这也是唐诗饱含个体激情而又能融入功业意气乃至社会民生种种关怀的一个重要原因。

　　这样的人才环境造就了唐人个体的自信、自尊、自重,他们近取"竹林七贤"、谢安、陶潜、远绍管仲、范蠡、鲁仲连,作为一种认同,着手塑造一代有独立人格的士子形象。如李白自称"不屈己,不干人";如高适因"拜迎官长心欲碎,鞭挞黎庶令人悲",干脆辞去县尉之职;直至晚唐的陆龟蒙,《新唐书》本传也还说他"尝至饶州,三日无所诣。刺史蔡京率官属就见之,龟蒙不乐,拂衣去",狂傲得可以。事实上"恃才傲物"几乎一直是唐代文人"重意气"题中应有之义。如张九龄"以才鉴见推",却"性颇躁急,动辄忿詈"(《旧唐书》本传)。而"诗圣"杜甫,《新唐书》也说他"性褊躁傲诞"。只要翻检一下《唐才子传》,便会发现"恃才傲物"简直成了对才子的褒美之辞:

　　　　(王勃)"倚才陵籍,僚吏疾之。"

　　　　(杨炯)"恃才凭傲,每耻朝士矫饰,呼为'麒麟楦'。"

　　　　(杜审言)"恃高才傲世见疾",每自称"吾文章当得屈、宋作衙官,吾笔当得王羲之北面"。

　　　　(陈子昂)"任侠尚气弋博","貌柔雅,为性褊躁"。

　　　　(王翰)"少豪荡,恃才不羁","发言立意,自比王侯"。

　　　　(刘长卿)"清才冠世,颇凌浮俗,性刚多忤权门。"

　　　　(李益)"自负其才,凌轹士众。"

　　　　……

如此类可谓不胜枚举。但无论是胡气胡心、出塞任侠,还是恃才傲物,都从不同的层面与角度反映了唐代文人特异的心态与性格。这种心态与性格总体上有利于唐诗讲究"气骨"、"风神"、"气象",使之饱含昂扬向上的精神。

第三节　长安市上酒家眠

其实我们上节描述唐人任侠行为时漏掉一项社会原因,那就是唐代商业的兴盛。唐商业之发达与西域一线"丝绸之路"的畅通,及东南海面贸易港的繁荣有直接关系。此两路外商之多,恐怕要出乎当代开放的中国青年之想象。兹录向达《唐代长安与西域文明》一段文字,以见其概:

> 唐代商胡大率麇聚于广州。广州江中"有婆罗门、波斯、昆仑等船,不知其数,并载香药珍宝,积载如山。其舶深六七丈,师子国、大石国、骨唐国、白蛮、赤蛮等往来居住,种类极多。"是以黄巢攻陷广州,犹太教、火祆教以及伊斯兰教、景教等异国教徒死者至十二万人……是以扬州之商胡亦复不少,田神功大掠扬州,大食、波斯商胡死者竟至数千人。由洛阳然后再转长安。故唐代之广州、洪州、扬州、洛阳、长安,乃外国商胡集中之地也。[1]

胡商之伙,于此可见。此辈"载货行贾,冒雪霜,犯危险,经年累岁,不获利不归"(《西域闻见录》)[2],是人类中最富冒险精神的那批人。因此,无论从数量或"质量"上说,胡商的存在都可能对中国当日之社会发生较大之影响。中国传统是以农为本,以商为末,抑末而兴本一直是基本国策。然而,在唐,商业极其繁荣,去农经商的情况颇

---

① 向达《唐代长安与西域文明》,生活·读书·新知三联书店 1957 年版,第 34 页。
② 岑仲勉《隋唐史》下册,中华书局 1982 年版,第 592 页。

为普遍。如杜甫《最能行》称："峡中丈夫绝轻死，少在公门多在水。富豪有钱驾大舸，贫穷取给行艜子。小儿学问止《论语》，大儿结束随商旅。"姚合《庄野行》称："借问屋中人，尽去作商贾。"只要看看唐代商业都市的蓬勃发展，就可知这一普遍性达到怎样的程度。唐代商业都市发展趋势是从西向东，由北向南。此类都市大多来源于"草市"，也就是说，原来的小集市发展为市镇，进而成为市井繁阜。因此，唐人不但有"胡气"，也愈来愈多"市井气"、"商人味"。而商人攫取利润所必具的冒险精神也就成为当日唐代社会具有相当普遍性的一种风气。武则天时期，崔融曾上《谏税关市疏》，云：

> 若乃富商大贾，豪宗恶少，轻死重义，结党连群，喑呜则弯弓，睚眦则挺剑。(《全唐文》卷二一九)

这些好斗的冒险家是社会的不安定因素，他们的作风通过各种渠道想必对文人也会有所影响，如《太平广记》卷二四三"李邕"条，就说大文豪李邕做海州刺史时曾打劫商船，取珍货数百万；再如《唐诗纪事》卷八引《独异记》载：

> 子昂初入京，不为人知。有卖胡琴者，价百万，豪贵传视，无辨者。子昂突出，谓左右曰："辇千缗市之！"众惊问，答曰："余善此乐。"皆曰："可得闻乎？"曰："明日可集宣阳里。"如期偕往，则酒肴毕具，置胡琴于前。食毕，捧琴语曰："蜀人陈子昂有文百轴，驰走京毂，碌碌尘土，不为人知。此乐贱工之役，岂宜留心！"举而碎之，以其文轴遍赠会者。一日之内，声华溢郡。

故事虽属无稽，但其中文人沽名之举颇似商业广告手段，值得品味。李邕、陈子昂都是性格豪雄任侠使气的文人，史称李邕"人以金帛请其文，所受巨万计"；而陈子昂则出身富豪之门。将他们的故事与商业联系起来应不无道理,恐怕其中透露的正是唐文人受商人影响之消息。李白就曾自称"混游渔商,隐不绝俗"(《与贾少公书》),"青云豪士,散在商钓"(《金陵与诸贤送权十一序》)。用"商钓"、"渔商"取代"渔樵",说明此际商人与文人之间已有着相当密切的关系。《唐国史补》卷下就说过:"江湖语云'水不载万',言大船不过八九千石。然则大历、贞元间,有俞大娘航船最大,居者养生送死嫁娶悉在其间;开巷为圃,操驾之工数百……洪、鄂之水居颇多,与邑殆相半。凡大船必为富商所有,奏商声乐,从婢仆,以据柁楼之下,其间大隐,亦可知矣!"这就是"隐"于商的一个具体例证。就商贾方面而言,由于传统的以农为本、以商为末的观念,使得商贾"重利轻义"一直受正统思想的批判,商人虽然有钱,但没有社会地位,他们往往通过结交士大夫来提高自己的社会地位。如《开元天宝遗事》"豪友"条载:"长安富民王元宝、杨崇义、郭万金等,国中巨豪也,各以延纳四方多士,竞于供送。朝之名寮往往出于门下,每科场文士集于数家,时人目之为豪友。"文士"隐"于商,大致说来有两个后果,其一是直接影响其创作取材,如李白《长干行》、《江夏行》,写的就是商贾。商妇闺怨也因此成为与"宫怨"并行的唐诗一大题材,如李益《江南曲》:

> 嫁得瞿塘贾,朝朝误妾期。
> 早知潮有信,嫁与弄潮儿。

(《全唐诗》卷二八三)

　　直接写商人生活并与农夫作对比的有张籍《估客乐》:

> 金陵向西估客多,船中生长乐风波。
> 欲发移船近江口,船头祭神各浇酒。
> 停杯共说远行期,入蜀经蛮谁别离。

金多众中为上客,夜夜算缗眠独迟。
秋江初月猩猩语,孤帆夜发潇湘渚。
水工持楫防暗滩,直过山边及前侣。
年年逐利西复东,姓名不在县籍中。
农夫税多长辛苦,弃业长为贩宝翁。

(《全唐诗》卷三八二)

当然,此类题材写得最出色的是白居易的《琵琶行》,写一位琵琶琴手嫁给商人前前后后的生活遭遇,录其中一节如下:

自言本是京城女,家在蛤蟆陵下住。
十三学得琵琶成,名属教坊第一部。
曲罢曾教善才伏,妆成每被秋娘妒。
五陵年少争缠头,一曲红绡不知数。
钿头云篦击节碎,血色罗裙翻酒污。
今年欢笑复明年,秋月春风等闲度。
弟走从军阿姨死,暮去朝来颜色故。
门前冷落车马稀,老大嫁作商人妇。
商人重利轻别离,前月浮梁买茶去。
去来江口守空船,绕船月明江水寒。
夜深忽梦少年事,梦啼妆泪红阑干!

(《白氏长庆集》卷一二)

有人批评说,这是对当年当倡女的日子的怀恋,是作者牵扯来表达自己被排挤后的失落感,不应是那商人妇的真实感情。说的有一定道理,不过中唐后城市经济繁荣,歌儿舞女物质生活丰厚奢靡,也是事实。奢靡生活本身是有很强的腐蚀力的,好比吸毒者是受害者,却又对毒品眷恋不已。这位商人妇在"商人重利轻别离"的情况

30

下怀恋青春年少奢靡的生活也应是真实感情(虽然有悖于道德)。文人与商业发生密切关系,并深受其影响者,恰恰是其生活方式。这就是下面我们要说的文士"隐"于商的第二方面后果。

如果说初、盛唐文人将"胡气"与"市井气"相结合,往往表现为一种任侠好斗的作风,抒发为诗歌中那股"意气",或李白"长安市上酒家眠"、"天子呼来不上船"式的"布衣感",那么中、晚唐文人却更多地对市井俗气及其奢靡生活方式感兴趣,经其浸润,内在地构成文人的审美意识,发为诗歌,则形成中、晚唐特有的俗艳风格。

让我们先来看看奢靡之风的形成及其特点。唐前期统治集团比较有节制,奢靡之习常受行政性的压制。唐玄宗于开元二年就曾下诏"乘舆服御、金银器玩,宜令有司销毁,以供军国之用;其珠玉、锦绣,焚于殿前;后妃以下,皆毋得服珠玉锦绣"(《资治通鉴》卷二一一)。但长期的太平使其忧患意识很快就淡薄下来了,奢靡之风又起。《唐会要》卷五四称:"自天宝以后,风俗奢靡,宴饮群欢……公私相效,渐以成俗。"此风并不因"安史之乱"而熄灭,反而因江南商品经济的发达及士大夫对政局失去信心而滋长及时行乐思想,侈靡之风愈炽。世愈乱,此风愈烈。中、晚唐侈靡的特点是商品性消费[①]。这就具有庶族地主文化与士族地主文化的区别。南朝也有奢靡之风,但其基础是"闭门而为生之具以足"(《颜氏家训·治家》)的自给自足的庄园经济,而中、晚唐奢靡之风大都盛行在商业都市,商品性消费能力大大增强了。城市有相当完整的服务系统,各种娱乐、饮食、衣饰,乃至乐器、球仗之类专门行业应有尽有,各式人等可在都市中过其击球斗鸡、拥妓宴乐的奢靡生活。单就饮食业一项而言,其方式也要比六朝人裸身狂醉、与猪共饮的放荡更具文化内涵。如中唐后盛行的夜市,王建《寄汴州令狐相公》诗称:"水门向晚茶商闹,桥市通宵酒客行。"而苏州船点更具独特风味,清人

---

① 陈衍德《试论唐后期奢侈性消费的特点》,《中国社会经济史研究》1990 年第 1 期。

顾禄《桐桥倚棹录》称:"宴游之风开创于吴,至唐兴盛。游船多停泊于虎丘野芳浜及普济桥上下岸。郡人宴会与请客之在吴贸易者,辄赁沙飞船会饮于是。船制甚宽,船舱有灶,酒茗肴馔,任客所指。"其中情趣自然最投文人雅士的胃口,故诗人张祜《钟陵旅泊》取景如是:"城街西面驿堤连,十里长江夜看船。渔市月中人静过,酒家灯下犬长眠。"这与狂呼滥饮已是两回事了。再如"牡丹热",《唐国史补》载:

> 京城贵游,尚牡丹三十余年矣。每春暮,车马若狂,以不耽玩为耻。执金吾铺官围外寺观种以求利,一本有直(值)数万者。

这就是白居易《秦中吟·买花》所感叹不已的"一丛深色花,十户中人赋"!然而不能不看到这种奢侈已有精神享受的倾向。如王涯以厚币致珍稀字画(《旧唐书》本传),钟绍京破产求王右军书法五纸(张怀瓘《书估》)更表明士大夫"不惜泉货,要藏箧笥"的购求字画之风,虽属奢靡但有着追求精神享受的价值取向。这种奢靡之风甚至通过宴游与妓女,直接与进士科举挂上钩来。《唐摭言》卷三"散序"条称:"曲江之宴,行市罗列,长安几于半空。公卿家率以其日拣选东床,车马阗塞,莫可殚述。"孙棨《北里志序》则称:

> 自大中皇帝(唐宣宗)好儒术,特重科第……故进士自此尤盛,旷古无俦。然率多膏粱子弟,平进岁不及之数人,由是仆马豪华,宴游崇侈,以同年俊少者为两街探花,使鼓扇轻浮,仍岁滋甚……诸妓皆居平康里,举子、新及第进士、三司幕府但未通籍、未直馆殿者,咸可就诣。如不吝所费,则下车水陆备矣。其中诸妓,多能谈吐,颇有知书言语者,自公卿以降,皆以表德呼之。其分别品流,衡尺人物,应对非次,良不可及。

引文有两点值得注意：一是表明中、晚唐科举制造就了一批"宴游崇侈"的"膏粱子弟"，他们"鼓扇轻浮"，为奢靡之风推波助澜；二是妓女与这些"才子"打交道，学会"知书言语"，很出了些薛涛之流的文雅倡优。难怪《诗薮·内编》卷三称时人所好，竟至妓女只要诵得《长恨歌》，"遂索值百万"！中、晚唐物质享受与精神享受并举的奢靡之风无疑是中、晚唐诗向"感官的彩绘的笔触"发展的促进力量。社会心态的导向性便是中、晚唐社会奢靡风气与诗歌俗艳风格之间的中介。

中唐著名诗人元稹便在这种奢靡之风的鼓荡下写出大量艳情诗。《唐国史补》称元和诗风"学浅切于白居易，学淫靡于元稹"。准确地说，应是奢靡的风气使元稹那些秾艳靡丽的诗有广大的市场。元稹此类风格的杂诗、宫辞不但使"扬越间多作书模勒"，"卖于市肆当中"（《白氏长庆集序》），而且还有人伪作其诗。他最受欢迎的是那些如《梦游春七十韵》、《莺莺诗》、《会真诗三十韵》之类颇涉及情爱之作。与南朝宫体诗不同，他所写情爱多有自己恋情的影子，或有"偷宿静坊姬"之类的风流经历，而不是宫体诗"咏物"式的旁观者态度。所以此类艳情也有写得动人的，如《春晓》[①]：

> 半欲天明半未明，醉闻花气睡闻莺。
> 桂儿撼起钟声动，二十年前晓寺情。

（《元稹集》外集卷一）

氛围之朦胧与心旌之摇曳造成一种情景交融的诗美，是后来李商隐"无题诗"的先声。事实上中、晚唐大量的诗人都涉足情爱题材，只要读一读五代人选唐诗的《才调集》，就不难明白。甚至那位借李戡

---

① 《元稹集》，中华书局 1982 年版，第 642 页。

之口斥元白诗"纤艳不逞"(《李戡墓志铭》)的晚唐诗人杜牧,也自称是:"落魄(一作"拓")江南载酒行,楚腰肠断(一作"纤细")掌中轻。十年一觉扬州梦,赢得青楼薄幸名!"(《遣怀》)

　　当然,都市生活对诗歌创作之影响并非只是艳情一端,其最深远之影响还在于从俗的倾向。讲故事从来就与市井细民有缘,从后汉墓葬中发现的说唱俑,那敲着鼓、手舞足蹈、眉飞色舞的样子,说明说唱形式老早就深受欢迎。《汉书·艺文志》对"小说"的定义是"街谈巷语,道听途说"。从现存文学资料中也不难看出,民间文学最重叙事性,《陌上桑》、《孔雀东南飞》、《木兰诗》都是明证。中、晚唐都市的繁荣使市民大增,他们的需求、兴趣有力地促进了民间文学的发展。清光绪二十六年(1900)敦煌大批说唱文学的抄本及少量刻本的发现,使我们震惊于唐代通俗文学之发达。敦煌通俗文学的种类很多,程毅中《唐代小说史话》第四章有一段分类的概括文字,颇为简明,现录如下:

　　　　(一)通俗故事赋,如《晏子赋》、《韩朋赋》,还有一些类似韵文的如《孔子项托相问书》等,也属赋体的作品。(二)话本,如《庐山远公话本》、《韩擒虎话本》等。(三)词文,如《季布骂阵词文》,全为唱词,应属诗话体的话本。(四)变文,如《汉八年楚灭汉兴王陵变》、《降魔变》等,一般是韵散相间,说唱结合,应属说唱文学系统。(五)讲经文或俗讲文,如《长兴四年中兴殿应圣节讲经文》(实为《仁王护国般若波罗密多经讲经文》),体制与变文相似,但更为典雅严谨。此外还有其他体裁的作品。敦煌通俗文学形式多样,可惜多为缺题残卷,有的无法定名。虽然形式各有不同,但主要是叙事体,都可以算作广义的小说。①

---

①　程毅中《唐代小说史话》,文化艺术出版社 1990 年版,第 68 页。

请注意,"虽然形式各有不同,但主要是叙事体"。故事性是通俗文学的灵魂。尤其是当时盛行的佛、道二教为争取信徒,都采用这种覆盖面最大、最为老百姓喜闻乐见的形式作为宣传武器,一时沸沸扬扬。韩愈《华山女》诗曾形容讲经之盛况云:"街东街西讲佛经,撞钟吹螺闹宫廷。"佛教徒讲经的成功,说明市井小民这一文化层次对讲唱形式的喜爱。引起我们注意的还在于:不但士庶男女尘杂于寺观听俗讲,甚至深宫中的统治者也来到市井欣赏这种通俗文艺。《资治通鉴》卷二四三载唐敬宗于宝历二年也"幸兴福寺,观沙门文淑俗讲";卷二四八又载万寿公主于大中二年"在慈恩寺观戏场"。看来,俗讲加上当时盛行的傀儡戏、参军戏,通俗文化风靡一时,已从市井漫向朱门,漫向宫廷。通俗文艺已不是什么街头流浪汉,它是一股文化的新浪潮,在它的冲击下,传统文学也不得不偏离原来惯性的轨道,从传统的"诗言志"、多清空的抒情笔调摆脱出来,转向较为写实的叙事的笔调,以适应当时读者的期待视野。再就诗人方面而言,中、晚唐世俗地主更多地跻身上层,文坛中吹进一股世俗之风。社会需求通过审美趣味影响了文人,更内在地为从俗倾向开了绿灯。元稹《元氏长庆集》卷十《酬翰林白学士代书一百韵》诗"翰墨题名尽,光阴听话移"句下注:"乐天每与予游,从无不书名屋壁。又尝于新昌宅(听)说《一枝花》话,自寅至巳犹未毕词也。"可见当时士大夫也爱听讲故事,有时还写成诗文。如白居易的弟弟白行简就将这《一枝花》话改写成《李娃传》。再如沈既济建中二年(781)在行旅中"方舟沿流,昼宴夜话",听人说任氏故事,"共深叹骇,因请既济传之,以志异方"。这就是《任氏传》产生的因由。又,元稹《莺莺传》自称:"贞元岁九月,执事李公垂宿予于靖安里第,语及于是,公垂卓然称异,遂为《莺莺歌》以传之。"李绅写《莺莺歌》,元稹写《莺莺传》,小说与诗歌合璧。如此情况在唐是常见的,如《长恨歌》与《长恨歌传》,《李娃传》与《李娃行》,《崔徽传》与《崔徽歌》等。中唐"述故事以为诗题"是很常见的风气。甚至如孟简《咏欧阳行周》诗,写欧阳詹与营妓为情而死的故事,其实只是虚构,害得后人耿耿为之辩诬①。唐末出现孟启《本事诗》,专探究诗歌"本事",恐怕正与这种以诗写故事的风气有关。总之,俗文学以其生动性首先从心态上征服了士大夫,进而成为他们乐于采用的形式(进士以写故事"行卷"成风,我们将在下一章第三节另述)。与此相应的是,诗由言志转入"写实",更确切地说,是"叙事笔调"之风行。宋人苏辙《诗病五事》曾批评白居易"拙于纪事,寸步不遗,犹恐失之"(《栾城三集》卷八)。殊不知"寸步不遗"正是合乎当时俗文艺富于铺叙和新型的叙事笔调。张戒《岁寒堂诗话》认为:"元、白、张籍、王建乐府,专以道得人心中事为工。"《唐音癸签》也说,张籍"就世俗俚浅事做题目"。而彭乘《墨客挥犀》记白居易作诗求老妪能解。这些都表明中唐以后浅切与俗艳,"叙事笔调"与"感官的彩绘的笔触"成为诗坛新潮流。而这一潮流之形成,究其根本,就在于市井民俗。

---

① 董乃斌《中国古典小说的文体独立》,中国社会科学出版社1994年版,第72页。

第二章　唐诗与诗唐(下)

第一节　仗剑去国,辞亲远游

　　陈贻焮先生在论及盛唐漫游之风盛行时曾指出,封建士大夫为谋事、做官、览胜、考察而在外旅行,是古已有之的事,但只有到了盛唐,漫游才成为盛极一时的风尚①。杜甫《忆昔》有云:"忆昔开元全盛日,小邑犹藏万家室。稻米流脂粟米白,公私仓廪俱丰实。九州道路无豺虎,远行不劳吉日出。齐纨鲁缟车班班,男耕女桑不相失。宫中圣人奏云门,天下朋友皆胶漆。""开元全盛日"的经济基础是漫游之风得以盛行的最根本原因。岑仲勉《隋唐史》第五十九节"交通之设备及程旅"对唐代交通之方便有过颇详尽的描述。据称,唐代全国官驿已形成交通网,三十里一驿,全国计1639个。开元中驿道东至宋、汴,西至岐州,夹路列店肆待客,酒馔丰溢,每店皆有驴赁客乘,倏忽数十里。南则诣荆、襄,北至太原,西至蜀川、凉府,皆有店肆以供商旅。水路也很畅通发达,洛阳是南北运河的中心。诗人孟浩然应举不第后,就曾"自洛之越",可能就是经漕运入江河进行旅游的,所以自称是"扁舟泛湖海"(《自洛之越》)。而李白、高适、杜甫也曾携手同游宋、齐,"气酣登吹台,怀古视平芜"(《遣怀》)。至若岑参,据1973年于吐鲁番阿斯塔那发现唐文书推知,天

---

① 《杜甫评传》第三章第二节,上海古籍出版社1982年版。

宝年间曾至乌鲁木齐附近,所作《热海行送崔侍御还京》则表明其曾远至如今的伊塞克湖。水陆交通的畅达为诗人们的漫游提供了物质条件。

最直接的原因是风尚。由于唐朝一改六朝"九品中正"的用人制度,仕出多门,或因科举登第,或因入幕进身,或因隐居造就声名而应召,或因从军得功名,或为吏而蹑级……人才流动极为频繁。其中如科举,因其公开性的特点,往往使士子四处寻觅"知音"推荐、行卷、干谒,常年奔走,促成漫游成风(参看本章第三节)。而访道、求仙、拜佛,在"三教并立"的唐代也是常见的风习,游山玩水而"五岳寻仙不辞远"。至若出塞入幕从军,更使士子有违于"父母在,不远游"的古训,多有"行万里路,破万卷书"的人物。依汉、唐人这种开放而略带冒险的性格发展下去,我疑心中国人也会出现个把哥伦布。总归来说,漫游可归两大类:一是各为"稻粱谋"者,一是旅游、寻仙、访亲友者。但无论哪一种,都促使诗人走出书斋,拓开眼界,深入生活。这就使唐诗人有其他时代所不能比拟的开阔的视野与健康的审美情趣,而直接造就唐诗的浑厚雄阔。

先看看"五岳寻仙不辞远"一类较少功利目的的漫游。"仗剑远游"似乎是唐代士子必修的功课,杜甫晚年自传式的回忆诗《壮游》曾忆及青年时代"东下姑苏台,已具浮海航。到今有遗恨,不得穷扶桑",似乎并未有明确的功利目的。至"中岁贡归乡"而未能进士及第,便"放荡齐赵间,裘马颇清狂"。这种适意漫游的生活造就了诗人雄强的性格与"万里风云来"(《昔游》)的胸怀。尤其要强调的是,它不仅仅是杜甫一人的经历,而是盛唐诗人年轻时代较普遍的经历。如诗人高适,《旧唐书》本传称其"少拓落,不事生业",而高适《酬庞十兵曹》诗亦自称:"托身从畎亩,浪迹初自得。"所谓"浪迹",当指青少年时代浪游四方,故《酬裴员外以诗代书》又云:"少时方浩荡,遇物犹尘埃。脱略身外事,交游天下才。"他与李、杜结伴"气酣登吹台"(杜甫《遣怀》)便是"交游天下才"的佳话。至若诗人李白,自称"五岳寻仙不辞远,一生好入名山游"(《庐山谣寄卢侍御虚舟》),他的漫游与创作更是密不可分。詹锳《李白诗论丛》第八章有简明的概括:

> 白生长西蜀,饱览峨嵋玉垒之连峰叠嶂,锦江平羌江巴峡巫峡之奔湍走壑。出夔门后,足迹所至,北达幽燕,南望九嶷,东至于海,纵横数千里。以言山则东岳泰山,西岳华山,南岳衡山,中岳嵩山,以及天台会稽庐霍徂徕龙门与黄山三十六峰之胜,太白无不探其岩穴,餐其烟霞。以言水,则尝临洞庭,泛彭蠡,观云梦,游镜湖并东望海门之波涛。范传正谓其"偶乘扁舟,一日千里,或遇胜境,终年不移",诚非虚语。太白既周览四海名山大川,一泉之旁,一山之阻,神林鬼冢魑魅之穴,猿狖所家,鱼龙所居,往往游焉,故其为诗疏宕有奇气。赵翼谓白之诗"特以气韵见胜,神识超迈,有如天马行空,不可羁勒"。此其得力于山水烟霞者必不为少。[1]

岂但得力不为少,可以断言,没有漫游就不可能有疏宕有奇气的李白山水诗! 再试检《全唐诗》,其中游山水、访寺观的诗题比比皆是,唐人漫游之风由是可见。

还有一点不容忽视,则唐人开始从六朝讲究狭隘的血缘关系的绳网中挣脱出来,"朋友"的关系开始上升为社会人际关系中的一个重要部分,是王勃《送杜少府之任蜀川》所说的"海内存知己,天涯若比邻"。因此,唐诗中特多访朋问友之作,其中如李白长篇《送王屋山人魏万还王屋》诗序,记王屋山人魏万因慕李白大名,不远三千里辗转寻访,而一路漫游山水,"人游月边去,舟在空中行"。颇为生动地再现了唐代新兴的人际关系与漫游、诗歌创作之间的互动"生

---

[1] 詹锳《李白诗论丛》,人民文学出版社 1984 年版,第 110 页。

态"。由于感情的真挚、经历的坎坷，所以此类诗多有成功之作。如杜甫《赠卫八处士》，记相别廿载老友重逢："访旧半为鬼，惊呼热中肠！""昔别君未婚，儿女忽成行。"世事沧桑，两意缠绵，感人至深。

不过，更多的"漫游"是与"各为稻粱谋"相关的。如上文所说，唐文人出路在求官，无论科举、从军，都要四处奔走，甚至仕宦过程中也往往要四海为家，更不用说是贬谪流放。总之，唐文人要生存、发展，就得"仗剑去国，辞亲远游"。这是唐代普遍的文化现象。其中干谒的挫折，贬谪的彷徨，出塞的艰辛，更是积淀为唐诗风的深沉。

唐人当官往往要靠"知名度"，甚至魏晋人借以"藏声"的隐居，在唐人手中也成为"扬名"之利器，所以王昌龄《上李侍郎书》会喟然叹曰："昌龄岂不解置身青山，俯饮白水，饱于道义，然后谒王公大人，以希大遇哉，每思力养不给，则不觉独坐流涕！"（《全唐文》卷三三一）在山中造就名声，再去谒见王公大人以图荐举，便有官做，这叫"终南捷径"（下一节我们将详谈）。因此，岑参十五岁就"隐"于嵩阳，李白也自称年轻时隐于岷山"巢居数年"，致使"广汉太守闻而异之"（《上安州裴长史书》）。这都是"提高知名度"的手段，然后再遍干诸侯，历抵卿相，一展雄图。进士科举也要从事干谒，投献作品以冀赏识，再图推荐（本章第三节将详述）。无论"清高"的"隐居"，还是求官的科举，都得干谒。连性拓落，不拘小节的高适也要慨乎言之："有才不肯学干谒，何用年年空读书！"（《行路难二首》）干谒不但使书生们"奔走空皮骨"（从这一点上说，干谒的奔走是"行役"一类），而且书生们要委曲求全，看眼色行事，心灵遭受创伤。这就逼使自高期许的唐诗人老是处于理想与现实剧烈矛盾撞击的位置上，从而激活诗美的火花。最典型的莫过于李白。李白自称"不屈己，不干人"（《代寿山答孟少府移文书》），但留下的干谒之作并不见得比谁少。而且李白对生命体验之独特性，恰恰就体现在他总是处于理想与现实的矛盾冲突之中，总在自我实现与社会选择的冲突中体味人生。大唐帝国前期的统治者的确造就了中国封建社会不多见的人才环境。这是士子有理由充满幻想与傲气的时代。卢象《赠程秘书》云:"忽从披褐中,召入承明宫。圣人借颜色,言事无不通!"淋漓尽致地表露了布衣得志相。这就造成一种错觉:似乎士子游说万乘的时代又复返了。所以李颀也说是:"业就功成见明主,击钟鼎食坐华堂。"(《缓歌行》)而年轻的王维也曾心仪:"身为平原客,家有邯郸娼。使气公卿座,论心游侠场。"(《济上四贤咏》)这些都表明唐人的确曾一度沉浸在"游士"的氛围中,做着"布衣卿相"梦。李白就是在这样的氛围中有"申管晏之谈,谋帝王之术,奋其智能,愿为辅弼"(《代寿山答孟少府移文书》)的理想,却又想"不屈己,不干人","平交王侯","为帝王师"。然而历史现实是:唐王朝此时已历长期太平,李隆基早已坐稳龙椅,无丝毫危机感,不再去"握发吐哺"地重视人才,"文部选人,无问贤不肖,选深者留之,依资据阙注官"(《通鉴》)卷二一六)而已。"游士"的时代毕竟已一去不复返,"士"在科举用人制下,依附性日见增强,在此形势下还想"不屈己,不干人",与帝王建立"非师则友"的关系,实在是太不着边际的幻想。因此,李白在做他关于游士、游侠的"白日梦"的同时,不得不一再违心地去从事干谒。现存《上安州李长史书》、《上安州裴长史书》、《与韩荆州书》等,都是干谒之作。在这些书信中,我们既看到李白的高傲与自信,也看到他的委屈与彷徨。但我们感兴趣的是,这种矛盾心态造成李白诗中现实与幻想并存,潇洒与愤懑同在,出世与入世轮转的奇境。《行路难》三首、《梁甫吟》、《梦游天姥吟留别》、《将进酒》等一批震撼人心的杰作,便是此中精品。"大道如青天,我独不得出!"(《行路难》之二)这不单是李白的呼声,也是众多唐诗人的心声。在矛盾心态中不甘沉沦,仍存古道热肠,正是唐诗人可贵的品格,也是唐人热衷于干谒却能保有强烈的个体意识的关键。

贬谪之旅是漫游的一种特殊形态,它往往是诗风突变的催化剂。宫廷诗人宋之问南贬蛮荒时，写下一首成功的五律：

> 度岭方辞国，停轺一望家。
> 魂随南翥鸟，泪尽北枝花。
> 山雨初含霁，江云欲变霞。
> 但令归有日，不敢恨长沙。

（《度大庾岭》,《全唐诗》卷五二）

　　贬谪的艰辛使这位宫廷诗人对生活有远比过去深刻的体会，由此给他原有的娴熟技巧注入真挚的感情，大大提高了这位天才诗人的创作水平。再如名相张说，《新唐书》本传称其"既谪岳州，而诗益凄婉，人谓得江山助云"。综观张说诗作，岳阳诗的确最清新有韵味，此言不虚。而白居易谪为江州司马时所作《琵琶行》，更是缠绵悱恻，成千古绝唱。更深刻的变化则体现在年轻的政治家兼诗人柳宗元身上。苏东坡曾指出柳宗元南迁后诗的风格多"清劲纡徐"。所谓"南迁"，指柳宗元参加"永贞革新"失败，被贬为永州司马，时年三十三岁。这次贬谪对青年政治家的打击是沉重的。"一身去国六千里，万死投荒十二年。"（《别舍弟宗一》）在漫长而艰难的贬谪生活中，他一边盼朝廷召回，一边耽于山水之游，寻求自我解脱。黄云眉《韩愈柳宗元文学评价》认为柳氏山水诗文与学陶诗貌似闲适，其实"反而是一种更痛苦的真实的反映"，所以"愈装闲适，也就愈觉痛苦"。因此，贬谪中游山水的柳诗呈现出扭曲，形成苏轼所说的"柳仪曹诗忧中有乐，乐中有忧"（《苕溪渔隐丛话》前集卷十九引）的特殊风格。这种风格使读者从其清奇的山水诗中感受到揪心的寂寞与凄神寒骨的孤独感。让我们来尝鼎一脔：

> 久为簪组累，幸此南夷谪。
> 闲依农圃邻，偶似山林客。

晓耕翻露草,夜傍响溪石。

来往不逢人,长歌楚天碧。

(《溪居》,《柳宗元集》卷四三)

"夜傍响溪石"、"长歌楚天碧",音响固然清亮,但衬得山中如此寂寞,诚如元好问《论诗绝句》所称:"朱弦一拂遗音在,却是当年寂寞心。"

从军出塞,这也是唐人常从事的一种漫游。它哺育出一大批边塞诗人,我想在第五章第一节再详加议论。这里只举一证:殷璠以唐人选唐诗的名著《河岳英灵集》卷中评崔颢云:"颢年少为诗,名陷轻薄。晚节忽变常体,风骨凛然。一窥塞垣,说尽戎旅。"

总之,唐代有那么多文人在道路上奔波,使"读万卷书,行万里路"成了唐人相当普遍的实践。唐诗之不可及,与唐人这一实践有直接的关系。同时,既然有如许人辞亲远游,也就有更多与之情思相连的亲人为之牵肠挂肚,引发多少相思!如果删却闺怨诗,唐诗定然减色不少。乔亿《剑溪说诗·又编》称:"余谓唐诗之善者,不出赠别、思怀、羁旅、征戍及宫词、闺怨之作,而皆具于《国风》、大小《雅》。"此可谓失近而求远,盖迁谪、征戍、闺怨之类诗,主要地并非来自对《风》、《雅》的摹写,而直接来自唐人日常生活——辞亲远游。

第二节　冠冕巢由,世上桃源

在文学诸现象中,田园诗与庄园经济的关系比其他文学形式与经济基础之间的关系要明显得多。庄园之于庄园主,往往具有双重意义,即经济价值与观赏价值,历代如此,只不过因时因地因人而两者所占之比重不同而已。而田园诗人之所以歌唱隐逸生活,只是企慕其萧条高寄的精神，绝非恋上那微薄的物质生活。因此，要较深入地体会唐代的田园诗，就有必要了解一下唐人的庄园生活。

在历史上，因与王恺斗富而知名度甚高的西晋士族文人石崇，就曾有过在自家庄园里举办盛大的"文学沙龙"的纪录，并留下一篇《金谷园诗序》。序自称"有别庐在河南县界金谷涧中"，庄园里"有清泉、茂林、众果、竹柏、药草之属，金田十顷，羊二百口，鸡、猪、鹅、鸭之类，莫不毕备"。序中这样描写作诗的情景：

> 或登高临下，或列坐水滨，时琴瑟笙筑，合载车中，道路并作，及往，令与鼓吹递奏，遂各赋诗，以叙中怀，或不能者，罚酒三斗。（《全晋文》卷三三）

庄园自然景致与诗歌，已构成士大夫文化生活的一部分。然而，在士族垄断土地的魏晋，有这种"清福"的只能是极其少数的士族大地主，一般士子要当隐士，就得甘心过清贫的日子。如《晋书·隐逸传》称：隐士孙登挖土窟而居，董京行乞于市，公孙凤冬衣草衣，"古今隐逸之宗"的陶潜也说是"饥来驱我去"（《乞食》）。他们的隐逸动机，多半是忧患曲避，远不是什么"浪漫的理想"。要达到"心迹合一"、官隐统一，并被较普遍地、完整地纳入士大夫的心理结构之中，则有待于盛唐时代的到来。

盛唐社会长期安定，生产力的发展引起了生产关系的变化，这主要表现为均田制被破坏，庄园经济普遍化。这一变化至唐玄宗时尤烈。《册府元龟·田制》载天宝十一载诏：

> 闻王公百官及富豪之家，比置庄田，恣行吞并，莫惧章程……

这反映了当时地主阶级占田置庄的普遍风气。证以《新唐书·

卢从愿传》,称卢为"多田翁";《旧唐书·李憕传》,称李"别业相望",与吏部侍郎李彭年"皆有地癖"。问题还在于,拥有庄田者,已远非少数士族中人,其普遍性从《全唐诗》所存盛唐诗人诗题中亦可窥见,列几题以明其梗概:高适《淇上别业》、李白《过汪氏别业》、祖咏《汝坟别业》、李颀《不调归东川别业》、王维《终南山别业》、周禹《潘司马别业》……

看来各色人等都可能有大小不等的庄园——别业,士大夫文人此际想要解决"三径之资"(隐居经费)已较为可能。陶渊明的后人陶岘"尝制三舟,一舟自载,一舟供宾客,一舟置饮馔。有女乐一部,奏清商之曲,逢山泉则穷其景物"。此时气象,乃祖不能望其项背。田园诗派健将孟浩然,终身布衣,但"先人留素业",有座"植果盈千树"、"不种千株橘,唯资五色瓜"的庄园,其中有水阁楼台,"萤傍水轩飞","谁采东篱菊,应闲池上楼";春事起,则"丁壮就东陂",他老先生则"试垂竹竿钓,果得查头鳊,美人骋金错,纤手脍红鲜"。有这么个庄园素业,才可能久滞长安干谒贵人,"百镒馨黄金",事不成仍不失为"散发乘夜凉,开轩卧闲敞"的高士①。此时继《金谷园诗序》主持"文学沙龙",写《春夜宴从弟桃李园序》的,是布衣诗人李白:

> 会桃李之芳园,序天伦之乐事。群季俊秀,皆为惠连;吾人咏歌,独惭康乐。幽赏未已,高谈转清。开琼筵以坐花,飞羽觞而醉月。不有佳作,何伸雅怀? 如诗不成,罚依金谷酒数。
> (《全唐文》卷三四九)

这样的诗会,想来在淇上别业、汝坟别业、东川别业、终南山别业中,都随时有可能举行。李华《贺遂员外药园小山池记》称:

---

① 所引孟浩然诗咸见《全唐诗》卷一五九——六〇。

其间有书堂琴轩,置酒娱宾,啤痹而散若云天,寻丈而豁如江汉。以小观大,则天下之理尽矣!心目所自,不忘乎赋情遣辞,取兴兹境,当代文士目为"诗园"。(《全唐文》卷三一六)

"诗园"为"当代文士"所注目,可见已是一个颇为重要的文化现象了。我们尤感兴趣的则是这一文化现象后面所深藏的士大夫的文化心理,因为惟有通过这一中介,经济基础的影响才能进入文学本体。也就是说,庄园只有成为唐人重要的文化生活场所,形成"诗意的居住",进而在悠游的庄园生活中形成具有普遍意义的审美趣味,这才能影响于诗歌创作。这里,我们不能不插进一点历史的回顾。

六朝士族文人也有庄园生活经验,也写田园诗,但唐人与之相比,既有相通相续之处,也有貌同心异之处。通体而言,唐人与六朝人在归隐问题上的差异可归结为:理想追求不同,价值取向不同。

隐居,一直是作为文人出仕的对立面如影随形地存在着。中国古代的统治阶级很重视历史经验的总结,对矛盾互相转化的规律有相当的认识。所以,他们总是从两方面对本阶级内部的矛盾进行调节:一方面鼓励士子积极投入仕途奔竞,以防止其国家机器的老化;另一方面,又害怕仕途奔竞会激化本阶级内部的矛盾,所以又提倡一种主动退让的超脱精神。这是一个对立统一的运动过程。魏晋士大夫尚处于官、隐未能统一的历史时期。《晋书》说,隐士"藏声江海之上",为的是"修身自保"。残酷的杀夺政治使士大夫大批丧生,稽康、陆机、张华、谢灵运辈莫不然。所以稽康有"昔惭柳惠,今愧孙登"之叹,自恨归隐不早。因此,世人往往以明哲保身为高,"隐"胜于"显",《晋书·孙绰传》载孙绰云:"山涛吾所不解,吏非吏,隐非隐。"官、隐不并立,故非吏非隐宜乎世人所不解。远害的动机使隐与仕之间拉开距离。陶潜《感士不遇赋》乃称:"彼达人之善觉,乃逃禄而归耕。"这"逃禄"二字生动地体现了时人归隐时的心态。

唐人的归隐却近乎喜剧。《新唐书·隐逸传》指出：时人谋隐是为了"使人君常有所慕企"，"假隐自名，以诡禄仕"。也就是说，隐逸动机已经由"藏声"一变为"扬名"。唐代统治集团为点缀太平，也为平衡本阶级内部的竞争，所以对隐士颇加优待，许多人是从隐士之途被征召入仕的，所以有人戏称归隐是"终南捷径"。而已入仕的士大夫也往往存青山白云之想，求得精神上的平衡。于是代替"逃禄"出现的便是具有新时代特色的"冠冕巢由"一称。巢父、许由是大隐士，却加"冠冕"，似乎有点不伦不类，但绝不是讽刺。张说《扈从幸韦嗣立山庄应制序》的"衣冠巢由"，与王维《暮春太师左右丞相诸公于韦氏逍遥谷宴集序》的"冠冕巢由"，都是对半官半隐者的褒美之辞。与唐代士大夫普遍拥有庄园的物质生活相应的是，他们将陶潜的理想园"世外桃花源"搬迁到庄园内，成了"世上桃源"，于是"修正"了陶潜"秋熟靡王税"(《桃花源诗》)的理想，代之以"愿守黍稷税，归耕东山田"(刘昚虚《浔阳陶氏别业》)。李颀《裴君东溪别业》云：

> 公才廊庙器，官亚河南守。
> 别墅临都门，惊湍激前后。
> 旧交与群从，十日一携手。
> 幅巾望寒山，长啸对高柳。
> 清欢信可尚，散吏亦何有。
> 岸雪清城阴，水光远林首。
> 闲观野人筏，或饮川上酒。
> 幽云淡徘徊，白鹭飞左右。
> 庭竹垂卧内，村烟隔南阜。
> 始知物外情，簪绂同刍狗。

(《全唐诗》卷一三二)

虽坐衙门却不妨"十日一携手",领略一番"物外情",一边当官一边
向往无拘无束的大自然,仕与隐的矛盾在田庄别墅中得到统一。王
维有一组六言诗《田园乐》,颇能表现这些饱食安步、身心俱足者逍
遥自在的心态,录二首以见其概:

> 桃红复含宿雨,柳绿更带春烟。
> 花落家僮未归,莺啼山客犹眠。
>
> 酌酒会临泉水,抱琴好倚长松。
> 南园露葵朝折,东谷黄粱夜舂。

(《王右丞集笺注》卷一四)

这就是"冠冕巢由"不同于"逃禄"者的隐居生活。胡震亨《唐音癸
签》卷二五云:"王绩之诗曰:'有客谈名理,无人索地租。'隐如是,
可隐也。陶潜之诗曰:'饥来驱我去……叩门拙言辞。'如是隐,隐未
易言矣。"这就是两种隐遁生活本质上的差异。《后山诗话》称:
"(王)右丞、(韦)苏州,皆学于陶(潜),王得其自在。"陶、王诗风相
通处在"自在"的神情,但获此态度取径不同。陶之"自在",是对功
利主义的扬弃,是靠他对社会的洞察得来,是"安贫乐道",是对黑暗
政治的绝望,是带有某种超越物质规定性的精神境界,属节操之美。
王维等盛唐诗人的"自在",是特定历史阶段中充满自信心的地主阶
级中一群人在物质与精神相对富足时暂时顺化于自然的自我扬弃,是
对功利主义暂时的超越。也就是说,对田庄身心俱足生活的体验,即
从经济上的自给自足到精神状态上的自给自足这一封闭型的精神生
活环境,使盛唐田园诗人处于自由独立、心满意足的自觉状态,而"这
种本身独立自足的静穆,才造成秀美的那种逍遥自在的神情"[1]。这
也就是庄园文化与盛唐田园诗的内在联系,是我们解读盛唐田园诗

---

[1]　[德]黑格尔《美学》第3卷,朱光潜译,商务印书馆1981年版,第8页。

的一个视角。以此眼光看陶渊明与盛唐田园诗，便会发现二者在心理结构上的差异，及其相应的风格上的差异。陶潜《归园田居五首》之二云：

> 野外罕人事，穷巷寡轮鞅。
> 白日掩荆扉，虚室绝尘想。
> 时复圩曲中，披草共来往。
> 相见无杂言，但道桑麻长。
> 桑麻日已长，我志日已广。
> 常恐霜霰至，零落同草莽。
>
> （《陶渊明诗文校笺》卷二）

与"远害"心理紧相联系，着意表现的是田园生活"罕人事"、"无杂言"的单纯。其所描写景物简朴，而这种简朴正意味着相对稳定的生活，与士族地主奢靡却危机四伏的生活形成强烈的对比，是平淡而有意味的风格，但结句毕竟透露出一点心理不平衡的消息。再读盛唐人刘眘虚的《阙题》：

> 道由白云尽，春与清溪长。
> 时有落花至，远随流水香。
> 开门向溪路，深柳读书堂。
> 幽映每白日，清晖照衣裳。
>
> （《河岳英灵集》卷上）

景致的幽深，主人柳堂读书那种悠然神情，内在地透出诗人自得的心态。诗中没有陶渊明的苦中作乐，而是一片朴素明朗，裕足平和。其境界之完整明净，非六朝人所能有。即使是叫"穷"的诗，盛唐人也透出一股富足气，如储光羲《同十三维偶然作十首》之三：

> 野老本贫贱，冒暑锄瓜田。
> 一畦未及终，树下高枕眠。
> 荷蓧者谁子？皤皤来息肩。
> 不复问乡圩，相见但依然。
> 腹中无一物，高话羲皇年。
> 落日临城隅，逍遥望晴川。
> 使妇提蚕筐，呼儿傍渔船。
> 悠悠泛绿水，去摘浦中莲。
> 莲花艳且美，使我不能还。

（《全唐诗》卷一三七）

自称"腹中无一物"而能"高话羲皇年"的是"化妆晚会"上的"老农"，从那懒散的模样中我们认出他是"半官半隐"的士大夫。

中、晚唐人则不然，像孟郊、贾岛诉起苦来刻骨镂心，不由你不信。试读张籍《野居》：

> 贫贱易为适，荒郊亦安居。
> 端坐无余思，弥乐古人书。
> 秋田多良苗，野水无游思。
> 我无耒与网，安得充廪厨？
> 寒天白日短，檐下暖我躯。
> 四肢暂宽柔，中肠郁不舒。
> 多病减志气，为客足忧虞。
> 况复苦时节，览景独踟蹰。

（《全唐诗》卷三八三）

真的"腹中无一物"是不会"高话羲皇年"的，而要注目廪厨禾鱼了。王建有一组《原上新居》十三首，较全面地写了庄园生活，录三首在

50

下面：

> 春来梨枣尽，啼哭小儿饥。
> 邻富鸡常去，庄贫客渐稀。
> 借牛耕地晚，卖树纳钱迟。
> 墙下当官路，依山补竹篱。
>
> 移家近住村，贫苦自安存。
> 细问梨果植，远求花药根。
> 倩人开废井，趁犊入新园。
> 长爱当山立，黄昏不闭门。
>
> 住处去山近，傍园麋鹿行。
> 野桑穿井长，荒竹过墙生。
> 新识邻里面，未谙村社情。
> 石田无力及，贱赁与人耕。

（《全唐诗》卷二九九）

借牛卖树(一作"谷"，似更切实)、问果求药，甚至纳钱赁地，也都来入诗，经济因素已从田园景物后面探出头来！

中唐正处于中国封建土地关系发生变化，赋役制也跟着发生变化的历史转折点上。早在盛唐天宝年间已日见崩坏的均田制至此已完全不可收拾，战乱又使那些暴发户们大量攫取土地，加剧兼并，这时只能以"两税法"来维持"王税"。据《旧唐书·杨炎传》可知，两税法是夏、秋征税，税额按资产和田亩确定，而不问地从何来。这是针对土地买卖盛行的实际情况制定的。土地买卖盛行后，土地易主节奏加快，对灵心善感之文人(尤其是身为庄园主的文人)，造成心理压力，形成强烈的变迁感。当年"诗园"中的"文学沙龙"似乎已烟消云散，成了似梦似幻的掌故了。题吟唱和的热点安乐公主山庄、太平公主山庄、韦氏山庄，如今成为人们凭吊的对象——在中唐，题公主旧居的诗竟然如此之多，几乎可以单列为一大主题。韩愈有《游太平公主山庄》诗："公主当年欲占春，故将台榭押城闉。欲知前面花多少，直到南山不属人！"欲占春而春去不可占。王建《九仙公主旧庄》说得更露："楼上凤凰飞去后，白云红叶属山鸡！"在动乱中的士大夫很难得"十日一携手"地重温青山白云梦。如平泉庄主李德裕，虽然有个规模不小的庄园，不乏风潭碧涧、药圃瓜田，但他在《平泉山居诫子孙记》中说："虽有泉石，杳无归期，留此村居，贻厥后代。"（《全唐文》卷七〇八）他不再有张说辈那"冠冕巢由"的情趣，而是无可奈何地承认："乃知轩冕客，自与田园疏！"另一位庄主裴度，拥有午桥庄（即著名的"裴公绿野堂"），白居易、刘禹锡、韩愈诸人都到过这座"诗园"中唱和，但已不再有当年李峤、高正臣辈在荷亭、竹馆、书堂、琴轩以及金谷园尽情享乐为主旋律的情趣，而是掠过一缕忧患："巢由终身隐，萧曹到老忙。"（白居易《奉和裴令公新成午桥庄绿野堂即事诗》）"位极却忘贵，功成欲爱闲。"（刘禹锡《奉和裴令公新成绿野堂即书》）功成身退是将相与池台之间的内在联系，它深藏着一种彷徨的情绪。这种情绪也徘徊在小庄园中。刘长卿《郧上送韦司士归上都旧业》诗云：

> 前朝旧业想遗尘，今日他乡独尔身。
> 郧地国除为过客，杜陵家在有何人？
> 苍苔白露生三径，古木寒蝉满四邻。
> 西去茫茫问归路，关河渐近泪盈巾。
>
> （《全唐诗》卷一五一）

古今苍茫的变迁感无声地扩散开来。耿沣《题杨著别业》云：

> 柳苍向陂斜，回阳噪乱鸦。

农桑子云业,书籍蔡邕家。

暮叶初翻砌,寒池转露沙。

如何守儒行,寂寞过年华。

(《全唐诗》卷二六八)

别业一片萧瑟气象,翻飞的落叶成了儒生末路的象征。卢纶《秋晚山中别业》也发出类似的感慨:

树老野泉清,幽人好独行。

去闲知路静,归晚喜山明。

兰茎通荒井,牛羊出古城。

茂陵秋最冷,谁念一书生?

(《全唐诗》卷二八○)

牛羊夕照、树老泉清,本可引出一派平和自在的情绪来,此诗却归结为茂陵秋冷,书生无着,失去平和裕如的心态,也就失去盛唐田园诗味。

　　读唐代田园诗还应注意历史上自然环境的变迁。据说,鲁迅先生原拟写长篇小说《杨贵妃》,为感受一下盛唐气象特意去了一趟西安。结果呢?竟因此而搁笔。且不论此事真假,当今西安景象与当年长安景象是大有差别的。想从今日辋川来体会当年王摩诘诗中的辋川,就好比要从婆婆额上的皱纹去推见当年她当姑娘时的婀娜一样难!这里有个自然环境变迁的问题。据专家考证,大致而言,春秋战国至两汉为温暖期,魏晋南北朝为寒冷期,隋唐为温暖期,两宋为寒冷期……从杜甫久滞长安的诗中,我们看到当年长安"群木水光下,万家云气中"(《苦雨奉寄陇西公兼呈王征士》),"雨中百草秋烂死","禾头生耳黍穗黑"(《秋雨叹》)的景象。由此可想见当年长安植被之丰茂定非今日西安所能比拟。明白这一层,庶几可体味

《辋川集》中那具有江南风格的空蒙景色：

　　　　轻舸迎上客，悠悠湖上来。
　　　　当轩对樽酒，四面芙蓉开。

（《王右丞集笺注》卷一三）

第三节　槐花黄，举子忙

　　科举制度对唐诗发生过重大的影响，这是无可置疑的事实。宋代诗论家严羽《沧浪诗话·诗评》甚至说："唐以诗取士，故多专门之学，我朝之诗所以不及也。"这种看法将问题简单化，当代学者如郭绍虞、程千帆诸先生已有所驳正①。现在比较一致的看法是，唐代进士科举通过"行卷"之风对文学产生巨大的影响。要说清楚这一现象，需将唐代进士科举考试的特点作点说明。

　　五代王定保《唐摭言》卷一"散序进士"条说：

　　　进士科始于隋大业中（605—618），盛于唐贞观、永徽之际（627—655）；缙绅虽位极人臣，不由进士者，终不为美，以至岁贡常不减八九百人。其推重谓之"白衣公卿"，又曰"一品白衫"；其艰难谓之"三十老明经，五十少进士"；其负倜傥之才，变通之术，苏、张之辨说，荆、聂之胆气，仲由之武勇，子房之筹画，弘羊之书计，方朔之诙谐，咸以是而晦之，修身慎行，虽处子之不若；其有老死于文场者，亦无所恨。故有诗曰："太宗皇帝真长策，赚得英雄尽白头！"

---

① 郭绍虞《沧浪诗话校释·诗评》，人民文学出版社 1961 年版；程千帆《唐代进士行卷与文学》，上海古籍出版社 1980 年版。

这则资料表明,进士科举是封建统治者文治的策略,"赚得英雄尽白头",是笼络知识分子的有力武器。在最高统治集团的倡导下,进士科成为仕宦的热门,"缙绅虽位极人臣,不由进士者,终不为美"。据《唐语林·企羡》载,唐宣宗也爱羡进士,乃至于禁中自题"乡贡进士李道龙"。上有所好,下必甚焉,难怪布衣考生被推重为"白衣公卿"、"一品白衫"!大多数士人经受不住这样的诱惑,投身举业,蔚然成风,"父教其子,兄教其弟,无所易业。大者登台阁,小者任郡县。资身奉家,各得其足,五尺童子,耻不言文墨焉"(《全唐文》卷四七六沈既济《词科论》)。虽然唐代进士取人极少,每榜不过二三十人,如晚唐诗人李山甫所说"桂树只生三十枝"(《赴举别所知》),但士子总是前赴后继,屡蹶屡战,"其有老死于文场者,亦无所恨"。其惨烈悲壮当不在沙场驰突之下。正因为进士科举对唐士子有如此深巨的吸引力,所以才会形成对唐诗持久而有力的影响。

进士科举对唐诗发生影响与其考试形式有直接关系。唐代进士科举考试的特色一是重视诗赋,一是"公开化"。

唐初进士考试内容是"时务策"五条,但在太平时世让这些从未参政的"布衣"议论国事,实在只能是泛泛言之,或干脆"唯诵旧策,皆无实才",难以鉴别好坏。所以高宗时就加试帖经和杂文。帖经,就是考官任取一段经典,贴盖其中几个字,让考生填充。这也难看出什么本事。杂文,泛指诗、赋、箴、铭、表、赞之类,可测试考生的文学才华。由于唐人对韵文的特殊爱好,终于反映到进士考试的项目上来——唐玄宗天宝年间明确规定加试杂文就是加试诗、赋各一首。唐人干脆称进士科为"词科",唐人赵匡《举选议》称:"主司褒贬,实在诗赋。"(《通典》卷一七)这里有必要说明一下,唐人所试之赋,与平时所写的"古赋"不同,是"甲赋",限韵(一般是八韵),讲究对偶、用典,同写排律差不多。既然格律对进士科如此重要,则那些"老死于文场,亦无所恨"的士子们为什么以毕生精力来掌握这门技巧,答案也就不言而喻了。技巧的普及与熟练,是唐诗繁荣的必要条件之一。

再说"公开性"。唐代科举考试不糊名，考官可以将考生与考卷对上号。而且，考生在考前就可以将平时的作品投献主考的尚书省礼部，称为"省卷"，供考官参考。更有意思的是，主考官可以请人相助参定录取名单，叫做"通榜贴"。这些通榜者往往起着重要作用，而社会名流或达官贵人也往往直接向这些人或主考官推荐考生。《唐摭言》卷六有一则生动的记载：

> 崔郾侍郎既拜命，于东都（洛阳）试举人，三署公卿皆祖于长乐传舍；冠盖之盛，罕有加也。时吴武陵任太学博士，策蹇而至。郾闻其来，微讶之，乃离席与言。武陵曰："侍郎以峻德伟望，为明天子选才俊，武陵敢不薄施法露！向者，偶见太学生十数辈，扬眉抵掌，读一卷文书，就而观之，乃进士（唐代举子称"进士"，中第后称"前进士"）杜牧阿房宫赋。若其人，真王佐才也。侍郎官重，必恐未暇披览。"于是搢笏朗宣一遍，郾大奇之。武陵曰："请侍郎与状头（即状元）。"郾曰："已有人。"曰："不得已，即第五人。"郾未遑对，武陵曰："不尔，即请此赋。"郾应声曰："敬依所教！"既即席，白诸公曰："适吴太学以第五人见惠。"或曰："为谁？"曰："杜牧。"众中有以杜牧不拘细行间之者，郾曰："已许吴君矣，牧虽屠沽，不能易也！"

考试还没开始，名次已经铁定下来，可见推荐作用之大，而平时造成文名，寻找知己也同样十分重要。因此，举子在应试前要四处奔走，投献作品，以求"知音"，请有力者推荐，这叫"行卷"。为了引起注意，投一次不够，还要再投，三投（再投时也可以只寄封书信提请注意，不一定再投作品），这叫"温卷"。唐代科举考试每年春天在长安（偶尔也在东都洛阳设考场）举行，所以称"春闱"，通常二月放榜，正是杏花开时，所以杏花叫"及第花"。而后，落第的举子又开始准备下一轮考试,叫"夏课",撰写新的作品秋天再进行行卷,叫"秋卷"。而新参加考试的举子也要在秋天参加地方贡举,即"发解试",又叫"秋闱"。所以无论新、旧举子,夏、秋时都要忙着准备功课,所以谚曰:"槐花黄,举子忙!"

这一系列文化现象下来,势必引发在科举指挥棒下转的考生及执指挥棒者(考官及其"通榜"们)心态、行为的变化。容我一一叙来。

郭绍虞《沧浪诗话校释·诗评》笺注中驳严羽"唐以诗取士,故多专门之学,我朝(宋)之诗所以不及"有云:

> 如王世贞《艺苑卮言》云:"人谓唐人以诗取士,故诗独工,非也。凡省试诗类鲜佳者,如钱起《湘灵》之诗,亿不得一;李肱《霓裳》之制,万不得一。"杨慎《升庵诗话》云:"诗之盛衰,系于人之才与学,不因上之所取也。唐人所取,五言八韵之律。今所传省题诗多不工,今传世者,非省题诗也。"钱振锽《摘星说诗》云:"天生一种诗人,决不为朝廷取士不取士所累。"其信得之。

这些驳斥是有力的,省试中产生之佳作的确不多,钱起《湘灵》诗是少数的例外。先看这首诗,原题为《省试湘灵鼓瑟》:

> 善鼓云和瑟,常闻帝子灵。
> 冯夷空自舞,楚客不堪听。
> 苦调凄金石,清音入杳冥。
> 苍梧来怨慕,白芷动芳馨。
> 流水传潇浦,悲风过洞庭。
> 曲终人不见,江上数峰青。

(《全唐诗》卷二三八)

　　诗严格按考试要求扣紧题目写,冯夷、楚客、苍梧、潇浦,无非是些烂熟的掌故。但结句写得挺空灵,将非人的仙子那梦幻般的形象写出,有神秘的氛围。朱光潜先生曾析这两句诗的好处,说:

　　　　我爱这两句诗,多少是因为它对于我启示了一种哲学的意蕴。"曲终人不见"所表现的是消逝,"江上数峰青"所表现的是永恒。可爱的乐声和奏乐者虽然消逝了,而青山却巍然如旧,永远可以让我们把心情寄托在它上面……不仅如此,人和曲果真消逝了么? 这一曲缠绵悱恻的音乐没有惊动山灵? 它没有传出江上青峰的妩媚和严肃? 它没有深深地印在这妩媚和严肃里面? 反正青山和湘灵的瑟声已发生这么一回的因缘,青山永在,瑟声和鼓瑟的人也就永在了。

这段分析的确将这联诗蕴含的动与静、变与常的微妙关系揭示出来,是一种审美经验。当然,将它从全篇中割裂出来,并得出"艺术的最高境界都不在热烈","和平静穆是作诗的极境"之类的结论是片面的。鲁迅先生就是针对这一结论进行批评,指出"曲终"结题中的"鼓瑟","人不见"点"灵"字,"江上数峰青"作"湘"字的文章,是"好试帖"①。经鲁迅的指点,我们乃悟出钱起从容于考试程式之中的技巧,难怪说是"亿不得一",是戴着镣铐起舞的佳作。当然,作者未必然,读者未必不然。读者从瑟与青山的意象中完全有权利浮想联翩,如朱光潜的那段分析,也正是读者在审美过程中得来的一种快乐。但是必须指出,直接从科举考试中产生出的好诗是九牛一毛,可忽略不计,它只是用这支指挥棒指挥广大的考生以全副精力去讲究格律、词藻等技巧,它对产生好诗是一个重要的条件。

　　用以"行卷"的诗,可视为作者的"自选集"。如中唐古文家李

---

① 所引朱光潜的一段分析与鲁迅的批评,咸见《且介亭杂文二集·"题未定"草之七》,《鲁迅全集》第 6 卷,人民文学出版社 1981 年版,第 425—430 页。

观,以《安边书》、《汉祖斩白蛇剑赞》、《报弟书》、《邠宁庆三州飨军记》、《请修太学书》等文为行卷,题材多样,非一时一地之作,颇能全面反映考生的真才实学。李观是用文行卷,用诗行卷的如《北梦琐言》卷二所举例:

　　咸通中,礼部侍郎高湜知举。榜内孤贫者公乘亿,赋诗三百首,人多书于屋壁。许棠有《洞庭》诗,尤工,诗人谓之"许洞庭"。最奇者有聂夷中,河南中都人,少贫苦,精于古体,有《公子家》诗云:"种花于西园,花发青楼道。花下一禾生,去之为恶草。"又《咏田家》诗云:"父耕原上田,子劚山下荒。六月禾未秀,官家已修仓。"又云:"锄禾日当午,汗滴禾下土。谁知盘中餐,粒粒皆辛苦。"(此篇或作李绅诗)又云:"二月卖新丝,五月粜新谷,医得眼前疮,剜却心头肉。我愿君王心,化为光明烛。不照绮罗筵,只照逃亡屋。"

所举例多是名篇。再如《幽闲鼓吹》记白居易初见顾况,顾况开玩笑说:"长安米贵,居大不易。"但一看行卷中《赋得古原草送别》,被"野火烧不尽,春风吹又生"这样清新的诗句所打动,不由拍案叫绝:"有才如此,居亦易矣!"又记李贺向韩愈行卷,韩"送客归,极困。门人呈卷,解带旋读之"。打开一看,是《雁门太守行》:"黑云压城城欲摧,甲光向日金鳞开! ……"奇象叠出,韩愈"命邀之"。这些文坛要人对好诗的赏识,对诗才的奖掖,于诗歌创作水平的提高是有益的。

　　以上这些人算运气,遇上了行家。也有行卷行到一些当了官的凡夫俗子头上,那又怎样? 晚唐善写小品文的罗隐,将他十次考试落第的行卷命名为《谗书》,就因为"他人用是以为荣,而予用是以为辱;他人用是以富贵,而予用是以困穷"。也就是说,别人行卷中第取功名富贵,我的行卷不但不被赏识,反招来白眼,招来困穷! 这不是"自谖"(自家说自家的坏话)吗？这是以文为行卷,而用诗为行卷想必有同样的情况。然而问题并不只是中不中第这么简单,那批手操指挥棒的凡夫俗子对文风、诗风还要有相当深刻的影响。也就是说,他们的指挥棒也是灵的。《北梦琐言》卷六载：

> 唐卢延让业诗,二十五举,方登一第。卷中有句云："狐冲官道过,狗触店门开。"租庸张濬亲见此事,每称赏之。又有"饿猫临鼠穴,馋犬舐鱼砧"之句,为成中令汭见赏。又有"栗爆烧毡破,猫跳触鼎翻"句,为王先主所赏。尝谓人曰："平生投谒公卿,不意得力于猫儿、狗子也。"人闻而笑之。

你想,考了二十五次才中第,其间有多少痛楚,为了迎合那些审美趣味低下的考官、荐举人,他又费了多少心神！《北梦琐言》同卷又记陈咏行卷以"隔岸水牛浮鼻渡,傍溪沙鸟点头行"诗为压卷之作,曰："曾为朝贵见赏,所以刻于首章。"可见这些"朝贵"对文坛影响之大。而中唐以后,世俗地主崛起,大量涌入官场,将"俗气"也带了进来,并通过科举指挥棒将他们的审美趣味影响于文坛,形成无意识选择,在中、晚唐推动了"由雅入俗"的文学思潮。《北梦琐言》卷十又记李昌符行卷用《婢仆诗五十首》,在都市广为流传,是年登第。粗俗的诗句往往为时人所赏识,如包贺云"石榴树挂小瓶儿"、"风动竹捶胸"之类。不管我们喜欢不喜欢,都得承认,这也是进士科举对唐诗发生影响的一个重要方面。

进士科举对唐诗间接且更为内在的影响是：重塑文人形象,改变其心态。它一方面强化了士子的傲气,另一方面则又培养了士子的鄙俗气。

上章我们已说过唐代士子文人的恃才傲物,进士科举则以其一系列社会活动强化了这一特征。五代王定保《唐摭言》颇为详尽地记载了进士及第后的一些活动。一是进士宴游之盛,自金榜高悬至新科进士离京,什么闻喜宴、樱桃宴、曲江宴、月灯阁打球宴、关宴、雁塔题名⋯⋯一系列庆祝活动摩肩接踵,让人应接不暇,乃至有专门承句这些活动安排的"进士团"出现①。其中"曲江大会"尤其热闹:

> 逼曲江大会,则先牒教坊请奏,上御紫云楼,垂帘观焉。时或拟作乐,则为之移日⋯⋯敕下后,人置被袋,例以图障、酒器、钱绢实其中,逢花即饮。故张籍诗云:"无人不借花园宿,到处皆携酒器行。"⋯⋯曲江之宴,行市罗列,长安几于半空。公卿家率以其日拣选东床(招女婿),车马阗塞,莫可弹述。(《唐摭言》卷三)

看来,如今的春节也没这般狂欢哩。再是"雁塔题名"。雁塔,今西安大雁塔,原慈恩寺塔。这也是及第进士的殊荣,大诗人白居易就曾以二十七岁及第而不无得意地说:"慈恩塔下题名处,十七人中最少年!"(《唐摭言》卷三)你想,一个默默无闻甚或穷愁潦倒的书生,一夜之间成了扬眉吐气、大有前途、人人瞩目的名人,能不一洗往日龌龊之气而昂然面向未来? 著名的苦吟诗人孟郊就曾经以四十六岁已过"强仕"之年进士及第而兴奋不已地写下名篇《登科后》:

> 昔日龌龊不足夸,今朝放荡思无涯。
> 春风得意马蹄疾,一日看尽长安花!
>
> (《全唐诗》卷三七四)

得意之状可掬。不必说是及第进士,就是未及第而仍有及第希望的

---

① 金诤《科举制度与中国文化》第二章,上海人民出版社 1990 年版。

布衣们，也往往"千首诗轻万户侯"，令人侧目。《新唐书·隐逸传》载陆龟蒙举进士不中，游苏州、湖州，后"尝至饶州，三日无所诣。刺史蔡京率官属就见之，龟蒙不乐，拂衣去"。陆氏为晚唐人，犹气盛如此，则中唐以前"一品白衫"的气焰可想而知。

与之俱来的是矛盾的另一面：培养了士子的鄙俗气。据说，唐太宗见新进士缀行而出，喜曰："天下英雄入吾彀中矣！"（《唐摭言》卷一）的确，科举制度取代了"九品中正"制，意味着中央从地方手中夺回用人权。士子走上科举的轨道，也就意味着走上规范化的道路。他们不再处于"入楚楚重，出齐齐轻"的"游士"地位，而是加强了对皇权的依附性。唐代科举虽然尚未走到后来《儒林外史》所描述的那步田地，但已培养起士子揣摩、投合权贵们好恶的鄙俗气，上举"猫儿狗儿"诗便是一证。王世贞《艺苑卮言》卷四对此曾慨乎言之：

> 唐自贞元以后，藩镇富强，兼所辟召，能致通显。一时游客词人，往往挟其所能，或行卷赘通，或上章陈颂，大者以希拔用，小者以冀濡沫……故剽窃云扰，谄谀泉涌……至于贡举，本号词场，而牵压俗格，阿趋时好。上第巍峨，多是将相私人，座主密旧。甚乃津私禁脔，自比优伶，关节幸珰，身为军吏，下第之后，尚尔乞怜主司，冀其复进。是以性情之真境，为名利之钩途，诗道日卑，宁非其故？

文人无行，莫过于此。可见唐代科举一方面给予士子很高的社会地位，强化其傲气；另一方面，科举的本质就在于让士子最大限度地依附皇权，所以科举日渐完善之日，便是士子日渐依附皇权之时。依附性愈强，则个体人格独立性就愈弱。只要将初、盛唐人的"干谒"与中、晚唐人的"行卷"略作对比，不难发现唐人个体人格独立性递减的轨迹。是的，中、晚唐人行卷者也有傲气，但其傲气分明已带上更多的矫饰意味。专选盛唐诗的《河岳英灵集》高适小传称其"性拓落,不拘小节,耻预常科,隐迹博徒,才名自远"。所谓"耻预常科",就是耻于参加明经、进士一类的科举,而是想"举头望君门,屈指取公卿",通过干谒而直入君门的。后来终于得张九皋之荐,诗集奏呈玄宗,又得颜真卿的张扬,扩大了影响,而举有道科中第。后授封丘县尉,因痛感"拜迎官长心欲碎,鞭挞黎庶令人悲"(《封丘县》),终于弃官西去。可见其干谒并非纯为一官半职,不过是想"济世"、"立功"而已。李白也不想通过科举当官,而是以诗名之大为玄宗所知,经玉真公主、贺知章、吴筠的推荐,一度颇为玄宗所亲近,但因不愿当弄臣而毅然离开了长安。此又可见其视个体人格独立高于仕宦立功。像这样的事例在中、晚唐则几乎不可思议。可以说,初、盛唐尚存魏晋人"率性使气"之风度,而中、晚唐随着科举日渐桎梏人心,去魏晋风度日远,其傲气往往只是以文才傲人,少有个体人格之自觉追求。盛唐气象日渐消逝,唐诗意气日见浇漓,此乃一大症结。

第三章　唐音辨体

胡震亨《唐音癸签》卷一称:"诗自《风》、《雅》、《颂》以降,一变有《离骚》,再变为西汉五言诗,三变有歌行杂体,四变为唐之律诗。诗至唐,体大备矣。"叶羲昂《唐诗直解·诗法》称:"至唐而诗体始备,遂定为五七言古、排律、近体、绝句等制。"诗至唐而体制基本定型为古风、律诗、绝句三大类,这是历来比较一致的看法。各种体式有其独特的美学功能,从不同的角度辉映出唐诗钻石般的璀璨,颇值得一叙。

第一节　古　风

古风,这里指古体诗与乐府诗。古体诗是与讲究格律的近体诗相对而言的,从韵律到篇幅都较自由,不必拘守对仗,有五古、七古以及杂言诗。《诗经》中偶有五、七言句,如"谁谓雀无角"、"交交黄鸟止于棘"等。但五、七言句要到《楚辞》才大量出现。林庚先生指出,其本质是以"三字尾"代替"二字尾",也就是说,它的本质是"三字节奏"。五、七言诗的语言是从日常散文中提炼出来的,经历了一个漫长的诗化过程①。我认为这是对理解五、七言诗美学功能的重

① 林庚《唐诗综论·唐诗的语言》,人民文学出版社 1987 年版,第 82—84 页。

要提示。的确,古体诗的音乐美不像律诗那样体现为声调的有规律地变化,整齐中有差异,对抗中有和谐,抑扬顿挫中有往而复返的旋律;古体诗的音乐美更多地体现为节奏,或如高山流水,或如平野放浪,或如大海涌波,诗人的感情起伏与诗的节奏同步,由此形成感染人的力量,就此而言,歌行自乐府中来(后面还要再提到)。最典型的是大诗人李白,往往在七言的基调上杂用五言与"三——三——七"句式,甚至夹杂四言、六言、八字、九字、十字、十一字句。其名篇《远别离》便是一例。当然,古风的节奏不仅表现为长短句式的参差,更多地还表现为气势连贯中意境的转换,语言画面的变幻,以及转韵等手法,用以表现感情的跌宕起伏。如张若虚《春江花月夜》:

春江潮水连海平,海上明月共潮生。
滟滟随波千万里,何处春江无月明。
江流婉转绕芳甸,月照花林皆似霰。
空里流霜不觉飞,汀上白沙看不见。
江天一色无纤尘,皎皎空中孤月轮。
江畔何人初见月,江月何年初照人。
人生代代无穷已,江月年年只相似。
不知江月待何人,但见长江送流水。
白云一片去悠悠,青枫浦上不胜愁。
谁家今夜扁舟子,何处相思明月楼?
可怜楼上月徘徊,应照离人妆镜台。
玉户帘中卷不去,捣衣砧上拂还来。
此时相望不相闻,愿逐月华流照君。
鸿雁长飞光不度,鱼龙潜跃水成文。
昨夜闲潭梦落花,可怜春半不还家。
江水流春去欲尽,江潭落月复西斜。
斜月沉沉藏海雾,碣石潇湘无限路。

　　　　　不知乘月几人归,落月摇情满江树。

　　全诗由九个意境组成,似梯田水漫,从一个平面落入下一个平面。月起月落,情绪起伏,可谓淋漓尽致,荡气回肠,摇曳不尽。这首由原乐府短章改造而成的歌行体诗①,充分体现了歌行流转自如、变幻多姿、一气如注的特色。

　　但唐人似乎更喜欢"快三步",如高适《燕歌行》:

　　　　　汉家烟尘在东北,汉将辞家破残贼,
　　　　　男儿本自重横行,天子非常赐颜色。
　　　　　㧲金伐鼓下榆关,旌旆逶迤碣石间,
　　　　　校尉羽书飞瀚海,单于猎火照狼山。
　　　　　山川萧条极边土,胡骑凭陵杂风雨,
　　　　　战士军前半死生,美人帐下犹歌舞!
　　　　　大漠穷秋塞草腓,孤城落日斗兵稀,
　　　　　身当恩遇恒轻敌,力尽关山未解围。
　　　　　铁衣远戍辛勤久,玉箸应啼别离后,
　　　　　少妇城南欲断肠,征人蓟北空回首。
　　　　　边廷飘摇那可度,绝域苍茫更何有,
　　　　　杀气三时作阵云,寒声一夜传刁斗。
　　　　　相看白刃血纷纷,死节从来岂顾勋?
　　　　　君不见沙场征战苦,至今犹忆李将军。②

四句一换韵,仄声韵与平声韵往往交替出现,形成一张一弛的节奏。再进一层看,不难发现每一转韵,也正是意境和画面的变换,而诗人

---

① 郭茂倩《乐府诗集》卷四七录隋炀帝《春江花月夜二首》,其一云:"暮江平不动,春花满正开。流波将月去,潮水带星来。"中华书局 1979 年版,第 678 页。
② 刘开扬《高适诗集编年笺注》,中华书局 1981 年版,第 97 页。

情感起伏便在其中。韵脚、画面、情感三者之间的关系,谨以下式示意:

出征(高昂)→至边关(畅达)→敌来(逼促)→被围(悲壮)→
　仄声韵　　　　平声韵　　　　　仄声韵　　　　平声韵

相思(缠绵)→久戍(忧郁)→反思(感慨)
　仄声韵　　　　仄声韵　　　平声韵

从上式中不难看到,时空画面的转换同感情的起伏是相一致的:出征时的高昂情绪与仄声韵的急促,反思的深长感慨与平声韵的悠远,都是相称的;甚至相思与久戍都用仄声韵,也表现了二者之间仍在同一场景中的关联。而这一切又都是一气相贯通,天造地设般自然无痕迹,正是盛唐人对七言古风得心应手的明证。当然,也有一韵到底、节奏大开大阖、时空情景迅疾变换的,如李白《北风行》:

烛龙栖寒门,光耀犹旦开。
日月照之何不及此?惟有北风号怒天上来。
燕山雪花大如席,片片吹落轩辕台。
幽州思妇十二月,停歌罢笑双蛾摧。
倚门望行人,念君长城苦寒良可哀。
别时提剑救边去,遗此虎纹金鞞靫。
中有一双白羽箭,蜘蛛结网生尘埃。
箭空在,人今战死不复回。
不忍见此物,焚之已成灰。
黄河捧土尚可塞,北风雨雪恨难裁![1]

音节的参差跳脱,正与心绪的忐忑嘈杂相应。"日月照之何不及

---

[1] 瞿蜕园、朱金城《李白集校注》卷三,上海古籍出版社1980年版,第273页。

此",八字偶句在二句五言之后,显得分外突兀拗峭,似奔马骤驻;紧接着是"惟有北风号怒天上来",九字长句似音乐间歇后的舒张,于是乎下面"燕山雪花大如席"便有雪花片片从长风中吹来的感觉。"箭空在"三字嵌在诗中孤零零的一似相思人的孤凄。节奏的开阖服务于时空的飘忽迭进。随着节奏的开阖,时空在迅疾变换:大雪风飘,思妇倚门,"念君长城苦寒良可哀"。环顾室内,犹存白羽箭,"人今战死不复回",焚箭成灰,北风雨雪未停。一场大雪中,由倚门念君到人已战死,"箭空在"到"焚之已成灰",情景变幻疾速而长恨绵绵不尽。生命的飘忽,爱情的恒定,也尽在其中。这就是李白以激情驱动的歌行,纵横奇瑰,将古风这一形式发挥到淋漓尽致的地步。后来杜甫、韩愈,多用拗句拗调,造成奇崛的诗风;白居易、韦庄又以七言长篇记事,如《长恨歌》《秦妇吟》,都达到很高的成就,堪称史诗,且容后另述。

　　如果说七言歌行是由六朝歌行演进而来,颇受鲍照恣纵跳脱的散文化笔调的影响,其语言章法又承六朝赋的鲜丽富赡、北朝民歌的俚俗豪放,加上唐人特有的雄浑震荡,才形成超迈往古的一代新风;那么,五古则近于汉魏,自陈子昂倡"汉魏风骨",以三十八首五古《感遇》作示范,则五古讲究兴寄,直抒胸臆,质朴真切,而与七古有别。陈伯海先生认为,五言字少,有安详徐缓的气度,近乎平时讲话的语调;七言音促,类似朗诵或歌唱表演的声腔。因之,五古气象宜浑成,结构宜质实,比七古要更近口语与散文①。此说甚是。萧涤非先生曾指出:

　　　　五言古体诗的伸缩性,它的弹性是很大的,同时,由于五字一句,不太长,也不太短,比之四字一句要灵活得多。这也就是说,它的表现的性能特别强,既便于抒情,也便于写景和叙事。

---

① 　陈伯海《唐诗学引论》,知识出版社 1988 年版,第 139 页。

正是基于这些有利条件,所以杜甫经常使用这一诗体,数量达三百六十一首之多,以字数而论,在各体中占第一位;而他的富于现实性、人民性的诗,也绝大部分属于这一诗体,如"三吏"、"三别"等等。这自然不是偶然的。[①]

不妨说,是杜甫将五古的美学功能发挥到极致。

现在回到乐府话题。五、七言诗本自乐府中出,后来却成了古风中的一体。涤非师认为乐府与古诗的区别,大体上有三点:乐府曾配乐,古诗则是"徒诗",一也;乐府多叙事,有故事性、社会性,古诗则一般为个人的抒情,二也;乐府通俗自然,常用方言口语,古诗则较典雅,三也[②]。事实上,唐人作乐府有两条路子,一是直承建安曹氏父子,"借古题写时事",抒发个人情志;二是远绍汉乐府"缘事而发"的精神,"因事命题,无所依傍"。但二者都已撇开音乐,或者如上文所说转为注重节奏的音乐性,是沈德潜《唐诗别裁集·凡例》所谓:"不过借古人体制,写自己胸臆耳,未必尽可被之管弦也。"前一派如卢照邻、刘希夷、崔颢、李白、王维、高适、李贺、孟郊辈;后一派如杜甫、元结、元稹、白居易、张籍、王建诸人。二者各有所长,下编另述。这里只想指出,由于前一派诗人的发挥,乐府与歌行的界线更模糊了。以《白头吟》为例,这本是一首记述一次情变小悲剧的五言乐府诗,至唐人刘希夷手,则成为喟叹人生无常的七言长篇歌行;再入李太白手,便成五、七言杂出,音节急促,感情激烈的抒情歌行,而去本辞愈远。兹据郭茂倩《乐府诗集》录三首,供读者比较:

> 皑如山上雪,皎若云间月。
> 闻君有两意,故来相决绝。
> 今日斗酒会,明旦沟水头。

---

① 萧涤非《杜甫研究》,齐鲁书社 1980 年版,第 119 页。
② 萧涤非《乐府诗词论薮》,齐鲁书社 1985 年版,第 13—14 页。

蹊蹀御沟上,沟水东西流。

郭东亦有樵,郭西亦有樵,

两樵相推与,无亲为谁骄?

凄凄复凄凄,嫁娶亦不啼。

愿得一心人,白头不相离。

竹竿何袅袅,鱼尾何离莥。

男儿重意气,何用钱刀为!

龋如马啖萁,川上高士嬉。

今日相对乐,延年万岁期。

(《白头吟》本辞)

洛阳城东桃李花,飞来飞去落谁家?

洛阳女儿惜颜色,行逢落花长叹息。

今年花落颜色改,明年花开复谁在?

已见松柏摧为薪,更闻桑田变成海。

古人无复洛城东,今人还对落花风。

年年岁岁花相似,岁岁年年人不同。

寄言全盛红颜子,须怜半死白头翁。

此翁白头真可怜,伊昔红颜美少年。

公子王孙芳树下,清歌妙舞落花前。

光禄池台文锦秀,将军楼阁画神仙。

一朝病卧无人识,三春行乐在谁边?

宛转蛾眉能几时,须臾白发乱如丝。

但看旧来歌舞地,唯有黄昏鸟雀悲。

(刘希夷《白头吟》)

锦水东流碧,波荡双鸳鸯。

雄巢汉宫树,雌弄秦草芳。

相如去蜀谒武帝,赤车驷马生辉光。

70

一朝再览大人作,万乘忽欲凌云翔。

闻道阿娇失恩宠,千金买赋要君王。

相如不忆贫贱日,官高金多聘私室。

茂陵姝子皆见求,文君欢爱从此毕。

泪如双泉水,行坠紫罗襟。

五起鸡三唱,清晨《白头吟》。

长吁不整绿云鬓,仰诉青天哀怨深。

城崩杞梁妻,谁道土无心。

东流不作西归水,落花辞枝羞故林。

头上玉燕钗,是妾嫁时物。

赠君表相思,罗袖幸时拂。

莫卷龙须席,从他生网丝。

且留琥珀枕,还有梦来时。

鹔鹴裘在锦屏上,自君一挂无由披。

妾有秦楼镜,照心胜照井。

愿持照新人,双对可怜影。

复水却收不满杯,相如还谢文君回。

古来得意不相负,只今唯有青陵台。

(李白《白头吟》)

第二节　律　诗[①]

　　律诗,或称近体诗,因为对唐人来说,这是新近才兴起的新体诗。它从字句、声韵到对仗诸方面都有严格的限制。声调和对偶是

---

① 本节观点深受益于下列诸家著作:萧涤非《杜甫研究》,齐鲁出版社1980年版;陈伯海《唐诗学引论》,知识出版社1988年版;[美]高友工《律诗的美学》,见[美]倪豪士编《美国学者论唐代文学》,上海古籍出版社1994年版。因以上诸家看法多经笔者理解、体验,然后重新组合,未必是原来观点,故未能一一标明出处,特作申明。

格律形式的两大经纬,自有诗以来,各自经历了漫长时期里众多诗人的实践,才在唐代诗里交织出锦绣般美的形式。

先说对偶。由于中国语言的特点,字词与音节同步的关系,所以两句诗之间要整齐地对称是容易的。《诗经》中就有这样的句子:

溱与洧浏其清矣,士与女殷其盈矣。(《溱洧》)

也许这些句子只是一些对语言特别敏感的诗人"妙手偶得",可是一旦这种趣味与华夏"和而不同"的美学原则结合,就会成为一种倾向。这种倾向要求捉对儿表现事物或心象,要求相似或相反的对称美,在对称中求变化,同中有异,异中见同,得和谐之美。汉赋将这种倾向推向高潮,整齐、对称形成一种建筑般的堆砌之美。不过,堆砌毕竟板滞少变化,远未达到"和而不同"的境界。东汉末逐渐流行的五言诗为这种倾向提供了新的形式。由于五言诗一般是隔行押韵,于是两句诗便形成一联,成为一个相对独立的对称的整体。这是一个非常重要的变化。第一,五言诗"二—三"节奏要比四言诗"二—二"节奏富有变化,而两句对称又使这种变化是同步的,整齐的。第二,两句并列容易造成时空的对应,使十个字达到最大容量。这就为诗人在整齐、对称的形式中提供了腾挪跳踯的可能性空间。也就是说,五言诗对联的形式是与"和而不同"的美学原则相适应的——只要诗人能正确使用它。六朝人于此道可谓娴熟:

振衣千仞冈,濯足万里流。(左思《咏史》)

暧暧远人村,依依墟里烟。(陶潜《归园田居》)

徇禄反穷海,卧疴对空林。(谢灵运《登池上楼》)

再说声调。由于佛教传入带来梵文的语言学,引发六朝诗人开始注视汉语本身固有的声调,终于归纳出"四声"规律。有意将这一规律应用于诗歌创作的,是齐、梁"新体诗"的诗人们。其中尤值一提的是沈约。他提出"四声八病"说,认为作诗应"一简之内,音韵尽殊;两句之中,轻重悉异"(《宋书·谢灵运传论》)。所谓"四声",就是"平、上、去、入",一联上下句间,同位置的字必须有声调上的不同,每一句间用字的声调亦有交替。"八病"是关于声调的一些禁格,有"平头"、"上尾"、"蜂腰"等名目,颇为繁琐。皎然《诗式》就批评说:"沈休文酷裁八病,碎用四声。"简化从来就是事物进步的一个重要手段。一些优秀诗人如谢朓、王融,则开始将四声简化为平、仄,这是一个重大的变革。唐人广泛应用这一原则,将沈约诸人"宫羽相变,低昂舛节"、"前有浮声,后须切响"那较为模糊的声律规则(《文镜秘府论》所示齐、梁声律是四声的颠倒相配),明确为平仄交替变化,化消极的避免"犯病"为积极的追求声调长短强弱的旋律。也就是让对偶的修辞美与声律的抑扬结合起来,在一联之中既整齐又富有变化,形成"和而不同"之美。诚然,这是唐人大量实践的贡献,然而不能不承认,在齐、梁诗人中,也已有妙手偶得者:

　　岸花临水发,江燕绕樯飞。(何逊《赠诸游旧》)

　　泊处空余鸟,离亭已散人。(阴铿《江津送刘光禄不及》)

问题乃在于,齐、梁新体诗感情匮乏,有句无篇,要待到群情激昂的唐人手里才能完成这五言八句的律体。我们先来看初唐王勃的《送杜少府之任蜀川》:

　　城阙辅三秦,风烟望五津。
　　与君离别意,同是宦游人。
　　海内存知己,天涯若比邻。

无为在歧路，儿女共沾巾。①

（《全唐诗》卷五六）

从上面标示的声调不难看出本句中平仄交替与对联中平仄的相反、词类相同。中间二联尤其严格地遵循了"平平平仄仄，仄仄仄平平，仄仄平平仄，平平仄仄平"这样的格式。"海内"与"天涯"，"存"与"若"，"知己"与"比邻"，都是词类、意义相同或相近而平仄相反的对应。而第三句的第二字"君"与第二句的第二字"烟"同为平声；第五句第二字"内"与第四句第二字"是"同为仄声；第七句中的"为"与第六句中的"涯"同为平声，这叫"粘"。这一来，八句勾搭成一个整体，两句平仄对立，两联之间格式又因"粘"而不至于重复，八句其实又是"平平平仄仄，仄仄仄平平"与"仄仄平平仄，平平仄仄平"这二种基本格式的反复交替而已。这就在声调上形成往而复返的旋律之美。就词义看，"城阙"的严重厚实与"风烟"的虚无缥缈又相映成趣，整齐中有空灵。上句言长安，下句则言蜀川，二句之间留出巨大的空间，与颈联"海内""天涯"又形成呼应。如果说"海内""天涯"推开距离，留出空间，那么，"知己""比邻"又拉回来，贴得很近。十个字之间形成的跌宕，好比河水跌落，几步间成为瀑布，增大了冲击力。我们只要将它与其改造对象曹植《赠白马王彪》原句作一比照，就可凸现其优越性来。曹氏原句为：

丈夫四海志，万里犹比邻。
恩爱苟不亏，在远分日亲。

（《文选》卷二四）

同样的意思，曹诗表达较散乱重沓，而平仄交替不整齐，读起来生

---

① 引诗底下加点字为仄声字，下同，不另注。

涩，又增强了这一散乱的感觉。王诗借助格律将曹的意思表达得明朗多了，且流畅有气势。就通篇而言，王诗首联点明送别，颔联承惜别之意，腹联拓开，尾联又回归至送别，诚如陈伯海先生所言，暗合了所谓"起承转合"的章法①。我还认为，这也暗合了中国美学中"往而复返"的审美趣味。所谓"往而复返"的审美趣味，宗白华《中国诗画中所表现的空间意识》有很精彩的阐述：

> 中国人于有限中见到无限，又于无限中回归有限。他的意趣不是一往不返，而是回旋往复的。唐代诗人王维的名句云："行到水穷处，坐看云起时。"韦庄诗云："去雁数行天际没，孤云一点净中生。"储光羲的诗句云："落日登高屿，悠然望远山，溪流碧水去，云带清阴还。"以及杜甫的诗句："水流心不竞，云在意俱迟。"都是写出这"目既往还，心亦吐纳，情往似赠，兴来如答"的精神意趣。②

就五律通篇结构看，"起承转合"的结构是与"往而复返"的审美趣味相适应的。每个对联都是一个小小的子系统，自足、往复，形成旋律；而四联又构成一个封闭的系统，将四联之间以"起承转合"式的回旋统一起来，形成一个完整自足的意境。在这一自足的系统中，整齐的对仗好比两两相对的镜子，镜镜相摄，相辉相映，情映入景，景叠入情，是涵盖浑融的华严境界！如"雨中黄叶树，灯下白头人"（司空曙《喜外弟卢纶见宿》），不必语法逻辑介入，画面的对照自然将孤凄老境与风雨飘摇的秋叶联系起来。唐人将五律这一功能发挥到了极致：

> 山暝听猿愁，沧江急夜流。

---

① 陈伯海《唐诗学引论》，知识出版社 1988 年版，第 156—157 页。
② 宗白华《艺境》，北京大学出版社 1987 年版，第 215 页。

风鸣两岸叶，月照一孤舟。

建德非吾土，维扬忆旧游。

还将两行泪，遥寄海西头。

（孟浩然《宿桐庐江寄广陵旧游》，《全唐诗》卷一六〇）

猿声、水流声、风鸣木叶声，月光、水反光、泪光，羁旅情、思乡情、友情，相互交织，凝作两行泪直迸洒出诗外。"月照一孤舟"是全诗亮色所在，不但似舞台灯光一般将审美注意集中在孤舟上，突出了羁旅的孤独，同时又照出山色树影的迷离，增强"忆旧游"如梦如幻的朦胧。叙事当连贯，表情宜跳跃。律诗对仗与回环的形式使画面两两对应，在对联中形成"画廊"，为读者留下想象的空间，又在心境与物景的对应中找到虚线式的"逻辑"。对诗家射雕手来说，五律无疑是一把良弓！五言律成为唐人最喜爱、最常用的形式，自有它的道理。即使是不爱写近体诗的李白，也写得一手好五律：

青山横北郭，白水绕东城。

此地一为别，孤蓬万里征。

浮云游子意，落日故人情。

挥手自兹去，萧萧班马鸣。

（《送友人》，《李白集校注》卷一八）

这是一首严格意义上的五律，写来行云流水，不觉格律之森严，与王勃《送杜少府之任蜀川》的整峻相比，似更从容。颔联用"流水对"，一气流转，增强一别万里的惆怅；"浮云"与"游子意"在漂浮不定这一点上对应，使情景交融，是实景又是比喻；尾联马鸣声将别情推至高潮。李白这种举重若轻、从容于格律之中的本领更体现在下一首诗中：

> 牛渚西江夜，青天无片云。
> 登舟望秋月，空忆谢将军。
> 余亦能高咏，斯人不可闻。
> 明朝挂帆席，枫叶落纷纷！
> （《夜泊牛渚怀古》，《李白集校注》卷二二）

全诗似对非对，一气空灵，结句尤得弦外之音。

至如田园诗大家王维，则善于在五律中使田园生活的自足与禅宗、道家之哲理的自足，同五律形式的"往而复返"的自足协调起来，得和谐之美。如《辋川闲居》：

> 一从归白社，不复到青门。
> 时倚檐前树，远看原上村。
> 青菰临水映，白鸟向山翻。
> 寂寞于陵子，桔槔方灌园。
> （《王右丞集笺注》卷七）

诗人不但逍遥于田园之中，而且逍遥于格律之中。可以说，王维田园诗最能体现五律"往而复返"的美学特点。而能严守格律、对偶工整又保留元气淋漓的，当然要推"诗圣"杜甫。在他手中，五律的容量达到惊人的程度。只要举《登岳阳楼》一例便足以说明：

> 昔闻洞庭水，今上岳阳楼。
> 吴楚东南坼，乾坤日夜浮。
> 亲朋无一字，老病有孤舟。
> 戎马关山北，凭轩涕泗流。
> （《杜诗详注》卷二二）

全诗格律可谓壁垒森严,但读来亲切自然,这与首联的由闻而见,由远而近的写法有关。颔联的壮大与颈联的孤凄形成强烈反差。大凡面对巨大体积或广漠的时空,或狂暴的力量,都会使人相形之下觉得自己的渺小,但也会因此而激起我们精神上的奋扬,产生不屈的反抗力、求生力。这就是崇高感。浩荡的洞庭湖,广漠的地面,在"坼"、"浮"的动态中,衬出孤病者的渺小,也同时在这强烈的对比中产生出抗争力,给人的感受不是委顿,而是悲壮。末句"戎马关山北"使人感受到一颗为国家、民族饱经忧患之心的搏动,这又与"乾坤日夜浮"叠映,照射出诗人忧国忧民的巨大身影。如果不是颔联壮伟的景象,或代之以琐屑巧丽的物象,则孤病者的形象决不能给人以崇高感;同样,只有颔联而无"戎马关山北"的对社会关怀之心情与胸襟,"日夜浮"之类也会给人浮夸感,而没有"亲朋""孤舟"的裂人肝肺的孤凄,也不易产生张力与抗争感。总之,杜甫在五言八句中组成一个系统,使每个部分有机结合,发挥了整体功能的"非加和性"。

现在,我们可以来综述一下五言律诗形成的进程了。谨以下图示意:

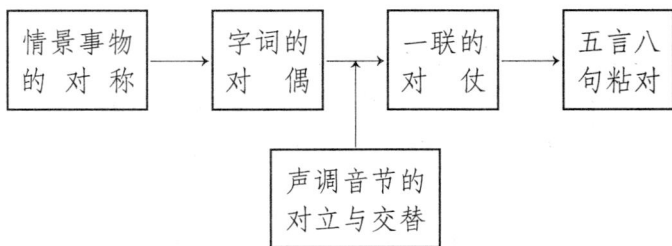

情景事物的对称　→　字词的对偶　→　一联的对仗　→　五言八句粘对

声调音节的对立与交替

如果说五言诗与七言诗是胞生兄妹,则五言律是七言律的长兄。当五律在沈、宋手中已是娴熟使用的形式时,七律尚处襁褓中。诚然,沈佺期、宋之问曾写过一些七律(见沈十六首,宋四首),但大多是颂圣应制之类。这些诗继承齐梁乐府华美的传统,写得工整平

板,尚未能显示出此种形式美的优势。其中沈佺期《独不见》一首最出类拔萃,录如下:

> 卢家少妇郁金堂,海燕双栖玳瑁梁。
> 九月寒砧吹木叶,十年征戍忆辽阳。
> 白狼河北音书断,丹凤城南秋夜长。
> 谁谓含愁独不见,更教明月照流黄。

(《全唐诗》卷九六)

沈德潜称此诗"色泽情韵俱高"(《说诗晬语》),且中间二联神驰边塞,境界开阔,为七律定下华美阔大的基调。盛唐人七律之作不多,大概是由于盛唐人性格浪漫,不喜欢这种工整平板的形式吧!如备受李白推崇的崔颢《黄鹤楼》之作,就是以古风句法入律:"昔人已乘黄鹤去,此地空余黄鹤楼。黄鹤一去不复返,白云千载空悠悠。"开头二联用三"黄鹤",且"空悠悠"是"三平脚",属古风写法。以个人的天才使七律这一形式异军突起且蔚成风气的是杜甫。

如前所论,七言比五言豪放而且更具吟诵的调子,因之其"三字节奏"的长句式也更便于抒发奔放驰骋的情感。杜甫充分发挥这一美学功能,成就了沉雄郁勃的风格。萧涤非先生曾经将杜甫对七律的贡献归纳为三个方面:

第一,他写了一百五十一首七律,这数量,超过了他以前初唐和盛唐诗人们所作七律的总和。第二,在思想内容上,他赋予了七律以战斗性。杜甫以前,几乎没例外,七律一般都是用来作"奉和"或"应制"这类阿谀的诗体的,杜甫却大大扩充了七律的领域,往往用来感叹时事,批评现实,这是一个很大的演进。第三,他打破固定的谱式,自创音节,成功一种"拗格律诗"①。

---

① 萧涤非《杜甫研究》,齐鲁书社 1980 年版,第 131 页。

从美学功能的角度讲,则少陵对七律的改造有二:一是"运古于律",化整齐为跌宕,使对称中有开阖,造成浑融而多变化的境界;二是在原有"华美"的基础上密集意象,创造诗歌自家的语境。刘熙载《艺概·诗概》称:"少陵以前律诗,枝枝节节为之,气断意促,前后或不相管摄,实由于古体未深耳。少陵深于古体,运古于律,所以开阖变化,施无不宜。"这是很中肯的评议。所谓"运古于律",大致有二途:一是讲究整篇气势的连贯与开阖跌宕;二是有意在音律与用字造句上讲究拗峭生新,强化诗歌语言的力度。请看以下两首诗:

> 汉朝陵墓对南山,胡虏千秋尚入关。
> 昨日玉鱼蒙葬地,早时金碗出人间。
> 见愁汗马西戎逼,曾闪朱旗北斗殷。
> 多少材官守泾渭,将军且莫破愁颜!
>
> 　　　　　(《诸将五首》之一,《杜诗详注》卷一六)
>
> 城尘径仄旌旆愁,独立缥缈之飞楼。
> 峡坼云霾龙虎睡,江清日抱鼋鼍游。
> 扶桑西枝对断石,弱水东影随长流。
> 杖藜叹世者谁子? 泣血迸空回白头!
>
> 　　　　　(《白帝城最高楼》,《杜诗详注》卷一五)

前首是"时事评论",与"奉和"、"颂圣"的传统大相径庭,但写来一气流转而仍不失富丽堂皇,其中一些虚字的使用,使句法更从容流转而富有表现力。如"见"(同"现",指眼前)、"曾"属时间副词,强调诗人对时间动态的感受。赵次公注本"殷"字作"闲",并注云:

> 北斗,言长安。长安号北斗城也。诸将所以汗马者,以西戎之逼也。然闪朱旗于北斗城中,而翻闲暇焉,则以不措意于

勤王,及犬戎之既去为不及事也。①

按赵解,则"逼"与"闲"也形成对比,强调当年吐蕃侵长安而诸将援救不力的教训,与下联"多少材官守泾渭,将军且莫破愁颜"连读,则叮咛告诫之意豁然。下一首为拗格,"独立缥缈之飞楼","杖黎叹世者谁子"属散文句法,与拗口的首句,都增加了郁勃不平的感情色彩,而中间两联的排比,仍不失七律富丽堂皇的本色。两首诗的跌宕开阖、浑融多变,风格上是一致的。其意象之密集如"峡坼云霾龙虎睡",七字而言三事,用三动词,更是杜诗一绝!这样的"含金量"很高的杜句相当多,如"高江急峡雷霆斗,古木苍藤日月昏"(《白帝》),"返照入江翻石壁,孤云拥树失山村"(《返照》),"草木变衰行剑外,兵戈阻绝老江边"(《恨别》)等,无不以密集的意象表达了复杂的感情,饱含丰富的信息。更重要的是,杜甫以这样的句式造成浑融的境界,化为艺术幻境,使七律成为"中国诗歌中最凝炼精美的一种体式"②。

然而,将七律的美学功能发挥到极致的,其气势、规模、变化、境界之大,在七律中罕有其匹,最能体现诗家独特语境的,当推"八首是一首"的七律组诗《秋兴八首》。

《秋兴八首》是杜甫晚年创新之作,以现实与想象交错的秋声月影写尽怀乡恋阙之情和慨往伤今之意,是"空中彩绘,水面云霞"的艺术幻境。兹录原诗于下:

其 一

玉露凋伤枫树林,巫山巫峡气萧森。
江间波浪兼天涌,塞上风云接地阴。
丛菊两开他日泪,孤舟一系故园心。

---

① 参见拙著《杜诗赵次公先后解辑校》丁帙卷之六,上海古籍出版社 1994 年版。
② 叶嘉莹《杜甫〈秋兴八首〉集说·代序》,上海古籍出版社 1988 年版,第 28 页。

寒衣处处催刀尺，白帝城高急暮砧。

其　二

夔府孤城落日斜，每依北斗望京华。
听猿实下三声泪，奉使虚随八月槎。
画省香炉违伏枕，山楼粉堞隐悲笳。
请看石上藤萝月，已映洲前芦荻花。

其　三

千家山郭静朝晖，日日江楼坐翠微。
信宿渔人还泛泛，清秋燕子故飞飞。
匡衡抗疏功名薄，刘向传经心事违。
同学少年多不贱，五陵衣马自轻肥。

其　四

闻道长安似弈棋，百年世事不胜悲。
王侯第宅皆新主，文武衣冠异昔时。
直北关山金鼓振，征西车马羽书驰。
鱼龙寂寞秋江冷，故国平居有所思。

其　五

蓬莱宫阙对南山，承露金茎霄汉间。
西望瑶池降王母，东来紫气满函关。
云移雉尾开宫扇，日绕龙鳞识圣颜。
一卧沧江惊岁晚，几回青锁点朝班。

其　六

瞿塘峡口曲江头，万里风烟接素秋。
花萼夹城通御气，芙蓉小苑入边愁。
珠帘绣柱围黄鹄，锦缆牙樯起白鸥。
回首可怜歌舞地，秦中自古帝王州。

其　七

昆明池水汉时功,武帝旌旗在眼中。

织女机丝虚夜月,石鲸鳞甲动秋风。

波漂菰米沉云黑,露冷莲房坠粉红。

关塞极天惟鸟道,江湖满地一渔翁。

其　八

昆吾御宿自逶迤,紫阁峰阴入渼陂。

香稻啄余鹦鹉粒,碧梧栖老凤凰枝。

佳人拾翠春相问,仙侣同舟晚更移。

彩笔昔曾干气象,白头吟望苦低垂。

(《杜诗详注》卷一七)

　　清人卢元昌《杜诗阐》认为八首的"前三章以夔府为主","后五章以长安为主"。而前后遥映,以见今昔之悲。的确,孤城落日,独卧秋江,看石上藤萝、塞上风云,听白帝寒砧、粉堞悲笳,能不思青锁朝班、花萼御气,忆拾翠佳人、同舟仙侣?然而正是今昔风物经"回忆"的筛选,将往日或曾有过的美好事物孤立起来,而划除现实中并存过的其他事物,使昔日长安与现实隔绝,成为艺术的幻象。不难考知,杜甫在长安十载不乏"朝扣富儿门,暮随肥马尘。残杯与冷炙,到处潜悲辛"(《奉赠韦左丞丈二十二韵》)的日子,但在《秋兴八首》中浮现出的,只剩下蓬莱云日、霄汉金茎之类经"滤色镜"处理过的色彩鲜丽的意象。对这些中选的长安旧时风物,杜甫还要进一步寓之以"意",使之"灵"。如"蓬莱宫阙对南山,承露金茎霄汉间,西望瑶池降王母,东来紫气满函关"(其五),将长安宫阙镀上一层神话的"金",使之恍若仙境而浮离现实。再如"花萼夹城通御气,芙蓉小苑入边愁。珠帘绣柱围黄鹄,锦缆牙樯起白鸥"(其六),在曲江楼苑中渗入作者盛衰之变的感慨,是浦起龙《读杜心解》所谓"总是一片身亲意想之神"。

尤应拈出的是少陵创意之作。杜甫对艺术意象及诗歌自家语境的创构是自觉的。清人徐增《而庵诗话》称：

> 论诗者以为杜甫不成句者多，乃知子美之法失久矣。子美诗有句、有读，一句中有二、三读者；其不成句处，正是其极得意之处也。

如果我们不拘于只从句读来理解这段话，那么"不成句处"，杜自觉是"极得意处"，正是杜甫对诗要有诗自家特有的句法的自觉追求。对于迷恋既成事实的人来说，是不可理解的。杜诗"香稻啄余鹦鹉粒"（《秋兴八首》其八）一联竟至千古聚讼，甚至有认为"简直不通"、"全无文学价值"者。而为杜辩者则云是"倒装句法"，是"语序颠倒"，使人在弄清其含义时，心理上多一层阻力，产生"劲力"等。这事实上仍是以惯常语法秩序作尺度，然而安知杜甫极得意处不在此，如此方合乎自己的感受？殷璠《河岳英灵集》已明确地以"兴象"取代传统的"比兴"，强调"象"与情志间的感发作用①。杜甫诗中语序多"以意为之"，正是对思维过程的极力追摹：

青——惜峰峦过，黄——知橘柚来。（《放船》）

由第一眼的印象到引起感受的情绪再到理性判断，秩序井然，不正是"意识流"所追求的效果吗？试看"经心石镜月，到面雪山风"（《春日江村五首》）这样的语序，难道不是惟妙惟肖地绘制出诗人因感受的强烈才引起对事物的关注的思维轨迹？杜甫擅长利用汉字的视觉性恰恰就表现在他似乎不经心地将这些客观上无序的共时画面组合成有序的诗的语法，从而精确地表达了自己的感受，并

---

① 　参见拙作《释"神来、气来、情来"说》，《古代文学理论研究》第 11 辑（收入本《文集》第六册）。

尽量减少耗散地传递给读者：

> 桃花细逐杨花落，黄鸟时兼白鸟飞。
>
> （《曲江对酒》）

在自然界，桃花、杨花本是错杂纷下，而黄鸟、白鸟也无所谓谁伴谁飞（就像斑马无所谓白底黑纹还是黑底白纹）。现在经杜甫组织入诗，"逐"、"兼"二字化无序为有序，而人情便在其中，衬出下联"纵饮久判人共弃，懒朝真与世相违"那种"人弃世违"的社会现象在自己心中引起的反应。

　　杜甫将景物与情志紧密结合有时达到"化合"的程度。如上文所举"鹦鹉粒"、"凤凰枝"便是。萧涤非先生曾在《杜甫研究》中指出，此联"并不是什么倒装句"，而是"以名词作形容词用"。如《秋尽》诗云："篱边老却陶潜菊，江上徒逢袁绍杯。""陶潜菊"为何物？是陶潜与菊"化合"而成的艺术世界里的一个新品种。同类诗尚有"天寒邵伯树"（《巴山》）、"厌为成都卜，休为吏部眠"（《游子》）等。如果说，这些"以名词作形容词用"的意象还只是"镀金"似的将典故附着在形象之上，那么如"天畔登楼眼，随风入故园"（《春日梓州登楼二首》）、"画图省识春风面"（《咏怀古迹五首》）、"岸风翻夕浪"（《泊岳阳城下》）之类，则不只是"镀金"，而是"登楼"与"眼"、"春风"与"面"、"岸"与"风"、"夕"与"浪"的"合金"。至于"影著啼猿树"（《第五弟丰独在江左》）、"听猿实下三声泪"（《秋兴八首》）、"清江锦石伤心丽"（《滕王亭子》）之类，竟是情与景的有机化合物了。"影著啼猿树"固然可释为：身羁峡内，每依于峡间之树，而峡间之树多啼猿。但如此分解，"啼猿树"之意味又何在哉！"听猿实下三声泪"，也可理顺句法为"听猿三声实下泪"，但去"三声泪"那声色并作之意味又何其太远！"伤心丽"三字更如混沌不可凿一般，是"壮丽"、"华丽"、"清丽"抑或其他这诸多"丽"之外的又一新品种，是诗人独特感受与"清江锦石"化生而成的一个独立的新生命！这正应着苏珊·朗格所说："艺术的形式它并不把欣赏者带往超出了它自身之外的意义中去，如果它们表现的意味离开了表现这种意味的感性的或诗的形式，这种意味就无法被我们掌握。"①这种新意象用电影中的叠映镜头犹不足喻之，它是乐谱中的和声，是佳肴中的色、香、味。

杜诗为我们提供了一种情感意象的创构方式。

对于七律美的形式有杰出贡献的，还有李商隐。钱锺书称："樊南四六与玉溪诗消息相通，犹昌黎文与韩诗也。"董乃斌《李商隐的心灵世界》引此语并说道："以骈文为诗这一特点在形式上的根本标志究竟是什么呢？我以为即在于典故的大量运用。"②李商隐著《樊南·甲集》二十卷、《乙集》二十卷、《文集》八卷，晁公武《郡斋读书志》称其"俪偶繁缛，旨能感人，人谓其横绝前后无俦者"。李商隐的确是骈四俪六的作手，在当时与温庭筠、段成式三个排行十六的文人齐名，其体式称"三十六体"。李商隐将这种文体用典精巧且词藻漂亮、典雅的高难技巧运用于七律，并以杜甫沉郁顿挫之法出之，增之以李贺瑰奇的意象、浓重的色彩，铸就一种绵密曲深的形式，似"千丝铁网"，用以捕捉那飘忽不定的情绪，开拓了七律表现心理形象的美学功能。试读李商隐这首《重过圣女祠》：

> 白石岩扉碧藓滋，上清沦谪得归迟。
> 一春梦雨常飘瓦，尽日灵风不满旗。
> 萼绿华来无定所，杜兰香去未移时。
> 玉郎会此通仙籍，忆向天阶问紫芝。③

---

①　[美]苏珊·朗格《艺术问题》，滕守尧译，中国社会科学出版社1983年版，第128页。
②　董乃斌《李商隐的心灵世界》，上海古籍出版社1992年版，第188页。
③　刘学锴、余恕诚《李商隐诗歌集解·编年诗》，中华书局1988年版，第1330页。

诗中运用了许多有关神仙的典故,但为的是造成一个空灵奇美的境界。颔联朱注云:"梦雨用巫山神女事。"《九歌》:"东风飘兮神灵雨。"王若虚《滹南诗话》引萧闲语曰:"盖雨之至细若有若无者,谓之梦。"此诗用典如盐之入于水,既是眼前景,又是书中语,偏能勾起心中事。在潇潇濛濛的雨景中,读者品味着一种特殊的情绪。周笺评曰:

> 首谓祠宇闲封者,由圣女被谪上清,留滞人间也。雨常飘瓦,风不满旗,正归迟虚寂之景。来无定所,去不移时,乃仙伴疏旷之象。末谓己之姓名,倘在仙籍之中,当会此相问飞升不死之药也。[1]

无论李商隐用典所指是什么,全诗神女故事与圣女祠景象所构成的氛围是很明显的:虚寂与无定性。被谪神女的来无定所、去无移时,与诗人的"仆仆道途,数更府主,则去来无定"的经历,及细雨如梦如幻的实景,三者组成和弦而共鸣共振。其中诗人坎坷的经历是核心因素,"所由致叹于仙踪之飘忽也"(汪辟疆笺评)。颔联神女欲来不来,景色乍阴乍阳,寓言有意无意,最能体现缥缈之思,也最能显示义山巧丽绵密而又空灵的艺术风格。读者品味的对象,其实已不在神女故事或圣女祠风景,也不在诗人的经历,而在于由此构成的朦胧氛围,以及此氛围所蕴含的情绪——落寞无依的心理形象。也就是说,重要的并不在于"事",甚至也不在于诗人的感慨,而在乎由对事的感慨所引发的那种情绪本身。用七律捕捉心理形象的成功之作,还有《锦瑟》。此诗聚讼纷纭,至今犹烈。如按上述方向品味,则得其心绪:

> 锦瑟无端五十弦,一弦一柱思华年。
> 庄生晓梦迷蝴蝶,望帝春心托杜鹃。

---

[1] 转引自刘学锴、余恕诚《李商隐诗歌集解》,第 1332 页。

　　　　　沧海月明珠有泪,蓝田日暖玉生烟。

　　　　　此情可待成追忆,只是当时已惘然。

　　　　　　　　　　　　　　　　　(《李商隐诗歌集解·编年诗》)

　　此诗镶嵌了不少典故,使诗的容量达到"饱和"的状态,并充分利用了典故的多义性来造成"环譬"的多重境界,以美的形象成功地追摹了一种怅惘的情绪。颔联引用《庄子·齐物论》庄生化蝶的典故,而增一"晓"字以见梦之短促,增一"迷"字,以见其耽而不悟,且隐去失权势的悲剧,突出无归宿的失落情绪。颈联用典更浑融无迹,沧海珠泪既可看成是"鲛人泣珠"的典故,亦可看作是想象中的景物;兰田玉烟,既可看成陆机《文赋》"不韫玉而生辉"、戴叔伦以"良玉生烟,可望而不可置于眉睫之前"喻诗家之景等妙语的化用,也可看成是诗人想象中的景物。然而,无论是庄生化蝶、望帝化鹃,还是沧海珠泪、兰田玉烟,这些意象都有共同的指向——迷惘无着落。而蝴蝶、春心、杜鹃、沧海、月、珠、玉、烟等美丽的字面又给这些意象涂上凄美的色彩。这种氛围造成迷惘、悲凉、伤感、恍惚、留恋的复杂情绪,给人以不可名状的朦胧之美的感受,与首句"无端"、尾联"当时已惘然"共同圈出一片无字的空间,让读者进入此间徘徊。难怪梁启超感慨地说:"这些诗,他讲的什么事,我理会不着;拆开一句一句的叫我翻译,我连文义也翻不出来。但我觉得它美,读起来令我精神上得一种新鲜的愉快。"①他还把这种现象归结为"美是有神秘性的"。其实这种"神秘性"来自李商隐对情绪的捕捉,能最大限度地以视觉形象逼近心理形象,使之"染上"视觉美的色调。至于其用典的神妙,我想引用陈寅恪《读哀江南赋》开头一段来说明:

　　　　古今读《哀江南赋》者众矣,莫不为其所感,而所感之情,

———————————
① 参见《梁启超文选》下集,中国广播电视出版社 1992 年版,第 82 页。

则有深浅之异焉。其所感较深者,其所通解亦必较多。兰成作赋,用古典以述今事。古事今情,虽不同物,若于异中求同,同中见异,融会异同,混合古今,别造一同异俱冥,今古合流之幻觉,斯实文章之绝诣,而作者之能事也。①

李商隐以精美的七律形式捕捉心绪的成功,是诗的美学功能的拓进。诗的跳脱变幻的语言形式由是更接近人的变幻莫测的思维方式,也因此更能表达"哀乐循环无端"的人的情绪。读李商隐的"无题诗",无论能否勘破其中谜语般的所指,都可以对其中表达的情绪有所参悟,其原因也许就在于此。

陈伯海先生认为,"纯"之一字,可以作为晚唐律诗的定格②。晚唐诗人大都工律体,并手法精纯,这是事实。我们将在下篇详述。兹引明人胡应麟《诗薮·内编》卷五叙七律流变的一段话作为概述:

> 唐七言律自杜审言、沈佺期首创工密,至崔颢、李白时出古意,一变也;高、岑、王、李,风格大备,又一变也;杜陵雄深浩荡,超忽纵横,又一变也;钱、刘稍为流畅,降而中唐,又一变也;大历十才子,中唐体备,又一变也;乐天才具泛澜,梦得骨力豪劲,在中晚间自为一格,又一变也;张籍、王建略去葩藻,求取情实,渐入晚唐,又一变也;李商隐、杜牧之填塞故实,皮日休、陆龟蒙驰骛新奇,又一变也;许浑、刘沧角猎俳偶,时作拗体,又一变也;至吴融、韩偓香奁脂粉,杜荀鹤、李山甫委巷丛谈,否道斯极,唐亦以亡矣。

最后,交待一下排律。这名称是元人杨士宏起的,唐人则称"大律诗";它是律诗的延长,自六韵至百韵皆可。杜甫写了一百二十几

① 陈寅恪《金明馆丛稿初编》,上海古籍出版社1980年版,第209页。
② 陈伯海《唐诗学引论》,知识出版社1988年版,第167页。

首五言排律，还创造了七言排律。白氏在《余思未尽加为六韵重寄微之》诗中称"诗到元和体变新"，自注："众称元、白为千字律诗，或号元和体。"其中《东南行诗一百韵》的唱和有一定影响，即用排律记事、抒情，立意布局颇费工夫，但总的来说，这种冗长的形式"格力不扬"，少有成功之作。

第三节　绝　　句

绝句向来被认为是"唐人所偏长独至"（杨慎《升庵诗话》卷一一）的绝活儿，宋人洪迈的《万首唐人绝句》流播至今便是明证。

何谓绝句？徐师曾《文体明辨序说》称："绝之为言，截也，即律诗而截之也。"吴讷《文章辨体序说》也引《诗法源流》云："绝句者，截句也。后两句对者是截律诗前四句，前两句对者是截后四句，皆对者是截中四句，皆不对者是截前后各两句。"就体制渊源而论，这自然属肤廓之论；就其声律形式而言，倒是将其格式明白道出，使人易入。也就是说，律绝的格式无非与律诗四种组合形式相同。当然，绝句也有许多是不入律的，对仗也可对可不对，也有押仄韵的。

绝句的渊源，徐师曾《文体明辨序说》认为："按绝句诗源于乐府，五言如《白头吟》、《出塞曲》、《桃叶歌》、《欢闻歌》、《长干曲》、《团扇郎》等篇。下及六代，述作渐繁。唐初，稳顺声势，定为绝句。"绝句起源于乐府歌谣大体是不错的，中间经齐、梁声律化，至唐始定型，蔚成大国。唐代绝句深得乐府精神尤体现在"合乐"这一点上。魏晋以后，乐府渐不入乐，唐人乐府也如此（详见本章第一节），而绝句则因合乐取而代之。《集异志》有一则为人熟知的"旗亭画壁"记事，记王昌龄、高适、王之涣在旗亭饮酒，以歌妓所唱诗作多少定优胜，可见唐人喜唱绝句之一斑。

篇幅小与合乐的特点决定了绝句与其他诗歌形式不同的审美

要求。黄肃秋、陈新《唐人绝句选·前言》认为："绝句诗字数不多，很难腾挪变化。一定要言简意赅，含蓄不尽，使读者低回想象于无穷，就是说要诱发读者自己的想象来补充诗歌的语言，构成完整丰满的诗歌形象，才见出作者的手段。"①陈伯海说："一则篇幅短小，不容许过多的修饰；二则常用作乐词，不能写得古僻生涩。所以绝句的语言一般比较真切自然，不故作晦曲，不滥加雕饰，而真情实景宛然如见。"②二人颇为简要地发明了绝句的特质。宏观地说，唐人绝句的路数主要有二：一种是轻灵深婉，兴象玲珑；一种是畅达明快，立意高妙。试分述之。

　　先说轻灵深婉，兴象玲珑者。由于绝句篇幅短小，难以腾挪，又要达到言简意赅、含蓄不尽的要求，就必然要有相应的手段。明王世贞《艺苑卮言》卷一说："绝句固自难，五言尤甚，离首即尾，离尾即首，而腰腹亦自不可少，妙在愈小而大，愈促而缓。"清管世铭《读雪山房唐诗钞·五绝凡例》说：

　　　　八音之内，磬最难和，以其促数而无余韵也，可悟五言绝句
　　　之妙。王勃绝句若无可喜而优柔不迫，有一唱三叹之音。读崔
　　　颢《长干曲》，宛如舣舟江上，听儿女子问答，此谓天籁。

王勃的绝句的确尚未达到兴象玲珑的境界，但写来从容不迫，如《江亭夜月送别二首》之二：

　　　　乱烟笼碧砌，飞月向南端。
　　　　寂寂离亭掩，江山此夜寒。

　　　　　　　　　　　　　　　　　　　　（《全唐诗》卷五六）

---

① 黄肃秋选、陈新注《唐人绝句选·前言》，中华书局1982年版。
② 陈伯海《唐诗学引论》，知识出版社1988年版，第147页。

夜色朦胧,孤月南移,不言他乡送别凄楚,但觉"江山此夜寒"。二十字饱含离情别意,而气氛层层渲染,总归一"寒"字,可谓优柔不迫。至如崔颢《长干曲四首》,更是一幕小戏:

其 一

君家何处住,妾住在横塘。

停船暂借问,或恐是同乡。

其 二

家临九江水,来去九江侧。

同是长干人,生小不相识。

(《全唐诗》卷一三〇)

王夫之《姜斋诗话》卷二对此大加称许,说:"论画者曰:'咫尺有万里之势。'一'势'字宜着眼。若不论势,则缩万里于咫尺,直是《广舆记》前一天下图耳。五言绝句,以此为落想时第一义。唯盛唐人能得其妙,若'君家住何处……'(即上引《长干曲》其一)墨气所射,四表无穷,无字处皆其意也。"这要比"优柔不迫"更进一境界。论地图,也是"咫尺万里",但无"势"。也就是说,诗中应有一以贯之的生气,要有流荡其间的勃勃生机。崔颢此诗纯用白描,将男女相悦的情意,用儿女喁喁口吻道出,衷情、自媒、羞涩、暗示、相悦,千头万绪尽在其中,而青春情思不可遏止,故曰:"墨气所射,四表无穷,无字处皆其意也。"崔颢成功之处就在于只截取生活中最富情趣的一个片段,将镜头的焦点聚在"停船暂借问"的一瞬间。王世贞曾将此法比喻为:"诗如神龙,见其首不见其尾,或云中露一爪一鳞而已,安得全体,是雕塑绘画者耳!"(赵执信《谈龙录》引)王氏以此论诗有以偏概全之弊,难免"脚跟未曾点地"之讥。不过以此论绝句,不为无见。所谓"一爪一鳞",就是只截取最富包孕时刻的生活某一片断,以此来反映神完气全的整体"神龙"。试读金昌绪《春怨》:

打起黄莺儿,莫教枝上啼。

啼时惊妾梦,不得到辽西。

（《全唐诗》卷七六八）

全诗只写想赶走黄莺儿这一小小的镜头。为什么打起? 不教它啼叫;为什么不让啼叫? 因为它惊醒了我的梦;什么梦? 梦到边远的辽西与郎君见面。多少相思的日日夜夜,只截取"打起黄莺儿"这小小的片断来表现,却如此含蓄不尽。不言相思之苦,而相思之情尽出,恰是国画中所谓"计白当黑"的手段,是"不著一字,尽得风流"的审美趣味。大胆地为读者留白,这是诗人成功的奥秘。试读李白《玉阶怨》:

玉阶生白露,夜久侵罗袜。

却下水晶帘,玲珑望秋月。

（《李白集校注》卷五）

题为"怨"而先写夜气侵人,阶生白露,久而罗袜尽湿;于是退而入室,仍不能寐,下帘望月而已。直到最后一句,还是不肯将"怨"字说出。但这"望"字勾起读者多少同情! 清人刘熙载《艺概》卷二曾归纳绝句的作法说:"绝句取径贵深曲,盖意不可尽,以不尽尽之,正面不写,写反面;本面不写,写对面、旁面,须如睹影知竿乃妙。"既然意不可尽,干脆就不去求其尽意,反而能在含蓄不尽之中写尽心思曲折来。说到底,就是避实就虚,在诗人着意经营的空白中将要说的话语留出,让读者自然感悟。这种有意"留白",有时达到惊人的容量,仅举二例以明之:

白日依山尽,黄河入海流。

欲穷千里目,更上一层楼。

（王之涣《登鹳鹊楼》,《全唐诗》卷二五三）

> 向晚意不适,驱车登古原。
>
> 夕阳无限好,只是近黄昏。

(李商隐《登乐游原》,《李商隐诗歌集解》)

同样是夕阳下山的景象,但此二例一是展望,一是依恋,盛唐气象与晚唐气数不就蕴涵在这短短的五言四句之间吗?

　　七绝比五绝每句多出两字,毕竟要从容些,好比万花筒中加进两粒彩色碎玻璃,花样儿可要增加许多呢。试读李白《峨嵋山月歌》:

> 峨嵋山月半轮秋,影入平羌江水流。
>
> 夜发清溪向三峡,思君不见下渝州。

(《李白集校注》卷八)

短短的四句诗中有五处地名:峨嵋、平羌、清溪、三峡、渝州。自第二句起,每句都有两个动词:入、流、发、向、思、下。这就使全诗具有很强的动感,一气流转,使读者如随舟行旅,美不胜收。这在五言中是颇难做到的。再如王昌龄《从军行》:

> 秦时明月汉时关,万里长征人未还。
>
> 但使龙城飞将在,不教胡马度阴山。

(《全唐诗》卷一四三)

首句为互文,即秦汉时之明月,秦汉时之关塞。然而,由于这样的并列,使人产生这样的错觉:仿佛那秦时的明月穿越历史而至汉时的关塞之上。这种时空感的产生对全诗气氛渲染是有很大作用的。一句中多种意象并列的效果还可举杜牧《江南春》为例:

94

千里莺啼绿映红，水村山郭酒旗风。
南朝四百八十寺，多少楼台烟雨中。

（《樊川诗集注》卷三）

明代杨慎《升庵诗话》曾对此诗质疑曰："千里莺啼，谁人听得？千里绿映红，谁人见得？若作十里，则莺啼绿红之景，村郭楼台僧寺酒旗，皆在其中矣！"杨慎的死于句下固可笑，但无意间倒也道出了此诗的特点：这不是站在某一制高点的鸟瞰，而是中国画中的横轴山水图卷，读者随着数丈之长的画卷的渐次展开，山随路转地一路浏览景色。一路莺啼，一路红花绿树，经水村历山郭，时歇酒店而饮，烟雨之中遍游楼台寺观，此乃千里江南之春。由于七绝每句比五绝多出两字，地步较宽，唐人也多被之弦管，更讲究音乐性，所以句中饶有顿挫，又能一往浩然，是诗家用武之地。以李白《望天门山》为例：

天门中断楚江开，碧水东流至此回。
两岸青山相对出，孤帆一片日边来。

（《李白集校注》卷二一）

首联"天门中断——楚江开"，有两层意，盖天门山在今安徽省当涂县西南，搏望、梁山二山壁立，为长江断为两岸如门，此一顿；"楚江开"又一舒，豁然放长江直入楚地。"碧水东流——至此回"，也有两层意，长江"东流"是一舒，"至此回"则写忽遭地势迫促而成回旋，是一收。以下一联则是写舟行之速：山如对出，帆似日边而下，顿挫有致，又一气骀荡灵通，是太白七绝本色。

不过，从总体来说，五绝七绝之间并无五律与七律之间那样明显的区别，其作法大体上都是讲究避实就虚，充分"留白"。由于绝句篇幅的关系，不宜以律诗之"起承转合"求之，而应用"尺水兴波"

的方法,在小小片断中有所起伏。周弼《唐三体诗》说:

> 绝句之法,大抵以第三句为主。首尾率直而无婉曲者,此异时所以不及唐也……以实事寓意而接,则转换有力,若断而续,外振起则内不失平妥,前后相应,虽止四句,有涵蓄不尽之意焉……虚接谓第三句以虚语接前两句也,亦有语虽实而意虚者。

他主张绝句要以第三句为重点来写,首两句不妨平直,但至第三句要振起,转换有力,且应当以"虚接"。元代杨载《诗法家数》说得更清楚:

> 绝句之法,要婉曲回环,删芜就简,句绝而意不绝。多以第三句为主,而第四句发之。有实接,有虚接。承接之间,开与合相关,反与正相依,顺与逆相应,一呼一吸,宫商自谐。大抵起承二句固难,然不过平直叙起为佳,从容承之为是,至如宛转变化,工夫全在第三句,若于此转变得好,则第四句如顺流之舟矣。

还以李白《越中览古》为例:

> 越王勾践破吴归,义士还家尽锦衣。
> 宫女如花满春殿,只今惟有鹧鸪飞。
>
> (《李白集校注》卷二二)

前两句是"平直叙起",从容叙述了越王的胜利。第三句将情事推向高潮,"宫女如花满春殿",这是"蓄势",为的是让它高高跌下——"只今惟有鹧鸪飞"! 今昔繁华与荒凉的强烈对比,便是诗的主题。

第四句"如顺流之舟"，就因为有第三句的"蓄势"。再如白居易《问刘十九》：

> 绿蚁新醅酒，红泥小火炉。
> 晚来天欲雪，能饮一杯无？
>
> （《白居易集》卷一七）

如果没有前三句的"蓄势"，特别是第三句浓重的渲染，第四句"能饮一杯无？"的发问便要化为无聊。有时为了"转换有力"，诗人采用跌宕的功夫，如下两首诗：

> 闺中少妇不知愁，春日凝妆上翠楼。
> 忽见陌头杨柳色，悔教夫婿觅封侯。
>
> （王昌龄《闺怨》，《全唐诗》卷一四三）
>
> 残灯无焰影幢幢，此夕闻君谪九江。
> 垂死病中惊坐起，暗风吹雨入寒窗。
>
> （元稹《闻乐天授江州司马》，《全唐诗》卷四一五）

上一首从喜转入悲，用"忽见"振起，将少妇天真而多情的形象画出。下一首，以"垂死"之人却为之"惊坐起"见友谊之深，是历尽沧桑人的悲痛。第四句是顺接，再增一层悲凉之气。

然而无论怎样成功的经验，如何完善的模式，终归不能成为公式，终归有人要突破、要创新。清黄子云《野鸿诗的》称：

> 龙标（指王昌龄）、供奉（指李白）擅场一时，美则美矣，微嫌有窠臼，其余亦互有甲乙。总之，未能脱调，往往至第三句意欲取新，作一势喝起，末或顺流泻下，或回波倒卷，初诵时殊觉醒目，三遍后便同嚼蜡。浣花（指杜甫）深悉此弊，一扫而新之，

　　既不以句胜,并不以意胜,直以风韵动人,洋洋乎愈歌愈妙。

杜甫绝句代表另一种与深婉轻灵不同的风格,也往往不按"以第三句为主"的模式来写。举个例子:

> 迟日江山丽,春风花草香。
> 泥融飞燕子,沙暖睡鸳鸯。
>
> 　　　　　(《绝句二首》之一,《杜诗详注》卷一三)
>
> 两个黄鹂鸣翠柳,一行白鹭上青天。
> 窗含西岭千秋雪,门泊东吴万里船。
>
> 　　　　　(《绝句四首》之三,《杜诗详注》卷一三)

　　全诗用对仗,都是并列的画面,无所谓"第三句为主",在整齐端庄中透出灵秀之气,并不板滞。尤其"门泊东吴万里船"一句,船虽泊而势欲动,自能引发读者万里遐思。更重要的是,杜甫绝句并不一味讲究含蓄,有时是直抒胸臆,直陈己见,明快尽意,议论、纪事、抨击无所不可。如:

> 前年渝州杀刺史,今年开州杀刺史。
> 群盗相随剧虎狼,食人更肯留妻子!
>
> 　　　　　(《三绝句》之一,《杜诗详注》卷一四)
>
> 不薄今人爱古人,清词丽句必为邻。
> 窃攀屈宋宜方驾,恐与齐梁作后尘。
>
> 　　　　　(《戏为六绝句》之五,《杜诗详注》卷一一)

这里没有玲珑的兴象,也不含蓄,却因揭示某种真相或道出某种道理而发人深省,依然能让人掩卷久思,可谓前无古人,后开来者。中晚唐绝句多有讽刺、议论、咏史之作,不能说不是滥觞于杜甫。不过绝句畅达明快、立意高妙的路数,并不尽指这类叙事、议论的诗作,一些抒情之作也能写得明快畅达,立意高妙,如李白《独坐敬亭山》:

> 众鸟高飞尽,孤云独去闲。
> 相看两不厌,只有敬亭山。
>
> (《李白集校注》卷二三)

鸟也飞去,云也飘尽,光秃秃的一座山,一点也不含蓄。然而末二句扭转了形势,正是这孤独的山与孤独的我为伴,相看两不厌。这也许就是"天人合一",这就是"回归自然"。同样写法的还有柳宗元的《江雪》:

> 千山鸟飞绝,万径人踪灭。
> 孤舟蓑笠翁,独钓寒江雪。
>
> (《全唐诗》卷三五二)

鸟飞绝,人无踪,真正是剩一片茫茫大地真干净! 孤舟钓者在无尽雪原中孤独而倔强的形象,不正如一点炭火的闪烁而令人肃然起敬吗? 这种明快已达到"一口直述,绝无含蓄转折"的地步,却仍韵味无尽者,全仗着立意高妙的缘故。

唐代绝句高手如云,大体说来,盛唐与晚唐是两个高峰。王世贞《艺苑卮言》说:"盛唐主气,气完而意不尽工;中晚唐主意,意工而气不甚完。然各有至者,未可以时代优劣也。"此说大体是不错的。至于五绝与七绝分而言之,则宋荦《漫堂说诗》两段话足资参考:

> 五言绝句,起自古乐府,至唐而盛。李白、崔国辅号为擅场。王维、裴迪辋川倡和,开后来门径不少。钱(起)、刘(长

卿)、韦(应物)、柳(宗元),古淡清逸,多神来之句,所谓好诗必是拾得也。历代佳什,往往有之,要之词简而味长,正难率意措手。

诗至唐人七言绝句,尽善尽美。自帝王公卿,名流方外,以及妇人女子,佳作累累……大抵各体有初、盛、中、晚之别,而三唐七绝,并塈不朽。太白、龙标(王昌龄),绝伦逸群。龙标更有"诗天子"之号。杨升庵云"龙标绝句无一篇不佳",良然。少陵别是一体,殊不易学。

第四章 唐诗风神

第一节 "唐三彩"：神来、气来、情来

唐人重才情、重实践、重创作，也要求文学评论紧密地结合创作，有效地指导创作。所以，作为盛唐文学评论代表的不是《文心雕龙》式的体大思精的系统的文论，而是《诗品》式的点到即止的诗选评，这就是殷璠的《河岳英灵集》。作为该集的批评特色，是寓论于选，以实涵虚。它不同于《诗品》的着重品评等第，追溯源流，而是着重于提倡某些风格，推动某一文学思潮。作为手段，是选诗加上短评。该集"序"开宗明义提出了选诗标准是：

> 夫文有神来、气来、情来，有雅体、野体、鄙体、俗体。编纪者能审鉴诸体，安详所来，方可定其优劣，论其取舍。

由此可见，"三来"、"四体"无疑是定优劣、论取舍的两大依据。殷氏之所以不言"神、气、情"，而特标出"神来、气来、情来"，正是要强调把握诗文的主导方向，注意倾向及创作方法，而不仅仅指构成诗作的质素。

何谓"神来"？考鉴全文，殷氏并未标举出何为"神来"之作。不过，此前的萧子显《南齐书·文学传论》曾说："属文之道，事出神

思。"这已有"神来"的意思了。"神思"是用志专一的产物，《庄子·达生》所谓"用志不分，乃凝于神"就是。用志专一与学习、积累有关，是主观努力可以达到的。所以刘勰《文心雕龙·神思》说："是以陶钧文思，贵在虚静。疏瀹五藏，澡雪精神；积学以储宝，酌理以富才。"所谓"神来"，乃来自才气、修养。杜甫表达得很明快："读书破万卷，下笔如有神。"它顾及两个方面：积累既丰，用志又专。殷氏之论当去此不远，他所偏重的仍是由才气、学力而来的那股子感发力。所以他虽未标举何谓"神来"，却一再言及诗人的"志"与学力、修养。如说李白是"志不拘检，常林栖十数载，故其为文章，率皆纵逸"；说储光羲"正论十五卷，九经外义疏二十卷，言博理当，实可谓经国之大才"；说贺兰进明是"好古博达，经籍满腹"。"志"与"学"实在是从"神"之所来。后来严羽论诗说："夫诗有别材，非关书也；诗有别趣，非关理也。然非多读书，多穷理，则不能极其至。所谓不涉理路，不落言筌者，上也。"（《沧浪诗话·诗辨》）才学、才气的自然流出，"不可凑泊"，正是"神来"的好注脚。不过，这种关系毕竟是草蛇灰线，难以确切言之。所以殷氏虽提出"神来"说，却未界定其范围，而是更多地阐发了寓"神"之"思"——"情"、"志"，而这两者与"气来""情来"有着更直接的关系。

　　先说"气来"。《河岳英灵集》"集论"说："言气骨则建安为传，论宫商则太康不逮。"论者多以"气来"即"气骨"，"气骨"即"风骨"。事实上，从刘勰的"风骨"到殷璠的"气骨"，是有所演进、各具时代内涵的。罗根泽先生《隋唐文学批评史》第六章第103页就说："自然我不敢说唐代的古文家都没有读过《文心雕龙》，但漠视似是事实。"罗先生还以此证明唐代文评继承的是北朝的系统。固然，盛唐人少有直接征引《文心雕龙》的，但该书出现的一些概念、名词乃至文艺思想，却不难在盛唐诗文中觅见。我以为，《文心雕龙》的一些文艺思想是通过陈子昂来影响盛唐作者的，不妨将三者之间的关系用下式来表示：

刘勰 —— 比兴 / 风骨 → 陈子昂 —— 兴寄 / 骨气 → 殷璠 —— 兴象 / 气骨

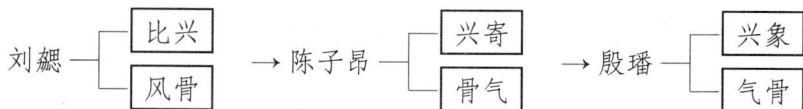

　　无论"风骨"还是"气骨",无论"兴寄"还是"兴象",都是针对彩丽竞繁的文风提出来的。其中时代的演变仍是可见的,而陈子昂则是刘、殷间的桥梁。黄侃《文心雕龙札记》说:"风即文意,骨即文辞。"其实,古人不像今人将内容与形式这两个概念界定得那么泾渭分明,"风骨"连用,取其义有交叉,它们都是就内容感人方面而言,互为补充又相对独立。"故练于骨者,析辞必精;深于风者,述情必显。"(《文心雕龙·风骨》,下引未标明出处者同此)精练有力的语言风格只是"骨"的外部特征,所以"沉吟铺辞,莫先乎骨",风骨指的就是由里到表的感人力量,它既是内容的,也是形式的,而且是从内容到形式的过程本身。

　　陈子昂慨叹于"文章道弊五百年矣",才提倡"骨气端翔,音情顿挫"(《与东方左史虬修竹篇序》)的文风,他将"气骨"与"道"相联系,继承的还是刘勰的文艺思想,提倡一种从内容到形式的刚健文风。殷璠的"风骨"、"气骨"说与陈子昂一脉相承,也是发端于对轻艳文风的不满。其"序"说:"理则不足,言常有余,都无兴象,但贵轻艳,虽满箧笥,将何用之。"他认为,到"开元十五年后,声律风骨始备矣",其原因是:"实由主上恶华好朴,去伪从真,使海内词场,翕然尊古,有周风雅,再阐今日。"可见殷氏是将"风骨"与"风雅"的内容,真朴的表现形式两者相联系的,是陈子昂"骨气"说的继承,并增进了时代的新内容。《文心雕龙·时序》说:"观其时文,雅好慷慨,良由世积乱离,风衰俗怨,并志深而笔长,故梗概而多气也。"在刘勰看来,"建安风骨"是发生于文士经国济世之"志"的。《明诗》篇又说:"暨建安之初,五言腾踊,文帝、陈思,纵辔以骋节;王、徐、应、刘,望路而争驱;并怜风月,狎池苑,述恩荣,叙酣宴,慷慨以任气,磊落以使才。"可见只要有经国济世之志，"酣宴"之际也可以"慷慨任气"的，不一定要在乱离之中。盛唐太平气象与建安乱离景象有着天渊之别，但盛唐人却还是高唱"建安风骨"，其原因就在这里。盛唐人继承的已不是建安时代那种感伤乱世的具体内容，而仅仅是建安诗人那点儿"慷慨陈志"的才情，即"慷慨以任气"的那股子"气"。高适《淇上酬薛三据兼寄郭少府微》：

> 故交负灵奇，逸气抱謇谔。
> 隐轸经济具，纵横建安作。

高适将"建安作"与"经济具"（济世之才）直接联系起来了。又《宋中别周梁李三子》诗：

> 周子负高价，梁上多逸词。
> 周旋梁宋间，感激建安时。
> 白雪正如此，青云无自疑。

这里又是将"建安"与"三子"的高逸志向相联系。而李白《宣州谢朓楼饯别校书叔云》诗："蓬莱文章建安骨，中间小谢又清发。俱怀逸兴壮思飞，欲上青天揽明月。"更明白无误地将"逸兴"看作建安风骨内在的质素。至若王维的《别綦毋潜》诗："适意偶轻人，虚心削繁礼。盛得江左风，弥工建安体。高张多绝弦，截河有清济……荷蓧几时还，尘缨待君洗。"这里的"建安体"实在是距感伤乱离的建安文学的时代内容太远了！但盛唐人普遍认为这点"逸志"是直承"建安风骨"的。殷璠代表的正是这种看法，所以"序"云："粤若王维、昌龄、储光羲等二十四人，皆河岳英灵也。"卷中评储光羲诗说："格高调逸，趣远情深，削尽常言，挟风雅之迹，浩然之气。""璠尝睹公正论十五卷，九经外义疏二十卷，言博理当，实可谓经国之大才。"由深远的志趣,形成诗的语言,表现为高逸的格调,这就是由"志"到"气"的"气来"。殷氏又将储与王昌龄相比,说:"王稍声峻。"这也是从"气来"立论的。也就是说,王诗流露的"志"比储作要强烈些。从所举例子看,王句有"明堂坐天子,月朔朝诸侯"、"奸雄乃得志,遂使群心摇"、"一人计不用,万里空萧条",诗中抒发了士子建立功名的强烈愿望,的确是储作所缺少的。而被许为"兼有气骨"的高适,殷氏称:"余所最深爱者:'未知肝胆向谁是,令人却忆平原君。'"这句诗中流荡的也是一股报国无门的不平之气。让我们读一下全诗:

> 邯郸城南游侠子,自矜生长邯郸里。
> 千场纵博家仍富,数处报仇身不死。
> 宅中歌笑日纷纷,门外车马屯如云。
> 未知肝胆向谁是,令人却忆平原君。
> 君不见即今交态薄,黄金用尽还疏索。
> 以兹感叹辞旧游,更于时事无所求。
> 且与少年饮美酒,往来射猎西山头。
>
> (《邯郸少年行》,《河岳英灵集》卷上)

诗中透出强烈的用世之心,事实上盛唐士子的出路一是科举,一是出塞立军功。《河岳英灵集》特重边塞之作而许以"气骨",显然是就其"慷慨陈志"而言的。

作为"三来"之一的"气来",与"气骨"的风格论并不全等之处,就在于"气来"说侧重了以"志"为内在力所流出的那种劲健风格这一过程本身,它已涉及创作方法。所以殷氏评薛据说:"据为人骨鲠有气魄,其文亦尔。"评崔颢尤精到:"颢年少为诗,名陷轻薄。晚节忽变常体,风骨凛然,一窥塞垣,说尽戎旅。"直接将风格的改变归诸生活实践,发人之所未发,称得上是八世纪中国文艺思想中的瑰宝!

这一思想虽惜未加阐明，但从短论中，从其诗作的去取上，还是保留了宝贵的线索。殷氏"气来"说重视作家气质与社会风气之间的内在联系，所以能比较准确地把握这一段诗歌史的规律，高唱饱含时代、民族、个人的高昂情绪的"气骨"，达到当时历史条件下所允许的较高水平。殷氏眼光所及，不只是王维的田园诗，还顾及《寄崔郑二上人》一类抒愤之作与《少年行》、《陇头吟》一类边塞诗作，使我们看到王维"清雄"的一面。对王昌龄，也强调其"声峻"的一面。这比起后来只鼓吹二王"清空"一面的选家来，无疑要高明得多。兹各举一例，以见其大略：

> 翩翩京华子，多出金张门。
>
> 幸有先人业，思逢明主恩。
>
> 同年且未学，肉食骛华轩。
>
> 岂知中林士，无人荐至尊。
>
> 郑生老泉石，崔子安丘樊。
>
> 卖药不二价，著书仍万言。
>
> 息阴无恶木，饮水必清源。
>
> 余贱不及议，斯人竟谁论。
>
> （王维《寄崔郑二山人》，《河岳英灵集》卷上）

> 荷畚至洛阳，杖策游北门。
>
> 天下尽兵甲，豺狼满中原。
>
> 明夷方遘患，顾我徒崩奔。
>
> 自惭菲薄才，误蒙国士恩。
>
> 位重任亦重，时危志弥敦。
>
> 西北未及终，东南不可吞。
>
> 进则耻保躬，退乃为触藩。
>
> 叹惜嵩山老，而后知其尊。
>
> （王昌龄《咏史》，《河岳英灵集》卷中）

总之，"气来"注重的是情志的感发，应是盛唐人的共识，如王昌龄也说过：

> 夫文章兴作，先动气，气生乎心，心发乎言，闻于耳，见于目，录于纸。（《文镜秘府论·论文意》引）

他又说：

> 是故诗者，书身心之行李，序当时之愤气。气来不适，心事不达，或以刺上，或以化下，或以申心，或以序事，皆为中心不决（快？），众不我知。（《文镜秘府论·论文意》引）

由此可见，王昌龄对"气来"的看法与殷氏相当一致。

再说"情来"。如果说，"气来"与"慷慨言志"有关，那么"情来"则与"兴趣幽远"有关。试看集中评语：

> 眷虚诗情幽兴远，思苦语奇。

> 储公诗格高调逸，趣远情深，削尽常言。

> 建诗似初发通庄，却寻野径百里之外，方归大道，所以其旨远，其兴僻，佳句辄来，唯论意表。

"兴远"、"趣远"、"旨远"，正是黄侃《文心雕龙札记》所说的"会情在乎幽隐"。我国古文论家早已注意到，情与景，内心感情与外部世界之间，是一种感应的关系。《文心雕龙·比兴》说"兴者，起也"，"起情者依微以拟议"。在《物色》篇又说："山沓水匝，树杂云合，目既往还，心亦吐纳……情往似赠，兴来如答。""情往"、"兴来"的交汇点在于"象"。盛唐诗人对此已有比较明确的体会。胡震亨《唐音癸签》卷二引王昌龄的话说："搜求于象，心入于境，神会于物，因心而得，曰取思。"孟浩然《秋登兰山寄张五》诗云："相望试登高，心飞逐鸟灭。愁因薄暮起，兴是清秋发。"他们都强调了情思兴发，皆因于境。殷氏总结王、孟一派的创作经验，提出"兴象"说，更明确地强调了"幽远"的旨趣，以及由这一境界映射出的一种高逸甚至幽冷的情调。此种情调已非力主"慷慨言志"的"气来"说所能包举。所以，他虽然赞赏刘眘虚诗的"情幽兴远，思苦语奇"、"声律宛态，无出其右"，而又叹惜其"唯气骨不逮诸公"。可见"情来"是作为"气来"的补充而相对独立着的，它更偏重于引发情思的"象"本身。

殷氏之所以重视幽远的情调，与盛唐隐逸之风有关。历代士大夫都讲究"穷则独善其身，达则兼济天下"。自魏晋至唐，长期的历史演变已使隐士从明哲保身、藏身远害，渐渐转而成为太平盛世的点缀品，诚如《新唐书·隐逸传》所说，是批"足崖壑而志城阙"的人。隐逸，已成为仕途的"终南捷径"，是科举渠道的重要补充。于是乎，山林与廊庙之间沟通了①。隐逸之志与边塞从军之志同为盛唐士大夫重要的精神生活，作为两者的抒发，田园山水诗与边塞诗一起构成了盛唐之章的主旋律。殷氏正因其能将"气来"与"情来"并举，所以才能把握住开元至天宝初这一段诗史中文人诗歌创作的主流。

"情来"说的核心是"兴象"。陈子昂提出"兴寄"，强调的是诗歌创作应有深刻的含义，有所寄托。《河岳英灵集·序》批评"挈瓶肤受之流"说："理则不足，言常有余；都无兴象，但贵轻艳。"评王维诗则说："意新理惬"，可知"兴象"与"理"有关。"象"中有"理"，与陈子昂"兴寄"说颇有相通之处。不过殷氏特拈出"兴象"二字，既说出"兴"的一面，又落实了"象"的一面，与"兴寄"说相比，更强调诗作应重视形象本身。我们的先民很注意言、意、象之间的关系。

---

① 参见陈贻焮《唐诗论丛》，湖南人民出版社1980年版，第155页。

《周易·系辞》说:"圣人有以见天下之赜,而拟诸其形容,象其物宜,故谓之象。"王弼《周易略例·明象》又发挥道:"夫象者,出意者也;言者,明象者也。尽意莫若象,尽象莫若言。"古人已很明了象是言、意间的桥梁。

拈出"兴象"二字以评诗,首见于《河岳英灵集》。检全集,可得三处。"叙"曰:

> 夫文有神来、气来、情来……然挈瓶肤受之流,责古人不辨宫商徵羽,词句质素,耻相师范。于是攻乎异端、妄为穿凿,理则不足,言常有余,都无兴象,但贵轻艳。虽满箧笥,将何用之!

评孟浩然曰:

> 浩然诗,文采蒙茸,经纬绵密,半遵雅调,全削凡体。至如"众山遥对酒,孤屿共题诗",无论兴象,兼复故实。

"兴象"与"轻艳"对立,与"风骨"并举,又可与"故实"兼容——殷氏虽未回答"这是什么",却告诉我们"这不是什么"。因而,与轻艳对立,则兴象应是指不轻艳的文风;与风骨并举,则该是刚健之外的一种风格的内在质素。作为其实例的是孟浩然的诗:"众山遥对酒,孤屿共题诗。"殷氏称孟诗之为"无论兴象,兼复故实",只要排除用谢灵运式的"故实",剩下的"对景即兴"便有"兴象"在。

据此,我们大致可圈出"兴象"的范围,即指一种刚健之外而又不流于轻艳文风的诗歌内在的质素,其形成与对景即兴有关。它不但指"兴"与"象"的静态构成(鲜明生动之形象蕴含兴味神韵),而且是指诗人兴发而物我遇合,达到情景交融效果的动态过程本身。所以殷氏评王维云:

> 维诗词秀调雅,意新理惬,在泉为珠,着壁成绘,一句一字,
> 皆出常境。

"境"是常境,但"意"须新而"理"须惬,使之成为"在泉为珠,着壁成绘"的艺术胜境。殷璠评张谓更说得明白:

> 谓代北州老翁答,及湖中对酒,行在物情之外,但众人未曾说耳,亦何必历遐远探古迹,然后始为冥搜?

试读张谓《湖中对酒作》:

> 夜坐不厌湖上月,昼行不厌湖上山。
> 眼前一樽又长满,心中万事如等闲。
> 主人有黍百余石,浊醪数斗应不惜。
> 即今相对不尽欢,别后相思复何益!
> 茱萸湾头归路赊,愿君且宿黄翁家。
> 风光若此人不醉,参差辜负东园花。

这种"对景即兴"的创作方法是显而易见的,与评孟浩然时所标举"无论兴象,兼复故实"的"众山遥对酒"句的情趣,也是一致的。由于"境"只须常境,所以殷氏更多地强调诗人的"兴"须新奇。如其评岑参云"参诗语奇体峻,意亦造奇";评贺兰进明云"又《行路难》五首,并多新兴";评王季友"爱奇务险,远出常情之外"。但殷氏更注重的是"远",评储光羲云"储公格高调逸,趣远情深";评刘昚虚云"昚虚诗情幽兴远,思苦语奇,忽有所得,便惊众听"。情趣高远,然后得遇相惬之景物,"忽有所得",这才是有"兴象"的佳作。

幽情发为远兴,中间经过"思苦语奇"的构思和创作,终于忽有所得,佳句辄来。这样的艺术意象往往能体现旨远兴辟的初心。殷

氏用"初发通庄,却寻野径百里之外,方归大道"的形象语言来表达兴象的获得过程,可谓用心良苦。尤其值得注意的是,旨远有味的艺术效果是来自情幽兴远的内在情趣。

让我们再从殷氏的批评回到所举实例。

殷氏所好,大致两类:一是风骨凛然,直抒胸臆语,一是情幽旨远的写景句。如:

> 松际露微月,清光犹为君。(常建)
>
> 山光悦鸟性,潭影空人心。(常建)
>
> 落日山水好,漾舟信归风。(王维)
>
> 涧芳袭人衣,山月映石壁。(王维)
>
> 松色空照水,经声时有人。(刘眘虚)
>
> 山风吹空林,飒飒如有人。(岑参)
>
> 寒风吹长林,白日原上没。(薛据)
>
> 塔影挂清汉,钟声和白云。(綦毋潜)
>
> 小门入松柏,天路涵虚空。(储光羲)

这些景象大都是较平实的常景,但蕴含着逸志幽情,颇有意味,它们都应看作是殷氏"兴象"说的具体化。

现在我们可以对殷氏"兴象"作比较明确的勾画了:兴象,是诗人幽远情趣与实景的遇合,是"对景即兴"的创作过程及其富有意味的艺术效果。

兴象说的活力,首先就来自兴与象的并列,两端确定,两者间的关系则未确定,从而留下很大的空间,有着很大的容量。

陈子昂的"兴寄"说,振起一代雄风,其影响可谓大矣!但"兴寄"易流于比附。《文心雕龙·比兴》有云："故比者,附也;兴者,起也。附理者,切类以指事;起情者,依微以拟议。起情故兴体以离,附理故比例以生。"刘勰是反对"附理"的,所以又说："日用乎比,月忘乎兴,习小而弃大。"子昂倡"兴寄",本为倡兴体而斥齐梁用比之风,奈何"兴寄"之"寄"字倾向太甚,往往使人忽略了形象的独立性,仅仅把它当作义理之宅,因此而误入"附理"之区。而殷氏拈出"兴象"二字,既保留了"兴",又独立了"象",使"兴"与"象"不作寄居蟹似的组合,可免附理之弊,实得子昂之初心。且如前所述,殷氏"兴象"说不但指创作效果,同时也包容着创作方法,已点出旨远有味的艺术效果来自情幽兴远之内在的情趣,即"兴象"有物我遇合义,因此,《文心雕龙·比兴》所云"诗人比兴,触物圆览"与《诗品·序》所说"文已尽而意有余,兴也",二家独到之说俱可在"兴象"说中圆融通贯。

请注意这样一个基本思想:中国古人是主张"天人合一"的,主张"人心通天"的,而文艺也在尽力表现人与自然的这种和谐。盛唐田园山水诗尤其如此——从上引殷氏《河岳英灵集》所标举的佳句已足以证明。"兴象"说颇能体现人与自然的平等,它既不是由"人"向"物"的"移情",也不是"物"成为"人"的意念化的"象征";"人"与"物"是互相感应的关系:

山光悦鸟性,潭影空人心。(常建)

这就是《文心雕龙·物色》所谓"目既往还,心亦吐纳"、"情往以赠,兴来如答",这就是物我双向建构的感应关系。宋人张戒《岁寒堂诗话》有云:"子美(杜甫)之志,其素所蓄积如此;而目前之景,适与意会,偶然发于诗声,六义中所谓兴也,兴则触景而得,此乃取物。"张氏之论与兴象说的言论契合,也是得杜甫之诗心。杜甫关于兴的言论甚多,兹举数例以见一斑:

坐对泰山晚,江湖兴颇随。

>　　　（《陪郑广文游何将军山林》）

兴与烟霞会。

>　　　（《严公厅宴同咏道画图》）

山林引兴长。

>　　　（《秋野五首》）

在野兴景深。

>　　　（《课小竖锄斫舍北果林……》）

这里也是"对景即兴"之意,但杜甫似乎更喜欢用"发兴"二字:

云山已发兴,玉佩仍当歌。

>　　　（《陪李北海宴历下亭》）

造幽无人境,发兴自我辈。

>　　　（《万丈潭》）

郑县亭子涧之滨,户牖平高发兴新。

>　　　（《题郑县亭子》）

客身逢故旧,发兴自泉林。

>　　　（《春日江村》）

　　"兴"自何来? 自我? 自物?"发"字的强烈动态的确能将物、我相激相生之情状显现出来。如果说,"触物圆览"尚有自"我"向"物"的运动之嫌,那么"发兴"二字则颇准确有力地表达了物我双向建构的感应关系。就连不太涉及诗论的李白,无意之中也曾很漂亮地表达了这种关系:

相看两不厌，只有敬亭山。

（《独坐敬亭山》）

"兴象"二字并列，也正是这种感性认识的理性升华。

"象"得与"兴"取得如此独立平等的地位，当得力于道家"目击道存"的思维方式不少。《庄子·田子方》云：

> 子路曰："吾子欲见温伯雪子久矣，见之而不言，何耶？"仲尼曰："若夫人者，目击而道存矣，亦不可以容声矣！"

郭庆藩注："目裁望而意已达，无所容其德音也。"（《庄子集释·田子方第二十一》）这就是说，事物自身的呈露可取代言词的解说。正是基于这一认识，晋人才以对山水之观照取代道的说教，是所谓"寓目理自陈"（王羲之句）。于是乎，山水诗才从玄言的附庸脱出，蔚成大国。如果我们再考虑到山水诗的"远祖"——民歌中的起兴的句子，那么，山水景物与言意之间的关系就更明朗了。林庚先生有云：

> 正如有一些起兴往往可以用在许多的歌词上，某些山水诗句也往往能引起多方面的联想……山水诗虽不停留于起兴，却往往带有比兴的丰富启发性。[①]

山水景物用以起兴，却又从"兴"中独立出来；山水景物用以言道，却又从玄言中解放出来。它是如此圆满自足，使艺术之"象"得以区别哲学之"象"。同时，它又从"兴"与"目击道存"的"双亲"那儿获得"遗传"，而具有多重启发性与象外指向性的品格。也许，正

---

① 林庚《山水诗是怎样产生的》，《文学评论》1961 年第 3 期。

是这种品格导致了中国诗歌中景物描写所不可比拟的自足性,而为西方现代"意象派"所膜拜。

"象"的这种品格,在唐以前尚未臻其美,要待到盛唐田园山水诗勃起,这才叫"功德圆满"。于是乎,瓜熟蒂落,"兴象"取代了"兴寄"。

"兴象"说是六朝以来"目击道存""神用象通"的艺术哲学最成熟圆满的显现,也是盛唐诗情景交融、即情即景的艺术特征的概括。

第二节　二重奏:讽喻与闲适

有人认为,对生命价值的思考,在哈姆雷特是"活着,还是死去",在中国士大夫心里,则是"入世"还是"出世"。的确,出仕与归隐,一直是中国士大夫(古代知识分子)生命之二元,它不但构成以"儒道互补"的中国士大夫内心矛盾的双方,同时也促成了中国诗歌的"二重奏":讽喻与闲适。

出仕与归隐,兼济与独善,儒家与道家,这之间有着复杂的关系:既是冲突对抗的,又是互补相成的。而作为权衡的决定性因素,乃是对生命价值的取向。要了解这种取向,就有上溯我民族先民共同的生活经验的必要。

从根本上说,黄河流域那并不裕如的生存环境与"靠天吃饭"的农业活动,决定了我们这个民族是具有深广的忧患意识的民族。《诗·小旻》所谓"战战兢兢,如临深渊,如履薄冰";《易》乾卦九三爻辞所谓"君子终日乾乾,夕惕若厉",反映的就是这种普遍存在的忧患心态。固然,举凡人类都有忧患意识,但从此意识所引出的哲理思考,各民族却不尽相似。总体说来,忧患意识使我民族更执着于现实,更注重经验,形成一整套人与宇宙形而上的独特理解。方东美《中国形而上学中之宇宙与个人》一文指出,中国本体论的立论特色有二："一方面深植根于现实界,另一方面又腾冲超拔,趋入崇高理想的胜境而点化现实界。"①本着这种"入世"的超越精神,中国士大夫更多的不是向往那来生再世的幸福,或木乃伊、舍利子之类的"永恒",而是立足于现世间,追求与自然融洽、化入历史的永恒,即"时间人"的永存。尤其值得注意的是,儒家价值观念在其中所起的整合作用。《孟子·告子》一段话颇有代表性:

> 孟子曰:"舜发于畎亩之中,傅说举于版筑之间,胶鬲举于鱼盐之中,管夷吾举于士,孙叔敖举于海,百里奚举于市。故天将降大任于斯人也,必先苦其心志,劳其筋骨,饿其体肤,空乏其身,行拂乱其所为,所以动心忍性曾益其所不能。人恒过,然后能改;困于心,衡于虑,而后作;征于色,发于声,而后喻。入则无法家拂士,出则无敌国外患者,国恒亡。然后知生于忧患而死于安乐也。"

在这段话里,孟子将人生忧患与社会忧患、个体忧患与群体忧患结合起来思考,从而将忧患意识提升到关系家国存亡的历史规律这一层面来认识。他认为,治国者无内忧外患的危机感,国家往往败亡,所以作出"生于忧患死于安乐"的结论。而知识分子之个体也必须有"困于心,衡于虑"的忧患意识,才能成为"天将降大任于是人"的"法家拂士"。(朱熹《四书章句集注》云:"法家,法度之世臣也。拂士,辅弼之贤士也。")在这里,忧患意识已被视为士大夫个体必备的修养,由此而将忧患意识化为个体人格内在的历史责任感。孟子对忧患的思考,体现了儒家个体皈依于群体的价值观。儒家是以"仁"的追求为最高境界的,而所谓"仁者爱人",是由己及人的亲亲疏疏的人伦感情。所以儒者的"自我实现",就是一系列个体皈依于一个

---

① 刘小枫《中国文化的特质》,生活·读书·新知三联书店1990年版,第1页。

不断扩大的群体的无穷尽的过程,是以群体为本位的价值取向。正是这种价值观的整合作用,使忧患意识成为个体人格内在的东西。而这一价值取向一旦与上述那种"入世的超越"精神相结合,便形成中国士君子将个体消融于历史,消融于群体的生命选择。这就是《左传·襄公二十四年》叔孙豹所说的:"太上有立德,其次有立功,其次有立言,虽久不废,此之谓不朽。"

立德、立功、立言,依次为中国士大夫所追求的精神境界。"立言"虽是"不得已而求其次"的追求,但它使中国古代的文学家与思想家、政治家、道德家们有了一个共同的文化心理基础——因对"不朽"的追求而具有沉重的历史责任感。同时,又因为"立言"毕竟有别于行动性很强的"立德"、"立功",所以其中所含的历史责任感更多的只是一种"意绪",它通过作家的酝酿,可外化为审美情趣。屈原便是将此意绪外化为个人沉郁风格的大诗人。

后人常借用屈原《九章·惜诵》"发愤以抒情"一语来说明作者的创作动机。愤,积也,懑也,引申为郁结、憋闷。故王逸《楚辞章句》注云:"愤,懑也;杼(抒),泄也。"司马迁在《报任安书》中也是以"意有所郁结,不得通其道"解释"发愤著书"的。这就是说,屈原的创作动机是要宣泄心中的郁结。而对沉郁诗风作自觉追求的诗人是杜甫。他在《进雕赋表》中称:

> 臣之述作,虽不能鼓吹六经,先鸣数子,至于沉郁顿挫,随时敏捷,扬雄、枚皋之徒,庶可企及也。(《杜诗详注》卷二四)

沉郁风格至"诗圣"杜甫,可谓圆成。杜甫的重大贡献是于"厚"、于"深"之外又拓之使"阔",沉郁风格之"三维"于是乎大备。盖杜诗境界阔大,古人早有定论,如王安石诗云:

> 吾观少陵诗,谓与元气侔。

力能排天斡九地，壮颜毅色不可求。

浩荡八极中，生物岂不稠。

丑妍巨细千万殊，竟莫见以何雕镂。

（《杜甫画像》）

所谓"阔大"，不但指如"吴楚东南坼，乾坤日夜浮"、"锦江春色来天地，玉垒浮云变古今"之类气象雄浑、俯仰古今的意境，且指"上感九庙焚，下悯万民疮"（《壮游》）的胸襟与视野。也就是说，杜甫的"阔大"，是眼界能溢出"君臣之际"而及乎百姓，这就使文人诗的疆域得到大幅度的开拓，它使杜甫的沉郁风格获得了与传统相区别而与时代相呼应的个性。试以《洗兵马》为例（诗长不录），诗从诸将破胡、回纥喂肉至郭相深谋、肃宗问寝、张公筹策……对"二三豪杰"整顿乾坤、太平可期，做了层层渲染，时事掌故叠出，可谓之"厚"；而忧患由"三年笛里《关山月》，万国兵前草木风"的历史教训，到"攀龙附凤势莫当，天下尽化为侯王"的眼前现实危机，及至"安得壮士挽天河，尽洗甲兵长不用"的未来筹划，可谓之"深"。议论所及，由上至宫闱之秘、民族之争，中涉达官丑妍，下及"田家望望惜雨干"、"城南思妇愁多梦"之民生民病，广及社会各个层次，可谓之"阔"。而充塞其中的是深沉的忧思、抑郁难平的愤懑、对太平中兴的强烈向往，它们浑然一气，直贯全篇。可以说，厚、深、阔三维共构了杜诗与传统有内在联系而又与之具明显差异的沉郁风格：沉，不是阴沉，郁，不是悒郁，而是萧涤非先生指出的"沉雄郁勃"①。杜甫之后，沉郁风格一直是奋发有为的士大夫在诗歌创作上的追求。然而，像杜甫这样"一副血诚"敢以颈血试锋镝的诗人，随着封建文化专制的加强，是愈来愈少了。士大夫们为适应这残酷的现实，一直在寻找，寻找一种能使"兼济"与"独善"从容转换的机制。孟子早已说过："故

---

① 萧涤非《杜甫研究》，齐鲁书社1980年版，第12页。

士穷不失其义,达不离道。"又说:"古之人得志,泽加于民;不得志,修身见于世。穷则独善其身,达则兼济天下。"(《孟子·尽心上》)这就是说,有机会实现济世理想固佳,没机会也不随波逐流。这样既存理想,又保人格,于是乎"兼济"与"独善"成为后世儒者自控而又自调的处世原则。不过,在唐以前长期封建社会中,这一原则尚未形成普遍的、可以转换的关系。也就是说,兼济与独善并未形成一种对立而又互补的、可转换的真正自调机制。二者由对立走向互补乃至可以转换的关系,是在六朝至盛唐这样漫长的历史时期内酝酿而成的。具体表现为:隐逸本是与政治对立的产物,在历史发展过程中却逐渐泯町畦而通骑驿,最终成为一种可与参政(仕)转换的互补关系。正如前第二章第二节所述,隐逸动机由"藏声"一变为"扬名"。然而这种以隐求仕的关系还称不上互补关系,也还不算是士大夫心理平衡的自我调节。自调的关键是:"隐"应是士大夫取得心理平衡的自觉退路,这样才是互补关系。盛唐人有意识地以"隐"补"仕"的,是以王维为代表的一批亦官亦隐者。这些人"迹崆峒而身拖朱绂,朝承明而暮宿青霭",一边当官,一边悠游在田庄里,使内心取得某种平衡。也就是说,仕与隐在此期已构成士大夫生命运动的形式,它好比动脉和静脉,其转换过程便是其生命的节奏。但王维一派人缺乏对"兼济"的执着追求,缺乏孔、孟所高扬的那种"独善"的个体人格,所以很难成为后期封建社会"有意于为生民建政教之大本"的士大夫的典范。朱熹就曾批评王维、储光羲的诗非不清远,但不能杀身成仁,"失身"于安禄山的伪朝,"则平生之所辛勤而仅得以传世者,适足为后人嗤笑之资耳"(《晦庵先生朱文公集》卷六七《向芗林文集后序》)。真正能在廊庙与山林沟通的基础上,进一步将"达则兼济,穷则独善"的原则化为自身生活的实践,自觉地将它改造成心灵的调节器的,还有待于中唐诗人白居易。

白居易的诗论在文学批评史上有着崇高的地位,特别是他主张"文章合为时而著,歌诗合为事而作",大力提倡写讽喻诗,更是广为人知。然而，令人惊奇的是，在提出以上主张的《与元九书》之前，白氏曾写下《秦中吟》、《新乐府》、《观刈麦》等大量讽喻诗；而此论一出，他的讽喻之作反而骤减，几乎不作，此后所写，多是闲适、感伤一类①。这是一个很值得注意的文学史现象，姑称之为"白氏现象"。

要解释"白氏现象"，首先必须揭示白居易诗论的内在矛盾性。白氏在《新乐府·序》中说：

> 篇无定句，句无定字，系于意不系于文，首句标其目，卒章显其志，诗三百之义也。其辞质而径，欲见之者易喻也；其言直而切，欲闻之者深戒也。其事核而实，使采之者传信也；其体顺而肆，可以播于乐章歌曲也。总而言之，为君为臣为民为物为事而作，不为文而作也。

这段话表明白氏有很明确的创作目的，无论结构、语言、题材、形式，都从属于"为君为臣为民为物为事而作"的总目的。其中的"为君"与"为民"不是并列关系，而是如《寄唐生》诗所称"唯歌生民病，愿得天子知"，"为民"乃从属于"为君"。为君与为民在封建社会的一定条件下，有其统一的一面，但更主要的是斗争的一面。由于白氏将"为君"置诸"为民"之上，故有"白氏现象"。

白氏以"唯歌生民病"为己任，所以，"闻见之间有足悲者，因直歌之"（《秦中吟·序》）。如《道州民》、《卖炭翁》等不愧"为民"的佳作。为此，他不顾"执政柄者扼腕"、"握军要者切齿"，表现了"为民请命"的大义大勇。这一面已为研究者阐明，恕我从略。必须提请注意的是，白氏要"歌生民病"的目的在于"愿得天子知"，即写乐府不过是手段，这一面往往为研究者所忽略，而"白氏现象"的症结

---

① 据中华书局版顾学颉点校《白居易集》附《白居易年谱简编》，《新乐府》系作于元和四年，《秦中吟》系作于元和五年，《与元九书》作于元和十年，并称："自此以后，居易避祸远嫌，居官常引病自免，不复谔谔直言，作诗态度，亦有所转变，讽喻之作渐少。"可资参考。

恰恰就在这里,有必要详论。《策林六十八》云:

> 且古之为文者,上以纫王教,系国风,下以存炯戒,通讽喻;故惩劝善恶之柄,执于文士褒贬之际焉;补察得失之端,操于诗人美刺之间焉。

《策林六十九》又说:

> 圣王酌人之言,补己之过,所以立理本,导化源也。将在乎选观风之使,建采诗之官,俾乎歌咏之声,讽刺之兴,日采于下,岁献于上者也。

白氏认为应当恢复古代的采诗制度,让诗歌成为惩恶劝善、补察得失的工具,将诗的社会功能提高到治国平天下的高度。这在中唐朝野上下尚未失去"中兴"希望的时代,不能说完全是空想。《资治通鉴》卷二三八载谏臣李绛或久不谏,唐宪宗就会诘问:"岂朕不能容受耶?将无事可谏也?"他还鼓励臣下力陈是非,"勿畏朕谴怒而遽止"。史载,白氏正是以其歌诗流于乐府而被宪宗赏识,召入翰林为学士的。白氏大多数讽喻之作写于此期,不妨说是其"采诗"理想在某种程度上的另一种实现。近年来一些研究者称白氏此类诗为"谏官诗",不无道理。

既然将"为君"排在第一位,那么讽喻之兴衰就系于皇上的纳谏态度上了。如果"圣王"不肯"酌人之言,补己之过"呢?对此白氏总是耿耿于心:"君不见左纳言,右纳史,朝承恩,暮赐死。"(《太行路》)大凡一个皇帝在政权尚未巩固时,总是比较地能够纳谏,也就能够比较好地发挥其调节政务的功能,遏制官僚机构的腐化;一旦皇权得以巩固(或自以为巩固),其专制程度也成正比递增,"圣王"也就不易纳谏了。唐宪宗自平淮西,使唐朝似有"中兴"气象以后,日见骄侈;李绛、裴度等著名谏臣先后去位,韩愈因谏迎佛骨而几招杀身之祸,对此现实,"直而切"的讽喻诗还写不写呢? 白氏在《序洛诗》中作了回答:

> 予历览古今歌诗,自《风》《骚》之后,苏、李以还,次及鲍、谢之徒,迄于李、杜辈,其间词人,闻知者累百,诗章流传者巨万。观其所自,多因谗冤遣逐,征戍行旅,冻馁病老,存殁别离,情发于中,文形于外,故愤忧怨伤之作,通计今古什八九焉。

又:

> (予)在洛凡五周岁,作诗四百三十二首。除丧朋哭子十数篇外,其他皆寄怀于酒,或取意于琴,闲适有余,酣乐不暇;苦词无一字,忧叹无一声,岂牵强所能致耶? 盖亦发中而形外耳,斯乐也,实本之于省分知足。

这段话可谓"如人饮水,冷暖自知"。白氏自觉地将自己与李、杜等优秀作家的创作态度作了比较:屈原、李白、杜甫诸人在谗冤遣逐,冻馁病老的逆境中,愤忧怨伤之作愈力;白氏在贬谪江州以后的逆境中,虽未必"苦词无一字",但有意避而不写讽喻诗,却是事实。陆游曾经指出"杜甫、李白激于不能自己"(《谈斋居士诗序》),甚是,甚是! 屈原的自沉,李白的流放,杜甫的漂泊,是诗人们血肉之躯对生存意义的严肃的自我选择。"虽体解吾犹未变兮","吾庐独破受冻死亦足"! 而白居易与李、杜的差别就在于"自己"(自我克制),即有意地进行自我调节,追求内心的平衡("省分知足")。这就是"白氏现象"后面带有普遍意义的深层意识。

　　"白氏现象"表明白居易以"兼济"、"独善"为调节器的自觉性,就在他提出"文章合为时而著,歌诗合为事而作"的口号的同时,他还说：

> 古人云："穷则独善其身，达则兼济天下。"仆虽不肖，常师
> 此语。大丈夫所守者道，所待者时。时之来也，为云龙，为风
> 鹏，勃然，突然，陈力以出；时之不来也，为雾豹，为冥鸿，寂兮，
> 寥兮，奉身而退。(《与元九书》)

白氏"时之来"与"时之不来"的两种处世方法，显然承诸孔子
的"邦有道则仕，邦无道则可卷而怀之"，但已作了修正。孔子是孜
孜以求的积极主动的态度，而在大一统时代的白氏，已不能主动地
去选择"邦之有道"与否，只能"奉身而退"，这显然是明哲保身的成
分居多。孟子的"独善"，重在"士穷不失义"的人格；白氏的"独
善"，偏在保全自己的"奉身"。还在当翰林学士积极创作讽喻诗
时，他已提醒自己要"形骸委顺动"了(《松斋自题》)，白氏将释道
"空无"的思想引入儒家"独善"原则之中，并冲淡其"威武不能屈"
的内容。在《效陶潜体诗十六首》中，他将屈原与刘伶("竹林七贤"
中的酒鬼)作了对比："一人常独醉，一人常独醒。醒者多苦志，醉者
多欢情。欢情信独善，苦志竟何成！"他将这种欢情也纳入"独善"
之中，不能说不是对孟子主张的"修正"。正是白居易自己，解开了
"白氏现象"之谜：

> 三十为近臣，腰间鸣佩玉。
> 四十为野夫，田中学锄谷。
> 何言十年内，变化如此速？
> 此理故是常，穷通常倚伏。
> 为鱼有深水，为鸟有高木；
> 何必守一方，窘然自牵束？
> 化吾足为马，吾因以行陆；

> 化吾手为弹,吾因以求肉。
>
> 形骸为异物,委顺心犹足。

(《归田》)

这里用《庄子·大宗师》的"武器"来解决"穷"、"达"之间的关系。他主张可进可退,"何必守一方"? 他抽掉孟子"独善"中"穷不失义"的执着于个体人格的内核,注入道家的"从天命"的思想与无可无不可的态度。在《赠杓直》诗中更添上南禅一味:

> 早年以身代,直赴逍遥篇。
>
> 近岁将心地,回向南禅宗。
>
> 外顺世间法,内脱区中缘。
>
> 进不厌朝市,退不恋人寰。
>
> 自吾得此心,投足无不安。

此诗作于元和十年,其时四十四岁,是年,被贬为江州司马,正处于一生中的重要转折点上。"外顺世间法,内脱区中缘",表明他是靠"委顺"于他所不满的外部世界,来泯灭内心的愤懑,从而取得心理平衡的。一个封闭的自调系统于是乎形成。

这是一个与王维式取消"兼济"的"独善"有所不同的自调、互补机制;自始至终,白居易总是兼济之志与独善之意并存。《开龙门八节石滩诗》云:"七十三翁旦暮身,誓将险路作通津。"他施家财,凿石滩,开险路,解除舟人楫师"大寒三月,裸跣水中,饥冻有声,闻于终夜"的痛苦。《新制绫袄成感而有作》诗,又表白自己民胞物与的济世之心云:

> 争得大裘长万丈,与君都盖洛阳城!

可见白氏兼济之志至死不渝。综观其一生,无论前、后期,都是兼济、独善之心并存,仅仅是双方大小之比例根据外部世界的"有道"或"无道"、"时之来"与"时之不来"而互为消长。兼济与独善的原则,在白居易的生活实践中已成为无可置疑的行之有效的自调机制。

生命之二元与文学之二元是同节奏的。白氏《与元九书》云:

> 谓之讽喻诗,兼济之志也;谓之闲适诗,独善之义也。

既然"兼济"与"独善"可以互补并成为士大夫生命之节奏,那么,作为这一节奏的文学形式的诗歌,也就随之裂为二元,即讽喻诗与闲适诗。白居易正是这样来编定自己的诗集的。深受儒学影响的中国士大夫,总是置"立功"于"立言"之上的,如曹植就十分向往"建永世之业,留金石之功",而不愿"徒所翰墨为勋绩"(见《与杨德祖书》)。陆游也担心自己这辈子仅仅是个诗人:"此身合是诗人未?细雨骑驴入剑门。"(《剑门道中遇微雨》)也就是说,"独善"充其量只是"兼济"的一种无可奈何的补充,是士大夫对人生的妥协。而与之相应的诗歌创作,便成为入世情怀的排泄孔——不管是侃侃言志之作(如李白的诗),或是说一切都无所谓,自己是"日夜以青山白云为念"(李华语)的"闲适"之作。我们不妨用弗洛伊德的学说观照一下"诗可以怨"这一古老的论题,从中发现讽喻诗与闲适诗之间的内在联系。

弗洛伊德认为,得不到满足的愿望是幻想的驱动力,而诗人所致力的,正是创造一个幻想的世界[1]。也就是说,诗歌创作与得不到满足的愿望有密切的关系。在《精神分析学导论》一书中,弗洛伊德又说:

---

[1] [奥地利]弗洛伊德《诗人与幻想》,《美学译文》(三),中国社会科学出版社1984年版,第328页。

在艺术活动中,精神分析学一再把行为看作是想要缓解不满足的愿望——这首先体现在创造性艺术家本人身上,继而体现在听众和观众身上。①

不但是诗人在创作中得到满足,而且其作品也会使那些有着同样被抑制愿望的读者同样地得到发泄——中国人所谓的"借他人之酒杯,浇自己胸中之块垒"便是。弗洛伊德的这一理论,至少与中国古代文论中的"诗可以怨"有某些相通之处。钟嵘《诗品·序》说:

> 嘉会寄诗以亲,离群托诗以怨。至于楚臣去境,汉妾辞宫,或骨横朔野,魂逐飞蓬……凡斯种种,感荡心灵,非陈诗何以展其义? 非长歌何以骋其情? 故曰:"诗可以群,可以怨。"使穷贱易安,幽居靡闷,莫尚于诗矣。

比之以弗洛伊德的理论,则钟嵘只说出了"艺术家本人"能缓解不满足愿望的一面,还有读者的一面未提及。"诗可以怨"可分解为: 其一,作者借诗以自我排遣与补偿,"使穷贱易安,幽居靡闷";其二,读者因诗而郁借以舒、怒为之解,是《管子·内业》所谓"止怒莫若诗"。前者如陶潜写《桃花源诗》,后者或如白居易的一些"讽喻诗"。诗可"止怒",在中国古代尤为统治者所重视。早在《国语·周语》中已有记载:"为川者决之使导,为民者宣之使言。故天子听政,使公卿至于列士献诗。"民情似水,只能导,不能塞,而诗便是个很好的导体。这是中国古代统治阶级的一条极其重要的经验。《汉书·礼乐志》说得更透彻:

> 夫民有血气心知之性,而无哀乐喜怒之常,应感而动,然后

---

① 张唤民等译《弗洛伊德论美文选》,上海知识出版社1987年版,第139页。

心术形焉。是以纤微憔悴之音作,而民思忧;阐谐曼易之音作,而民康乐……流辟邪散之音作,而民淫乱。先王耻其乱也,故制雅颂之声,本之性情,稽之度数,制之礼仪,合生气之和,导五常之行,使之阳而不散,阴而不集,刚气不怒,柔气不慑,四畅交于中,而发作于外,皆安其位而不相夺,足以感动人之善心,不使邪气得接焉,是先王立乐之法也。

"乐"是感情发泄的重要渠道,所以"先王"要利用它来泄导人情,使"刚气不怒","皆安其位而不相夺","乱"也就不作了。

诗与乐一样,也是感情发泄的重要渠道,所以《毛诗序》称:"正得失,动天地,感鬼神,莫近于诗。"因此,"先王"要利用它来泄导人情,"以是经夫妇,成孝敬,厚人伦,美教化,移风易俗"。儒家诗教正是从泄导人情这个角度来承认"情"这一诗歌要素的。"情动于中而形于外","发乎情,民之性也"。先儒们似乎是看准了人类有补偿愿望的心理机制,而制定了"发乎情,止乎礼义"的诗教。对这一文艺政策有深刻领会,并能在创作上身体力行且颇见成绩的,是白居易。他在《与元九书》中批评说:

　　　洎周衰秦兴,采诗官废,上不以诗补察时政,下不以歌泄导人情。

在他看来,不但六朝诗六义缺略,就是李白,"索其风雅比兴,十无一焉";杜甫诗合格的"亦不过三四十首"。白居易所要恢复的诗道便是补察时政与泄导人情之二端;而白氏《新乐府》的创作,则典型地体现了诗歌的这两种功能。

所谓"补察时政",无非是"存炯戒,通讽喻",即所谓"美刺二端"。《新乐府》五十首诗中以此类居多。如《七德舞》,不过是拾掇《贞观政要》的史料敷陈成篇。如《二王后》、《法曲》诸篇,也不过是为帝王提供一点"参考消息"而已。至如《卖炭翁》、《缚戎人》、《道州民》诸作，始以触目惊心的凄惨现实，企图以此唤醒昏君来关心民病，属讽喻诗中的奇珍。还有一些则是从正面来歌颂"德政"，是为帝王"扬善"之作，是"美刺"之"美"。如《昆明春》是"思王泽之被也"；《城盐州》是"美圣谟而销边将也"；《骊宫高》是"美天子重惜人之财力也"；《牡丹芳》是"美天子忧农也"。此类作品往往粉饰现实，违背了其自定的"核而实"的创作原则。然而，只有加上这些"美"（歌颂）诗，才完整地体现了白氏"补察时政"的讽喻诗的蕴蓄。无论"美"，无论"刺"，无论"为民"，无论"为事"，都以"为君"为终极目的。由此出发，为民请命，可进一步感受到作者对诗歌"泄导人情"功能应用的自觉性。

白居易认为感人心者莫先乎情，而诗者，"根情，苗言，华声，实义"，"圣人知其然，因其言，经之以六义；缘其声，纬之以五音"（《与元九书》）。也就是说，诗歌不但可以为帝王提供鉴戒，还可以泄导人情，成为"至升平"的手段。这就是《寄唐生》诗所说：

> 不悲口无食，不悲身无衣；
> 所悲忠与义，悲甚则哭之。

白氏的出发点与"男女有所怨恨，相从而歌；饥者歌其食，劳者歌其事"（《春秋公羊传》解诂）的出发点显然不同，他的讽喻诗也写百姓的痛苦，但这还不是终极目的；白氏之所以要悲其所悲，为的还是"忠与义"，就是"为君"、"为臣"。白氏的这一指导思想势必导致白诗在某种程度上走向自己的反面。如《新乐府》中的妇女，往往被写成"祸水"（《胡旋女》、《古冢狐》、《时世妆》、《李夫人》诸篇中的妇女形象），与作者在"感伤诗"中对妇女悲惨命运的无限同情相比（《琵琶行》、《夜闻歌者》、《过昭君村》中的妇女形象），令人诧异同出于一人之手笔，而思想境界相去竟如是之远！究其原因，还在于《新乐府》创作专意在"泄导人情存鉴戒"上，继承了传统的"惩尤物，窒乱阶"的陈腐观念。又如《新乐府·杜陵叟》，在痛斥贪官污吏的虐人害物之后，说：

> 不知何人奏皇帝，帝心恻隐知人弊；
> 白麻纸上书德音，京畿尽放今年税。

就今天的读者看来，这一描写客观上暴露了皇帝的伪善，但并不能说明作者原意如此；这只要看看上引《牡丹芳》"美天子忧农也"的"首句标其目"，就会明白作者绝无讽刺天子的意思。为此，这一描写无疑缓冲了诗的撞击力，使读者的"怒"得到"泄导"而"止乎礼义"。

　　问题绕了一大圈，再次回到"白氏现象"。士大夫一方面努力按儒家入世原则进取，要"为君"、"为民"，要"兼济"；另一方面又在绝对皇权专制日甚的威压之下，企图保住个体人格的尊严，要"独善"。这一矛盾心态通过白居易独特的调节机制，便显现为"白氏现象"。无论白居易本着兼济之志大写讽喻诗，或是抱着独善之情而作闲适诗，都是一种自觉的行为，都是出于心理平衡的需求。白居易自调机制的特点就在于：他改造了孟子的"独善"，注入明哲保身的成分，使"独善"成为"兼济"的退路；"外顺世间法，内脱区中缘"，以委顺于他所不满的外部世界为代价，来泯灭内心的愤懑，取得心理上的平衡。反应于诗歌创作，则同样有"委顺世间法"的一面，即将"为民"从属于"为君"，将"怒"纳入"怨"，化郁结为通达，终于由"讽喻"转入"闲适"。这种"互补"关系并不平等，而是主从关系；"独善"、"闲适"充其量只是"兼济"、"讽喻"的无可奈何的补充。白居易的这种人生态度对后世知识分子有着极大的影响，可以毫不夸张地说，后世士大夫大都一直在白氏涉及的圈子里打转转；尤其是晚唐士大夫面对土崩瓦解的唐帝国，更多地只能是靠处世态度来自我调节已失去平衡的内心，就好比瞎了眼睛的人，其耳朵势必比以往任何时候都来得灵聪。于是我们看到，动乱中的晚唐庄园主，却有一副慵懒的模样儿：

病来无事草堂空，昼永休闻十二筒。

桂静似逢青眼客，松闲如见绿毛翁。

潮期暗动庭泉碧，梅信微侵地障红。

尽日枕书慵起得，被君犹自笑从公。

（《全唐诗》卷六一三）

这是皮日休的《所居首夏水木尤清适然有作》诗。正是这位慵懒的庄园主，曾在《鹿门隐书》中抨击道：

古之杀人也，怒；今之杀人也，笑。古之置吏也，将以逐盗；今之置吏也，将以为盗。

其《读司马法》又说：

古之取天下也，以民心；今之取天下也，以民命！

锋芒所向，虽天子不能或免。陆龟蒙也同样是位富有战斗力的小品文大家，但皮陆二人没完没了的田园唱和叫人看了也真心烦。还有那位《谗书》的作者罗隐，在《辨害》篇中宣称"虎豹之为害也，则焚山不顾野人之菽粟"；在农民大起义的时代，他曾高声赞许："顺大道而行者，救天下者也！"而在《南园题》诗中，却道是：

搏击路终迷，南园且灌畦。

敢言逃俗态？　自是乐幽栖。①

他们这一群人的态度，不禁令人记起白居易。陆龟蒙、皮日休诸人

---

① 雍文华辑校《罗隐集·甲乙集》，中华书局1983年版。

酷似白乐天的作风并非偶合,而是有意的摹仿。皮日休《七爱诗》就
赫然列上白乐天:

> 吾爱白乐天,逸才生自然。
> 谁谓辞翰器? 乃是经纶贤。
> 欻从浮艳诗,作得典诰篇。
> 立身百行足,为文六艺全。
> 清望逸内署,直声惊谏垣。
> 所刺必有思,所临必可传。
> 忘形任诗酒,寄傲遍林泉。
> 所望握文柄,所希持化权。
> 何期遇訾毁,中道多左迁。
> 天下皆汲汲,乐天独怡然!
> 天下皆闷闷,乐天独舍旃。
> 高吟辞两掖,清啸罢三川。
> 处世似孤鹤,遗荣同脱蝉。
> 仕若不得志,可为龟鉴焉。①

这是再明白不过的了:白乐天可进可退的处世态度是个好榜样。
关键是晚唐士大夫处于救国无望、退避不甘的两难境地。于是乎皮
日休承白乐天,亦自号"醉吟先生";司空图仿白氏《醉吟先生传》,
亦作《休休亭记》;这些都是晚唐士大夫效法白氏进退舒卷的自我调
节这一风气的直接反映。这已经不是什么个别现象。可以说,后期
封建社会少不了殉国殉夫的烈士节妇,却少有屈原似的、为己志郁
结不解而自沉的士大夫。这虽然不能由白居易"负全部责任",但
"兼济"与"独善"形成互补,这种士大夫自调机制的完善,不能说不

---

① 萧涤非等整理《皮子文薮》卷十,上海古籍出版社 1981 年版。

是一个重要的内因。

第三节　水中月：意境与象外之象

　　承本章第一节所言，唐人诗论的特点在于重实践性，与创作紧密结合，这还体现在讲究创作技巧的著作大量地出现。日本僧人遍照金刚(空海)曾于唐德宗贞元年间来中国留学，回国后，著《文镜秘府论》，其中保存了大量唐人的此类资料。其序曰："沈侯(约)、刘善(善经)之后，王(昌龄)、皎(然)、崔(融)、元(兢)之前，盛谈四声，争吐病犯，黄卷溢箧，缃帙满车。"据研究者称，《文镜秘府论》中就保存了上官仪《笔札华梁》、元兢《诗髓脑》、崔融《唐朝新定诗体》的部分内容。其《南卷·论文意》中的"或曰"，学者比较一致地认为是王昌龄与皎然诗论的引用①。我们从中可以窥见唐人对诗歌形象与客观事物之间关系的看法。

　　心与物之关系，言与意之关系，是古代文论家们一直关心的问题。《文心雕龙·神思》云："故思理为妙，神与物游。"黄侃《文心雕龙·札记》释曰："此言内心与外境相接也。内心与外境，非能一往相符会……必令心境相得，见相交融，斯成连所以移情，庖丁所以满志也。"神与物的关系就是内心与外境的关系，必须内心与外境两相交融才能有神思。这就是刘勰接下来说的："神用象通，情变所孕。物以貌求，心以理应。"然而在六朝，"情景交融"尚未成为创作中普遍的现实，所以"物"与"心"的界线还是很清楚的，两者之间也尚未有中介物，因此刘氏《物色》又云："目既往还，心亦吐纳……情往似赠，兴来如答。"两者之间只是赠答般的直接的往来。时至盛唐，"情景交融"已是对创作的普遍要求，已成为该时代艺术的一个基本特

――――――――
① 　关于王昌龄《诗格》真伪之辨，参看罗根泽《中国文学批评史》第二章，古典文学出版社1957年版；李珍华、傅璇琮《谈王昌龄的〈诗格〉》，《文学遗产》1988年第6期。

征。作为斯时的杰出诗人之一的王昌龄,对心与物之关系自然有更进一层的理解了。《文镜秘府论·论文意》引曰:

> 凡作诗之体,意是格,声是律,意高则格高,声辨则律清,格律全,然后始有调。用意于古人之上,则天地之境,洞焉可观。
>
> 意须出万人之境,望古人于格下,攒天海于方寸。诗人用心,当于此也。

这里不但提出立意要高,然后才能洞观天地之境,攒天海于方寸,心物之间不再纯乎是"赠答"般的关系,而且引进佛家的一个概念:境。这本是指物质空间的概念,佛家往往用以指心理空间、精神空间,如《无量寿经》云:"比丘白佛:斯义宏深,非我境界。"这种虚幻性质正与文艺形象之虚幻性相通,一经引进,便成为诗家的一个重要概念。所以上引王昌龄所谓"万人之境",已不纯乎客观世界之"境"了,而是众人心眼中的世界。所以他又说:

> 夫作文章,但多立意。令左穿右穴,苦心竭智,必须忘身,不可拘束。思若不来,即须放情却宽之,令境生。然后以境照之,思则便来,来即作文。

论中固然也有"似赠如答"的意思,但心思是占主动地位的。更重要的是:"境"乃心与物之间的中介物。王运熙先生认为"王昌龄把通过构思在作家脑海中浮现出来的意象叫做'境'"①,很有道理,所以上面的引文才会说"令境生",并将"境"、"思"连用——正是本章第一节所说的"兴象",即让内心感动之"兴"与映入诗人脑海之"象"合成一个具有很大容量的概念。王氏还有一段文字能更全面地反

---

① 王运熙、杨明《隋唐五代文学批评史》,上海古籍出版社1994年版,第175页。

映其意境观:

> 夫置意作诗,即须凝心,目击其物,便以心击之,深穿其境。如登高山绝顶,下临万象,如在掌中。以此见象,心中了见,当此即用。如无有不似,乃以律调之定,然后书之于纸。会其题目,山林、日月、风景为真,以歌咏之。犹如水中见日月,文章是景,物色是本,照之须了见其象也。

王昌龄显然要比六朝人更重视整体性,他将统观全局比成登高临万象,要让客体在心中"了见",直到见其本相"无有不似",这才"以律调之定",使之成诗。全过程是:

> 凝心→目击→以心击之→深穿其境→心中了见,无有不似→以律调之→书之于纸

"凝心",就是集中注意力进行审美活动,先以"目击",取景是也;再"以心击之",也就是体味其景,有会于心;继之,"深穿其境",让"心"与"物"进行交汇、撞击,从而将景物酝酿成诗歌形象;"心"通于"物",直到逼真,这才用合乎格律的文字表达成诗。在这里,"境"是心与物的交汇处,"情景交融"便是在此处完成。所以他又说:

> 诗贵销题目中意尽,然看当所见景物与意惬者相兼道。若一向言意,诗中不妙及无味,景语若多,与意相兼不紧,虽理道亦无味。

景物与意相惬,也就是后来司空图所说的"思与境偕"。不过王昌龄更强调形神并重,物意双修,而不一味作景语,也不一向言意,即景

语要与意相得益彰,才有味。他还举例说:

> 诗有"明月下山头,天河横戍楼。白云千万里,沧江朝夕
> 流。浦沙望如云,松风听似秋。不觉烟霞曙,花鸟乱芳洲",并
> 是物色,无安身处,不知何事如此也。

没有"意"的景语,便"无安身处",没个着落,不知写此为何。如此
情景并重的态度与本章第一节所云"兴象"是相关联的,都出自盛唐
诗讲究情景交融的创作实践。更难得的是,王昌龄已明确地意识到
艺术形象是客观世界的反映,即上文所云"山村、日月、风景为真",
但这并不是镜子似的反照,"象忧亦忧,象喜亦喜",而是"犹如水中
见日月"。水中月是天上月亮的反映,故云"文章是景(影),物色是
本",但水中之月已不是天上的月,它只是随波幻化的虚象。我们应
当承认,这样的观点不但在中古时代是那么难能可贵,即使在现代,
"水中月"的比喻,也仍要比诸镜子为喻的机械反映论更通达得多。
宋人严羽《沧浪诗话》由于用了一串佛家口头禅作比反而模糊了
"水中月"比喻的清晰度。其《诗辨》云:

> 盛唐诸人惟在兴趣,羚羊挂角,无迹可求。故其妙处透彻
> 玲珑,不可凑泊,如空中之音,相中之色,水中之月,镜中之象,
> 言有尽而意无穷。

将水、镜并喻,说明严羽似乎并没有意识到水月与镜象比喻之间的
差异。《五灯会元》卷八载:"(僧问)应物现形如水中月,如何是月?
师提起拂子。"《全唐文》卷三五○李白《志公画赞》云:"水中之月,
了不可取。"水中月在佛家是不可捉匿的意思。王昌龄对"水月"比
喻的表述却要明确得多:"文章是景,物色是本"、"山林、日月、风景
为真"。他要求对"真"的客体要"无有不似"地描绘,这是很明确

的。但"犹如水中见日月"，又表明他已认识到艺术形象的虚幻性，即其与客观世界是不即不离的关系。这种关系并不像严羽的"妙悟"说那么神秘不可言说，如下面这段话就颇值得细细品味：

> 昏旦景色，四时气象，皆以意排之，令有次序，令兼意说之，为妙。旦，日初出，河山林嶂涯壁间，宿雾及气霭，皆随日色照著处便开。触物皆发光色者，因雾气湿著处，被日照水光发。至日午，气霭虽尽，阳气正甚，万物蒙蔽，却不堪用。至晓间，气霭未起，阳气稍歇，万物澄净，遥目此乃堪用。至于一物，皆成光色，此时乃堪用思。所说景物，必须好似四时者。春夏秋冬气色，随时生意。取用之意，用之时，必须安神净虑，目睹其物，即入于心，心通其物，物通即言。言其状，须似其景，语须天海之内，皆入纳于方寸。至清晓，所览远近景物及幽所奇胜，概皆须任意自起，意欲作文，乘兴便作，若似烦即止，无令心倦。

王昌龄认为作者有权对四时景色"以意排之，令有次序"，但这并不是任意去取，而是选择能让"心"发生感应的外物，如，昏晓时的景物最易使人感动，则取用之。一旦选取，则"言其状，须似其景"，但这不仅是外在的形似，而是还要追求与心境内在的神似。故曰："目睹其物，即入于心，心通其物，物通即言。"在下一条目中，王昌龄还说："江山满怀，合而生兴。""合"就是作者选择的原则。要比"似赠如答"来得具体，而作者的自觉性、主动性也更明确。然而作为"心"与"物"的中介的"境"，究竟为何物，王氏仍语焉不详。对此作进一步阐释的，有中唐诗论家释皎然。皎然《诗式》"辨体有一十九字"条称：

> 夫诗人之思初发，取境偏高，则一首举体便高；取境偏逸，则一首举体便逸。

将初发之思与取境联系在一起,可见皎然的"境"与王昌龄的用意相近,也是指心与物之间的初步意象,故"取境"也就是意境的创构过程。这一过程是受制于客观景物的,不是任意创造的,所以要"取"。但这种"取"又带有作者很强的主观性,所以皎然又说:

> 诗不要苦思,苦思则丧于天真。此甚不然。固须绎虑于险中,采奇于象外,状飞动之句,写冥奥之思。夫希世之珠,必出骊龙之颔,况通幽含变之哉?但贵成文章以后,有其易貌,若不思而得也。(《文镜秘府论·论文意》引)

《诗式》卷一"取境"条,也有意思相近的话:

> 又云:不要苦思,苦思则丧自然之质。此亦不然。夫不入虎穴,焉得虎子?取境之时,须至难至险,始见奇句。成篇以后,观其气貌,有似等闲不思而得,此高手也。

可见"取境"并不只是被动的选择,而是相当积极主动的搜寻。皎然最推崇的例句,是谢灵运的"池塘生春草"。《诗式》卷二有云:

> 且若"池塘生春草"情在意外;"明月照积雪",旨冥句中:风力虽齐,取兴各别……情者如康乐公"池塘生春草"是也。抑由情在言外,故其辞似淡而无味,常手览之,无异文侯听古乐哉!《谢氏传》曰:"吾尝在永嘉西堂作诗,梦见惠连,因得'池塘生春草'。"岂非神助乎?

"池塘生春草"似天然不必费力,但皎然指出:它是谢灵运平日苦思冥想,"日有所思,夜有所梦",一时创构,妙手偶得,便似等闲。此句有何妙处?无非是诗人微妙之情完美地涵蕴在这一自然景象之中耳。王昌龄曾用"竹声先知秋"作为"景色兼意"的范例（见《文镜秘府论·论文意》），但"竹声"与"先知秋"仍可分而观之，实在不如"池塘生春草"之浑融不可分割。事实上，在盛唐诗中要举出一些像"池塘"句那样清新自然、情与景兼的句子，并非难事；而就全诗圆融言之，则又远超六朝。试看孟浩然《夜归鹿门歌》：

> 山寺钟鸣昼已昏，渔梁渡头争渡喧。
> 人随沙岸向江村，余亦乘舟归鹿门。
> 鹿门月照开烟树，忽到庞公栖隐处。
> 岩扉松径长寂寥，惟有幽人自来去。

随着黄昏山寺的钟声，我们来到争渡喧闹的渡口。过了渡，展现在眼前的是一条通向江村的泛白的沙路。这时，天已渐渐暗了下来，鹿门升起的明月照开一片新的画面：朦朦胧胧的烟雾中是一片黑压压的林子，那是庞德公曾栖隐过的地方。夜静似水，石门松径只有幽栖者独来独往。这不是一幅横轴画面的展现吗？再如崔国辅《宿范浦》：

> 月暗潮又落，西陵渡暂停。
> 村烟和海雾，舟火乱江星。
> 路转定山绕，塘连范浦横。
> 鸥夷近何去？空山临沧溟。

全诗皆写景，一个画面连接一个画面，我们好比坐在小船上随之上下飘荡，随之走走停停。村烟海雾，舟火江星，我们呼吸到潮湿的空气，景色由江河渐向沧海，恍惚空蒙的海色在等待我们，于是我们感受到诗人漂泊的落寞与惆怅。诗中景象自然清新，饱含诗情，更重要的是浑然一体，是《文心雕龙·比兴》所说的"诗人比兴，触物圆览",更是禅宗所谓:"白云山头月,天平松下影。良夜无狂风,都成一片境。"(《雪堂和尚拾遗录》)物我遇合,即情即景似乎一切都在景中,又似乎一切都在象外。于是乎,由"情景交融"进而要求"象"要有"言外之意"了。所以皎然又说:

> 两重意已上,皆文外之旨。若遇康乐公览而察之,但见性情,不睹文字,盖谐道之极也。(《诗式》卷一)

中唐诗坛在很大程度上回归六朝,所以"言意之辨"再次提出来并不奇怪。但由于有盛唐以来丰富的"情景交融"的创作经验,以及中唐大盛的禅宗所主张的"道无不在,物何足忘"(王维《荐福寺光师房花药诗序》),所以倡"文外之旨"的诗论并不排除客观景物之"象",而是在此基础上提出了"象外之象"的新说。

晚唐诗论家司空图《与极浦论诗书》云:

> 戴容州云:"诗家之景,如蓝田日暖,良玉生烟,可望而不可置于眉睫之前也。"象外之象,景外之景,岂容易可谈哉!(《诗法萃编》)

《与李生论诗书》又云:

> 近而不浮,远而不尽,然后可以言韵外之致也。(《诗法萃编》)

象外之象、景外之景、韵外之致,这"三外"所指,都在言外之意,但又都围绕着意象而不即不离。也就是说,诗歌意象与心与物之间是双重联系的。《诗品·缜密》称:

　　　　是有真迹，如不可知。意象欲出，造化已奇。水流花开，清
　　　　露未晞。要路愈远，幽行为迟。语不欲犯，思不欲痴。犹春于
　　　　绿，明月雪时。

所谓"意象欲出"，即"将然未然之际"，它与"真迹"的关系如何呢？
从"如不可知"和"造化已奇"看来，是说在作者眼中，此时此际之客
观事物已不是一般的、普通的事物，而是已经带上主观感情色彩的
"象"了。说"语不欲犯，思不欲痴。犹春于绿，明月雪时"，是要求
意象之生要与客观事物不粘不脱，形象不可拘泥，思路不可停滞。
这两者之间好比是春色与绿色之关系（即《与极浦论诗书》所谓"良
玉生烟"），又好比月光与雪光之交映，都达到浑化的境界。这才是
作者创造意象时所应有的缜密的态度与方法[①]。而所谓"意象欲
出"，又是那"象"将离其母体客观实相而为独立的意象的将然未然
之际；其母体"造化"非一般之"造化"，而是打上了主观烙印的"已
奇"了的"造化"。这是从创作感受的角度来表述意象的产生与客
观事物之间的母子般关系的。西方人对此有另一个角度（更多的是
读者方面的角度）的描述。
　　美国符号学家苏珊·朗格对韦应物《赋得暮雨送李胄（曹）》诗
的分析，代表了这种看法。韦诗如下：

　　　　　　　楚江微雨里，建业暮钟时。
　　　　　　　漠漠帆来重，冥冥鸟去迟。
　　　　　　　海门深不见，浦树远含滋。
　　　　　　　相送情无限，沾襟比散丝。

　　　　　　　　　　　　　　　　（《韦江州集》卷四）

---

① 　陈尚君等学者指出，《二十四诗品》系明朝人伪作，言颇有据。不过作为"象外之象"的注
　　脚，此书还是颇解人意的，可谓"下真迹一等"，姑引为用。

苏珊·朗格将中国古代诗人所写的"提及实人实地的雅致而凝练的诗"归诸"接近普通经验的诗歌"一类①。她认为上引诗有"简明而精确的陈述"，但仍然是一首"创造了一个全然主观的情况"的诗，而决非客观的报道。以下分析是很精彩的：

> 雨水淋沐着整首诗，几乎每一行都染上了雨意，结果其他细节如钟声，依稀难辨的飞鸟、视野之外的海门，均融于雨中，最后又一并凝成全诗为之泪下的深情厚意。而且，那些显然为局部性的偶发事件——它们星散于雨意浓重的诗行之间——是使离别成为伤心事的友谊的象征。建邺的钟声在鸣响。片帆深重，航行艰难；远去的鸟儿在慢慢地飞，模糊得如影子一般，遥远的海门——李曹（《韦江州集》题作"胄"）的目的地望也望不见，因为眼前的"浦口的树木"挡住了对于这次远行的注视。于是，浅近简明的描述袒露了人类的感情。②

的确，诗中出现的都是常见事物，但都经诗人的筛选，已被"孤立"出来，割断它与原来环境的诸多联系——如"楚江"除了与"微雨"相联系外，还跟鱼鸟、堤沙、岸柳之类无限多的事物相联系。同样，其他意象也被孤立地写出它与微雨之间的关联：帆之重、鸟影之入"冥冥"、海门之"不见"、浦树之"含滋"等，都与"微雨"相关。物象正是如此被诗人从大自然无穷交织着的因果之网中抽取出来，作新的组合；这也就是上引王昌龄所谓"以意排之，令有次序"，我将这一过程称为"孤立"。筛选后的意象关系变得"纯粹"了，被诗人重新安排出新的秩序，按其意愿据实构虚地组合成新的虚幻的空间，形成虚幻的经验，使"几乎每一行都染上了雨意"。这时的"象"，已超脱出"实相"，是《诗品·形容》所谓"离形得似"了。

---

① ［美］苏珊·朗格《情感与形式》，刘大基译，中国社会科学出版社1983年版，第245页。
② 同上，第246页。

现在让我们来讨论"象外之象"的第二个"象"。这一"象",是否为另一更空灵、更飘忽之"象"？是否为读者联想创造的新象？我想也许可以这么说。但司空图似乎意不止此,《诗品·雄浑》有云:"超以象外,得其环中。""象外之象"还应当"得其环中"。所谓"环中"便是第一个"象"所圈定的范围,读者应由"虚"返"实"地联想,而非乱想;是不离于象、萦绕于表象之想象,才是"得其环中"。事实上"象外之象"所表达的是对诗歌意象二重性格的感悟:两个"象"实是一个"象"。前"象"好比强力磁场,总是吸引着后"象",不让它脱去。试以王维《辋川闲居赠裴秀才迪》为例,中间两联的画面是:

> 倚杖柴门外,临风听暮蝉。
> 渡头余落日,墟里上孤烟。

山中群息万千,诗人只让我们"听暮蝉"。一个"余"字,又将渡头的万象隐去,孤立出一个"落日",好比舞台上的灯光只打在主角儿身上,我们只感到落日的余晖。接着,墟里升起一股袅袅的炊烟,吸引了我们的目光。山中,暮色的万千景象经诗人的淘洗,只剩下如此明净的几件,都以其宁静的一面呈现在我们耳目之前。正因为诗人以其倾向筛选意象,所以不觉中,我们随着诗人的暗示而"见"到、"听"到他所要我们感受到的事物。就诗人而言,其意象的创造富有感发力,可启人想象;就读者而言,根据我们不同程度的审美经验和阅读水平,以及心绪、修养等,我们接受着诗人的审美情趣,将他呈露给我们看的画面重新组合成自己的画面——但我们并没有企图离开诗人提供的意象,抛弃柴门、落日、暮蝉、孤烟,去另起炉灶、另建场景;我们实际上仍落入诗人高明的圈套,自以为离去了,其实并没有走出多远。王夫之曾称"右丞之妙,在广摄四旁,环中自显"(《唐诗评选》卷三),即诗人不说出的地方正是他要读者落入的"圈套"。也就是说,"象外之象"应是后"象"与前"象"的重叠,两镜相摄,离而复返。

　　综上所述,唐人论诗不离创作实践,而且无论言"兴象",言意境,言"象外之象",都注重心与物、客体与主体之间那种如水在月、不即不离的关系,这也许就是唐诗恰到好处之所在。

第五章　盛　唐　气　象

　　"盛唐气象"指以盛唐诗作为典型的唐诗总体风貌,它体现了唐诗人的审美理想。皎然《诗式》说:"气象氤氲,又深于体势。"对这种"体势",还有一段极精彩的描绘:

> 高手述作,如登荆、巫,觌三湘、鄢、郢之盛,萦回盘礴,千变万态。或极天高峙,崒焉不群,气胜势飞,合沓相属;或修江耿耿,万里无波,欻出高深重复之状。古今逸格,皆造其极矣!（卷一"明势"条）

这种登高极目、远接混茫的气势,就是唐诗给人的总体感受。宋代评论家严羽将它概括为"雄浑悲壮",并阐释道:"坡、谷诸公之诗,如米元章之字,虽笔力劲健,终有子路事夫子时气象。盛唐诸公之诗,如颜鲁公书,既笔力雄壮,又气象浑厚,其不同如此。"（《答出继叔临安吴景仙书》）虽然唐诗在各个历史阶段有不同的形态,但作为与历代诗歌相比较而言的总体风格,"盛唐气象"之浑厚,无疑是其本质特征。

　　然而,这种气象既是艺术风格的,也是时代精神的体现。无论是"胡旋"、"剑器"诸健舞的矫健豪放,还是《秦王破阵》、《霓裳羽衣》诸乐舞大曲的宏放飘逸;无论是"吴带当风"、"秾丽丰肌"的唐人绘画,还是"张颠狂素"、"颜筋柳骨"的唐人书法;乃至宫殿寺塔、染织陶瓷,无不一派飞动,焕发着该时代文化那充满自信而无所畏避,绚丽多彩且清新自然,雄阔伟岸又沉着厚实,情理俱融至明朗不尽的博大精神。

第一节　带箭的骏马

唐昭陵的浮雕"六骏",蜚声海外。其中有一匹"飒露紫",是太宗皇帝的骑乘,在征战中为流矢所中,浮雕正作丘行恭为这匹战马拔去箭镞状。这就是鲁迅《看镜有感》所赞叹不已的"带箭的骏马"。它体现了唐人豁达闳放的气度与无所避忌的自信心。从审美的角度看,当与尼采所谓"悲剧精神"有其相通之处。

在尼采《偶像的黄昏》中,这位悲剧哲学家说:"肯定生命,哪怕是在它最异常最艰难的问题上;生命意志在其最高类型的牺牲中,为自身的不可穷竭而欢欣鼓舞——我称这为酒神精神,我把这看作通往悲剧诗人心理的桥梁。"[①]尼采独特之处就在于将悲剧视为对人生的肯定,而所谓"酒神精神",可视为个体解放的象征,是个体的人自我否定而复归世界本体的一种冲动。作为这种精神的核心,是所谓"强力意志"(或称"冲创意志")。他强调:"凡是增强我们人类力量感的东西:力量意志,力量本身,都是好的。"[②]他大声号召人们去探险,去开拓:

把你的城市建立在火山口下,将你的船驶向未经探测的海洋![③]

---

① 周国平译《悲剧的诞生》,生活·读书·新知三联书店 1986 年版,第 334 页。
② 转引自陈鼓应《悲剧哲学家尼采·反基督》,生活·读书·新知三联书店 1994 年版,第 142 页。
③ 《悲剧哲学家尼采·愉快的智慧》,第 143 页。

我认为博大雄浑的盛唐气象早已蕴含了这种勇于面对世界与人生，乐于做生命体验的精神。

让我们先一看一看无与伦比的边塞之作。如第一章第一节所述，对于刚从"九品中正"的人才桎梏中解脱出来的士子，大唐简直是个充满幻想的童话世界。"布衣取卿相"在唐代已不是什么偶然事件，这一事实鼓励着士子靠自身的努力去争一席之地——"天生我才必有用"！而这股"负气而行"的人格力量又往往借边塞诗这一充满边风、侠骨、意气、功业的题材形式喷薄而出。且看崔颢《古游侠呈军中诸将》：

> 少年负胆气，好勇复知机。
> 仗剑出门去，孤城逢合围。
> 杀人辽水上，走马渔阳归。
> 错落金锁甲，蒙茸貂鼠衣。
> 还家且行猎，弓矢速如飞。
> 地迥鹰犬疾，草深狐兔肥。
> 腰间带两绶，转盼生光辉。
> 顾谓今日战，何如随建威。

（《河岳英灵集》卷中）

如前所述，显然，唐人欣赏此类诗重点并不在"杀人辽水上"，而在于所体现出的"风骨凛然"之美。所以盛唐边塞诗不注重战争场面的正面描绘，多着力于军威与气势的渲染：

> 登车一呼风雷动，遥震阴山撼巍巍！

（《仗剑行》，《全唐诗》卷一七七）

> 上将拥旄西出征，平明吹笛大军行。

四边伐鼓雪海涌,三军大呼阴山动!①

　　这就是所谓的"蓄势",甚至于风恬雨霁处见力度。如祖咏《望蓟门》:"万里寒光生积雪,三边曙色动危旌。"(《全唐诗》卷一三一)又如岑参《灭胡曲》:"都护新灭胡,士马气亦粗。萧条虏尘净,突兀天山孤。"没有战事,没有飞沙走石,惟有一片明净。然而士气已化为可视之景,"天山孤"有不可移易的厚重感,也是将士"风骨凛然"的形象化,是许学夷《诗源辩体》卷二所称:"若高、岑豪荡感激,则又以气象胜。"而此气象又暗合于尼采所谓:"最高的强力感集中在古典范例之中。拙于反应,一种高度的自信,无争斗之感。"②

　　而这种"高度的自信",如前所述,当来自大唐帝国的强盛与唐人高扬的民族自信心。它一旦与个体独立人格的追求相结合,便成为一种人生的原则,一种高尚的品格,于是事情便有了变化——功业成为意气的表现,英雄主义使个体从功利主义跳出:

　　　　闻道羽书急,单于寇井陉。
　　　　气高轻赴难,谁顾燕山铭!
　　　　　　(《少年行二首》之一,《全唐诗》卷一四〇)

　　这种"意气"使盛唐边塞诗的审美特征表现为善于因难见奇气,偏爱艰险中的事物,在摧陷中见力度:

　　首先是"偏向虎山行"乃至"笑一切悲剧"的态度:

　　　　独负山西勇,谁当塞下名?

①　陈铁民、侯忠义《岑参集校注》卷二《轮台歌奉送封大夫出师西征》,上海古籍出版社1981年版。
②　周国平译《悲剧的诞生》,生活·读书·新知三联书店1986年版,第349页。

死生辽海战,雨雪蓟门行。

(《杂诗二首》之一,《全唐诗》卷一二二)

马走碎石中,四蹄皆血流。

万里奉王事,一身无所求。

也知塞垣苦,岂为妻子谋。

(岑参《初过陇山途中呈宇文判官》)①

显然,唐人对现实中的战争是头脑清醒的,他们只是要以生死搏斗见意气,以悲壮为美。置于《河岳英灵集》卷首的常建《王将军墓》云:

嫖姚北伐时,深入强千里。

战余落日黄,军败鼓声死!

尝闻汉飞将,可夺单于垒。

今与山鬼邻,残兵哭辽水。

殷璠评为:"一篇尽善","属思既苦,词亦警绝"。这就是唐人的审美! 因此,李颀《古意》写男儿"杀人莫敢前,须如猬毛磔",却要衬以辽东少妇"今为羌笛出塞声,使我三军泪如雨"(《全唐诗》卷一三三),这种审美,就是尼采所说的"酒神精神",是强大的生命力与痛苦、灾难的抗衡所产生的快感。为此,盛唐边塞诗常将主人公置于危境乃至绝境之中:

胡马秋正肥,相邀夜合围。

战酣烽火灭,路断救兵稀。

(《鸿门行》,《全唐诗》卷一二〇)

---

① 陈铁民、侯忠义《岑参集校注》卷二,上海古籍出版社 1981 年版。

十里一走马,五里一扬鞭。

都护军书至,匈奴围酒泉。

关山正飞雪,烽戍断无烟。

(《陇西行》,《王右丞集笺注》卷二)

军情十万火急,偏偏遇上大雪,作为边塞荒漠中传递信息的烽火台竟点不起狼烟!然而危境并非绝境。绝境中不绝望方见英雄本色。殷遥《塞上》云:"马色经寒惨,雕声带晚悲。将军正闲暇,留客换新声。"(《全唐诗》卷一一四)从容于艰苦境地,最能体现意气。王翰《凉州词》正因此而传诵千古:

葡萄美酒夜光杯,欲饮琵琶马上催。

醉卧沙场君莫笑,古来征战几人回!

(《全唐诗》卷一五六)

这是一种面对死亡却仍充溢着生命力的美。有这样的"强力意志",艰苦的边塞生活便无往而不美。试看岑参,以诗家之魔杖将冰天雪地点化为"千树万树梨花开"的神奇境界,而《玉门盖将军歌》则不写边疆战斗,只写奢华的将军生活:饮酒、美女、纵搏、打猎,交织出一幅五彩缤纷的边塞图景(《岑参集校注》卷二),读岑参的边塞诗,不能不向往那热辣辣的边塞生活,连懦弱者也会感激多气。

知道了盛唐人惯于用边塞艰险生活的题材来表现高昂的意气,便会明白,何以主张抑边功的名相张说会一面说"胜敌在安人,为君汗青史"(《全唐诗》卷八六)[1],一面又高唱:"少年胆气凌云,共许骁雄出群。匹马城西挑战,单刀蓟北从军。"(《全唐诗》卷八九《破阵乐词二首》之二)而好写侠客"杀人若剪草"的李白,也会说:"乃知

---

[1]　《资治通鉴》卷二一二"玄宗开元十年"条载,边兵六十万,张说以时无强寇,奏罢二十余万使还农,且曰:"若御敌制胜,不必多拥冗卒以防农务。"张说抑边功由此可见。

149

兵者是凶器,圣人不得已而用之。"①再如王昌龄《代扶风主人答》,初看颇似杜甫《兵车行》、白居易《新丰折臂翁》,有云:"去时三十万,独自还长安。不信沙场苦,君看刀箭瘢!"(《全唐诗》卷一四〇)但细读之,则前有"长铗谁能弹",后有"老马思伏枥,长鸣力已殚。少年与运会,何事发悲端"句,乃知作意仍在意气功业,写灾难无非为显示其豪情,与杜、白之作迥异其趣。因此,看此类作品要循其审美意识,用双视角。比如高适名篇《燕歌行》一面高歌"男儿本自重横行",极写其斗志:"大漠穷秋塞草腓,孤城落日斗兵稀。身当恩遇恒轻敌,力尽关山未解围。"又云:"相看白刃血纷纷,死节从来岂顾勋?"这仍然是生死搏斗以见豪情的写法;另一面,诗人又对征人抱有同情:"铁衣远戍辛勤久,玉箸应啼别离后。少妇城南欲断肠,征人蓟北空回首!"②两种感情交错,迸出矛盾至极的情绪与悲壮的复杂风格。名句"战士军前半死生,美人帐下犹歌舞"就是在这两种情感的激荡中产生出来的,既表现了诗人对战士的同情,和对将军不恤士卒的批判,同时又表现了"天子非常赐颜色"的大将,在"胡骑凭陵杂风雨"的危急形势下的镇定自若。后者可惜往往为鉴赏者所忽略,而这却是欣赏唐诗时不可或缺的审美视角。让我们用双视角再次完整地审视一下这首边塞佳作:

燕歌行(并序)

开元二十六年,客有从御史大夫张公出塞而还者,作《燕歌行》以示适;感征戍之事,因而和焉。

汉家烟尘在东北,汉将辞家破残贼。

男儿本自重横行,天子非常赐颜色。

摐金伐鼓下榆关,旌旆逶迤碣石间。

---

① 瞿蜕园等《李白集校注》卷三《战城南》,上海古籍出版社1980年版。
② 刘开扬《高适诗集编年笺注》,中华书局1981年版,第97页。

校尉羽书飞瀚海，单于猎火照狼山。

山川萧条极边土，胡骑凭陵杂风雨。

战士军前半死生，美人帐下犹歌舞。

大漠穷秋塞草腓，孤城落日斗兵稀。

身当恩遇恒轻敌，力尽关山未解围。

铁衣远戍辛勤久，玉箸应啼别离后。

少妇城南欲断肠，征人蓟北空回首。

边庭飘飖那可度？绝域苍茫更何有。

杀气三时作阵云，寒声一夜传刁斗。

相看白刃血纷纷，死节从来岂顾勋？

君不见沙场征战苦，至今犹忆李将军！

我们从诗中感受到的不仅仅是"征战苦"，我们还感受到将士们视死如归的豪气。钟惺评"战士"、"美人"二句曰："豪壮中写出暇整气象。"（《唐诗归》卷一二）从整体看，不为无见。事实上，盛唐边塞诗与众不同之处，就在于横扫千古边塞题材中积存的阴霾，焕发出英雄主义的亮色。有了这点亮色，则无往而非开阔与明朗：

琵琶起舞换新声，总是关山旧别情。

撩乱边愁听不尽，高高秋月照长城。

（《从军行七首》之二，《全唐诗》卷一四三）

没有这点亮色，也就失去了盛唐边塞诗的气度。反之，把握了唐人这点因难因险见奇气，见生命力度的审美趣味，便不难发现边塞诗与其他题材唐诗之间的内在联系。事实上，最得盛唐边塞诗神髓的诗人不是列为"边塞诗派"的李颀、高适，甚至也不是岑参，而是李白。他将任侠精神注入边塞诗，边风、侠骨、意气、功业，一喷而出，将个体的独立精神高扬，可谓须眉皆动，连云走风。试一读《白马篇》：

> 龙马花雪毛，金鞍五陵豪。
>
> 秋霜切玉剑，落日明珠袍。
>
> 斗鸡事万乘，轩盖一何高！
>
> 弓摧南山虎，手接太行猱。
>
> 酒后竟风采，三杯弄宝刀。
>
> 杀人如剪草，剧孟同游遨。
>
> 发愤去函谷，从军向临洮。
>
> 叱咤经百战，匈奴尽奔逃。
>
> 归来使酒气，未肯拜萧曹。
>
> 羞入原宪室，荒径隐蓬蒿。①

诗中侠客的形象几乎不为礼教所羁绊，难怪元代的萧士赟会不敢正视这一形象而曲为之讳曰"此诗寓贬于褒"，要"读者宜细味之"。可见封建后期士大夫去唐人有多远！

　　读李白诗会感受到那无坚不摧的强力。其力度，正来自高度的自信，来自与命运抗争的悲剧精神。林庚《唐诗综论》曾指出，李白的自信"给他的诗歌带来了一种英雄气概。因此，即便是悲愤，也不失其豪放，即便是失败，也不失为英雄"②。这种悲愤中的豪放，透射出其独特的强力之美。试读《公无渡河》：

> 黄河西来决昆仑，咆哮万里触龙门。
>
> 波滔天，尧咨嗟。
>
> 大禹理百川，儿啼不窥家。
>
> 杀湍堙洪水，九州始蚕麻。

---

① 瞿蜕园等《李白集校注》卷五，下引萧士赟语见该诗评笺。

② 林庚《唐诗综论》，人民文学出版社 1987 年版，第 131 页。

其害乃去,茫然风沙。

披发之叟狂而痴,清晨径流欲奚为?

旁人不惜妻止之,公无渡河苦渡之!

虎可搏,河难凭,公果溺死流海湄。

有长鲸白齿若雪山,公乎公乎挂胃于其间。

箜篌所悲竟不还![①]

这是对一个古老的小悲剧的改写。《古今注》称:有一白首狂夫,乱流而渡,其妻随呼止之,不及,坠河死。其妻乃作《公无渡河》歌,声甚惨怆,曲终,亦投河而死。李白删去原故事中其妻之死的细节,增加了大禹治水的背景,加强了悲剧效果。黄河劈面而来以压倒一切之势决昆仑触龙门令人震慑,继之是大禹治水的悠远传说,这样无疑使匹夫匹妇的"小灾小难"具备了干系国家天下的大灾大难的氛围,从而使读者体会到平日很少体会到的生命活力。这正是欣赏李白《公无渡河》应有的审美角度,也是欣赏他的同类诗如《行路难》、《远别离》、《蜀道难》应取的角度。面对巨大痛苦仍能充满自信本身就是美。在整个唐诗人中,都勃发着这一"盛唐气象":如杜甫、韩愈、李贺、刘禹锡……

昭陵夕照中婉转悲嘶的"飒露紫",带着痛苦的创伤,却更显其矫健骁勇,正可作为这种充满悲剧精神之美的象征。

第二节　碧海掣鲸鱼

宋人强幼安《唐子西文录》称:"过岳阳楼观杜子美诗,不过四十字尔,气象闳放,涵蓄深远,殆与洞庭争雄,所谓富哉言乎者。"(见

---

① 《李白集校注》卷三。

《历代诗话》）"气象阔放"的确是杜诗的一大特点。不但"吴楚东南坼,乾坤日夜浮"（《登岳阳楼》）令人神往,他如"星垂平野阔,月涌大江流"（《旅夜书怀》）,"无边落木萧萧下,不尽长江滚滚来"（《登高》）之类也莫不如此。

重要的是,此类开阔阔放的境界在唐诗中比比皆是:

> 黄河远上白云间,一片孤城万仞山。
>
> > （王之涣《凉州词》）
>
> 沙场烽火侵胡月,海畔云山拥蓟城。
>
> > （祖咏《望蓟门》）
>
> 纤云四卷天无河,清风吹空月舒波。
>
> > （韩愈《八月十五夜赠张功曹》）
>
> 日暮千里帆,南飞落天外。
>
> > （崔国辅《石头濑作》）
>
> 文泽生明月,苍山夹乱流。
>
> > （马戴《楚江怀古》）

杜甫《论诗六绝句》曾一语中的地将此种审美意识道出:"或看翡翠兰苕上,未掣鲸鱼碧海中。"这就是所谓的"大美"。中国文化博大的精神,体现为秦始皇陵兵马坑,体现为孟子"充实之谓美",体现为庄子的"大鹏",体现为汉大赋……在唐诗,则体现为这种开阔阔放。

然而,唐诗阔阔的美并不同于商鼎的狞厉,它既是庄子对个体精神自由的追求,又是儒家所谓充实之美;它在气象宏大中有丰满的内容,在厚实中有空灵,在空灵中有精力弥漫。这就是传为晚唐司空图所作的《二十四诗品》中所说的第一品"雄浑":

大用外腓,真体内充。返虚入浑,积健为雄。具备万物,横绝太空。①

郭绍虞注:"所谓真体内充,又堆砌不得,填实不得,板滞不得,所以必须复还空虚,才得入于浑然之境。"汉、唐气象,同样闳放(在某种程度上,汉似乎比唐还要闳放些),同样是国力强大在文学上的反映,但汉赋的气势来自"重、大、拙",是"包括宇宙,总揽人物"的排比、堆砌、重复,是面向外部的功利主义,是"大一统"的和谐之美;而"盛唐气象"则来自"情志合一",是个体精神自由与建功立业的功利追求的统一,是"情景交融",是内部世界的深情与外部世界的壮丽的呼应,是充满自信心的唐人以其独特的文化心理结构去认知客观存在所建构起来的崇高之美。法国艺术家罗丹曾引用其师贡斯论雕塑的话说:

你以后做雕塑的时候,千万不要看形的宽广,而是要看形的深度……千万不要把表面只看作体积的最外露的面,而要看作向你突出的或大或小的尖端,这样你就会获得塑造的科学。②

如果说汉赋是二维度的平面的广阔,那么唐诗则是三维度的开阔闳放,它不但有客体的宽度与高度,还有内心视觉的深度。外部世界的高山大壑风云雷电,只不过是向你突出的"最外露的面",它的后面还有作为个体的人所具有的各种深藏的情感与思维。而最沉潜、最有深度的是近乎集体无意识的东西——忧患意识。

忧患意识在中国士大夫心里占据重要的位置。我民族早在远古时代就以农业求生存,而农业在当时的条件下显得那么脆弱,任何天灾人祸,都可能使它遭到毁灭。人们不能不"如履薄冰",战战

———————

① 郭绍虞《诗品集解》,人民文学出版社1981年版。
② [法]罗丹口述、葛赛尔记《罗丹艺术论》,沈琪译,人民美术出版社1978年版,第33页。

兢兢。长期的忧患渐渐积淀为文化心理，形成所谓的"集体无意识"。一部《老子》早已老气横秋地将这种忧心忡忡提升到理性化的高度。自以为"无恒产而有恒心，唯士为能"的士大夫，更是"以天下为己任"，自觉地将个人的情感与国家民族的安危、生民百姓的哀乐联系起来，无怪乎中国传统的审美趣味并不以西方所称道的"悲剧"为最高境界，而是以"沉郁"为美的极致。故《史记·屈原贾生列传》称：

> 余读《离骚》、《天问》、《招魂》、《哀郢》，悲其志。适长沙，观屈原所自沉渊，未尝不垂涕想见其为人！

屈原作品并不以悲壮的情节、高度集中的矛盾冲突等西方典型的悲剧结构来感动人，反之，是以如茧抽丝般的郁闷，以往而复返、不可排遣的深沉博大的忧患来折磨读者的心灵。是的，感人垂涕的正是那种以个人哀乐与国家民族安危融为一体的情感内容所构成的情志，以及由此焕发出的沉郁的风格。

《离骚》与《天问》是最能体现屈原忧患意识的代表作。《天问》五十六句问天地，一百三十二句问人事。这股"问"的洪流从屈子胸中汹涌而出，铺天盖地，不但是屈子如同开了闸的水泄般的忧患意识，更是一个民族乃至幼弱人类无边的忧思！

当然，忧患意识在《离骚》中更具有诗的气质：

> 日月忽其不淹兮，春与秋其代序；
> 惟草木之零落兮，恐美人之迟暮！

人生之短促固可悲，更可悲的是不能在这短促的人生中有所作为。于是乎他要离开这令人气闷的人间，"周流观乎上下"。但：

陟升皇之赫戏兮,忽临睨夫旧乡。仆夫悲余马怀兮,蜷局顾而不行。

不是庄子似的"逍遥游",恰恰是孔子似的"道不行,乘桴浮于海"的激愤,那种矛盾不可调和所迸出的折裂声,焕发出沉郁之美。

历代不同的诗人对忧患意识都有自己独特的表达方式,唐人更是以其独特的时空设置来体现其忧患意识。

盛唐之所以盛,与统治阶层具有忧患意识有关。强大豪雄的创业之主唐太宗之所以能忍受魏徵辈的面折廷争,就因为他有忧患意识;其他几代初唐君主也不同程度地具备此种意识。在初唐诗中,已有大量的诗歌透露此信息,兹举当时第二流诗人李峤的一首《汾阴行》为例,以见当时时空寂寞之感的普遍性:

君不见昔日西京全盛时,汾阴后土亲祭祠。
斋宫宿寝设储贡,撞钟鸣鼓树羽旗。
汉家五叶才且雄,宾延万灵朝九戎。
柏梁赋诗高宴罢,诏书法驾幸河东。
河东太守亲扫除,奉迎至尊导銮舆。
五营夹道列容卫,三河纵观空里闾。
回旌驻跸降灵场,焚香奠醑邀百祥。
金鼎发色正焜煌,灵祇炜烨据景光。
埋玉陈牲礼神毕,举麾上马乘舆出。
彼汾之曲嘉可游,木兰为楫桂为舟。
棹歌微吟彩鹢浮,箫鼓哀鸣白云秋。
欢娱宴洽赐群后,家家复除户牛酒。
声明动天乐无有,千秋万岁南山寿。
自从天子向秦关,玉辇金车不复还。
珠帘羽扇长寂寞,鼎湖龙髯安可攀?

千龄人事一朝空，四海为家此路穷。

豪雄意气今何在？坛场官馆尽蒿蓬！

路逢故老长叹息，世事回环不可测。

昔时青楼对歌舞，今日黄埃聚荆棘。

山川满目泪沾衣，富贵荣华能几时？

不见只今汾水上，唯有年年秋雁飞！

（《全唐诗》卷五七）

强烈的今昔对比托体于时空的可视可感之形象："千龄人事一朝空，四海为家此路穷！"无尽的时间与巨大的空间只能产生广漠的寂寞感，结尾四句透露的情感，正是时间、空间之外的第三维深度——忧患意识。据《唐诗纪事》卷十载：

> 天宝末，明皇乘春登勤政楼，命梨园弟子歌数阕。有唱歌至"富贵荣华能几时"以下四句，帝春秋衰迈，问谁诗？或对曰李峤，因凄然涕下，遽起曰："峤真才子也！"及其年幸蜀，登白卫岭，览眺良久，又歌是词，复曰："峤诚才子也！"高力士以下挥涕久之。

唐明皇以其血的教训验证了李峤诗中的忧患。

然而能以最少的文字最深邃地体现这种意识者，为盛唐先驱陈子昂。他的《登幽州台歌》云："前不见古人，后不见来者，念天地之悠悠，独怆然而涕下！"诗歌直承《楚辞》之《远游》："惟天地之无穷兮，哀人生之长勤。往者余弗及兮，来者吾不闻！"然而，它的结构却是无可比拟的：劈面两句，将诗人置于时间长链的中点——"现在"，由此而前是无穷的亘古，由此而后是无尽的未来。第三句又以迅雷不及掩耳之势急转入巨大的空间，形成人与天地对比的极大反差。在这一瞬间，毫无准备的读者竟经历了如此时空跌宕（"灵魂的冒险"），忽然与诗人一道站在亘古大荒上，被极度震撼的灵魂能不发一声喊:"独怆然而涕下!"这就是"伟大的孤独感",也是由忧患意识所激发的崇高感。

关键就在于,画面的结构使透视的焦点落在"人"与"现在",于是,与天地亘古相比是如此渺小的"人",竟成了画面的中心!这一逆反效果使之不是消失在虚空里,反而显露在巨大的背景之前。极度的简化,使诗只剩下三个元素:时、空、孤独感。"空故纳万境",古、今、人、己,种种联想却因之尽行纳入,而诗又因其联想之丰而"返虚入浑",得无限充实——从屈子、《古诗十九首》、建安文人到阮籍,等等,前人无穷的忧患已成为一种文化积淀而显得如此厚实,这就是大孤独、大寂寞。陈子昂以后的唐诗人对崇高事物的处理手法各异,可谓千差万别,各具特色,但其典型大体可分为三类:一是以李白为代表的偏重对个体人格与精神自由的追求,借崇高事物以骋其情者;一是以杜甫为代表的偏重高度社会责任感与人格力量,借崇高事物言志的;一是以王维为代表的偏重对现实利害得失的超越,借崇高事物表现其超然态度的。

《老子·二十五章》云:"吾不知其名,强字之曰道,强为之名曰大。"《庄子·天道》进一步提出"大美"的概念,凡合乎"道"的自然无为的绝对自由精神,则称"大美"。这就是《庄子·知北游》所谓:"天地有大美而不言。"庄子创构了"水击三千里,抟扶摇而上者九万里"的鲲鹏形象(《逍遥游》),还有"其大蔽千牛"的栎社巨树形象(《人世间》),"乘云气、御飞龙、骑日月,游乎四海之外"的至人形象(《逍遥游》)。这群形象无不蕴有磅礴万物的气势与力量,领有时空的永恒无限,体现了绝对自由的精神[①]。而具有强烈的济世理想的士大夫志士仁人们又不愿远离社会现实,于是乎玄学诗人阮籍便将《庄子》与《离骚》剪接成了"蒙太奇":

---

① 参见韩林德《境生象外》,生活·读书·新知三联书店1995年版,第282页。

危冠切浮云，长剑出天外。

细故何足虑，高度跨一世。

非子为我御，逍遥游荒裔。

顾谢西王母，吾将从此逝。

岂与蓬户士，弹琴诵言誓。①

这一来，既得屈原之孤高，又得庄子之逍遥，心虽"绝对自由"，而身仍安乎现实社会。盛唐人的人才环境要比阮籍的时代好，故而其屈原的形象往往为豪士能人所取代，其时空意象也更具动感：

代公举鹏翼，悬飞摩海雾。

志康天地屯，适与云雷遇。

兴丧一言决，安危万心注。

（张说《五君咏·郭代公元振》，《全唐诗》卷八六）

行吏到西华，乃观三峰壮。

削成元气中，杰出天河上。

如有飞动色，不知青冥状。

巨灵安在哉？厥迹犹可望。

（陶翰《望太华赠卢司食》，《河岳英灵集》卷上）

最能以闳放开阔的格调处理时空寂寞的诗人是李白，他的时空意象总是扑面而来，时间穿过空间，时空便是心境：

黄河落天走东海，万里写入胸怀间。

---

①　黄节《阮步兵咏怀诗注·咏怀第五十八首》，人民文学出版社 1984 年版，第 70 页。

……

徘徊六合无相知,飘若浮云且西去!

（《赠裴十四》,《李白集校注》卷九）

他同陈子昂一样,也善于在时空跌宕中托起一颗巨大的寂寞心。且不说《将进酒》那著名的开篇是如何以时空的飞瀑震住了读者,让诗人怀才不遇的苦恼咬啮人心,请读这首《越中揽古》:

越王勾践破吴归,义士还家尽锦衣。

宫女如花满春殿,只今唯有鹧鸪飞!

（《李白集校注》卷二二）

诗的最后一句点破了美丽的肥皂泡,时空幻灭正是诗人理想幻灭的心境。李白称得上是时空变幻大师。《梦游天姥吟留别》几乎用全力"吹"起一个七彩的时空,最后一针挑破:"惟觉时之枕席,失向来之烟霞。"让理想一头撞在现实上。

至若《蜀道难》,简直是一首"时空之歌"。时间——"尔来四万八千岁";空间——"上有六龙回日之高标,下有冲波逆折之回川"。在这巨大空间中却堵塞着千山万壑,"扪参历井仰胁息",令人窒闷。可它又如是之空旷:"但见悲鸟号古木,雄飞雌从绕林间。又闻子规啼月夜,愁空山!"这正是李白心境的对应。胸中块垒嵯峨,却又如此孤单寂寞:"侧身西望长咨嗟!"

是的,这就是李白式的崇高感,是厚实中的空灵,空灵中的精力弥漫。万水千山只是"向你突出的或大或小的尖端",在其筋脉维系的深处,是追求个体精神自由与建功立业的强烈欲望。这两种深层的东西在封建社会是很难和谐共处的,尤其是唐后期,崇高感往往表现为一种冲突,是剧烈对抗中的闳放开阔。而有力地表现了这种崇高之美的诗人是杜甫。杜甫将陈子昂那在小大之辨中凸现"人"

的手法推向极致，让巨大的体积、永恒的时间与渺小的个体人相抗衡，在抗衡的痛苦中产生力度，从而获得崇高感：

> 路经滟滪双蓬鬓，天入浪沧一钓舟。
>
> （《将赴荆南寄别李剑州》，《杜诗详注》卷一三）

"双蓬鬓"之中有岁月，"一钓舟"中有天地。时空，就在诗人饱含忧患的心中。如果说，陈子昂将时空感慨浓缩在四句之中，那么杜甫则能将时空感慨囿于五字之间："乾坤一腐儒"（《江汉》），"万古一骸骨"（《写怀二首》之一），"天地一沙鸥"（《旅夜书怀》）。

"腐儒"与"乾坤"、"骸骨"与"万古"、"天地"与"沙鸥"之间的对比，无疑是鸡蛋与石头的对比。但在五字之间，二者毕竟是分庭抗礼的，它不能不给人以力感。在与巨大的时空威压的对抗中，"腐儒"不"腐"！请看全诗：

> 江汉思归客，乾坤一腐儒。
> 片云天共远，永夜月同孤。
> 落日心犹壮，秋风病欲苏。
> 古来存老马，不必取长途！
>
> （《江汉》，《杜诗详注》卷二三）

读此诗我们不由得想起曹操的名句："老骥伏枥，志在千里！"这是唐人往往有建安风骨与"魏晋风度"的明证，但这时已是士大夫从梦寐中那"帝王师"的交椅上直跌到"求帮忙而不可得"的地位。这是何等的悲壮、孤独与寂寞！

刘熙载《艺概》卷二有云："杜诗高、大、深俱不可及。吐弃到人所不能吐弃，为高；涵茹到人所不能涵茹，为大；曲折到人所不能曲折，为深。"杜诗的高、大、深，最能体现盛唐气象的雄浑本质。兹举

《登楼》为例,剖析其闳放开阔景物的深处是些什么;

> 花近高楼伤客心,万方多难此登临。
> 锦江春色来天地,玉垒浮云变古今。
> 北极朝廷终不改,西山寇盗莫相侵。
> 可怜后主还祠庙,日暮聊为《梁甫吟》。
>
> (《杜诗详注》卷一三)

王嗣奭《杜臆》卷六评曰:"言锦江春水与天地俱来,而玉垒浮云与古今俱变,俯仰宏阔,气笼宇宙,可称奇杰。而佳不在是,止借作过脉耳。"王氏也看出"俯仰宏阔"的背后还有深层的东西,曰:"云'北极朝廷'如锦江水源远流长,终不为改;而'西山之盗'如玉垒之云,倏起倏灭,莫来相侵。曰'终不改',亦幸而不改也;曰'莫相侵',亦难保其不侵也。'终'、'莫'二字有微意在。"所谓微意,其实就是忧患,就是杜甫对当时政局的忧虑,对朝廷的岌岌可危与"盗贼"难制的担心。结句以扶不起来的蜀后主为譬,用《梁甫吟》暗示世无诸葛亮的局势,以此来表达其伤时的情怀。前人对杜甫的这种特殊的闳放阔大的境界已有感悟,宋人叶梦得《石林诗话》卷下云:

> 七言难于气象雄浑,句中有力,而纡徐不失言外之意。自老杜"锦江春色来天地,玉垒浮云变古今","五更鼓角声悲壮,三峡星河影动摇"等句之后,尝恨无复继者。韩退之笔力最为杰出,然每苦意与语俱尽,《和裴晋公破蔡州回诗》所谓"将军旧压三司贵,相国新兼五等崇",非不壮也,然意亦尽于此矣。不若刘禹锡《贺晋公留守东都》云"天子旌旗分一半,八方风雨会中州",语远而体大也。

没有深度的闳阔,不是盛唐气象。

韩愈推崇李、杜,在《调张籍》中,极力赞扬李、杜"巨刃摩天扬"的大手笔,自称:"我愿生双翅,捕逐出八荒。精神忽交通,百怪入我肠。刺手拔鲸牙,举瓢酌天浆。"他喜爱有气势、奇伟的东西,但有时流于平面化,如《南山》诗,长达二百零四句,其中连用五十一个"或"字,来铺排、堆砌,以形容终南山"大哉立天地"的伟岸。这样的闳阔只是汉赋似的平面的闳阔。但还有一些诗,如《石鼓歌》,极写时间的亘古,当年"周纲陵迟四海沸,宣王愤起挥天戈"勒石记功的盛况,颇得杜甫沉郁顿挫之美。再如《谒衡岳庙遂宿岳寺题门楼》,极力写出衡岳的雄伟:

> 五岳祭秩皆三公,四方环镇嵩当中。
> 火维地荒足妖怪,天假神柄专其雄。
> 喷云泄雾藏半腹,虽有绝顶谁能穷。
> 我来正逢秋雨节,阴气晦昧无清风。
> 潜心默祷若有应,岂非正直能感通。
> 须臾静扫众峰出,仰见突兀撑青空。
> ……①

这种雄阔的意境与精力弥漫的气势,表现了韩愈在逆境中不稍减的"高心劲气",使后面诗句中"侯王将相望久绝,神纵欲福难为功"的牢骚,具有一种"至大至刚"的节操美。

如果说,韩愈的气象闳放是介于李白、杜甫二者之间的话,那么李商隐诗中的气象闳放则逼近杜甫,具有忧患的深度:

> 江海三年客,乾坤百战场。②

---

① 钱仲联《韩昌黎诗系年集释》卷三,上海古籍出版社 1984 年版。
② 冯浩《玉谿生诗集笺注》卷二《夜饮》,上海古籍出版社 1979 年版。

四海秋风阔,千岩暮景迟。

（《陆发荆南始至商洛》,《玉溪主诗集笺注》卷二）

而《安定城楼》一诗更酷肖杜少陵口吻:

迢递高城百尺楼,绿杨枝外尽汀州。

贾生年少虚垂涕,王粲春来更远游。

永忆江湖归白发,欲回天地入扁舟。

不知腐鼠成滋味,猜意鹓雏竟未休!

刘学锴、余恕诚《李商隐诗歌集解》称:"阔远美好之境界,每易激起怀抱远大,遭遇不偶者之忧愤。此诗首联登高骋望,次联忽发时世之忧、身世之感,似不相属,实意脉贯通,意致颇近杜诗'花近高楼伤客心,万方多难此登临'。"刘、余二氏的确道出了杜甫与李商隐诗的相通之处。李峤《楚望赋》云:"非历览无以寄杼轴之怀,非高远无以开沉郁之绪。"(《全唐文》卷二四二)登高之所以能怅触而"开沉郁之绪",就因为以"带头羊"自居的中国士大夫深层意识中那最古老的忧患意识被唤醒而升上表层来。从孔子、屈原到陈子昂、杜甫,乃至李商隐,其"忧郁"风格的后面,往往就是深沉的忧患意识。

唐诗中还有另一种类型的"气象阔放",如:

江流天地外,山色有无中。

（王维《汉江临泛》,《王右丞集笺注》卷八）

万壑应鸣磬,诸峰接一魂。

（常建《张天师草堂》,《全唐诗》卷一六〇）

苍梧白云起,烟水洞庭深

（孟浩然《送袁十岭南寻弟》,《全唐诗》卷一六〇）

> 霁后三川冷,秋深万木疏。
>
> （韦应物《赠萧河南》,《韦江州集》卷二）

此类景象的闳阔更多的不是气势的雄浑,而是《诗品》中"冲淡"品所谓"饮之太和,独鹤与飞"者,是一种弥漫着冲和之气的闳阔。《后山诗话》云:"右丞、苏州皆学于陶,王得其自在。"这里的王右丞即王维,苏州则指韦应物。的确,唐代田园诗与六朝有着更多的内在联系。陶潜《饮酒》诗云:"结庐在人境,而无车马喧。问君何能尔? 心远地自偏。"(《文选》卷三〇题作《杂诗》)"心远",则境虽在寰中而能神游乎象外,得大超脱。唐人发展了这种"心远"的处世观,改造为该时代"自在"的风格。如前第二章第二节所述,"半官半隐"是唐代士大夫"隐居"的一种颇为普遍的形式,其超脱并非出世,故可称之为"入世的超脱"。王维更是将道家"虚无"与释家"空"的哲学引入审美趣味之中,在庄园生活中造成"自在"的心态,引吸无穷于自我,以寥廓见空灵。在一次青龙寺文人集会时,王维及同行者写了一组诗,颇能说明王维式的"心远"特质。兹并序录于下:

青龙寺昙壁上人兄院集(并序)

吾兄大开荫中,明彻物外,以定力胜敌,以惠用解严。深居僧坊,傍俯人里。高原陆地,下映芙蓉之池;竹林果园,中秀菩提之树。八极氛霁,高汇尘息。太虚寥廓,南山为之端倪;皇州苍茫,渭水贯于天地。经行之后,趺坐而闲。升堂梵筵,饵客香饭。不起而游览,不风而清凉。得世界于莲花,记文章于贝叶。时江宁大兄持片石命维序之,诗五韵,坐上成。

> 高处敞招提,虚空讵有倪。
>
> 坐看南陌骑,下听秦城鸡。
>
> 渺渺孤烟起,芊芊远树齐。

青山万井外,落日五陵西。
眼界今无染,心空安可迷?

（《王右丞集笺注》卷一一）

王式"心远"便是"空心"。孤烟渺渺,远树芊芊;太虚寥廓,皇州苍茫。这闳阔的景象只不过是用来表明上人"明彻物外"、"万汇尘息"的心灵境界,所以归结为:"眼界今无染,心空安可迷?"同咏的王昌龄亦云:"高卧一床上,回看六化间。浮云几处灭,飞鸟何时还?问义天人接,无心世界闲。"裴迪云:"自然成高致,向下看浮云,逶迤峰岫列,参差间井分。"最后则归结为:"吾师久禅寂,在世超人群。"入世的超脱才是士大夫的真正追求。"空心"、"心闲",才能"眼界无染",万象澄明,常建则把它归结为"因寂清万象"(《第三峰》)。反过来看,此类诗中闳阔的境界正是为了表达这种超逸的胸襟。现在让我们分析一下王维的《韦给事山居》:

幽寻得此地,讵有一人曾。
大壑随阶转,群山入户登。
庖厨出深竹,印绶隔垂藤。
即事辞轩冕,谁云病未能?

（《王右丞集笺注》卷七）

这首诗表现了半官半隐者特有的心态与审美趣味。"大壑随阶转,群山入户登"一联,使不动的山壑动了起来,客体成了主体,表现了一种物我两忘的境界。接下一联写富足的生活所构成的一种从容自在的精神面貌。这就是以寥廓见空灵的手段,也就是宗白华《美学散步》所说的那种"即使心灵和宇宙净化,又使心灵和宇宙深化,使人在超脱的胸襟里体味到宇宙的深境"的艺术境界[1]。表现这种境界的手法往往是移远就近，引吸无穷于自我，使“万物皆备于我”：

晓月临窗近，天河入户低。
（沈佺期《夜宿七盘岭》，《全唐诗》卷九六）

细烟生水上，圆月在盘中。
（祖咏《过郑曲》，《全唐诗》卷一三一）

云簇兴废隅，天空落阶下。
（孟浩然《云门诗西六七里闻符公兰若最幽与薛八同往》，《全唐诗》卷一五〇）

在高处看，满城风雨骤至，会有“萧条孤兴发”的兴味，山净生凉，更是使人在烦热中超脱出来，故云：“高斋坐超忽。”这也就是《同德寺阁集眺》中所谓“寂寥氤氲廓，超忽神虑空”，《闲居寄端及重阳》所谓“闲居寥落生高兴”，《东郊》所谓“青山谈吾虑”，《义演法师西斋》所谓“山水旷萧条，登临散情性”，《晓至园中忆诸弟崔都水》所谓“景清神已澄”。事实上，这也是忧患意识的另一种表现形式，只不过它更倾向于内心的自我超脱，仍然是诗人对个体精神自由的追求。

这就是唐诗的闳放阔大之美。

第三节　清水出芙蓉

明朗，清新，自然，这是唐诗给人的总体印象，李白曾经生动地形容为：“清水出芙蓉，天然去雕饰。”（《经乱离天恩流夜郎忆旧游

① 参见《美学散步》，上海人民出版社1981年版，第72页。

书怀赠江夏韦太守良宰》)这也可以说是唐人,特别是盛唐人的审美理想。刘熙载《艺概》卷二云:"学太白者,常曰'天然去雕饰'足矣。余曰:此得手处非下手处也。"要达到"清水出芙蓉"的理想境界,唐人的"下手处"又在哪里?

王瑶在《李白》中评述"清水出芙蓉,天然去雕饰"时说:

> 但所谓"自然",应该包括有两方面的意义:第一,诗中的思想内容是真实的,感情是真挚的,决不是随声附和的、虚伪的。第二,是用单纯的诗的语言表现出来,并形成一种自然优美的风格的。[①]

我看这基本上也道出了"下手处"。内容与形式的关系往往是真、善、美之间的关系。盛唐人的审美趣味往往发端于魏晋南北朝,其"清水出芙蓉"的审美理想同样是上承于六朝人;宗白华《美学散步·中国美学史中重要问题的初步探索》一文曾对这种审美理想作了极精彩的论述。钟嵘《诗品》说:"汤惠休曰:'谢(灵运)诗如芙蓉出水,颜(延之)诗如错彩镂金。'"宗白华认为,"错彩镂金"与"芙蓉出水"这两种美,代表了中国美学史上两种不同的美感或美的理想。楚国的图案、汉赋、六朝骈文、明清瓷器、京剧服装同属前者,汉代铜器、王羲之书法、宋代白瓷,属于后者。固然,道家一向反对雕饰之美,如《庄子》认为"既雕既琢,复归于朴"(《山林》)、"朴素而天下莫能与之争美"(《于道》),对后代的审美趣味产生了巨大而深远的影响,但"初发芙蓉"之美不应简单地归诸道家的美学思想,它与"错彩镂金"之美应是华夏民族在审美实践中长期积淀下来的两种基本倾向。宗白华先生考察了被视为儒家经典的《易经》,指出其中"刚健、笃实、辉光"六字代表我民族一种很健全的美学思想。他还

---

① 王瑶《李白》,上海人民出版社 1979 年版,第 106 页。

拈出"贲卦"，认为其中包含了两种美的对立：

> "上九，白贲，无咎。"贲本来是斑纹华彩，绚烂的美。白贲，
> 则是绚烂又复归平淡。所以荀爽说："极饰反素也。"有色达到
> 无色，例如山水花卉画最后都发展到水墨画，才是艺术的最高
> 境界。所以《易经》的"杂卦"说："贲，无色也。"这里包含了一
> 个重要的美学思想，就是要质地本身放光，才是真正的美。所
> 谓"刚健、笃实、辉光"，就是这个意思。①

让"质地本身放光"（如玉），是"清水出芙蓉，天然去雕饰"的本质，
作为诗之美，也就是上引王瑶认为"自然，应包括有两方面"之第一
个方面。"去雕饰"的真谛并不是不做任何艺术加工，纯任自然，而
是"极饰反素"，绚烂归于平淡，是让"质地本身放光"，就是岑参《送
张献心副使归河西杂句》所说"澄湖万顷深见底，清水一片光照人"
的"清新"。对此李白还有补充说："垂衣贵清真"（《古风》之一）、
"雕虫丧天真"（《古风》之三十五）。真、善、美中，他突出一个"真"
字。杜甫也是"直取性情真"（《赠王二十四侍御契四十韵》）、"畏人
嫌我真"（《暇日小园散病将种秋菜督勤耕牛兼书触目》）。唐诗明
朗、清新、自然之美的内在本质，乃是"刚健、笃实、辉光"，是人格的
率真所焕发出的本色美。与之相表里的是：诗歌是语言的艺术，诗
歌的自然美只能用明畅、清新、自然的语言来表现。且看下面两
首诗：

> 两人对酌山花开，一杯一杯复一杯。
> 我醉欲眠卿且去，明朝有意抱琴来。
> （李白《山中与幽人对酌》，《李白集校注》卷二三）

---

① 宗白华《美学散步》，上海人民出版社 1981 年版，第 38 页。

步屧随春风，村村自花柳。

田翁逼社日，邀我尝春酒。

酒酣夸新尹，畜眼未见有。

回头指大男，渠是弓弩手。

名在飞骑籍，长番岁时久。

前日放营农，辛苦救衰朽。

差科死则已，誓不举家走。

今年大作社，拾遗能住否？

叫妇开大瓶，盆中为吾取。

感此气扬扬，须知风化首。

语多虽杂乱，说尹终在口。

（杜甫《遭田父泥饮美严中丞》，《杜诗详注》卷一一）

尽管两首诗风格迥异，但感情都很真率，语言也都不事雕饰，得自然之美，却又各自饱含了李、杜两人不同的性格特征与处世态度。

事实上，李、杜诗各自代表了唐诗中两种自然美的追求方式，一是似乎脱口而出，一片神行，纯乎天籁，"佳处在不著纸"，偏重在敏捷，而不主苦思；一是"美人细意熨贴平，裁缝灭尽针线迹"（杜甫《白丝行》），不讳言工力、苦思，乃至主张"夫不入虎穴，焉得虎子？取境之时至难至险，始见奇句；成篇之后，观其气貌，有似等闲，不思而得"（皎然《诗式》），"佳处在力透纸背"，偏重在通过功力来追求自然美。李白固然也有像《朝发白帝城》那样剪裁而颇见提炼功夫的诗作，但总体说来其风格当属前者；杜甫虽也有"一夜水高二尺强，数日不可更禁当。南市津头有船卖，无钱即买系篱旁"（《春水生二绝》之一）一类似乎脱口而出的诗作，但总体说来应属后者。更宏观地说，盛唐诗人多近前者，中唐以后诗人多近后者，容下文分述之。

钟嵘《诗品·序》云：

　　至于吟咏情性,亦何贵于用事?"思君如流水",既是即目;"高台多悲风",亦惟所见;"清晨登陇首"羌无故实;"明月照积雪",讵出经史。观古今胜语,多非补假,皆由直寻。①

严羽《沧浪诗话》云:

　　意贵透彻,不可隔靴搔痒;语贵脱洒,不可拖泥带水。②

　　大抵禅道惟在妙悟,诗道亦在妙悟,且孟襄阳(浩然)学力下韦退之(愈)远甚,而其诗独出退之之上者,一味妙悟而已。③

　　林庚《盛唐气象》认为,"妙悟"也就是"妙手偶得之",而形象乃是最直接的感受,这也就是"单刀直入"。《诗品》所说"直寻",也就是要捕逐"明月照积雪"这样的鲜明直接的形象④。形象的鲜明性和直接性,也就是王国维《人间词话》中所说的"不隔"。下面是广为传诵的孟浩然《春晓》诗:

　　　　春眠不觉晓,处处闻啼鸟。
　　　　夜来风雨声,花落知多少!

春天的气息直接从诗中透出,不假言说,一味妙悟。孟浩然捕捉的是"觉"与"不觉"交界那一瞬间的感受,遂得真趣;其语言表达的明快使人有不假思索脱口而出的感觉。名篇《过故人庄》云:

---

①　陈延杰《诗品注》,人民文学出版社1980年版,第4页。
②　郭绍虞《沧浪诗话校释》,人民文学出版社1962年版,第111页。
③　同上。
④　林庚《唐诗综论》,人民文学出版社1987年版,第41页。

故人具鸡黍，邀我至田家。

绿树村边合，青山郭外斜。

开轩面场圃，把酒话桑麻。

待到重阳日，还来就菊花。

平平常常的生活场景以明明白白的口语道出，却诗意盎然。难怪闻一多在《唐诗杂论》中，以诗人的敏感把握孟诗云："淡到看不见诗了，才是真正的孟浩然的诗，不，说是孟浩然的诗，倒不如说是诗的孟浩然，更为准确。"他又说："孟浩然几曾做过诗？他只是谈话而已。甚至要紧的还不是那些话，而是谈人的那副'风神散朗'的姿态。"①这就是说，诗的明朗，正是诗人心态的开朗，甚至是时代精神的开朗。同代人王士源为《孟浩然集序》云：

骨貌淑清，风神散朗。救患释纷，以立义表；灌蔬艺竹，以全高尚。(《全唐文》卷三七八)

盛唐人任侠也罢，优游也罢，如第一、二章所述，无非是高昂意气之吐露，高度自信心之流转，故作诗能直抒胸臆，感情率真。故尔王维既能写"清浅白石滩，绿蒲向堪把。家住水东西，浣纱明月下"(《白石滩》)这样平静如水的诗，也能写"新丰美酒斗十千，咸阳游侠多少年。相逢意气为君饮，系马高楼垂柳边"(《少年行》)那样神采飞扬的诗。风格不同，但所据都是"一味妙语"，明朗不尽。

　　而善用口语，表达明快，又似乎是盛唐人普遍的手艺。试读下面二首小诗：

---

① 《闻一多全集》第3卷，生活·读书·新知三联书店1982年版，第35页。

荷叶罗裙一色裁，芙蓉向脸两边开。

乱入池中看不见，闻歌始觉有人来。

（王昌龄《采莲曲》之二）

秦山数点似青黛，渭水一条如白练。

京师故人不可见，寄将两眼看飞燕。

（岑参《入浦关寄秦中故人》，《岑参集校注》卷一）

诗歌想象之奇特而又不离日常，使线条明快而有内蕴，不浅露，可见盛唐人真率的性情还要通过明快的语言塑造出玲珑透彻的完美形象来表现，才能达到"清水出芙蓉"的境界。

　　另一类诗风虽是百思而得，但仍能"灭尽针线迹"，"成篇之后，观其气貌，有等闲"，也能入"清水出芙蓉"的美境。如杜诗《江南逢李龟年》：

岐王宅里寻常见，崔九堂前几度闻。

正是江南好风景，落花时节又逢君。

李龟年是开元、天宝盛世的"皇家歌手"，杜甫少年时曾在殿中监崔涤府中听过他的歌。四十年后，经"安史之乱"，国家破败，穷途相见，使家国兴亡之感，身世沦落之悲，千头万绪齐上心头！但杜甫却以美景反衬悲衰，于"江南好风景"、"落花时节"轻轻着一"又"字，"便将今昔对比、感昔伤今之情，完全烘托了出来"[1]。全诗安排巧妙，却举重若轻，极见功力。再举个例子：

两个黄鹂鸣翠柳，一行白鹭上青天。

窗含西岭千秋雪，门泊东吴万里船。[2]

---

①　此段分析参见沈祖棻《唐人七绝诗浅释》，上海古籍出版社 1981 年版，第 115 页。

②　以下所引杜句均见萧涤非《杜甫诗选注》，人民文学出版社 1979 年版。

此诗四句都对偶,极其工整,却是天然画卷一轴,"灭尽针线迹"。至如"松浮欲尽不尽云,江动将崩未崩石"(《阆山歌》)、"岂谓尽烦回纥马,翻然远救朔方兵"(《诸将五首》)、"不为穷困宁有此,只缘恐惧转须亲"(《又呈吴郎》)、"竹叶于人既无分,菊花从此不须开"(《九日》)等,无不巧妙安排而不着痕迹,且内涵丰富,美不胜收。中晚唐许多诗人都学会了这一手,如白居易《问刘十九》:

> 绿蚁新醅酒,红泥小火炉。
>
> 晚来天欲雪,能饮一杯无?

似乎是不经意为之,但前三句着力渲染气氛,十分成功,结句一逗,则境界全出,是王安石所谓"成如容易却艰辛"(《题张司业诗》)一类好诗。张文潜云:"世以乐天诗为得于容易,而予尝于洛中一士人家,见白公诗草数纸,点窜涂摹,及其成篇,殆与初作不侔。"①此记载正说明白居易诗的"自然美"属于"人工追求自然"型的。

　　然而,无论是"脱口而出",还是"百思而得"者,都着意在意象与意境的创构。罗宗强指出:"明丽意象的创造,在很大程度上决定李白诗歌境界的格调。"②他还举出一些在景物上加亮色的例句,如"日色明桑枝"、"积雪明远峰"、"秋水明落日"等。"加亮色"不但是李白的爱好,也是唐诗人普遍的爱好。就以"明"字的使用而言,成功者俯拾皆是:

> 白水明天外,碧峰出山后。(王维)
>
> 日隐桑柘外,河明闾井间。(王维)

---

① 陈友琴《白居易资料汇编》,中华书局 1962 年版,第 162 页。
② 罗宗强《隋唐五代文学思想史》,高等教育出版社 1990 年版,第 334 页。

渐到鹿门山，山明翠微浅。（孟浩然）

亭楼明落照，井邑透通川。（孟浩然）

林表明霁色，城中增暮寒。（祖咏）

昼眺伊川曲，岩间霁色明。（祖咏）

同样，李白喜欢让他的诗浸透月色，其他唐诗人们也喜欢这样做。且不说《春江花月夜》那样专写月色的巨制，只要打开《唐诗三百首》，就有许多描写月色的佳句扑入眼帘：

星临万户动，月傍九霄多。（杜甫）

明月松间照，清泉石上流。（王维）

广泽生明月，苍山夹乱流。（马戴）

回乐烽前沙似雪，受降城外月如霜。（李益）

雁声远过潇湘去，十二楼中月自明。（温庭筠）

这种明丽之美不但表现在山水景物上，而且也表现在人物上：

香雾云鬟湿，清辉玉臂寒。

（杜甫《月夜》，《杜诗详注》卷四）

宗之潇洒美少年，举觞白眼望青天，皎如玉树临风前。

（杜甫《饮中八仙歌》，《杜诗详注》卷二）

玉容寂寞泪阑干，梨花一枝春带雨。

（白居易《长恨歌》，《白居易集》卷一二）

京江水清滑，生女白如脂。

（杜牧《杜秋娘诗》，《樊川诗集》卷一）

唐人甚至于心境,也往往写得皎洁明丽无比:

> 洛阳亲友如相问,一片冰心在玉壶。
>
> （王昌龄《芙蓉楼送辛渐》,《全唐诗》卷一四三）
>
> 水月通禅寂,鱼龙听梵声。
>
> （钱起《送僧归日本》,《全唐诗》卷二三七）

不用再举例了,读者已能充分明了唐诗自然美中明朗、清新的特色了。现在仍用王昌龄的一首绝句来说明其整体效应:

> 琵琶起舞换新声,总是关山旧别情。
> 撩乱边愁听不尽,高高秋月照长城。
>
> （《从军行七首》之二,《全唐诗》卷一四三）

诗的前三句已陷入摆脱不开的思乡乐曲之中,使人感受到征戍者缭乱的情怀。然而结句一轮皓月当空,"高高"二字使人的心绪从纷乱中脱出,在清光的沐浴之中,感到了明朗。是的,唐诗"芙蓉出水"之美有别于其他时代自然美的本质,就在于它仍然与"雄浑"的总体风格紧密相连,因之,唐人往往将明朗、开阔的意象融为雄浑的意境:

> 明月出天山,苍茫云海间。
> 长风几万里,吹度玉门关。（李白）
>
> 长安一片月,万户捣衣声。
> 秋风吹不尽,总是玉关情。（李白）
>
> 苍茫古木连穷巷,寥落寒山对虚牖。（王维）
>
> 江流天地外,山色有无中。
> 郡邑浮前浦,波澜动远空。（王维）

寥寥寒烟静,莽莽夕云吐。

明发不在兹,青天渺难暑。(高适)

如此类意境,在唐诗中触目皆是,尤其是在杜甫诗中,融为高、大、深的雄浑境界。明人胡震亨《唐音癸签》卷九引杜诗而释曰:

"片云天共远,永夜月同孤。落日心犹壮,秋风病欲苏。"
含阔大于沉深。

"含阔大于沉深",加上明朗,便是"盛唐气象"的总体特征。

下编 流变论

第一章　海日生残夜

初唐诗：武德元年(618)—先天元年(712)

　　唐诗,是对六朝诗的扬弃。魏徵称:"江左宫商发越,贵于清绮;河朔词义贞刚,重乎气质。气质则理胜其词,清绮则文过其意。理深者便于时用,文华者宜于咏歌。此其南北词人得失之大较也。若能掇彼清音,简兹累句,各去所短,合其两长,则文质斌斌,尽善尽美矣。"(《隋书·文学传序》)这是初唐人对唐诗的期待。殷璠后来编《河岳英灵集》,论曰:"既闲新声,复晓古调,文质半取,风骚两挟,言气骨则建安为传,论宫商则太康不逮。"这已是盛唐人对盛唐诗的总结了。也就是说,唐朝开国诗人们合南北宫商气质之两长而臻文质彬彬境界的展望,至是已化作盛唐诗人所拥有的"文质半取,风骚两挟",气骨与宫商兼长这不争的现实。这并非巧合,它只能说明这一展望曾使唐人建国伊始就有了颇为明确的追求,使风格似乎杂沓无章的初唐诗于多元乃至对立之中有了一个共同的趋向,形成一种"集体无意识",使唐诗的自立过程成为对魏晋以来诗歌传统的整合过程。初唐诗存在的文学史意义,就在于作为盛唐诗的"热身"阶段完成了这一整合的三个重要方面:一是"情"与"志"的趋向复合;二是刚健、开阔、明朗风格的出现与强化;三是声律之逐步完备。三者融合之日,便是盛唐诗君临之时。

181

第一节　情志的合一

人们总为一代英主李世民未能留下像刘邦、曹操那样大气磅礴的诗作而深感遗憾。其实，唐太宗为唐诗放下奠基石，自有其深远的影响，从某种角度看，价值亦不在刘、曹之下。《全唐诗》开卷赫然在目的是太宗皇帝十首《帝京篇》：

> 秦川雄帝宅，函谷壮皇居。
> 绮殿千寻起，离宫百雉余。
> 连甍遥接汉，飞观迥凌虚。
> ……

开唐君主在政治上踌躇满志之余，又将这股开创者壮大之气注入六朝遗留下来的宫廷诗形式之中。诚然，单独抽出其中词句，或许可以认为只是六朝诗赋的组装，但十首《帝京篇》整体所焕发出来的气势，只能是新帝国创业者才可能拥有的一统气势。如果我们进一步将一大批初唐诗人们歌吟都市的篇章合订起来，便可从中倾听到前所未有的新纪元的合唱！这种合唱正与汉帝国大赋的出现一样，有其整体的美学意义，这也正是唐太宗的立意：

> 予追踪百王之末，驰心千载之下，慷慨怀古，想彼哲人。庶以尧、舜之风，荡秦、汉之弊；用咸英之曲，变烂熳之音。（《帝京篇序》，《全唐诗》卷一）

太宗那股英特之气显然来自"以尧、舜之风，荡秦、汉之弊"的致治理想。由于注入这点"志"，开唐君臣的唱和才于板滞中时露生机，其咏物才于堆砌中偶见灵动。如虞世南《蝉》诗：

> 垂缕饮清露，流响出疏桐。
> 居高声自远，非是借秋风。
>
> （《全唐诗》卷三六）

从《初学记》中不难查出该诗袭用了六朝诗赋一些有关蝉的意象，只是尾联有"言志"的成分，才使事类的剪裁获得新生命。宫廷诗这件老式绣衣因过时而显得狭窄，虽然掩不住新少年英特之气，毕竟容不下那伟岸之躯。所以，开唐君臣写得较出色的还是那些述怀诗，如李百药《秋晚登古城》、李世民《还陕述怀》等篇。其中最出色的当然要推魏徵《述怀》：

> 中原初逐鹿，投笔事戎轩。
> 纵横计不就，慷慨志犹存。
> 杖策谒天子，驱马出关门。
> 请缨系南粤，凭轼下东藩。
> 郁纡陟高岫，出没望平原。
> 古木鸣寒鸟，空山啼夜猿。
> 既伤千里目，还惊九折魂。
> 岂不惮艰险，深怀国士恩。
> 季布无二诺，侯嬴重一言。
> 人生感意气，功名谁复论！
>
> （《全唐诗》卷三一）

这里体现的"志"，已不是抽象的事功，也不只是通过壮丽的客观事物的排比来体现，而是让它与激情混合——"人生感意气"，是情志的复合，是人生的深沉感慨与事业、理想的无条件追求浑然一体。

183

　　"志"与"情"本是诗歌两大要素。《诗大序》云："在心为志，发言为诗。"从《诗经》的创作实践看，这"志"是包含了"情"的。直至建安时代，也还是将抒个人的情怀与言人生、社会理想之志视同一体的。甚至可以说，"三曹""七子"之所以能写出有风骨的诗来，首要一条就在于能将个人的悲欢之"情"与对社会关怀之"志"紧密结合在一起。至晋陆机《文赋》，始明确将"情"独立出来——"诗缘情而绮靡"。"缘情"相对独立于"言志"，正是文学的自觉，强调文学与政教不相属的一面。然而，南朝的日趋腐朽，特别是梁、陈以下将"情"圈在宫廷男女的狭小范围内，"缘情"便成为堕落的借口。要从萎靡中振作起来，再次强调"言志"的主心骨作用是很有必要的。开唐君臣所倡、所为，正好符合这一时代的要求，为唐诗的发展拨正了方向。当然，诗人的事还得靠诗人来完成。

　　就在此时，初唐"四杰"适得其时地走上诗坛。可以说"四杰"的出现是唐诗之幸，也可以说生于唐初是"四杰"之幸。

　　"四杰"指王勃（650—676?）、杨炯（650—693）、卢照邻（634?—686?）、骆宾王（627?—684?）四位诗人。骆宾王七岁能诗，卢照邻十余岁则博学善文，王勃九岁读颜师古注《汉书》而著《指瑕》十卷，杨炯十岁举神童，都是些早慧的人物。但他们的命运大都坎坷，如王勃英年早逝，卢照邻患痼疾投江，骆宾王则由系狱至于参加徐敬业军而下落不明。才高位卑且恃才傲物使他们虽处太平之世而有不平之气，志抑郁不得伸则使得他们的"志"挟带上浓烈的"情"，于是他们的诗不再是一味地颂圣、铺张，而是将自己人生的感喟与岁月蹉跎之情揉进去，使壮丽中时见悲怆，感喟中不无激昂。"盛唐气象"中那股悲剧精神这时开始出现了，典型之作是卢照邻的《长安古意》：

　　　　长安大道连狭斜，青牛白马七香车。
　　　　玉辇纵横过主第，金鞭络绎向侯家。

龙衔宝盖承朝日，凤吐流苏带晚霞。
百丈游丝争绕树，一群娇鸟共啼花。
游蜂戏蝶千门侧，碧树银台万种色。
复道交窗作合欢，双阙连甍垂凤翼。
梁家画阁中天起，汉帝金茎云外直。
楼前相望不相知，陌上相逢讵相识？
借问吹箫向紫烟，曾经学舞度芳年。
得成比目何辞死，愿作鸳鸯不羡仙。
比目鸳鸯真可羡，双去双来君不见？
生憎帐额绣孤鸾，好取门帘贴双燕。
双燕双飞绕画梁，罗帷翠被郁金香。
片片行云著蝉翼，纤纤初月上鸦黄。
鸦黄粉白车中出，含娇含态情非一。
妖童宝马铁连钱，娼妇盘龙金屈膝。
御史府中乌夜啼，廷尉门前雀欲栖。
隐隐朱城临玉道，遥遥翠幰没金堤。
挟弹飞鹰杜陵北，探丸借客渭桥西。
俱邀侠客芙蓉剑，共宿娼家桃李蹊。
娼家日暮紫罗裙，清歌一啭口氛氲。
北堂夜夜人如月，南陌朝朝骑似云。
南陌北堂连北里，五剧三条控三市。
弱柳青槐拂地垂，佳气红尘暗天起。
汉代金吾千骑来，翡翠屠苏鹦鹉杯。
罗襦宝带为君解，燕歌赵舞为君开。
别有豪华称将相，转日回天不相让。
意气由来排灌夫，专权判不容萧相。
专权意气本豪雄，青虬紫燕坐春风。
自言歌舞长千载，自谓骄奢凌五公。

节物风光不相待，桑田碧海须臾改。
昔时金阶白玉堂，即今惟见青松在。
寂寂寥寥扬子居，年年岁岁一床书。
独有南山桂花发，飞来飞去袭人裾。

（《幽忧子集》卷二）

这里不乏宫廷诗的华丽排比，不乏开唐君臣诗中那点恢宏开阔的气象，但在情志并行中已是以感情为线索，震慑人心的已是穿插于雕梁画栋、宝马妖童之间人生无常的感喟。同类名著还有骆宾王的《帝京篇》。在这首与唐太宗同题的诗中，骆宾王继承了太宗壮丽的风格：

山河千里国，城阙九重门。
不睹皇居壮，安知天子尊！
皇居帝里崤函谷，鹑野龙山侯甸服。
五纬连影集星躔，八水分流横地轴。
秦塞重关一百二，汉家离宫三十六。
……

在这篇充满数量词排比（作者因此被讥为"算博士"）的诗中，仍然激荡着"四杰"特有的不平之气：

古来荣利若浮云，人生倚伏信难分。
始见田窦相移夺，俄闻卫霍有功勋。
未厌金陵气，先开石椁文。
朱门无复张公子，灞亭谁畏李将军？
……
黄金销铄素丝变，一贵一贱交情见。

红颜宿昔白头新,脱粟布衣轻故人。

故人有湮沦,新知无意气。

灰死韩安国,罗伤翟廷尉。

已矣哉,归去来!

(《骆临海集笺注》卷一)

仍然是情志的复合在激动人心。皇居巍阙,青楼巷陌,清歌宝瑟,兰灯翠幌……在人生倚伏、文才独负的慨叹中交织成一幅大唐都市图。骆宾王在《上吏部裴侍郎启》中说:"情蓄于衷,事符则感;形潜于内,迹应斯通。"(《骆宾王文集》卷七)壮丽的皇居,繁华的都市,正与诗人昂扬负气的情志相激荡:"黄金销铄素丝变,一贵一贱交情见。"心摹手追,一泻而出,何等痛快直截! 王勃《秋日游莲池序》表述得更明白:"志之所之,用清文而销积恨;我之怀矣,能无情乎!"(《王子安集》卷五)不伸之志激起愤懑之情,发为歌诗,这就是"四杰"化壮丽为刚健、明朗、阔大风格的关键所在。情志复合的核心问题就在于让个体主观情绪成为诗的主宰,而这情绪又必须是发自"志"。试读卢照邻《紫骝马》:

骝马照金鞍,转战入皋兰。

塞门风稍紧,长城水正寒。

雪暗鸣珂重,山长喷玉难。

不辞横绝漠,流血几时干!

(《全唐诗》卷四一)

咏马是宫廷诗的老题目了。宴集赋诗老手杨师道(据说"帝每见其诗,必吟讽嗟赏")就有一首《咏马》,可供比较:

宝马权奇出未央,雕鞍照曜紫金装。

春草初生驰上苑,秋风欲动戏长杨。

鸣珂屡度章台侧,细蹀径向濯龙傍。

徒令汉将连年去,宛城今已献名王。

(《全唐诗》卷三四)

杨诗马是马,人是人,一副旁观者的面孔。卢诗则马就是我,我就是马,胸中激情借战马之嘶喷出!骆宾王的《在狱咏蝉》与上引虞世南《蝉》诗相比较,也有一个激情投入的问题:

西陆蝉声唱,南冠客思深。

不堪玄鬓影,来对白头吟。

露重飞难进,风多响易沉。

无人信高洁,谁为表予心!

(《骆临海集笺注》卷四)

高洁之志与沉痛之情渗入所吟对象中,是虞世南的"类比"所远不能及的。杨炯曾在《王勃集序》中盛称卢照邻是"人间才杰",在革除"争构纤微,竞为雕刻"的宫廷诗风的斗争中是员闯将。在"四杰"中,他步入诗坛较早,浸润宫廷诗最深,因身世最惨,其诗作也最苍凉梗慨。由他来将诗风引向以激情写壮志是很合适的,能使诗风豪放而不失圆润,直抒胸臆而有"生龙活虎般腾踔的节奏"。其原因就在"背面有着厚积的力量支撑着。这力量,前人谓之'气势',其实就是感情"①。完整地说,这"气势"应当是来自情志的复合,即因壮志激发起来的深厚感情。杨炯《王勃集序》接着说:"知音与之矣,知己从之矣。于是鼓舞其心,发泄其用,八纮驰骋于思绪,万代出没于毫端。"正是"四杰"与同道者的共同努力,才形成共识,"长风一

---

① 闻一多《唐诗杂论·宫体诗的自赎》,《闻一多全集》第3卷,生活·读书·新知三联书店1982年版,第16页。

振,众萌自偃"(《杨炯集》卷三)。于是乎"情"与"志"的复合渐成气候,形成趋势,成为一股强大的整合力量,各种题材,各种风格,都要通过它的检查,或淘汰,或强化,或改造,才最终生长为时代的整体风格。是"四杰"促进"情"与"志"的复合,又是"情"、"志"的复合塑造了身为诗人的"四杰"。

第二节　刚健、明朗、开阔风格之形成

"四杰"对题材的整合大体上如闻一多《唐诗杂论·四杰》所称,"是从宫廷走到市井","是从台阁移至江山与塞漠"。具体可从边塞、送别、羁旅三方面分析。

对古老的边塞题材的处理,"四杰"主要是强化其刚健的风格,增进负气、任侠的成分,使之更趋明朗、阔大。试举一例:

> 烽火照西京,心中自不平。
> 牙璋辞凤阙,铁骑绕龙城。
> 雪暗凋旗画,风多杂鼓声。
> 宁为百夫长,胜作一书生!
>
> （杨炯《从军行》,《全唐诗》卷五〇）

不妨将它与虞世南同题之作比较一下:

> 烽火发金微,连营出武威。
> 孤城塞云起,绝阵虏尘飞。
> 侠客吸龙剑,恶少缦胡衣。
> 朝摩骨都垒,夜解谷蠡围。
> 萧关远无极,蒲海广难依。

沙磴离旌断，晴川候马归。

交河梁已毕，燕山旆欲挥。

方知万里相，侯服见光辉。

（《从军行》，《全唐诗》卷三六）

虞作虽充塞了烽火、虏尘、侠客、恶少等边塞特有事物，但因写得拖沓（诗中一连串地名堆砌），便显不出刚健。反之，杨作首联"心中自不平"与尾联"宁为百夫长"相映，情志一贯，中间只几笔粗线条的景象勾勒，便突出个体负气而行的气势，刚健疏朗，境象开阔。将边塞题材从边地战事的描写引向表现个体精神面貌的抒情，卢照邻《刘生》是一典型：

刘生气不平，抱剑欲专征。

报恩为豪侠，死难在横行。

翠羽装刀鞘，黄金饰马铃。

但令一顾重，不吝百身轻。

（《全唐诗》卷四二）

就内容意气而言，此诗与魏徵《述怀》相近，而艺术风格则相远。总的说来，"四杰"是让壮大的诗风朝刚健、明朗、开阔的方向挺进，这在王勃送别诗作中有突出的表现。

在上编第二章我们说过：由于唐代推行科举制，六朝以来的士族血缘关系的社会结构受到冲击，重师生、朋友间的情义蔚成风尚。"送别诗"在唐诗中迅速发展为一支劲旅，与此社会结构的大调整有关。在现存王勃近百首诗中，送别诗竟占五分之一，可见这一新风尚对王勃的影响有多大！《别薛华》云："心事同漂泊，生涯共苦辛。"（《全唐诗》卷五六，下引王诗同此，不另注）共同的心理，相似的遭际，使朋友之间互相关心、互相同情。王诗中反复出现"穷途惟

190

有泪"、"穷途非所恨"、"俱是梦中人"、"俱是倦游人"、"同是宦游人"等诗句,正是这种同志之情的表达。然而王勃所处时代毕竟是精神向上的时代,士子入宦与门阀时代相比是大有前途的。所以,王勃送别诗并不灰暗,别情中透出的仍是一股昂扬之气。《饯韦兵曹》云:

> 征骖临野次,别袂惨江垂。
> 川霁浮烟敛,山明落照移。
> 鹰风凋晚叶,蝉露泣秋枝。
> 亭皋分远望,延想间云涯。

(《全唐诗》卷五六)

"惨"字、"泣"字,下笔虽然很重,但川霁烟敛,山明叶落,境界仍然是明朗、开阔。尤其是"鹰风凋晚叶"给人劲健的美感,是整篇亮色之所在①。至如卢照邻《西使兼送孟学士南游》,简直写成一首边塞诗:

> 地道巴陵北,天山弱水东。
> 相看万余里,共倚一征蓬。
> 零雨悲王粲,清尊别孔融。
> 裴回闻夜鹤,怅望待秋鸿。
> 骨肉胡秦外,风尘关塞中。
> 唯余剑锋在,耿耿气成虹。

(《全唐诗》卷四二)

---

① ［美］斯蒂芬·欧文《初唐诗》:"'鹰风'一词是王勃的独创……秋风的横扫落叶与鹰的攫取食物有相似之处,二者都是激烈的、迅速的,给人以尖锐猛烈的感觉。"贾晋华译,广西人民出版社 1987 年版,第 76 页。

杨炯《夜送赵纵》则写来分外明朗有情：

> 赵氏连城璧,由来天下传。
> 送君还旧府,明月满前川。

（《全唐诗》卷五〇）

玉璧、人才、明月形成暗喻的连环,是对赵纵的赞誉,也是对其美好前程的祝愿,表露了杨炯对友人的推慕之情。当然,写得最得体、最能体现刚健、明朗、开阔风格的,要推王勃的名篇《送杜少府之任蜀川》：

> 城阙辅三秦,风烟望五津。
> 与君离别意,同是宦游人。
> 海内存知己,天涯若比邻。
> 无为在歧路,儿女共沾巾。

（《全唐诗》卷五六）

雄阔的视境,真挚的感情,博大的胸怀,高远的抱负,开朗的心态,在凝练的诗句中表达得如此明净,如此融一,实在是初唐难得之杰作！

再看关山羁旅的题材。骆宾王《畴昔篇》有一段写入蜀景物很精彩、很开阔：

> 蜀路何悠悠,岷峰阻且修。
> 回肠随九折,迸泪下双流！
> 寒光千里暮,露气二江秋。
> 长途看束马,平水见沉牛。

（《骆临海集笺注》卷五）

壮志难酬，关山险阻，声情与江水俱下，可谓荡气回肠！但写得多且
好的还是要推王勃。兹举二绝以概其余：

> 宝鸡辞旧役，仙凤历遗圩。
> 去此近城阙，青山明月初。
>
> （《晚留凤州》，《全唐诗》卷五六）

> 长江悲已滞，万里念将归。
> 况属高风晚，山山黄叶飞！
>
> （《山中》，《全唐诗》卷五六）

结句轻轻一点，着色不多，青山黄叶，情已融景中，何等明快！这种
风格离宫廷诗铺张费力的风格已经相当遥远了。从总体说来，"四
杰"的诗虽已形成刚健、开朗、阔大的风格，但兼具而浑融者不多，尤
其是缺乏一种浑厚深沉的气质，故未臻诗家极则。

与"四杰"同道同时的成功诗人还有刘希夷，他同样是早慧负
气而不得志的人物。刘希夷五律、五古都很出色，风格也很刚健有
气势，如《将军行》：

> 将军辟辕门，耿介当风立。
> 诸将欲言事，逡巡不敢入。
> 剑气射云天，鼓声振原隰。
> 黄尘塞路起，走马追兵急。
> 弯弓从此去，飞箭如雨集。
>
> （《全唐诗》卷八二）

诗笔只在"威"字上下功夫：先写诸将"逡巡"，再置诸追兵箭雨中，
使之具有摄人心魄的气势。但他写得更好的是歌行，直追卢、骆。
《捣衣篇》云："此时秋月可怜明，此时秋风别有情。君看月下参差

影,为听莎间断续声。"《公子行》云:"可怜杨柳伤心树,可怜桃李断肠花。此日遨游邀美女,此时歌舞入娼家。娼家美女郁金香,飞来飞去公子傍。"不避字词的重复,有意造成往徊缠绵的韵律,这又是"四杰"所无。《代悲白头翁》一首最杰出,录如下:

> 洛阳城东桃李花,飞来飞去落谁家,
> 洛阳女儿好颜色,行逢落花长叹息。
> 今年花落颜色改,明年花开复谁在?
> 已见松柏摧为薪,更闻桑田变成海。
> 古人无复洛城东,今人还对落花风。
> 年年岁岁花相似,岁岁年年人不同。
> 寄言全盛红颜子,应怜半死白头翁。
> 此翁白头真可怜,伊昔红颜美少年。
> 公子王孙芳树下,清歌妙舞落花前。
> 光禄池台文锦秀,将军楼阁画神仙。
> 一朝卧病无相识,三春行乐在谁边?
> 宛转蛾眉能几时,须臾鹤发乱如丝。
> 但看古来歌舞地,惟有黄昏鸟雀悲。

（《全唐诗》卷八二）

好一个"年年岁岁花相似,岁岁年年人不同"! 花开花落,生生不息。这是青春期的多愁善感,是年轻人轻轻的叹息,更是人生的回味。是的,他比"四杰"更靠近盛唐,我们已听到盛唐的脚步声。当我们面对生卒年已不可考的张若虚那一往情深的《春江花月夜》时,我们真不知道该将这诗篇归诸初唐还是归诸盛唐。它与刘希夷诗有着相似的情思,但意境更明净,更开阔,思绪更成熟。

　　在诗中,诗人一己的情思已化为普遍人生离合的思索,由诗而入于哲理。全诗境界之浑融,语言之清新,的确是盛唐气象,但它更多的是"宫体诗的自赎"（闻一多《唐诗杂论》），是"宫体之巨澜"（王闿运《湘绮楼论唐诗》）。所以，我赞同贺裳这样的说法："此诚盛中之初唐。"（《载酒园诗话·又编》）他已站在盛唐的入口处。

第三节　追求完善的艺术形式

与其他时代复古思潮不同，唐诗一开始就不放弃对完美的艺术形式的追求，如唐太宗赞陆机"文藻宏丽，独步当时；言论慷慨，冠乎终古"（《晋书·陆机传论》）。姚思廉称徐陵"其文颇变旧体，缉裁巧密，多有新意"（《陈书·徐陵传》）。魏徵更是欣赏江淹、沈约诸人"缛彩郁于云霞，逸响振于金石"（《隋书·文学传序》）。所以开唐君臣们于提倡诗歌政教作用的同时，都不回避写宫廷诗，他们要求的是文质并举，文质彬彬。当然，由于资质的关系，他们的创作实践远未达此目的，但在一些诗作中已透露壮丽的风格，如上文所述。值得庆幸的是，这种壮丽的风格为后来诗家所消化，如"四杰"将壮丽化为刚健、雄阔，如宫廷诗人将壮丽化为雍容、华贵，二者都有明朗流畅的语言。事实上无论"四杰"、刘希夷、张若虚乃至陈子昂，都写过"宫廷体"，他们不是简单地从纠缠中挣脱羁绊，而是通过对宫廷诗的学习乃至训练，熟悉写作规范，从而改造、消化了宫廷诗。从这一意义上讲，宫廷诗不妨说是盛唐诗人的底子（李白、杜甫也都留下对"宫廷体"摹拟的诗作，如李白的《宫中行乐词八首》，杜甫的《郑驸马宅宴洞中》，都可视为"宫廷体"之摹写）[1]。也因此而盛唐诗不同于中唐诗，总有一股贵族气息氤氲其间——

---

[1]　[美] 高友工《律诗的美学》曾指出："王维的美学在于将田园诗与初唐律诗的正宗美学融而为一。""杜甫对六世纪的许多大师矢志推崇，他是以写作六朝晚期风格的律诗开始其创作生涯的，对初唐的美学深谙其道。"见 [美] 倪豪士编《美国学者论唐代文学》，上海古籍出版社 1994 年版，第 64—65 页。

尽管语言、内容有些已经相当平民化了。或者可以说，初唐约百年间对诗歌语言与形式美的探求主要是以"宫廷体"诗为对象的，无论是其延伸或对立。下面拟从诗化语言、歌行、律诗诸方面剖示这一进程。

诗化语言诚如林庚所指出："从建安到隋代的诗歌语言的发展，正是为唐诗铺平了道路；正如三峡的艰险，造成长江出峡后一泻千里的壮阔局面。唐诗到了初唐'四杰'，已经在这诗歌语言成熟的水平上，初步进入春风得意的阶段。"①如骆宾王《帝京篇》"黄金销铄素丝变，一贵一贱交情见"（《全唐诗》卷七七），如杨炯《骢马》"夜玉妆车轴，秋风铸马鞭"（《全唐诗》卷五〇），如卢照邻《长安古意》"妖童宝马铁连钱，娼妇盘龙金屈膝"（《全唐诗》卷四一），如王勃《山中》"况属高风晚，山山黄叶飞"（《全唐诗》卷五六），都是从唐代日常生活中抽取的新鲜的语言，经精心酿制而成为醇美的诗语。宫廷诗人于此也不无贡献。如上官仪《咏画障》"芳晨丽日桃花浦，珠帘翠帐凤凰楼"（《全唐诗》卷四〇），不是与卢照邻"妖童宝马铁连钱"一样，是靠对偶与意象之间内在关联而不是靠语法形成的"拱力结构"吗？而虞世南《发营逢雨应诏》"陇麦沾逾翠，山花湿更燃"（《全唐诗》卷三六），不也是与杨炯"秋风铸马鞭"一样带着强烈主观情感的诗的语言吗？而用浅近的语言构成明朗的画面形成深远意境，也同样是宫廷诗人中优秀分子的努力方向。如上官仪《入朝洛堤步月》：

> 脉脉广川流，驱马历长洲。
> 鹊飞山月曙，蝉噪野风秋。

（《全唐诗》卷四〇）

---

① 林庚《唐诗综论·唐诗的语言》，人民文学出版社 1987 年版，第 90—91 页。

《古今诗话》称上官仪作此语,步月而咏,"音韵清亮,群公望之,犹神仙焉"(《唐诗纪事》卷六),正说明该诗极为成功的意境效果。

不但在语言上,而且在诗歌形式的完善方面,初唐各流派诗人也有着相当一致的追求。杜甫《戏为六绝句》之二曾明确指出:"王杨卢骆当时体",点明"四杰"仍在"当时体"中,而"四杰"所处时代的"当时体"只能是指宫廷诗。在这一点上,与其说"四杰"是在"脱离宫廷诗",毋宁说是在消化宫廷诗,改造宫廷诗。不必说骆宾王《帝京篇》与唐太宗同名作之间明显的"血缘"关系,即使是卢照邻《长安古意》、刘希夷《代悲白头翁》、张若虚《春江花月夜》,这些七言骄子的诗不都与六朝以来流行的宫廷诗有着不容否认的内在联系吗?而宫廷诗人沈佺期的七言古诗不也被许学夷《诗源辩体》称为"偶丽极工,语皆富丽,与王、卢、骆相类"吗?

五律定型,宫廷诗人同样与有力焉。事实上被称为"脱净宫廷风格"的王勃五律如《送杜少府之任蜀川》,在程式上最合乎宫廷诗作法。美国汉学家斯蒂芬·欧文《初唐诗》曾将宫廷诗模式概括为破题、描写式的展开、反应这样的"三部式",王勃此诗正是典型的"三部式"。"城阙辅三秦,风烟望五津"是破题,扣紧"之任蜀川"来写的。"三秦"是送别地点,"五津"是展望杜少府要去的地方。中间四句是"描写式展开",将胸襟、视野拓展到极大限。尾联"无为在歧路,儿女共沾巾",又回到诗题所示的送别上来,是对离别的"反应"。五言八句的律诗不是王勃首开"专利"①,但王勃是第一个有力地以其充实的情感内容向人们展现这一形式优势的人。就在这四联之间,王勃盘马弯弓,情志并作,开拓了阔大的语言空间,在工整的对偶中形成峻整之美。五律之优势至此可谓淋漓尽致!可惜即使在王勃诗作中,这也仍是仅见,要待到以沈佺期、宋之问等一批"宫廷诗人"出,以其大量创作实践反复向世人证明五律的美学价

① 罗宗强《隋唐五代文学史》上册曾以六朝江总《春夜山庭》、庾信《舟中望月》为例,说明唐前已出现相当完整的五言律。高等教育出版社1990年版,第90—91页。

值,才使这一形式终于凝定,成为盛唐之音中最为重要的形式之一。

武后、中宗时期是宫廷诗又一繁荣时期。这时以"文章四友"(李峤、杜审言、崔融、苏味道)与沈、宋为代表诗人。许总曾据《全唐诗》统计,"四杰"近体诗合格率约70%,"文章四友"合格率约80%,沈、宋则达90%以上①。武则天、中宗时期于近体诗定型之重要性由此可见。也许这与宫廷经常举行写诗比赛,且往往加以评判有关。下引二则有关的记载:

> 武后游龙门,命群官赋诗,先成者赏锦袍。左史东方虬既拜赐,坐未安,宋之问诗复成,文理兼美,左右莫不称善,乃就夺袍衣之。(刘𫗴《隋唐嘉话》卷下)

> 中宗正月晦日幸昆明池赋诗,群臣应制百余篇。帐殿前结彩楼,命昭容选一首为新翻御制曲。从臣悉集其下,须臾纸落如飞,各认其名而怀之。既进,惟沈、宋二诗不下,又移时,一纸飞坠,竞取而观,乃沈诗也。及闻其评曰:"二诗功力悉敌,沈诗落句云:'微臣雕朽质,羞睹豫章材。'盖词气已竭。宋诗云:'不愁明月尽,自有夜珠来。'犹陟健举。"(计有功《唐诗纪事》卷三)

时至今日,我们还能感受到当时比赛气氛的热烈、场面的壮观。宋之问夺袍并不因快捷,而是因为"文理兼美"。与沈佺期之争,则"二诗功力悉敌",只是宋之问诗的结句"犹陟健举",故而取胜。有两点可注意:一是比赛颇注重"文理兼美"与"功力",这就使诗人们不能不注重诗的格律;二是提倡"健举",鼓励富有展望的、开朗的诗风。正是在这两点上,此期统治集团的文学思想与开唐统治集团有所承继。然而这些倡导仅仅是鼓励诗人多做相关的训练而已,更多

---

① 许总《唐诗史》上册,江苏教育出版社1994年版,第274页。

宫廷诗人的成就不在宫廷诗,而在于非宫廷诗。被称为"初唐五言律,'独有宦游人'第一"(胡应麟《诗薮·内编》卷四)的是杜审言《和晋陵陆丞早春游望》:

> 独有宦游人,偏惊物候新。
> 云霞出海曙,梅柳渡江春。
> 淑气催黄鸟,晴光转绿苹。
> 忽闻歌古调,归思欲沾巾。

(《全唐诗》卷六二)

首尾二联抑郁的情绪与中间二联开阔明丽的景物相互辉映,形成一种与"四杰"相近的情志复合而又精警凝练的峻整之美。沈佺期的五律也写得漂亮,如《杂诗三首》之三:

> 闻道黄龙戍,频年不解兵。
> 可怜闺里月,长在汉家营。
> 少妇今春意,良人昨夜情。
> 谁能将旗鼓,一为取龙城。

(《全唐诗》卷九六)

情思飞动,一气而下,融容了精严的格律;通体圆转自然,超越了前人。宋之问在这方面有更多成功之作,兹举二例以概其余:

> 阳月南飞雁,传闻至此回。
> 我行殊未已,何日复归来?
> 江静潮初落,林昏瘴不开。
> 明朝望乡处,应见陇头梅。

(《题大庾岭北驿》,《全唐诗》卷五二)

宦游非吏隐，心事好幽偏。

考室先依地，为农且用天。

辋川朝伐木，蓝水暮浇田。

独与秦山老，相欢春酒前。

（《蓝田山庄》，《全唐诗》卷五二）

上一首是宋之问贬逐途中所作，是情绪的漩涡，句句都盘旋在同一个焦点上：不欲行却不得不行的依恋与凄楚。具讽刺意味的是，其尾联与"不愁明月尽，自有夜珠来"用同一写法，让展望的视线越出五言八句。下一首风味截然不同，闲散而从容。这种从容，不但是情感的，也是形式的。"辋川朝伐木，蓝水暮浇田"，既表达了从容其间的心态，又表现了作者从容于法度之中的高度技巧。精严的格律似乎消失了，但隐隐然让你感受到对称、和谐、工整之美。其语言表明：诗化已经从提取日常语言加以酝酿的阶段，进入让诗的语言返回日常絮语而诗意仍在的阶段，是深入浅出的境界。如果只从语言形式上着眼，它已经与盛唐诗并无二致。现在只欠东风，只欠水即将沸时所要摄取的那点至为关键的热量。

时代将推出哪位俊杰来做这一"催化工作"？

第四节　黄金铸子昂

遥遥去巫峡，望望下章台。

巴国山川尽，荆门烟雾开。

城分苍野外，树断白云隈。

今日狂歌客，谁知入楚来！

（《度荆门望楚》，《全唐诗》卷八四）

这一"入楚来"的"狂歌客",注定要使诗坛为之震动!他,就是蜀人陈子昂(661—702)。

文学史是一个复杂系统,其发展规律往往不是简单的线性因果关系所能解释,其发展的连续性也往往不是依次渐进的。我们对初唐诗的叙述为了表达方便的关系,将各流派、各种风格诗人分先后来说解,易于引起错觉:"四杰"是在开唐君臣宫廷诗之后的进步,沈、宋是在"四杰"基础上的发展,等等。事实上,初唐诗各种形式的发展与历代一样,是此起彼落、或顿或渐,或越过同代人而远绍前人,等等;而各流派诗人的活动也是在时空上交错参差乃至相互碰撞,呈非线性关系的。如果以卢照邻卒年公元689年为例,同存此时空中的代表诗人如下表:

武则天永昌元年(689)

姓　名	卢照邻	杨　炯	李　峤	苏味道	杜审言
岁　数	52	39	44	41	41
姓　名	崔　融	张若虚	张　说	沈佺期	宋之问	陈子昂
岁　数	36	29	22	33	33	28

从表上可看到,"四杰"中的卢、杨与"文章四友"、沈、宋、陈子昂,乃至盛唐诗人张说,都曾在同一时空中出现,并且都应属于创作期。他们之间的影响可能是相互的,而不一定是线性的[①]。然而作为一种发展规律,它必定有一个由初级到高级、由生涩到成熟、由简单到复杂、由个别到普遍的过程,我们所谓"主流精神"的概述,也只能是就其大端,加以整理,点明发展的各个阶段性成果。也正是在这层意义上,本章陈述的最后一位诗人是陈子昂。

---

① 如毛先舒《诗辩坻》卷三称沈、宋律体堂皇,"悉皆祖构于此(指陈子昂律体)",以沈、宋继子昂,是说不过去的。见郭绍虞编选《清诗话续编》第1册,上海古籍出版社1983年版,第51页。

子昂二十一岁始出蜀入长安，此前一直在偏僻的四川，而且十八岁才折节读书，可以推知他受"当时体"的影响不深。也许正因其如此，他可以选择一条与时尚完全不同的入门方式。从后来他在诗坛异军突起的事实看来，正是如此。子昂最大的贡献在提出"兴寄"，明确地以"汉魏风骨"为号召，非常适时地给那即将沸的水以关键性的几卡热能。

历数百年之久的初唐诗坛，虽然有这样那样的发展为盛唐诗"热身"，但一直缺少一个鲜明有力的口号将各种推力凝聚起来产生飞跃。魏徵的合南北之两长，达"文质彬彬，尽善尽美"的意见只能作为"远景规划"，不好操作。上官仪的"六对"、"八对"和沈、宋的"回忌声病，约句准篇"虽好操作，却只是形式美的要求，属"常规原则"。杨炯《王勃集序》对当时"争构纤微，竞为雕琢"、"假对以称美"的诗风提出尖锐的批评，矛头直指"上官体"，可谓具体矣，且"骨气都尽，刚健不闻"的说法已经触到问题的关键部位，可惜未能提出正面的榜样来——须知中国传统上对某种文学思想之提倡，往往要靠具体榜样如《文选》之类的展示才能奏效。何况，王勃《上吏部裴侍郎启》说：

> 自微言既绝，斯文不振，屈、宋导浇源于前，枚、马张淫风于后……故魏文用之而中国衰，宋武贵之而江东乱；虽沈、谢争骛，适先非齐、梁之危；徐、庾并驰，不能免陈、周之祸。（《王子安集》卷八）

自屈原中经建安文学至庾信，优秀作家被一扫而尽，则"骨气"、"刚健"的楷模从何来？但他在《感兴奉送王少府序》中又说："一谈经史，亚比孔先生；再读词章，但如曹子建。"（《全唐文》卷一八一）骆宾王也在《和学士闺情诗启》中称："河朔词人，王、刘为称首；洛阳才子，潘、左为先觉。若乃子建之牢笼群彦，士衡之籍甚当时，并文苑之羽仪,诗人之龟鉴。"(《全唐文》卷一九八)可见凭直感,同气相求,他们引魏、晋优秀作家为知己;借儒家政教文学观,他们沿用李谔、王通的看法。这种矛盾乃至混乱,必然使其"骨气"、"刚健"的提倡无力。陈子昂成功之处,恰在于适时地将魏、晋与南朝的诗风作出区别。

陈子昂的诗歌主张,是在一篇"温卷"之类的辞序(事实上是一封短信)中提出来的,序中以孤竹自喻暗示对方提携"永随众仙去,三山游玉京",可知当时并无"揭竿而起"的"宣言"意思。序如下:

> 东方公足下:文章道弊五百年矣,汉、魏风骨,晋、宋莫传,然而文献有可征者。仆尝暇时观齐、梁间诗,彩丽竞繁而兴寄都绝,每以永叹!思古人,常恐逶迤颓靡,风雅不作,以耿耿也。一昨于解三处见明公《咏孤桐篇》,骨气端翔,音情顿挫,光英朗练,有金石声。遂用洗心饰视,发挥幽郁;不图正始之音,复睹于兹,可使建安作者,相视而笑。解君云:"张茂先,何敬祖,东方生与其比肩。"仆亦以为知言也。故感叹雅制,作《修竹诗》一篇。当有知音,以传示之。(《与东方左史虬修竹篇序》,《陈伯玉文集》卷一)

子昂比"四杰"高明之处就在于从内容、形式到风格,都提出了正面"样板"或较具体的要求:"汉魏风骨"、"兴寄"、"骨气端翔,音情顿挫,光英朗练,有金石声"。其中"汉魏风骨"——从全文看,其实主要是指"建安风骨",并包括进"正始之音"——是其核心部位。"风骨"与"气象"都重视情志的抒发以及语言风格的峻爽,是"建安文学"与"盛唐之音"的契合点。关于这一点,我们已经在上编第四章第一节有详说。我们不知道陈子昂这封信当时有几人读过,造成过多大的影响,但我们回头看这一主张,的确是有"点化"的作用。它为昂扬向上的士子找到依据,对各方面所取得的诗化成果进行了整合,使之形成内容、风格、声律诸方面的整体效应,体现出时代精神。"国朝盛文章,子昂始高蹈"(韩愈《韩昌黎诗系年集释》卷五《荐士》)。正是在欲变未变的节骨眼上,陈子昂以其鲜明的主张加上有力的示范,促成这一大变,成为承先启后的人物。如果将一篇小序视为"宣言",或用放大镜观察其诗的细部,都难免失实。反之,只有将"汉魏风骨"与"兴寄"的主张与其创作实践结合起来看,才会认识其"点化"的作用。

《登幽州台歌》是子昂的代表作,是属于那种一看就会记一辈子的追魂摄魄的好诗。

> 前不见古人,后不见来者,
> 念天地之悠悠,独怆然而涕下!
>
> (《陈子昂集》补遗)

第一句将时间推向远古,直至洪荒;第二句将时间推向未来,直至无穷;第三句在这无首无尾的时间里建构起巨大的空间,使人忽然间掉进空旷的时空中,发现了自己的渺小;于是有了第四句的孤独与悲怆。然而,要理解诗人这种"伟大的孤独感",还得对子昂的诗作总体把握。先看这首诗的前奏曲——《蓟丘览古赠卢居士藏用七首》:

> 北登蓟丘望,求古轩辕台。
> 应龙已不见,牧马空黄埃。
> 尚想广成子,遗迹白云隈。
>
> (《轩辕台》)
>
> 南登碣石坂,遥望黄金台。
> 丘陵尽乔木,昭王安在哉?
> 霸图今已矣,驱马复归来。
>
> (《燕昭王》)

王道已沦昧，战国竞贪兵。

乐生何感激，仗义下齐城。

雄图竟中天，遗叹寄阿衡。

（《乐生》）

秦王日无道，太子怨亦深。

一闻田光义，匕首赠千金。

其事虽不立，千载为伤心。

（《燕太子》）

自古皆有死，徇义良独稀。

奈何燕太子，尚使田生疑。

伏剑诚已矣，感我涕沾衣。

（《田光先生》）

大运沦三代，天人罕有窥。

邹子何寥廓，漫说九瀛垂。

兴亡已千载，今也则无推。

（《邹衍》）

逢时独为贵，历代非无才。

隗君亦何幸，遂起黄金台。①

　　据卢藏用《陈子昂别传》（《全唐文》卷二三八）的说法，这是子昂随武攸宜征契丹，屡进谋略而未被采用，因登蓟北城楼触目生情而写下的组诗。黄金台是礼贤下士的象征，燕昭王拥彗却扫，师事邹衍，又筑台置千金聘天下士，是所谓"明主"。燕太子丹也礼贤，但对田光存疑心，与乐毅为惠王所疑，用之不终，同样是感叹君臣际遇不易。组诗整体透出的是对良好的人才环境的渴望、向往。武则天

---

① 《四部丛刊》影明本《陈子昂集》卷一，下引陈子昂《感遇》亦见此卷，不另注。

时代,唐帝国的国力继续增长,寒门、布衣之士大量登上政治舞台,但武则天鼓励告密,重用酷吏,屡起大狱,士大夫常无故被祸。子昂后来即死于诬陷,他对此不无预感。积极用世之志与畏祸避世之情交流电般地通过诗人的心灵,成为创作的灵感。这在《感遇》这组三十八首的大型交响乐中,有更丰富的表现。

对《感遇》的评价历代不一。杜甫《陈拾遗故宅》盛称:"终古立忠义,《感遇》有遗篇。"(《杜诗详注》卷一一)《新唐书》本传也称:"子昂始变雅正,初为《感遇诗》三十八章,王适曰:'是必为海内文宗!'"但自中唐皎然《诗式》开始,就很有些人认为《感遇》远不及阮籍《咏怀》,清人王夫之《唐诗评选》卷二甚至说,《感遇》"似诵、似说、似狱词、似讲义,乃不复似诗"。他们用"温柔敦厚"的标准视之,则这种"一任血气之勇"、"古律混淆"、"气未和顺"的诗自然不及阮诗的"微而显"。然而,我认为,无论阮籍《咏怀八十二首》,还是子昂《感遇三十八首》,抑是李白《古风五十九首》,都应当整体地统而观之,形成一个综合的印象。如果我们将这些不同时间、不同地点、不同作者和不同内容的诗视为一个有生命的整体,则展示的是诗人丰富的内心世界,这个内心世界是对外部大千世界的感应,那么,我们这才真正能认识到组诗的价值。

《感遇》(《陈子昂集》卷一)内容丰富,有写边塞(其三),有写侠客(其三十四),有羡幽居(其三十六)、叹世混浊而思归隐的(其十八),有思亲友(其三十二)、叹时光流逝生命不永的(其十三),有讽刺迷信祥瑞(其九)的,有对酷吏表示愤慨的(其十二),不一而足。这些方方面面汇总起来,是一位高瞻远瞩的士大夫知识分子对生命价值深沉的思考。作为核心,是强烈的入世心、济世志,由此辐射出种种感情:或直陈时事以明志,或借边塞苍茫以泻豪情,或叹世混浊愤而思归隐,或哀时运不济而求仙不得,或咏物象以寄情怀,或忧遭祸而欲罢不能……然而,无论打上什么样的阴影,都是为了突出一个亮点——积极用世,实现其人生价值。其三十五云:"本为贵公子,平生实爱才。感时思报国,拔剑起蒿莱。西驰丁零塞,北上单于台。登山见千里,怀古心悠哉。谁言未忘祸,磨灭成尘埃。"子昂生于豪富之家,何为当小官出边塞舍生忘死? 他心里很清楚,官场险恶,横祸飞来。但他有更高的人生追求,他恐惧的是碌碌无为,"磨灭成尘埃"。因此,三十八篇只是《登幽州台歌》一篇的展现,是大时代到来前夕有识之士深沉的忧患所引起的"伟大的孤独感"。从中我们可以把握其"兴寄"与"风骨"的主张。如第二首:

> 兰若生春夏,芊蔚何青青。
> 幽独空林色,朱蕤冒紫茎。
> 迟迟白日晚,袅袅秋风生。
> 岁华尽摇落,芳意竟何成!

饱满的形象,自足的意蕴,是为"兴寄"。再如第二十九首:

> 丁亥岁云暮,西山事甲兵。
> 赢粮匝邛道,荷戟争羌城。
> 严冬阴风劲,穷岫泄云生。
> 昏曀无昼夜,羽檄复相惊。
> 拳跼竞万仞,崩危走九冥。
> 籍籍峰壑里,哀哀冰雪行。
> 圣人御宇宙,闻道泰阶平。
> 肉食谋何失,藜藿缅纵横。

这首诗是直言反对武则天垂拱三年准备于雅州开通道袭击羌族的"意见书",《陈子昂集》卷九《谏雅州讨生羌书》可互参。强烈的从政意识以刚健的语言表述,诗中不乏边地艰险而紧张的气氛渲染,这便是"风骨"。这种直陈时事的诗被王夫之视同"如戟手语"(《唐诗评选》卷三），而杜甫赞其"终古立忠义"的，恐怕主要也是指此类诗。我想，当有时众人还在徘徊不敢言，欲吐不吐之际，有人直言快语将事情挑明了，这时的快感往往有美感。武则天时代固然国力上升，科举日盛，仕途广开，是士人负气骋才的好年头——事实上许多没有政治背景的人也往往被拔擢，一些负气而行的豪侠之士得以扬眉吐气，郭元振、张柬之便是生动的事例（如上编第一章所示）；但是酷吏横行，人人自危也是事实——陈子昂本人正是为酷吏所残害。这样的人才环境与建安时代有某种相似：士大夫有发挥才能的机会，也常常有陷于罗网的忧虑。扫去阴霾，一睹青天，是武则天时代士大夫的渴望。所以陈子昂虽然仿阮籍《咏怀》，但所咏之怀却近建安诸子，是"梗概多气"的产物，于是乎《感遇》多直抒胸臆语，却又布上一层苍凉之气。尤其值得注意的是，他将这种梗概之气与阮籍那玄理思辨的特点结合起来，从大处落笔，借巨大的时空表现其广阔的胸襟。"登山望宇宙，白日已西暝。云海方荡谲，孤鳞安得宁？"（其二十二）"仲尼探元化，幽鸿顺阳和。大运自盈缩，春秋递来过。盲飙忽号怒，万物相纷劂。溟海皆震荡，孤凤其如何！"（其三十八）强烈的从政愿望至此被提升为一种宇宙意识，浩渺广大。于是我们再回到《登幽州台歌》，更能体会到在"伟大的孤独感"的巨大时空中所充塞的是忧患意识。

古往今来，多少志士仁人都有深邃的忧患意识，它也就是一种历史责任感。陈子昂将这种深沉的意识用巨大的形象与刚健的语言风格表达出来，使诗的疆域拓展了。明人钟惺《唐诗归》卷二称："唐至陈子昂，始觉诗中有一世界，无论一洗偏安之陋，并开创草昧之意亦无之矣！"

诗中新世界，便是已到来的盛唐诗世界。

第二章 飞动摧霹雳

盛唐诗:开元元年(713)—天宝十四年(755)

初唐诗以先天中(712)宋之问被赐死宣告结束,但盛唐诗大潮的到来,应在开元中(727)。殷璠《河岳英灵集》序称:"武德初,微波尚在;贞观末,标格渐高;景云中,颇通远调;开元十五年后,声律风骨始备矣。"为什么要待到"开元十五年后"?因为一代风格之形成,其象征应是大量成熟作家的涌现。顾况《监察御史储公集序》说:"开元十四年,严黄门知考功,以鲁国储公进士高第,与崔国辅员外、綦毋潜著作同时;其明年擢第常建少府、王龙标昌龄,此数人皆当时之秀。"储光羲、王昌龄、常建诸人都是殷璠所推重的诗人,如果加上前此成名的张说、张九龄、王维、孟浩然、崔颢、刘眘虚、祖咏,稍后的陶翰、薛据,则诗人队伍不可谓不壮。我们于是聆听到大潮带来那深沉浑厚的盛唐之音!

第一节 声律、风骨、情景的浑融

盛唐诗成熟之标志是:全篇意境完美融一。王世贞《徐汝思诗集序》云:

盛唐之于诗也,其气完,其声铿以平,其色丽以雅,其力沉

而雄,其意融而无迹。故曰：盛唐其则也。(《弇州四部稿》卷六五)

贺贻孙《诗筏》称：

> 盖盛唐人一字一句之奇,皆从全首元气中苞孕而出,全首浑老生动,则句句浑老生动,故虽有奇句,不碍自然。

具体说,就是要在一篇之内做到情景交融、声律气骨兼备,形成兴象玲珑的完美境界。普遍有意识地追求这一境界,当始于开元年间。《河岳英灵集》卷下载张说曾将王湾"海日生残夜,江春入旧年"诗句"手题政事堂,每示能文,令为楷式"。张说(667—730),字道济,为玄宗朝名相,诛太平公主有功,封燕国公,世称"张燕公",长于文章,与许国公苏颋合称"燕许大手笔",为一代文宗。其奖掖后进,如张九龄、王翰、孟浩然、王维、崔颢、包融等众多诗人都曾从其游。以张说特殊的地位,其"手题"王湾句而"令为楷式",也就具有相当的号召力。王湾《江南意》全诗如下：

> 南国多新意,东行伺早天。
> 潮平两岸失,风正一帆悬。
> 海日生残夜,江春入旧年。
> 从来观气象,惟向此中偏。[①]
>
> (《河岳英灵集》卷下)

如上章第二节所述,刚健、明朗、开阔之风格于初唐业已形成,只是尚未兼备而浑融耳。此篇颔联与颈联都是写景,气象开阔,其

---

① 芮挺章《国秀集》卷下,此诗题作《次北固山下作》,"两岸失"作"两岸阔",尾联作"乡书何处达,归雁洛阳边"。

中蕴涵着哲理——新事物从旧事物中诞生。然而,它又是眼前实景:海日初生,四周仍在黑暗的夜色之中;江春悄然已至,而旧年仍未过尽。四句境界阔大,富有展望。所以沈德潜《说诗晬语》盛赞其"江中日早,残冬立春,亦寻常意思……一经锤炼,便成警绝"。所谓"锤炼",不仅是"生"、"入"这种字眼的精确选择,而且是将昂扬之气、展望之情、新变之理,都融入眼前之景而无迹可求。事实上,此诗全篇声律顿挫有致,蓬勃昂扬见风骨,情景交融富整体感,可作为盛唐诗风格既成的标志。张燕公推许之,"令为楷式",也就可视为唐人追求声律、风骨、情景交融境界已进入一个自觉的阶段。张说《洛州张司马集序》可证此说:

> 发言而宫商应,摇笔而绮绣飞。逸势标起,奇情新拔;灵仙变化,星汉昭回。感激精微,混《韶》、《武》于金奏;天然壮丽,缀云霞于玉楼。(《全唐文》卷二二五)

张说对张希元诗歌风格的赞美已包括声律、风骨、情景诸方面。张说被放岳阳时的诗歌创作颇能体现这种融一的自觉追求。兹举二例:

> 平湖一望上连天,林景千寻下洞泉。
> 忽惊水上光华满,疑是乘舟到日边。
> 　　　(《和尹从事懋泛洞庭》,《全唐诗》卷八九)

> 巴陵一望洞庭秋,日见孤峰水上浮。
> 闻道神仙不可接,心随湖水共悠悠。
> 　　　(《送梁六自洞庭山作》,《全唐诗》卷八九)

二诗皆通体空明灵动,舟泝波光,峰浮水上,不乏想象力与巧妙安排,却又浑然一片。《雪堂和尚拾遗录》记白云演和尚偈语云:"白云山头月，太平松下影，良夜无狂风，都成一片境。"这"一片境"便是诗歌难到的境界，却又是此期诗人必具的手段。

继张说之后主盟文坛的宰相诗人是张九龄（678—740），他不但以其优越的政治地位，而且以其颇具个性的诗歌创作，进一步扩大了陈子昂关于"兴寄"文学主张的影响。其《感遇十二首》与阮籍《咏怀》、陈子昂《感遇》一脉相承。兹举一例：

> 兰叶春葳蕤，桂华秋皎洁。
> 欣欣此生意，自尔为佳节。
> 谁知林栖者，闻风坐相悦。
> 草木有本心，何求美人折。

（《张曲江集》卷三）

诗写得深婉有致，词采也比子昂的《感遇》要丰满些。不过真正有盛唐诗特色的是另一些抒情诗，如《望月怀远》：

> 海上生明月，天涯共此时。
> 情人怨遥夜，竟夕起相思。
> 灭烛怜光满，披衣觉露滋。
> 不堪盈手赠，还寝梦佳期。

（《张曲江集》卷四）

整首诗都浸在月色之中，情景相生。二张为盛唐诗的引渡者。此期引人注目的还有一些"名扬于上京"的吴越诗人，在他们身上明显地体现了南北文风、宫廷与山野诗风的交融。这批诗人可以"吴中四士"里边的贺知章与张旭为代表。

贺知章（659—744），字季真，当过礼部侍郎、太子宾客、秘书监，晚年自号"四明狂客"，颇放诞，杜甫《饮中八仙歌》开篇所咏第一人就是他。其《咏柳》诗云：

> 碧玉妆成一树高，万条垂下绿丝绦。
> 不知细叶谁裁出，二月春风似剪刀。
>
> （《全唐诗》卷一一二）

比喻的新巧似初唐宫廷诗，但流畅自然似脱口而出，又只能是盛唐人的路数。其《回乡偶书二首》也有这样的妙趣：

> 少小离家老大回，乡音无改鬓毛衰。
> 儿童相见不相识，笑问客从何处来。
>
> （《回乡偶书二首》其一，《全唐诗》卷一一二）

日常口语、细节，淡而有味，有民歌风，这些正是当时吴越诗人共同的风格。张旭现存诗只六首，也大都如此。如《山中留客》：

> 山光物态弄春晖，莫为轻阴便拟归。
> 纵使晴明无雨色，入云深处亦沾衣。
>
> （《全唐诗》卷一一七）

留客的深情融入对深山雾霭细致的观察，再发为轻灵流转的笔触，便有隽永的诗味。可见盛唐崇尚自然，以"清水出芙蓉"为极则的审美特征至此已趋成熟，而注重声律、风骨兼备与情景交融的特征，在崔颢、王之涣为代表的另一些诗人笔下更为突出。比如被《沧浪诗话》许为七律第一的《黄鹤楼》：

> 昔人已乘白云去，此地空余黄鹤楼。
> 黄鹤一去不复返，白云千载空悠悠。

晴川历历汉阳树,芳草萋萋鹦鹉洲。

日暮乡关何处是,烟波江上使人愁。

(《河岳英灵集》卷中)

"乘白云"一作"乘黄鹤"。作者崔颢(? —754)①,殷璠评曰:"颢年少为诗,名陷轻薄。晚节忽变常体,风骨凛然。"此诗刚健流转,当属"风骨凛然"一类。引人注目的是,诗人"直以古歌行入律"的写法。诗中不但一气用了"悠悠"、"历历"、"萋萋"三个叠词,而且开头四句重复交错出现"白云"、"黄鹤"的意象,有悖于后人七律制作的规矩,却为唐人所推重,乃至有李白见此篇而慨乎"眼前有景道不得,崔颢题诗在上头"的传说(《唐诗纪事》卷二一)。由此可见唐人重通篇气脉流贯不斤斤于格式的审美趣味。

另一风格峻爽且深谙声律的诗人是王之涣。王诗现存只六首,但当时名气不小。靳能《唐故文安郡文安县太原王府君墓志铭并序》称其"慷慨有大略,倜傥有异才","传乎乐章,布在人口";中唐人薛用弱《集异记》还录有"旗亭画壁"的故事,称其以一曲《凉州词》压倒高适、王昌龄。兹录其诗二首:

白日依山尽,黄河入海流。

欲穷千里目,更上一层楼。

(《登鹳鹊楼》,《全唐诗》卷二五三)

黄河远上白云间,一片孤城万仞山。

羌笛何须怨杨柳,春风不度玉门关。

(《凉州词二首》之一,《全唐诗》卷二五三)

---

① 谭优学《唐诗人行年考》认为崔颢当卒于乾元元年(758),录供参考(四川人民出版社1981年版,第84—85页)。

上一首境界雄阔,富有展望,后人曾推为唐人绝句压卷之作。后一首"黄河远上"《国秀集》、《文苑英华》、《唐诗纪事》咸作"黄沙直上";而"春光不度"原为"春风不度"。当然,"春风不度"、"黄河远上"要比"春光不度"、"黄沙直上"更含蓄有致,更富想象力,难怪为后人所喜爱而广为传播。不过从版本学与王之涣直道眼前景的风格而言,也许后者才是原来的文本呢!但无论哪种版本,都称得上情致雅畅、风骨兼备、通体浑成一片。

最能全面体现盛唐人"兴象玲珑"、富有整饬美的诗人当推王昌龄。

王昌龄(690？—756？)[①],字少伯,京兆(今西安)人。开元十五年进士,当过汜水尉,贬岭南,历江宁丞,又因"不获细行"斥为龙标尉,"安史之乱"起,为刺史闾丘晓所害,终其悲剧的一生。王昌龄上接"二张"(张说、张九龄),下至"安史之乱"起,几乎与盛唐知名诗人都有交往,其中与孟浩然、李白、岑参情谊尤笃,是诗坛上具有广泛影响的人物。胡应麟《诗薮·内编》卷二云:

> 唐初承袭梁隋,陈子昂独开古雅之源,张子寿(九龄)首创清淡之派。盛唐继起,孟浩然、王维、储光羲、常建、韦应物,本曲江之清淡,而益以风神者也。高适、岑参、王昌龄、李颀、孟云卿,本子昂之古雅,而加以气骨者也。

事实上张九龄也是受陈子昂影响较深的人,但胡应麟指出王昌龄继承陈子昂古雅而加以气骨,是有见地的。晚唐诗论家司空图《与王驾御诗》称:"国初,上好文章,雅风特盛。沈、宋始兴之后,杰出(于)江宁(指王昌龄),宏肆于李、杜,极矣!"准确地指明王昌龄是张九龄之后,李、杜之前杰出的诗人。同代人对王昌龄诗的"风骨"

---

① 王昌龄生卒年众说不一,难以确考,兹据傅璇琮《唐代诗人丛考》约定(中华书局1980年版,第103—141页)。

是很赏识的,殷璠《河岳英灵集》选王诗最多,并突出其"声峻"的一面,如所举例句:"奸雄乃得志,遂使群心摇。赤风荡中原,烈火无遗巢。一人计不用,万里空萧条。"所选诗《塞下曲》云:

> 饮马渡秋水,水寒风似刀。
>
> 平沙日未没,黯黯见临洮。
>
> 当昔长城战,咸言意气高。
>
> 黄尘足今古,白骨乱蓬蒿。

这些诗的确"声峻"、"斯并惊耳骇目",令人警醒。王诗清刚之气,当来自虽沉下僚而心系国事壮志不衰的品格。其五古《代扶风主人答》是一篇值得重视的有强烈抒情意味的记叙诗:

> 杀气凝不流,风悲日彩寒。
>
> 浮埃起四远,游子弥不欢。
>
> 依然宿扶风,沽酒聊自宽。
>
> 寸心亦未理,长铗谁能弹?
>
> 主人就我饮,对我还慨叹。
>
> 便泣数行泪,因歌行路难。
>
> 十五役边地,三回讨楼兰。
>
> 连年不解甲,积日无所餐。
>
> 将军降匈奴,国使没桑乾。
>
> 去时三十万,独自还长安。
>
> 不信沙场苦,君看刀箭瘢。
>
> 乡亲悉零落,冢墓亦摧残。
>
> 仰攀青松枝,恸绝伤心肝。
>
> 禽兽悲不去,路傍谁忍看?
>
> 幸逢休明代,寰宇静波澜。

老马思伏枥,长鸣力已殚。

少年与运会,何事发悲端。

天子初封禅,贤良刷羽翰。

三边悉如此,否泰亦须观。

（《全唐诗》卷一四〇）

据两《唐书》所载,开元十三年冬唐玄宗始封泰山。诗云"天子初封禅",则此诗作于是年后不久。"去时三十万,独自还长安。不信沙场苦,君看刀箭瘢。"虽然诗人作意仍在意气功业,以艰苦见豪情,但对边塞战争认识之清醒,描写之深刻,可视为杜甫《兵车行》、白居易《新丰折臂翁》之先声。诚如吴乔《围炉诗话》卷二所称:"王昌龄五古,或幽秀,或豪迈,或惨恻,或旷达,或刚正,或飘逸,不可物色。"但最为后人所推崇的还是他的七绝。胡应麟《诗薮·内编》卷六称王氏绝句"优柔婉丽,意味无穷,风骨内含,精芒外隐",但总体说来,我认为王氏绝句之所以琼枝独秀,还在于它的通体晶莹,境界高妙。《文镜秘府论》南卷"论文意"条引王氏论文云:"夫置意作诗,即须凝心,目击其物,便以心击之,深穿其境。如登高山绝顶,下临万象,如在掌中。以此见象,心中了见,当此即用。"旧题王昌龄《诗格》亦云:"处身于境,视境于心,莹然掌中,然后用思,了然境象,故得形似。"①所谓"心中了见""莹然掌中",其实就是让情景交融为一,成为整体的艺术幻象。请看下录王昌龄《从军行七首》之二:

烽火城西百尺楼,黄昏独坐海风秋。

更吹羌笛关山月,无那金闺万里愁。

（《全唐诗》卷一四三）

---

① 关于王昌龄《诗格》之真伪,历来论者意见不一,兹采用罗根泽、王运熙诸人意见。见罗根泽《中国文学批评史》第二册,古典文学出版社1957年版,第30—39页;王运熙、杨明《隋唐五代文学批评史》第二编,上海古籍出版社1994年版,第203—221页。

琵琶起舞换新声，总是关山旧别情。

撩乱边愁听不尽，高高秋月照长城。

（《全唐诗》卷一四三）

两诗都是听乐引愁，融合情景，但前诗由高楼黄昏的海风，烘托出乐曲引起的万里相思的情感，是融景入情；后诗借长城月夜的苍凉景色来衬托乐曲的离别之思，是融情入景①。将情景交融得如此明净，无迹可求，是王昌龄独到之处。边景边愁都随着乐声融容在长城上空那轮皎洁的明月之中。王昌龄诗经常在众多意象中安排某一起主导地位的意象，好让它给读者以最强烈的印象，从而消融其他意象。以《长信秋词》中之二首为例：

金井梧桐秋叶黄，珠帘不卷夜来霜。

熏笼玉枕无颜色，卧听南宫清漏长。

（《全唐诗》卷一四三）

奉帚平明金殿开，且将团扇暂徘徊。

玉颜不及寒鸦色，犹带昭阳日影来。

（《全唐诗》卷一四三）

金井、珠帘、玉枕与秋叶、夜霜形成对比，暗示了"无颜色"的不是熏笼、玉枕，而是被冷落的美人，也就是下一首"玉颜不及寒鸦色"的意思。这些纷乱的意象终于为长夜中显得格外清亮的漏声所消融，在强烈的印象中，读者无不染上抒情主人公那凄寂的心绪。下一首则是宫人一连串动作的描写：奉帚、开殿、持扇、徘徊。由于在秋天叶黄时节持团扇有悖生活逻辑，所以更衬出下一句"玉颜"而"不及寒鸦色"之荒谬。忽地一道阳光从皇帝居所方向射来，是如此耀眼，便

---

① 见游国恩等主编《中国文学史》第二册第四编第三章第三节，人民文学出版社 1963 年版。

消融了前面的种种意象,但因为这道阳光只照在鸦背,所以反而使得被搁置了的金殿、宫女变得模糊,隐入阴影之中。

当然,王氏七绝流转多变,难以捉定某一模式,如这首《听流人水调子》:

> 孤舟微月对枫林,分付鸣筝与客心。
> 岭色千重万重雨,断弦收与泪痕深。
>
> 　　　　　　　　　　　(《全唐诗》卷一四三)

人与自然与音乐是如此浑融不可分,我们只能像咀嚼"色拉"一样整个儿地品味这首诗了。最能体现这种境界的当推《芙蓉楼送辛渐》:

> 寒雨连江夜入吴,平明送客楚山孤。
> 洛阳亲友如相问,一片冰心在玉壶。
>
> 　　　　　　　　　　　(《全唐诗》卷一四三)

葛兆光《中国古典诗歌基础文库·唐诗卷》注末句云:"这个比喻早就有人写过,像南朝宋的鲍照《白头咏》'直如朱丝绳,清如玉壶冰',像盛唐姚崇的《冰壶诫》'内怀冰清,外涵玉润,此君子冰壶之德也',但前者把'玉、壶、冰'三字连用虽然简练却失去了对映叠影的层次,仿佛把玉、冰融成了一团,后者虽分开了玉、冰的象征意义,却用'内'、'外'二字画地为牢,仿佛冰指内而玉比外,冰只清而玉只润。王昌龄这一句则冰心玉壶互相映发,一片晶莹。"[1]的确,王昌龄超逸群伦之处正在"一片晶莹",能将情景融为一片迷人的艺术胜景。虽然王昌龄未成为"开宗立派"的人物,但他在整首诗完美意境的创构上为后人树立了难以企及的楷模,在诗歌发展史

---

[1]　葛兆光《中国古典诗歌基础文库·唐诗卷》,浙江文艺出版社1996年版,第128—129页。

上有崇高的地位。

第二节　田园山水诗风

　　盛唐诗的主流按其题材与总体风格划分,大致可分为"边塞诗"与"田园山水诗"二派。盛唐诗人大都既写边塞诗,也写田园山水诗。如果说边塞诗体现的是盛唐诗人激昂的,意气风发的情绪,那么田园诗则体现了盛唐诗人自在的,志趣稳定的内心。二者是盛唐诗人心理的两极:一则来自诗人强烈的感性动力,是主体情感的外射,体现诗人对外在事功的追求;一则更多地来自诗人内在的理性结构,是对客体的内化了的摹仿,体现了诗人对内心平衡的追求。

　　六朝以来田园山水诗颇兴,其中对唐人影响最深的是二谢(谢灵运、谢朓)和陶潜。谢家是东晋以来最显赫的士族豪门之一,拥有大庄园,其家族成员许多具有很高的文学修养。二谢诗体现了士族文人的审美趣味。谢灵运田园山水诗富丽丰赡,对景物取欣赏的态度,使之从传统的起兴、象征手法中摆脱出来,成为独立的客体。二谢诗注重画面化,极富视觉效果。如"初篁苞绿箨,新蒲含紫茸"(《于南山往北山经湖中瞻眺》),破土的竹笋,带着紫茸的蒲芽,是一幅工笔写生。而陶潜则以"安贫乐道"的态度来处理人与自然的关系,强调"质性自然",置身于平凡的日常生活之中,仍能发现美,盘桓不倦。如"暖暖远人村,依依墟里烟。狗吠深巷中,鸡鸣桑树颠"(《归园田居》)。平实的农村日常生活场景也能以审美的态度处之,就其本质而言,其实是对人的精神面貌本身的审美。盛唐田园山水诗人成功之处,就在能合陶、谢之二美为一体,让心中的山山水水与独立自在的大自然的山山水水交相辉映,造成一个情景交融的艺术世界。初唐诗人王绩(585—644)开其端,其名篇《野望》云:

薄暮东皋望，徙倚将何依？

树树皆秋色，山山唯落晖。

牧人驱犊返，猎马带禽归。

相顾无相识，长歌怀采薇[①]。

诗中已透出盛唐田园山水诗所特有的那点富足自在的气息，不过画面尚缺乏盛唐那种细腻而富动感的笔触。试读下面二首诗：

昼眺伊川曲，岩间霁色明。

浅沙平有路，流水漫无声。

浴鸟沿波聚，潜鱼触钓惊。

更怜春岸绿，幽意满前楹。

（祖咏《陆浑水亭》，《全唐诗》卷一三一）

匡庐旧业是谁主？吴越新居安此生。

白发数茎归未得，青山一望计还成。

鸦翻枫叶夕阳动，鹭立芦花秋水明。

从此舍舟何所诣，酒旗歌扇正相迎。

（陶岘《西塞山下回舟作》，《全唐诗》卷一二四）

二诗都在清朗的氛围中透出富足感，而上首浴鸟喧聚、潜鱼触钓，下首鸦翻枫叶、鹭映秋水，都色彩鲜明，很有动感，观察极入微，某些生活哲理也就蕴含其中了。由于"以玄对山水"是六朝以来传统，唐代禅宗渐兴，更要讲究"机锋"与"禅悦"，让山水来启人心性，所以盛唐田园山水诗在追求画面化的同时，还追求"理趣"。如常建《题破山寺后禅院》：

---

① 首句他本作"东皋薄暮望"，今用韩理洲校点五卷本《王无功文集》卷二，上海古籍出版社1987年版，第77页。

> 清晨入古寺,初日照高标。
> 曲径通幽处,禅房花木深。
> 山光悦鸟性,潭影空人心。
> 万籁此俱寂,但余钟磬声。

（《全唐诗》卷一四四）

中间四句既是幽深的画面,又是"禅悦"的境界,有怡悦情性的美学功能。而此派最杰出的代表是王维。

王维(701?—761),字摩诘,出身于一个佛教气氛浓厚的家庭。王维妙书画,精音乐,有很深的造诣,是一位全面接受盛唐文化洗礼而又能反映盛唐文化之光的大诗人。

王维精音乐,屡见于《集异记》、《国史补》、两《唐书》、《云溪友议》诸书,其《送元二使安西》被谱为"阳关三叠"广为人知。其就诗歌语言及意境的富有乐感而言,在盛唐诗中也是很突出的。不必说是五绝、七绝,便是长篇如《老将行》、《桃源行》、《洛阳女儿行》,读来琅琅上口,自有音乐之美。至如"屋上春鸠鸣,村边杏花白"(《春中田园作》)、"隔牖风惊竹,开门雪满山"(《冬晚对雪忆胡居士家》)、"松含风里声,花对池中影"(《林园即事寄舍弟纨》)、"泉声咽危石,日色冷青松"(《过香积寺》)等,一句绘声,一句绘色,有声有色融为一幅"有声画",更是王维独到的手法。

王维绘画在画史上地位甚高,唐代画论家张彦远自称"曾见破墨山水笔迹劲爽";苏轼则称"味摩诘之诗,诗中有画;观摩诘之画,画中有诗",已成定论。"窗中三楚尽,林上九江平"(《汉江临泛》)——这是取景;"青菰临水映,白鸟向山翻"(《辋川闲居》)——这是着色;"白水明田外,碧峰出山后"(《新晴晚望》)——这是构图层次;"大漠孤烟直,长河落日圆"(《使至塞上》)——这是线条用笔,"直"、"圆"二字强化了视觉效果;"水国舟中市,山桥树杪行"(《晓行巴峡》)——这是条幅;"随山将万转,趣

222

途无百里。声喧乱石中,色静深松里"(《青溪》)——这是横轴长卷。

不过王维独创的风格还在于以静穆的观照和飞跃的生命构成"动静不二"的境界,充满理趣。请看:

> 人闲桂花落,夜静春山空。
> 月出惊山鸟,时鸣春涧中。
>
> (《鸟鸣涧》,《王右丞集笺注》卷一三)

夜静,山空,但春之谧静中花开花落生命仍在运行。"月出惊山鸟",是所谓"求静于诸动",静生动,动见静。这也是王维常见的手法,如:

> 春池深且广,会待轻舟回。
> 靡靡绿萍合,垂杨扫复开。
>
> (《萍池》,《王右丞集笺注》卷一三)

> 木末芙蓉花,山中发红萼。
> 涧户寂无人,纷纷开且落。
>
> (《辛夷坞》,《王右丞集笺注》卷一三)

以上都是《辋川集》中的诗,在静穆的观照中透出作者那种自给自足的庄园主的裕如的神情。这也就是历来为论者所称道的"禅悦"境界,是王维佛家寂灭思想与亦官亦隐生活相结合所产生的"动静不二"、"无可无不可"生活态度之反映。其《终南别业》典型地体现了这种态度:

> 中岁颇好道,晚家南山陲。
> 兴来每独往,胜事空自知。
> 行到水穷处,坐看云起时。

　　　　偶然值林叟,谈笑无还期。

(《王右丞集笺注》卷三)

水穷云飞蕴含着豁达自如的态度,却又是水墨云瀚的画面,毫无议论的痕迹。王维这种调理性情、静赏自然的审美情趣无疑对后来士大夫有广泛而深刻的影响,其消极作用不应低估。然而,作为植根于盛唐文化的代表作家,王维所具有的盛唐气质更不容忽视。在王维早期诗中,充满劲爽之气:

　　　　新丰美酒斗十千,咸阳游侠多少年。
　　　　相逢意气为君饮,系马高楼垂柳边。

(《少年行》,《王右丞集笺注》卷一四)

　　开元年间王维曾先后以监察御史与节度判官身份出塞,写下许多杰出的边塞诗,我们将在下节详述。

　　事实上,王维的劲爽阔大之气即使是在"安史之乱"后的晚期作品中,也偶有显露:

　　　　绛帻鸡人送晓筹,尚衣方进翠云裘。
　　　　九天阊阖开官殿,万国衣冠拜冕旒。
　　　　日色才临仙掌动,香烟欲傍衮龙浮。
　　　　朝罢须裁五色诏,佩声归到凤池头。

(《和贾至舍人早朝大明宫之作》,《王右丞集笺注》卷十)

今之论者多以此为"粉饰现实",但笔者认为是从另一角度体现当时君臣尚未丧失自信心,有力图中兴之意愿,须知当时的杜甫在同和之作中也有"朝罢香烟携满袖"之语。在王维山水田园诗中,这股劲爽阔大之气也一以贯之:"日落江湖白,潮来天地青"(《送邢桂

224

州》)、"大壑随阶转,群山入户登"(《韦给事山居》)、"山下孤烟远村,天边独树高原"(《田园乐》)等,都内蕴着盛唐气象。正因为有这样的气质,所以王维那些有"禅味"的小诗给人的感受主要的不是寂灭空虚,不是寒敛的僧态,而是裕如自在充满活泼的生命力的静美。试读《辋川集》中的诗:

> 空山不见人,但闻人语响。
> 返景入深林,复照青苔上。
>
> （《鹿柴》）

> 秋山敛余照,飞鸟逐前侣。
> 彩翠时分明,夕岚无处所。
>
> （《木兰柴》）

> 飒飒秋雨中,浅浅石溜泻。
> 跳波自相溅,白鹭惊复下。
>
> （《栾家濑》）

画面、音响、色彩、动静、情景、理趣,相生互动,在最经济的文字中储存了最大量的信息。读者感受到的首先是生命的律动,而不是佛理的寂灭。诚如美学家宗白华所言:"李、杜境界的高、深、大,王维的静远空灵,都植根于一个活跃的、至动而有韵律的心灵。"[①]而这一心灵乃是盛唐文化培植起来的心灵。

王维还有些诗是直接写隐居生活那副疏散神情的,如《春园即事》:

> 宿雨乘轻屐,春寒著弊袍。
> 开畦分白水,间柳发红桃。

---

① 宗白华《美学散步》,上海人民出版社1981年版,第74页。

草际成棋局,林端举桔槔。

还持鹿皮几,日暮隐蓬蒿。

(《王右丞集笺注》卷七)

诗中还要使用些"道具",如轻屐、弊袍、桔槔、鹿皮几之类。真能从诗境中焕发出"风神散朗"意趣的是孟浩然。请看他这首《夏日南亭怀辛大》:

山光忽西落,池月渐东上。

散发乘夕凉,开轩卧闲敞。

荷风送香气,竹露滴清响。

欲取鸣琴弹,恨无知音赏。

感此怀故人,中宵劳梦想。

(《全唐诗》卷一五九)

他并不回避富贵,不弄些农村的行头来充"野老",而是将田园主适意于田园中的神态表露出来,让我们仿佛看到这位田园主。

孟浩然(689—740),襄阳人,到长安求过官,但终于老死布衣。他也有些为人传诵的佳句,如"气蒸云梦泽,波撼岳阳城"(《望洞庭湖赠张丞相》)、"微云淡河汉,疏雨滴梧桐"(联句,失题)等,但更多的情况"不是将诗紧紧的筑在一联或一句里,而是将它冲淡了,平均的分散在全篇中"①,如《过故人庄》,全诗写得平实自然,但透出人与自然、人与人之间亲近乃至亲切的关系,淡而有味。《春晓》是此类风格的精品:

春眠不觉晓,处处闻啼鸟。

---

① 《闻一多全集》第 3 卷《唐诗杂论》,生活·读书·新知三联书店 1982 年版,第 34 页。

夜来风雨声,花落知多少。

（《全唐诗》卷一六〇）

二十个字便将人在夜与晓、晴与雨、睡与醒的临界点上的极微妙感觉写出,举重若轻,的确是高手。将审美意趣从对自然景色的欣赏引向对人自身的风度神态的欣赏上来,孟浩然应是盛唐第一人。

综观盛唐大量田园山水诗,其本质乃在于体现盛唐时期士大夫的富足感与他们对内心平衡的追求。而能代表其"平均数值"的是储光羲那些略显平板的田园之作,如《田家杂兴》八首,兹录其八:

种桑百余树,种黍三十亩。

衣食既有余,时时会亲友。

夏来菰米饭,秋至菊花酒。

孺人喜逢迎,稚子解趋走。

日暮闲园里,团团荫榆柳。

酩酊乘夜归,凉风吹户牖。

清浅望河汉,低昂看北斗。

数瓮犹未开,明朝能饮否?

（《全唐诗》卷一三七）

在数家常中体现裕如的神情。徐增《说唐诗》解末句云:"至夜更深,醉亦渐消,因思家中之酒,尚有数瓮未开,是见酒之有余,以合衣食之有余。轻轻一带,通首皆灵……描写田家之乐,千载而下,使人神往,犹昨日也。"在"民以食为天"、饱暖成问题的封建时代,丰衣足食生活之描写便具有美感。这也许是我们读古诗时必先具有的心理氛围。

227

第三节　边塞诗风

边塞从军的题材，是一个古老的题材，从《诗经》到乐府，都有出色的诗作。其中如陈琳《饮马长城窟行》、王粲《七哀诗》"边城使心悲"、曹植《白马篇》、鲍照《代出自蓟北门行》等文人之作，及北朝民歌如《陇上歌》"陇上壮士有陈安"等，对唐人边塞诗都有深远的影响。盛唐边塞诗既上承建安风力，又深得北朝贞刚之气，最能体现唐人浪漫情调与意气，也因此有别于前人较重客观叙事的风格，而更具主观性。

按题材分，盛唐边塞诗大体可分为表现意气情志为主的，描写边地人物风光为主的，以及与边塞相关的闺怨之类。表现意气，直抒胸臆，是盛唐边塞诗的主流，李白、高适、陶翰诸人都有极佳的创作，如陶翰《出萧关怀古》云：

驱马击长剑，行役至萧关。

悠悠五原上，永眺关河前。

北虏三十万，此中常控弦。

秦城亘宇宙，汉帝理旌旃。

刁斗鸣不息，羽书日夜传。

五军计莫就，三策议空全。

大漠横万里，萧条绝人烟。

孤城当瀚海，落日照祁连。

怆然苦寒奏，怀哉式微篇。

更悲秦楼月，夜夜出胡天。

（《河岳英灵集》卷上）

只"孤城当瀚海,落日照祁连"一句,就将边塞苍凉的氛围渲染出来。全诗梗慨多气,的确是殷璠所评:"既多兴象,复备风骨。"但最出色的"以胸臆语"感人的边塞诗人是高适。

　　高适(701?—765),字达夫,蓨(今河北景县南)人,出仕前长期客居宋州(今河南商丘)。《旧唐书》本传称其"少拓落,不事生业"。他的经历是盛唐人所羡慕的经历:不拘小节,"隐迹博徒",与李白、杜甫等人漫游,举有道科,授封丘尉,弃官,入河西节度使哥舒翰幕府为掌书记,从此一步步从左拾遗直做到淮南节度使、彭州刺史、蜀州刺史、左散骑常侍,封渤海县侯。连《旧唐书》本传作者也慨叹道:"有唐以来,诗人之达者,唯适而已。"故其"胸臆语"多充满自信而气畅。如《别董大》云:

> 千里黄云白日曛,北风吹雁雪纷纷。
> 莫愁前路无知己,天下谁人不识君!
>
> 　　　　　　　(《高适诗集编年笺注》,193 页)①

对才能的自信激起一片豪情,由此而自尊:

> 曾是不得意,适来兼别离。
> 如何一樽酒,翻作满堂悲?
> 周子负高价,梁生多逸词。
> 周旋梁宋间,感激建安时。
> 白雪正如此,青云无自疑。
> 李侯怀英雄,肮脏乃天资。
> 方寸且无间,衣冠当在斯。
> 俱为千里游,忽念两乡辞。

---

① 本节引用高适诗咸见刘开扬《高适诗集编年笺注》,中华书局 1981 年版。以下所引只注页码。

　　且见壮心在，莫嗟携手迟。
　　惊风吹北原，落日满西陂。
　　露下草初白，天长云屡滋。
　　我心不可问，君去定何之？
　　京洛多知己，谁能忆左思？

（130页）

　　高适这种自信、自尊的慷慨之气最逼近李白，因此其边塞诗也同李白一样喜写侠客，如《邯郸少年行》：

　　邯郸城南游侠子，自矜生长邯郸里。
　　千场纵博家仍富，几度报仇身不死。
　　宅中歌笑日纷纷，门外车马常如云。
　　未知肝胆向谁是，令人却忆平原君。
　　君不见即今交态薄，黄金用尽还疏索。
　　以兹感叹辞旧游，更于时事无所求。
　　且与少年饮美酒，往来射猎西山头。

（47页）

将这种豪宕之气输入边塞诗中，便有了一种苍凉感激的风格，如上编第五章第一节所分析的《燕歌行》，就在表现将军威武、战士报国，同时又批判将帅不恤士卒、征夫思乡等矛盾错综的画面中，激荡出一种悲壮的总体美。而高适的"直抒胸臆"在边塞诗中有时是以精警的议论出之，如《蓟门五首》之二：

　　汉家能用武，开拓穷异域。
　　戍卒厌糟糠，降胡饱衣食。
　　关亭试一望，吾欲涕沾臆。

（33页）

其风格颇近陈子昂之《感遇》。当然,高适诗也不尽是议论为主,时有鲜明的形象如《营州歌》:

> 营州少年厌原野,皮裘蒙茸猎城下。
> 虏酒千钟不醉人,胡儿十岁能骑马。

（32 页）

　　然而在诗中注重传边塞风俗与风光之神的重要诗人,应是王维、李颀、岑参诸人。王维《凉州赛神》、《出塞作》、《使至塞上》诸作及祖咏《望蓟门》当属此类,而能超迈前人的杰出诗人是岑参。

　　岑参(715?—770),江陵(今湖北江陵)人,自谓"国家六叶,吾门三相"(《感旧赋》)。但至岑参时,家道已破落。又自称"十五隐于嵩阳,二十献书阙下"(《感旧赋》),先后两次出塞入幕,最后官至嘉州(今四川乐山)刺史。杜甫曾称"岑参兄弟皆好奇"(《渼陂行》),以"好奇"的性格而有两次出塞之丰富经历,便成就了岑参"善于在真切的生活体验的基础上发挥想象力"的独特风格①。如"都护宝刀冻欲断"、"衣裘脆边风"、"风掣红旗冻不翻"等都是对边地寒冷环境的体验与想象。岑参诗题材广泛,都有些好作品,如《春梦》:

> 洞房昨夜春风起,遥忆美人湘江水。
> 枕上片时春梦中,行尽江南数千里。

（《岑参集校注》,124 页）②

---

① 陈铁民、侯忠义《岑参集校注·前言》,上海古籍出版社 1981 年版。
② 本节所引岑诗咸见陈铁民、侯忠义《岑参集校注》,上海古籍出版社 1981 年版。以下所引只注页码。

　　情真语奇。不过,最能体现其奇逸瑰丽风格的还是大量的边塞诗(现存七十多首)。其中最有开创意义的是七言歌行,如脍炙人口的《走马川行奉送封大夫出师西征》,其画面倏忽变化,章法跌宕跳脱,节奏急促,韵脚平上去入三句一转,却又一气如注,直是前无古人!(见本书上编第三章第一节)全篇不写战争场面,只写行军之艰难,纯以气势胜。同样成功之作是《白雪歌送武判官归京》:

> 北风卷地白草折,胡天八月即飞雪。
> 忽如一夜春风来,千树万树梨花开。
> 散入朱帘湿罗幕,狐裘不暖锦衾薄。
> 将军角弓不得控,都护铁衣冷难着。
> 瀚海阑干百丈冰,愁云惨淡万里凝。
> 中军置酒饮归客,胡琴琵琶与羌笛。
> 纷纷暮雪下辕门,风掣红旗冻不翻。
> 轮台东门送君去,去时雪满天山路。
> 山回路转不见君,雪上空留马行处。

六朝人早已将雪比作花——"落树似飞花"、"凝雪似花积"云云,但与此"瀚海阑干百丈冰"下的"千树万树梨花开"相比,就太小家子气了!至如《热海行送崔侍御还京》中"沸浪炎波煎汉月"的热海,《火山云歌送别》中厚凝不开的火山云等异域风光,是山水诗与边塞诗的合璧,所描写的令人耳目一新的异域风光吸引着敢于冒险的新一代"侠客",一扫边塞诗中积存的阴霾,喷薄出盛唐气象。边塞的艰危衬出人物的强悍,事实上是诗人将其理想融于笔端,点化了边地的荒凉。《玉门盖将军歌》更是以七言长篇写人,是乐府中《刘生》《陇上歌》《琅琊王歌》一类题材的拓进,与后来杜甫、白居易"因事立题"的"新乐府"同功。让我们来看看盖将军光彩照人的形象:

盖将军,真丈夫,行年三十执金吾,身长七尺颇有须。玉门关城迥且孤,黄沙万里百草枯,南邻犬戎北接胡。将军到来备不虞,五千甲兵胆力粗,军中无事但欢娱。暖屋绣帘红地炉,织成壁衣花氍毹。灯前侍婢泻玉壶,金铛乱点野酡酥。紫绂金章左右趋,问着只是苍头奴。美人一双闲且都,朱唇翠眉映明眸。清歌一曲世所无,今日喜闻《凤将雏》。可怜绝胜秦罗敷,使君五马谩踟蹰。野草绣窠紫罗襦,红牙镂马对樗蒲,玉盘纤手撒作卢,众中夸道不曾输。枥上昂昂皆骏驹,桃花叱拨价最殊。骑将猎向城南隅,腊日射杀千年狐。我来塞外按边储,为君取醉酒剩沽。醉争酒盏相喧呼,忽忆咸阳旧酒徒。(165 页)

盛唐人写侠客边将,往往笔饱墨酣气畅,叙事与抒情错综,有传奇色彩,极见浪漫情调,似划过星空的一道光芒,是前此、后此诗坛罕见的异彩。另一位善于人物白描的大手笔是李颀。

李颀的生卒年难考,只知道他是开元、天宝诗坛上的活跃人物,与当时名诗人几乎都有过交往。他虽然开元二十三年进士及第,但只当到新乡(今河南新乡市)尉这样的小官,所以很不得志,笔下也往往借写人来抒发胸中的不平之气。如写书法家张旭,就说"露顶据胡床,长叫三五声"、"左手持蟹螯,右手执丹经。瞪目视霄汉,不知醉与醒"(《赠张旭》);写诗人高适,就说"五十无产业,心轻百万资。屠酤亦与群,不问君是谁"(《赠别高三十五》);送布衣陈章甫,就说"陈侯立身何坦荡,虬须虎眉仍大颡。腹中贮书一万卷,不肯低头在草莽"(《送陈章甫》)。以这股不平之气写边塞人物,自然是兴会淋漓:

梁生倜傥心不羁,途穷气盖长安儿。
回头转眄似雕鹗,有志飞鸣人岂知?
虽云四十无禄位,曾与大军掌书记。

抗辞请刃诛部曲，作色论兵犯二帅。

一言不合龙额侯，掣剑拂衣从此弃。

朝朝饮酒黄公垆，脱帽露顶争叫呼。

庭中犊鼻昔尝挂，怀里琅玕今在无。

时人见子多落魄，共笑狂歌非远图。

忽然遣跃紫骝马，还是昂藏一丈夫。

洛阳城头晓霜白，层冰峨峨满山泽。

但闻行路吟新诗，不叹举家无担石。

莫言贫贱长可欺，覆篑成山当有时。

莫言富贵长可托，木槿朝看暮还落。

不见古时塞上翁，倚伏由来任天作。

去去沧波勿复陈，五湖三江愁杀人。

（《别梁锽》，《全唐诗》卷一三三）

像这样虎虎有生气的文人形象，只能是盛唐文人的形象，正是我们在上编第一章第一节所提到的那种"胡气"。下录这首《古意》更明显：

男儿事长征，少小幽燕客。

赌胜马蹄下，由来轻七尺。

杀人莫敢前，须如猬毛磔。

黄云陇坻白云飞，未得报恩不得归。

辽东小妇年十五，惯弹琵琶能歌舞。

今为羌笛出塞声，使我三军泪如雨。

（《全唐诗》卷一三三）

琵琶羌笛在李颀边塞诗中有着神奇的力量，试读《古从军行》：

234

白日登山望烽火,黄昏饮马傍交河。
行人刁斗风沙暗,公主琵琶幽怨多。
野云万里无城郭,雨雪纷纷连大漠。
胡雁哀鸣夜夜飞,胡儿眼泪双双落。
闻道玉门犹被遮,应将性命逐轻车。
年年战骨埋荒外,空见蒲桃入汉家。

(《全唐诗》卷一三三)

苍凉的景色,幽怨的音乐,厌战的情绪,写出边塞生活的负面,与岑参诗正好相反相成。其写胡乐最成功之作当推《听董大弹胡笳弄兼寄语房给事》,是白居易《琵琶行》的先声,却仍保留着强烈的异域情调:

蔡女昔造胡笳声,一弹一十有八拍。
胡人落泪沾边草,汉使断肠对归客。
古戍苍苍烽火寒,大荒沉沉飞雪白。
先拂商弦后角羽,四郊秋叶惊摵摵。
董夫子,通神明,深山窃听来妖精。
言迟更速皆应手,将往复旋如有情。
空山百鸟散还合,万里浮云阴且晴。
嘶酸雏雁失群夜,断绝胡儿恋母声。
川为净其波,鸟亦罢其鸣。
乌孙部落家乡远,逻娑沙尘哀怨生。
幽音变调忽飘洒,长风吹林雨堕瓦。
迸泉飒飒飞木末,野鹿呦呦走堂下。
长安城连东掖垣,凤凰池对青琐门。
高才脱略名与利,日夕望君抱琴至。

(《全唐诗》卷一三三)

李颀边塞之作所存不多，但他以白描手法写人，写异域音乐，却是边塞题材的重要补充。在歌行与七律的建设方面，李颀都有重大的贡献。

第四节　诗　仙　李　白

李白（701—762），字太白，有一个谜一般的家世。不过有一点是比较清楚的，那就是——他家是从西域迁入四川，定居于绵州彰明县（今四川江油）的。那时李白才五岁，也许浪漫的种子早已播下。李白之伟大，首先在于他不但是盛唐的宠儿，还深刻地体现着那一时代隐伏着的各种矛盾：就文学史而言，他又是旧传统的终结者。他用慷慨悲歌点化了六朝文学的雍容华贵与"温柔敦厚"①，使传统的各种题材、形式、风格重新焕发出异彩，可以认定他是士族文化的"最后一只恐龙"。

盛唐，是中国封建社会颇奇特的一个历史时期，如论者所云，所谓"开元盛世"其实是个走向极盛的同时逐渐包孕了危机的历史过程。这就造成这个时代的许多悖论现象，如既强大又虚弱，既开放又保守，既富足又贫困，既活跃又沉闷，等等。就人才环境而言，则是个既尊崇人才又不需要人才的时代。

说它尊崇人才，那是因为庶族地主的崛起，使唐政府改革了用人制度，打破"下品无高门，上品无贱族"（《宋书·恩幸传序》）的僵局，使一批庶族士子得以扬眉吐气。这些人在统治者的重视之下，平步青云，传为佳话。长期以来养成一种士子"恃才傲物"，人们崇尚奇才的社会风气，"惟才是举"已成为社会普遍认同的价值观念。

---

① 梁启超《中国韵文里头所表现的情感》曾认为："唐朝的文学用温柔敦厚的底子，加入许多慷慨悲歌的新成分，不知不觉便产生出一种异彩来。"李白尤为典型。见夏晓虹编《梁启超文选》下册，中国广播电视出版社 1992 年版，第 65 页。

如李阳冰《草堂集序》所载：

> 天宝中，皇祖(指唐玄宗)下诏，征就金马，降辇步迎，如见绮、皓。以七宝床赐食，御手调羹以饭之，谓曰："卿是布衣，名为朕知，非素蓄道义，何以及此？"(《全唐文》卷四三七)

所谓"素蓄道义"，其实是造成名气，为社会所推崇。可见李白受礼遇与社会的崇尚有关，所以说那是个"尊崇人才"的时代，是它给李白太多的自信。但开元末以降，暮气上升，事实上唐王朝此时已历长期的太平，李隆基早坐稳龙椅，无丝毫的危机感。他曾老气横秋地说："朕不出长安近十年，天下无事，朕欲高居无为，悉以政事委林甫。"(《资治通鉴》卷二一五)既然李林甫一人足矣，又何需人才？大凡统治者一旦没有忧患意识，就不会"握发吐哺"地去重用人才。当时牛仙客、李林甫、杨国忠先后掌用人权，也都是"依资据阙注官"而已。此时，循资排辈取代了"惟贤是举"，开元以前崇尚人才的社会风尚至此只剩下个空壳，此属历史惯性耳。如果从大格局来鸟瞰历史，则"流士"的时代早已一去不复返，唐之大一统，使中央牢牢掌握了用人权，"士"的依附性增强了，唐代士子科举要干谒的风气便是明证。在此形势下，还想"不屈己，不干人"，与帝王建立"非师则友"的关系，实在是太不着边际的幻想。然而，李白正是以诗人的幻想来面对现实，由此碰撞而激发出生命的强力，产生出瑰奇的诗篇。

高度的自信、自尊是李白作诗为人的原动力，是他从盛唐文化的深处汲取的能量。他自称"五岁诵六甲，十岁观百家"(《上安州裴长史书》)，有良好的家庭教育，且性格豪放，"十五好剑术，遍干诸侯"(《与韩荆州书》)，十八九岁隐于戴天大匡山，亲近自然，刻苦读书，二十多岁出蜀，二进长安，终于在天宝元年秋被唐玄宗征召进京。皇帝给予他罕见的礼遇，"降辇步迎"、"御手调羹"(李阳冰《草堂集序》)。然而,李白要的是"申管晏之谈,谋帝王之术,奋其智能,愿为辅弼,使寰区大定,海县清一"(《代寿山答孟少府移文书》),而不是文学侍臣! 不久,他便毅然离京,浪迹江湖。这就使李白的"怀才不遇"有了深刻的内涵:事实上他有过"名动京师"的机遇,也有"文窃四海声"的文坛地位,但他仍不满于"士"的主体失落的现状,他的汲汲于从政,不仅是为"上为王师,下为伯友"的理想,更是传统的"士"的价值观念的自我实现。孔子曰:"士志于道。"富于历史责任感的士总是想在有限的人生中创造出永恒的生命价值,要立德、立功、立言,传之后世。"苟无济世心,独善亦何益!"(《赠韦秘书子春》)所以无论李白如何飘逸、如何仙风道骨,其诗中不断出现的大鹏、天马、游侠又是如何独来独往,但都要受这条无形之绳的牵制。《古风五十九首》有云:

> 西上莲花山,迢迢见明星。
> 素手把芙蓉,虚步蹑太清。
> 霓裳曳广带,飘拂升天行。
> 邀我登云台,高揖卫叔卿。
> 恍恍与之去,驾鸿凌紫冥。
> 俯视洛阳川,茫茫走胡兵。
> 流血涂野草,豺狼尽冠缨!

(《李白集校注》卷二)①

诗中充满了超越的痛苦。现实中的李白也是如此。他虽然离开京都浪迹江湖,但安史乱起,他又入永王璘幕:"但用东山谢安石,为君谈笑静胡沙!"(《永王东巡歌》)政治上李白也许没有高适的成熟,但这股天真、执着的劲儿更令人觉得可亲! 后来因永王事件被流放

---

① 本节引李白诗咸见瞿蜕园、朱金城《李白集校注》,上海古籍出版社1980年版。下引只注卷数。

夜郎(今贵州桐梓),半道遇赦归,又以六十一岁的高龄想参军随李
光弼伐叛,尤其感人肺腑。李白浪漫中有现实,天真中有执着,英雄
品格中有悲剧精神。盛唐人的讲意气、恃才傲物、自信自尊在他这
儿得到升华,这才是他的魅力所在。"怀才不遇"的老主题在他笔下
便常见常新。试一读《行路难》:

> 金樽美酒斗十千,玉盘珍馐直万钱。
> 停杯投箸不能食,拔剑四顾心茫然。
> 欲渡黄河冰塞川,将登太行雪满山。
> 闲来垂钓碧溪上,忽复乘舟梦日边。
> 行路难,行路难,多歧路,今安在?
> 长风破浪会有时,直挂云帆济沧海。

（卷三）

前人或以为李白此作"全学"鲍照,现将鲍照《拟行路难》抄录
二首如下:

其　四

泻水置平地,各自东西南北流。
人生亦有命,安能行叹复坐愁!
酌酒以自宽,举杯断绝歌路难。
心非木石岂无感,吞声踯躅不敢言。

其　六

对案不能食,拔剑击柱长叹息。
丈夫生世会几时,安能蹀躞垂羽翼?
弃置罢官去,还家自休息。
朝出与亲辞,暮还在亲侧。
弄儿床前戏,看妇机中织。

自古圣贤尽贫贱,何况我辈孤且直!

（《乐府诗集》卷七〇）

二人都面对人生,但鲍照虽有"丈夫生世会几时"的感喟,却在现实面前有"吞声踯躅不敢言"的万般无奈,而采取了心理学上所谓"退行"的策略——"还家自休息"。因此,诗的重点不在"难"的铺叙,而是罢官后"弄儿床前戏"之类想象之上,使矛盾得到缓解。李白却不,他偏要把矛盾推向极致,仿佛苍天有意与他作对:"欲渡黄河冰塞川,将登太行雪满山。"他不能不发出"大道如青天,我独不得出"(《行路难》之二)的浩叹。然而,这些夸张的铺垫,只是为了更有力地将鲍照那"丈夫生世会几时"的感喟化作充满自信的瞻望——"长风破浪会有时"!

名篇《将进酒》更是震撼人的灵魂:

君不见黄河之水天上来,奔流到海不复回!
君不见高堂明镜悲白发,朝如青丝暮成雪!
人生得意须尽欢,莫使金樽空对月。
天生我才必有用,千金散尽还复来。
烹羊宰牛且为乐,会须一饮三百杯。
岑夫子,丹丘生,将进酒,杯莫停。
与君歌一曲,请君为我倾耳听。
钟鼓馔玉不足贵,但愿长醉不复醒。
古来圣贤皆寂寞,惟有饮者留其名。
陈王昔时宴平乐,斗酒十千恣欢谑。
主人何为言少钱? 径须沽取对君酌。
五花马,千金裘,呼儿将出换美酒,
与尔同销万古愁。

（卷三）

此诗似乎有两个主旋律：一是"高堂明镜悲白发"所勾出的"人生如梦"的传统主题；一是"黄河之水天上来"泻下的一股乐观而愤怒的情绪。当后者一旦与"天生我才必有用"的宣言叠合起来形成不可遏止的力量时，它便扫却了前者带来的云翳，凸显抒情主人公豪放的形象。正是这股自信的强力，使古乐府的旧题材在李白手中发出耀眼的光芒！

李白式的自信还产生了李白式的夸张。李诗的夸张，不但是语言修辞上的，而且是文化心理上的。"白发三千丈"，与下句"缘愁似个长"（《秋浦歌》）一气连读，视觉形象便移为"愁"的心理形象。也就是说，李白的想象力发端于自我，是其心态的具象。为此，当他快活时，就说"百年三万六千日，一日须倾三百杯"（《襄阳歌》）；当他心有阴霾时，就说"一风三日吹倒山"（《横江词》）；当他要排除郁结时，就说"刬却君山好，平铺湘水流"（《陪侍郎叔游洞庭醉后》）；当他发狠时，就说"黄河捧土尚可塞，北风雨雪恨难裁"（《北风行》）。与其说是他在"夸张"，毋宁说他是自我内心在膨胀。有人说他"跌宕自喜"（《诗辩坻》），很准确。李白是个主观性极强的诗人，不但"真力弥满，万象在旁"（《二十四诗品·豪放》），对万象可颐指气使，随心喝来挥去，甚至肉体也羁束不了他那颗可以独来独往的心，"狂风吹我心，西挂咸阳树"（《金乡送韦八之西京》），"我寄愁心与明月，随君直到夜郎西"（《闻王昌龄左迁龙标遥有此寄》）。至此，李白式的夸张已不是一种"手法"，而是一种不以常规为参照，只凭内心那幻觉的真诚感受的表露，是真正的生命的体验。

侠客、游士、神仙，是李白诗中又一主题。唐人入仕的重要途径是科举，而干谒是唐人科举题中应有之义。干谒往往使士子失去个体人格的尊严，所以李白想绕道而行，走"游士"或"侠客"之路，"入楚楚重，出齐齐轻"，从而取得"平交王侯"乃至"为帝王师"的地位。这便是李白拥抱现实的独特方式。现存李诗，简直

就是一个游士与游侠的世界,活跃其中的尽是鲁仲连、范蠡、郭
隗、朱亥、剧辛、乐毅、张仪、韩信、张良、朱家、剧孟者流。试读《侠
客行》:

> 赵客缦胡缨,吴钩霜雪明。
> 银鞍照白马,飒沓如流星。
> 十步杀一人,千里不留行。
> 事了拂衣去,深藏身与名。
> 闲过信陵饮,脱剑膝前横。
> 将炙啖朱亥,持觞劝侯嬴。
> 三杯重然诺,五岳倒为轻。
> 眼花耳热后,意气素霓生。
> 救赵挥金捶,邯郸先震惊。
> 千秋二壮士,煊赫大梁城。
> 纵死侠骨香,不惭世上英。
> 谁能书阁下,白首太玄经!
> ……

(卷三)

诗写的是侠客,但写着写着,那谈吐竟然像是诗人自己在自述
往事。特别最后两句,使读者感到侠客便是李白,李白便是侠客。
李白经常生活在自己编织的远离现实的诗世界里,《梁甫吟》一诗尤
其典型:

> 长啸《梁甫吟》,何时见阳春?
> 君不见朝歌屠叟辞棘津,八十西来钓渭滨!
> 宁羞白发照清水,逢时壮气思经纶。
> 广张三千六百钩,风期暗与文王亲。

大贤虎变愚不测，当年颇似寻常人。

……

（卷三）

李白在诗中重新编织了历史事件与现实。他让现实与幻境并存，记忆与想象齐飞，自己就穿插在古人与神灵当中，恰恰是这个"自己"，成了天上、地下、过去、未来的中心。诗中那些英雄、贤人，也只是"他本人的形形色色的客观化"（尼采《悲剧的诞生》）而已。李白正是通过这些历史事件与人物"实现"了自己的英雄气概，同时借之表达了自己不遇的痛苦。李白的重点并不在于反映现实客体，所以他写乐府不必"缘事立题"，旧题材、旧事件只是为他提供一个空间、一个舞台，他要在诗坛中起舞，演一出自己编的戏。

游士、侠客之国的彼岸是相对称的神仙净土，它只是李白超越现实的意愿而已，是李白"安能摧眉折腰事权贵"那愤懑心灵的改装。让我们对其名篇《梦游天姥吟留别》略作分析：

海客谈瀛洲，烟波浩茫信难求。
越人语天姥，云霞明灭或可睹。
天姥连天向天横，势拔五岳掩赤城。
天台四万八千丈，对此欲倒东西倾。

……

（卷一五）

李白以其神驰八极之笔描画了一幅眩惑目心的神仙世界。节奏之强烈，结构之多变，梦境之迷离，不让《离骚》。其中天界梦境应是其出世愿望之达成，但这只是"梦"的显义，还有深藏不露的隐义——"安能摧眉折腰事权贵"这句醒后之独白透露消息：本诗强烈的出世愿望是其更加强烈的入世愿望的反弹。由于李白处世被挫，尤其

243

是"不屈己,不干人"的原则在现实中被践踏,由此产生逆反心理,从"求入世"弹向"求出世"。也就是说,李白对神仙世界的向往,只是执着地保持士子个体尊严愿望之"改装"。是的,李白诗倒映出的世界不是客观的世界,而是心灵的世界,是水气中的虹霓,烟雨里的山水。理想与现实之距离造成李白的痛苦,也成就了李白诗歌那海市蜃楼般的瑰奇。因此,那些似真似幻的独白式诗歌最具魅力,是李白独有而为他人所难以企及的"诗人的天真"。《月下独酌》(其一)便是其传诵不衰的此类诗代表作。兹录如下:

> 花间一壶酒,独酌无相亲。
> 举杯邀明月,对影成三人。
> 月既不解饮,影徒随我身。
> 暂伴月将影,行乐须及春。
> 我歌月徘徊,我舞影零乱。
> 醒时同交欢,醉后各分散。
> 永结无情游,相期邈云汉。

(卷二三)

诗境虽虚幻,但情真、景真。"对影成三人"是惟妙惟肖的白描,"举杯邀明月"又使整个境界真趣盎然。李白诗中的真情,往往就是形象本身,真就是美。试读《杨叛儿》:

> 君歌《杨叛儿》,妾劝新丰酒。
> 何许最关人?乌啼白门柳。
> 乌啼隐杨花,君醉留妾家。
> 博山炉中沉香火,双烟一气凌紫霞。

(卷四)

古《杨叛曲》云:"暂出白门前,杨柳可藏鸟。欢作沉水香,侬作博山炉。"王注引杨升庵的话说:"沉水博山之句,非太白以双烟一气解之,乐府之妙亦隐矣!"说的是。李白以"双烟一气凌紫霞"这一鲜明的形象使男女难分难舍之情具象,使人看到美。李白送友人的名篇如《黄鹤楼送孟浩然之广陵》中的"烟花三月"、"孤帆远影";《赠汪伦》中的"桃花潭水深千尺"都是真即美、景即情的好例子。"情景交融"本是盛唐诗的共同特征,但像李白这样即情即景而又如此逼真鲜明、举重若轻,只有很少几个人能接近,更无法像李白这样信手拈来,比比皆是。即使是描写大自然的画面,也是充满情趣,请读《渌水曲》:

> 渌水明秋月,南湖采白蘋。
> 荷花娇欲语,愁杀荡舟人。
>
> （卷六）

再看《独坐敬亭山》:

> 众鸟高飞尽,孤云独去闲。
> 相看两不厌,只有敬亭山。
>
> （卷二三）

两诗是写眼前的山山水水,也是写心中的山山水水。山水在李白诗中已不仅仅是比兴、象征,直接就是情意的具象,请君一读《蜀道难》:

> 噫吁嚱,危乎高哉!
> 蜀道之难难于上青天。
> 蚕丛及鱼凫,开国何茫然。

尔来四万八千岁,不与秦塞通人烟。

……

掠过我们脑海的首先是一股音乐的情绪,从那时促时舒的节奏与百步九折的旋律中,我们看到蜀道的嵯峨,也看到诗人胸中的块垒。是写羁旅之难,更是写人生之旅的艰难——然而是实写而非象征,更不是影射。李白将诗歌意象、诗歌语言律动的美学功能发挥到极致,这就是李白无可比拟的杰出贡献。

唐代宗宝应元年(762)十一月,李白病死于当涂(今安徽当涂县)。陨星划过夜空,发出耀眼的光芒,而另一颗巨星却正冉冉升起,那就是杜甫。

第三章　分野中峰变

中唐诗：天宝十四载(755)—长庆四年(824)

"安史之乱"使"开元盛世"跌入乱世，现实逼使诗人们从"天马行空"的浪漫情调中降落到残酷的现实上来。固然，以"大历十才子"为代表的一些诗人还在做青山白云梦，还在写王维一路清空明丽的诗，但杜甫、元结、顾况等人已开始走出月光梦境，写一些带着血丝的感事的诗歌。"诗到元和体变新"，元和年间白居易、元稹、韩愈、孟郊，分别带领一批人写着与盛唐诗风截然不同的诗，并渐成主流，诗风从以抒情为主转向以感事为主。名家辈出，这是一个诗歌数量上比盛唐更繁盛的时期。

第一节　子美集开诗世界

杜甫(712—770)，字子美，生于巩县(今河南巩义)一个"奉儒守官"的官僚世家，武后朝恃才傲物的名诗人杜审言是他祖父。杜甫曾以自豪的口吻对他儿子说："诗是吾家事。"(《宗武生日》)他与李白同样负气而行："所向无空阔，真堪托死生！"(《房兵曹胡马》)"何当击凡鸟，毛血洒平芜！"(《画鹰》)他也同李白一样有为宰辅治国平天下的打算："致君尧舜上，再使风俗淳。"(《奉赠韦左丞丈二十二韵》)但他有一个理性的头脑，早已觉察到天宝年间隐伏的危机,作于天宝十载(751)的《兵车行》及十二载的《丽人行》,表明杜诗的超前性。《自京赴奉先县咏怀五百字》(《杜诗详注》卷四)写于"安史之乱"前夕,更是划时代的里程碑式的巨作。杜诗沉郁顿挫的风格,感事言志之特质,夹叙夹议之手法,在此诗中已臻成熟。

如果说李白诗中的真善美是以"真"为核心,那么杜甫诗中的真善美则以"善"为核心。这个"善"有其复杂的历史内涵,主要成分是儒家的"仁",讲究"民胞物与"。它有别于现代的"民主思想"、"人道主义",又不等同于儒家为统治者设计的"仁者爱人"。杜甫的忠君爱国、病民省身,是与亲历乱离与百姓共过命运的深切感受相联系的。也就是说,他不是从儒家仁学思维出发去怜悯百姓,而是参与其中发自肺腑的呼喊。这就是杜甫与历代"仁者"、"清官"有区别的地方。他忠君、忠于唐王朝,但他又看到人民所受的压迫与苦难,他矛盾、彷徨,灵魂被撕裂,强烈的感情为理性所压抑,鲜明的个性不得不屈从于自觉的社会性。"三吏三别"组诗之所以伟大,就在于创造了这样色阶极其丰富的形象,使诗歌语言的表现功能达到前所未有的复杂程度。试吟《垂老别》:

> 四郊未宁静,垂老不得安。
> 子孙阵亡尽,焉用身独完。
> 投杖出门去,同行为辛酸。
> 幸有牙齿存,所悲骨髓干。
> 男儿既介胄,长揖别上官。
> 老妻卧路啼,岁暮衣裳单。
> 孰知是死别,且复伤其寒。
> 此去必不归,还闻劝加餐。
> 土门壁甚坚,杏园度亦难。
> 势异邺城下,纵死时犹宽。
> 人生有离合,岂择衰老端。

忆昔少壮日,迟回竟长叹。

万国尽征戍,烽火被冈峦。

积尸草木腥,流血川原丹。

何乡为乐土,安敢尚盘桓。

弃绝蓬室居,塌然摧肺肝。

(卷七)①

　　杜甫支持平叛的战争,但不能无视残酷的现实,便写出承受这场灾难的人民的惨况。《石壕吏》中献出三个孩子自己还得"急应河阳役"的老妇人,《新安吏》中未成丁就要上战场的小青年,《新婚别》中刚成婚就得告别"君今往死地"的新郎的新娘子,如今这位"子孙阵亡尽"的老人,还得告别卧路啼的老妻。"孰知是死别,且复伤其寒!"这样感人肺腑的场面叫人不忍卒读。他们组成一幅战乱中百姓受难长卷,再现历史某一泣血的瞬间,永久地感动着人们,令人思考。而这组诗复杂之处还在于诗人痛苦的矛盾心情的表露,他让苦难中的人民还得挺身而出去支持这场平叛战争,《新婚别》将这矛盾心态表露无遗:

兔丝附蓬麻,引蔓故不长。

嫁女与征夫,不如弃路旁。

结发为君妻,席不暖君床。

暮婚晨告别,无乃太匆忙。

君行虽不远,守边赴河阳。

妾身未分明,何以拜姑嫜?

父母养我时,日夜令我藏。

生女有所归,鸡狗亦得将。

① 本节所引杜诗咸见《杜诗详注》,中华书局1979年版。下引只注卷数。

君今往死地，沉痛迫中肠。

誓欲随君去，形势反苍黄。

勿为新婚念，努力事戎行。

妇人在军中，兵气恐不扬。

自嗟贫家女，久致罗襦裳。

罗襦不复施，对君洗红妆。

仰视百鸟飞，大小必双翔。

人事多错迕，与君永相望。

（卷七）

大喜日子里的大恸，明知"君今往死地"，还要强忍悲痛勉励郎君"勿为新婚念，努力事戎行"！她惟有以"对君洗红妆"，誓死不二，以此安慰夫君。此情此景，催人泪下。而通篇用本人语气，心理刻画之细腻，口吻之亲切，使人如临其境，掩卷彷徨。杜甫将激情的冲动与理性的思考结合起来，使叙事诗有了抒情诗的气质，赋予了中国古典叙事诗有别于他民族的异彩！

杜甫被后人称为"诗史"，但以今天的眼光看来，主要还不在于"善陈时事"（《新唐书》本传），而在于能"感事而发"，歌斯哭斯，具有中国史家"反思致用"的特质，又有诗家缘情言志的特质。如其自传式的《乾元中寓居同谷县作歌七首》（"同谷七歌"），兹录其二：

其　一

有客有客字子美，白头乱发垂过耳。

岁拾橡栗随狙公，天寒日暮山谷里。

中原无书（一作"主"）归不得，手脚冻皴皮肉死。

呜呼一歌兮歌已哀，悲风为我从天来！

其　二

长镵长镵白木柄，我生托子以为命。

黄独无苗山雪盛,短衣数挽不掩胫。

此时与子空归来,男呻女吟四壁静。

呜呼二歌兮歌始放,闾里为我色惆怅!

（卷八）

长歌当哭,这是杜甫秦州苦难历程的纪实,也是迸空泣血的抒情。然而杜甫难及之处更在于他能在一己哀痛之中对苦难作更深广的沉思,推己及人,体现了崇高的人格力量,如《自京赴奉先县咏怀五百字》在"入门闻号咷,幼子饿已卒"的情况下,还能"默思失业徒,因念远戍卒。忧端齐终南,澒洞不可掇"!《北征》在"经年至茅屋,妻子衣百结"的苦况中,犹自为朝廷策划,忧及勇决的回纥兵马。至如《茅屋为秋风所破歌》,尽管自家茅屋破了,"床头屋漏无干处,雨脚如麻未断绝",但他盼望的却是"安得广厦千万间,大庇天下寒士俱欢颜"! 这是"善",也是"真",更是"美"! 杜诗将"善"与"真"的情感因素酿为"美",取得了成功的经验。试读陷贼时写的《月夜》:

今夜鄜州月,闺中只独看。

遥怜小儿女,未解忆长安。

香雾云鬟湿,清辉玉臂寒。

何时倚虚幌,双照泪痕干!

（卷四）

自己为叛军所俘,沦陷长安,却关心着妻子的悲伤,而这点真挚的感情在月色中,在遥怜小儿女的思念中,在来日"双照"的希冀中,如此朦胧,是诗美的境界。心灵美被杜甫诗化了。

杜诗对后世深刻的影响还在于由雅入俗的导向。由雅入俗是杜甫中后期创作精神之所在。如果说《丽人行》、《兵车行》与"三吏三别"更多的是汉魏乐府风味,那么入蜀后杜诗则有意别开生面,以方言俗语作诗。宋人吴可《藏海诗话》有云：

> 老杜诗云："一夜水高二尺强，数日不可更禁当。南市津头有船卖，无钱即买系篱旁。"与竹枝词相似，盖即俗为雅。

说的是杜甫语言上的入俗。此类例证甚多："耶娘妻子走相送"、"峡口惊猿闻一个"、"生憎柳絮白于绵"、"梅熟许同朱老吃"、"沙头宿鹭联拳静"、"仰看明星当空大"、"凤翔千官且饱饭"，等等，不胜枚举。这也就是元稹所指出的"怜渠直道当时语"（《酬孝甫见赠》），让民间鲜活的俗语、口语登上诗歌的大雅之堂。但这种"入俗"更本质的还表现在对平凡日常生活场景的关注与诗化上（日人吉川幸次郎《宋诗概说》曾将这一点作为宋诗的特征之一，很对，而这是从杜甫就开始了的）。李白自称"布衣"，但他唱的其实还是六朝士族遗音；只有杜甫，入蜀以后长期"与田畯野老相狎荡，无拘检"（《旧唐书·文苑下》），唱的才是真正的俗世之歌。他吟病树，观打鱼；风拔了堂前一棵树，村里建起了一座桥；种菜喝粥，睡不着听不见……身旁发生的什么杂事儿都可以入诗。自陶潜写日常生活以来，诗的取材从来没有这样广泛过[①]。诗的形式不管是乐府、古诗、绝句，都可以用来写这些新鲜事儿，甚至过去用于应制、祝寿等"社交场合"的端庄雅丽的七律形式，也被拉来写小民细事。从形式到内容，杜甫以前无古人的气魄"由雅入俗"地开辟了诗歌的新天地！读一读下面这两首七律《江村》和《南邻》：

> 清江一曲抱村流，长夏江村事事幽。
> 自去自来梁上燕，相亲相近水中鸥。

[①] 关于杜甫在成都草堂创作取向转向平凡事物一节，莫砺锋教授《杜甫评传》第二章第五节有很好的意见，足资参考（南京大学出版社1993年版，第144—166页）。

老妻画纸为棋局，稚子敲针作钓钩。
但有故人供禄米，微躯此外更何求？

（卷九）

锦里先生乌角巾，园收芋栗未全贫。
惯看宾客儿童喜，得食阶除鸟雀驯。
秋水才深四五尺，野航恰受两三人。
白沙翠竹江村暮，相送柴门月色新。

（卷九）

平常人平常事，都写得津津有味、娓娓动人。前人评曰："可悟不整为整之妙。"琐碎事写来不觉其琐碎，其实这不仅是技巧问题，还是审美趣味的把握问题。也就是说，杜甫以新的眼光审视了日常生活，发现了世俗生活之美。下面这首五古《遭田父泥饮美严中丞》更是泼泼辣辣，有似农夫打赤脚闯进了大雅之堂：

步屧随春风，村村自花柳。
田翁逼社日，邀我尝春酒。
酒酣夸新尹："畜眼未见有！"
回头指大男："渠是弓弩手。
名在飞骑籍，长番岁时久。
前日放营农，辛苦救衰朽。
差科死则已，誓不举家走。
今年大作社，拾遗能住否？"
叫妇开大瓶，盆中为吾取。
感此气扬扬，须知风化首。
语多虽杂乱，说尹终在口。
朝来偶然出，自卯将及酉。

　　久客惜人情,如何拒邻叟。

　　高声索果栗,欲起时被肘。

　　指挥过无礼,未觉村野丑。

　　月出遮我留,仍嗔问升斗。

（卷十一）

　　明人王嗣奭《杜臆》卷四评得真切:"妙在写出村人口角,朴野气象如画。"的确,杜甫有意用"当时语"造成这种"朴野气象",与陶、谢、王、孟那种传统的温柔敦厚、典雅雍容大相径庭,甚至与王昌龄、李白的明丽自然也不同,他有更多的人间烟火,既不避浅易明白,也不避生新苦涩,踏出了一条通向未来之路。

　　杜甫对诗歌新形式、新手法的探求是自觉的。他曾自称是"晚节渐于诗律细",又说是"为人性僻耽佳句,语不惊人死不休",对诗表现功能的拓展、完善孜孜以求。或拗体,或排律,或组诗（连章体）,或运古入律,或以文为诗,他不断尝试,无论成功与否,都对后人有启迪,开千百法门。其中主要有三事:一是七律形式的开发与完善;一是以文为诗、以议论为诗;一是对诗歌语言的提炼。关于杜甫对七律的开创,上编第三章第二节有较详细的析论,现在讲讲余下二事。

　　沈德潜《说诗晬语》下说:"杜老古诗中,《奉先咏怀》、《北征》、《八哀》诸作,近体中,《蜀相》、《咏怀》、《诸将》诸作,纯乎议论。但议论须带情韵以行,勿近伧父面目耳。""以文为诗、以议论为诗",不是要取消诗独特的语言形式,而是要扩大其功能,让观念性的东西也带上情感因素,将"文"的表现力也进入诗。与西方文论强调形象的塑造不同,我国古文论强调的是"情志"的抒发,形象思维与逻辑思维可以重合,这就是所谓"文气"。《昭昧詹言》云:"凡诗文书画,以精神为主。精神者,气之华也。""气"被视为诗文中一以贯之的精神力量,故"以文为诗"、"以议论为诗"是有其内在的依据的。所谓"风力"，所谓"气来"，都是指情思运行流畅有力，故贾谊《过秦论》、骆宾王《讨武曌檄》、苏洵《六国论》，都因为能以"气胜"，表达流畅有气势，而以议论文乃至应用文而入于文学之殿堂。杜诗中的议论，也正由于饱含着热情，流畅有气势；或虽是散文句法而有着诗的节奏，如张戒《岁寒堂诗话》上卷所称"杜子美诗，专以气胜"，而使议论诗化。

　　试以《北征》为例。这是一首长达七百字的五古，表情之曲折、描写之细腻、结构之绵密、议论之宏达，在杜诗中是里程碑式的巨制。全诗追忆唐肃宗至德二年（757）秋天，杜甫由凤翔至鄜州寻找家室时一路的见闻及到家的感慨。萧涤非先生说："《北征》写作目的是在于：一方面根据自己的亲身见闻，写出人民的生活情况，来唤起唐肃宗的密切注意；另一方面表示自己对借用回纥兵的意见，来提高唐肃宗的警惕。杜甫这时是一个谏官，这首诗便是他的谏草。"①杜甫成功之处就在于能将"谏草"写得十足有诗味，而不是将诗写得只是"谏官诗"。开头四句一上来就说：

　　　　皇帝二载秋，闰八月初吉。
　　　　杜子将北征，苍茫问家室。

这是史家记事的体例，极见郑重，也预示了这首诗涉及重大时事。金圣叹《杜诗解》说："起四句，竟如古文辞。只插'苍茫'二字，便将一时胸中为在为亡，无数狐疑，一并写出。"金圣叹的感受是准确的。"苍茫"二字的确是关键词，将那时杜甫对家室存亡未卜的惶惑写了出来，那浓烈的情思点化了"古文辞"，使史家记事法有了诗意。其中到家后对苦难中妻儿的白描一节，其记叙之贴切明白而又详尽，不让散文：

---

① 　萧涤非《杜甫诗选注》，人民文学出版社 1979 年版，第 85 页。

经年至茅屋,妻子衣百结。
恸哭松声回,悲泉共幽咽。
平生所娇儿,颜色白胜雪。
见爷背面啼,垢腻脚不袜。
床前两小女,补绽才过膝。
海图坼波涛,旧绣移曲折;
天吴及紫凤,颠倒在短褐。
……
粉黛亦解包,衾裯稍罗列。
瘦妻面复光,痴女头自栉。
学母无不为,晓妆随手抹。
移时施朱铅,狼藉画眉阔。
生还对童稚,似欲忘饥渴。

在行云流水般的晓畅记叙中,时而悲,时而喜,时而悲喜交加,时而叹息中带着幽默,百把字里极尽心理之曲折,这又是散文所难企及的。结尾一大段议论:

至尊尚蒙尘,几日休练卒。
仰观天色改,坐觉妖氛豁。
阴风西北来,惨淡随回纥。
其王愿助顺,其俗善驰突。
送兵五千人,驱马一万匹。
此辈少为贵,四方服勇决。
所用皆鹰腾,破敌过箭疾。
圣心颇虚伫,时议气欲夺。
伊洛指掌收,西京不足拔。
官军请深入,蓄锐伺俱发。

此举开青徐,旋瞻略恒碣。

昊天积霜露,正气有肃杀。

祸转亡胡岁,势成擒胡月。

胡命其能久? 皇纲未宜绝!

这段既是对时局的评论,亦是对来日中兴的渴望;既是对未来战局准确的判断,亦是深沉的忧患与激扬群情的鼓动,真正做到判断和围绕判断的激情一起被表现出来。至德二年八月前,正是睢阳危急,广平王李俶与郭子仪借助回纥之兵,大军将收复两京,两军对峙的关键时刻。杜甫结尾这四十余句二百余字的议论一气呵成倾泻而下,先极言回纥兵之勇决无前,再言奸臣就戮,终言中兴在即,其间穿插对掳掠成性的回纥的忧虑,一似带着漩涡的大江之水,有飞动磅礴之气势。这就是杜诗议论之为美!

杜诗的议论美,还在于杜诗议论很准确地传递了诗人的爱憎,及其悯时伤乱、慨身叹世的思想感情,其语言高度个性化,使人读其诗不见议论只见情怀。如读《遣怀》到"莫令鞭血地,再湿汉臣衣",诗人扼腕悲愤之情自见;读《昼梦》至"安得务农息战斗,普天无吏横索钱",诗人关心民病、念兹在兹之情如见;读《行官张望补稻畦水归》至"遗穗及众多,我仓戒滋蔓",诗人民胞物与、仁者爱人之情自见;读《茅屋为秋风所破歌》至"安得广厦千万间",诗人己饥己溺之人道精神自见。议论,在杜诗中往往是感情之结晶,是内心矛盾的再现,这就是议论可以入诗,可以诗化的关键所在。

最后谈谈杜甫对诗歌语言的提炼。欧阳修《六一诗话》曾记载陈从易偶得杜集旧本,文多脱误,至"身轻一鸟"下脱一字,陈与数客各补一字,或云"疾",或云"落",或云"起",或云"下"。后得善本,乃"身轻一鸟过"。"过"字显然要比上举各字更贴切,故"陈公叹服,以为虽一字,诸君亦不能到也"。自杜甫以后,诗人大都重视诗歌一字一句的锤炼。不过应指出的是,杜甫炼字炼句总是从全体着想,与之血脉相连。如写春夜的细雨"随风潜入夜",写夔州形势"峡束沧江起","潜"、"束"都是非常贴切地表现事物特性的"诗眼"。至如"江山有巴蜀,栋宇自齐梁",赵翼《瓯北诗话》以为:"东西数千里,上下数百年,尽纳入两个虚字中,此何等神力!"的确,"有"、"自"二字从容地将兜率寺的时空位置表达出来了。再如"莫取金汤固,长令宇宙新。不过行俭德,盗贼本王臣",这是议论,"本"字似无奇特,但细细品味,"盗贼"与"王臣"这对封建社会中势不两立的形象,用这一个"本"字,便彻底沟通而成可转换的角色关系了。五字之间这一急剧转化揭示了一个为封建伦理所埋没的社会本质问题,指出"官逼民反"的规律,上溯二句,更见杜甫要求不断革新政治的见解之卓越。像这类例子在杜诗中比比皆是,已形成有别于盛唐诗纯任自然的语言风格的另一种锻炼之美。

杜甫对前人诗歌艺术的继承,及其对诗歌形式、风格、表现手法的全面探索,使他处于"集大成"与"开世界"的地位,对后人的影响是多方面的。"专以道得人心中事为工"的张(籍)、王(建)乐府,"以文为诗"的韩愈,苦心提炼语言、意境的李贺,善写律诗、好学民歌体的刘禹锡,以清词丽句言时事、抒愤懑的李商隐,以长律、吴体酬唱的皮日休、陆龟蒙,乃至罗隐、杜荀鹤、韦庄辈,无不从杜诗中得其一端,发展为自家风格。更要紧的是,杜甫将诗歌引向写身边生活的路子,并以自身无比的丰富性适应了宋代"化俗为雅"的时代要求,通过了宋人"内敛"的价值选取,成为历代楷模的"诗圣",有不可估量的深巨影响。然而,这样一位伟大诗人,却终生潦倒、漂泊,于大历五年(770)冬,孤凄地死在由长沙到岳阳途中的一条破船上。

第二节　酝酿新变的寂寞

杜甫开创的新路子并没有很快成为康庄大道,在相当长一段时期内,诗人们基本上仍在旧路上摇摆,他们的楷模是谢朓、王维,不是杜甫。无论是"大历十才子",还是刘长卿、韦应物,乃至后起的柳宗元,都既有其直面现实的一面,同时又有想借青山白云抚平心灵创伤的避世一面。宗教(尤其是新兴的佛教禅宗)在历史转折的关键时刻充当指路人,颇有力地影响了时人的审美意识。这是诗坛新变前的寂寞,寂寞中酝酿着新变。

"大历十才子"的领头人钱起(710?—782?),也写过"公卿红粒爨丹桂,黔首白骨封青苔"(《秋霖曲》)这样颇类杜甫"朱门酒肉臭,路有冻死骨"的现实感挺强的诗;与一群吴越诗人"窃占青山白云,春风芳草,以为已有"的刘长卿,也有过"城池百战后,耆旧几家残"(《穆陵关北逢人归渔阳》)一类沉重的感叹。但其时弥漫士大夫之间的是由盛世跌入乱世的变迁感与中兴难期的迷惘,士大夫的心态大都是"官小志已足"(钱起句),"时危且喜是闲人"(卢纶句)。这就使得他们不可能唱出杜甫那泣血般的诗篇,他们往往是化国家之兴亡为个人叹老嗟卑的感伤。但由于诗人们对个体生命的关心,使得他们对生活琐事,特别是心理活动有独到的表现力。范晞文《对床夜语》说:"'马上相逢久,人中欲认难'、'问姓惊初见,称名忆旧容'、'乍见翻疑梦,相悲各问年'……前辈谓唐人行旅聚散之作,最能感动人意,信非虚语。"大历诗人在这点上是有贡献的,并由此自然而然转入"舍官样而就家常"的中唐诗风。大历诗人还作了大量律诗,对这一形式精工打磨,使之更精致,这也是大历诗人的劳绩。但卓然成家,对后世有深远影响的诗人是韦应物。

韦应物(737?—792?),京兆长安(今陕西西安市)人。年轻时当过唐玄宗的卫士,后来历任洛阳丞、比部员外郎、滁州刺史、江州刺史、苏州刺史,大部分时间是在当官,可是后人总认定他是陶潜式的人物。其实他的经历与教养颇近王维,青年时代意气风发,中岁后过着亦官亦隐的日子,也颇受佛学影响,"鲜食寡欲,所至焚香扫地而坐"(《国史补》下)。韦应物会不会画画我们不知道,但他父亲、伯父、堂兄弟是有名画家我们是知道的。但韦应物没有王维那样固定而富有的辋川田庄,他只能是把衙门当庄园。也就是说,他写"田园诗",是有意在自己与社会间造成心理上的距离。在韦诗中,有质在自然追求隐逸的一面,又有忧心黎民的一面。二者如风水相激,构成韦诗澄淡却又气骨峥嵘的特色。他在洛阳丞任上曾因将骄横的军士绳之以法而被讼于上级,后弃官闲居,有《示从子河南尉班》诗云:"立政思悬棒,谋身类触藩。不能林下去,只恋府廷恩。"(《全唐诗》卷一八七)后来在京兆府功曹摄高陵宰任上又有《高陵书情寄三原卢少府》诗云:"兵凶互相残,徭赋岂得闲! 促戚下可哀,宽政身致患。日夕思自退,出门望故山。"(《全唐诗》卷一八七)民病不忍逼之,宽政则自身有祸患,真是如羊触藩篱,进退不得。韦应物深明自身两难的处境,于是不能不"出门望故山"了。玩山水,写田园,是韦氏保持心态平衡的手段,故曰:"闲游忽无累,心迹随景超。"(《全唐诗》卷一八七《沣上西斋寄诸友》)其代表作《东郊》诗云:

> 吏舍跼终年,出郊旷清曙。
> 杨柳散和风,青山淡吾虑。
> 依丛适自憩,缘涧还复去。
> 微雨霭芳原,春鸠鸣何处?
> 乐幽心屡止,遵事迹犹遽。
> 终罢斯结庐,慕陶真可庶。

(《全唐诗》卷一九二)

心境随春景舒张、和融。"杨柳散和风,青山淡吾虑",是情,也是景,是心理过程——心中的郁结在春风中散解,心中的忧虑在青山白云中淡化。韦氏心中很澄明,他并不否认郁结的存在,只是有意要在景物中得到"散"与"淡"而已。因此,他喜用"散"、"淡"二字:"登临散性情"、"微风飘襟散"、"暂可散烦缨"、"晨起淡忘情"、"晚景淡山晖",等等,不一而足。有了这种"淡"与"散"的独处精神,韦应物便能将郡斋视如田园。试读这首诗:

> 宿雨冒空山,空城响秋叶。
> 沉沉暮色至,凄凄凉气久。
> 萧条林表散,的砾荷上集。
> 夜雾著衣重,新苔侵履湿。
> 遇兹端忧日,赖与嘉宾接。

如果不看诗题是《郡中对雨》(《全唐诗》卷一八八)真会以为是一首郊外田园之作呢!事实上韦应物之所以给人有"田园诗人"的印象,很重要的是来自这类有田园味的"吏隐"之作。他以"田园山水诗"作为缓解心理不平衡的做法对后世有深刻的内在影响。白居易的"闲适诗"就是这种"吏隐诗"的发展,但不如韦诗有味。司空图《与李生论诗书》称"王右丞(维)、韦苏州(应物),澄淡精致,格在其中",评得很准确。韦应物有些诗写来很有画面感,其色彩音响直逼王维,而又不失自家面目。如下面二首:

> 怀君属秋夜,散步咏凉天。
> 山空松子落,幽人应未眠。
> (《秋夜寄丘二十二员外》,《全唐诗》卷一八八)

> 今朝郡斋冷,忽念山中客。
> 涧底束荆薪,归来煮白石。
> 欲持一瓢酒,远慰风雨夕。
> 落叶满空山,何处寻行迹?
> (《寄全椒山中道士》,《全唐诗》卷一八八)

　　然而，"青山白云之想"只能抚平那些小创伤，对深伤巨痛是无济于事的。在"永贞革新"失败后被贬斥南方的柳宗元，就属这种情况。

　　柳宗元（773—819），字子厚，祖籍河东（今山西永济），后人称为"柳河东"。柳宗元二十岁上就进士及第，三十多岁就参加王叔文、王伾的政治革新活动，可谓少年得志。然而，革新失败后他受到严酷的报复，被贬永州司马十年，再迁柳州刺史至死。这使他的心情长期抑郁。下面是他在永州谪居时作的《感遇二首》之一：

　　　　西陆动凉气，惊鸟号北林。
　　　　栖息岂殊性，集枯安可任。
　　　　鸿鹄去不返，勾吴阻且深。
　　　　徒嗟日沉湎，丸鼓骛奇音。
　　　　东海久摇荡，南风已骎骎。
　　　　坐使青天暮，小星愁太阴。
　　　　众情嗜奸利，居货捐千金。
　　　　危根一以振，齐斧来相寻。
　　　　揽衣中夜起，感物涕盈襟。
　　　　微霜众所践，谁念岁寒心！

　　　　　　　　　　　　　（《全唐诗》卷三五三）

愤悱之深沉直追阮籍。他也想在山水之游中得到抚慰：

　　　　秋气集南涧，独游亭午时。
　　　　回风一萧瑟，林影久参差。
　　　　始至若有得，稍深遂忘疲。
　　　　羁禽响幽谷，寒藻舞沦漪。
　　　　去国魂已游，怀人泪空垂。

孤生易为感,失路少所宜。

索寞竟何事,徘徊只自知。

谁为后来者,当与此心期。

(《南涧中题》,《全唐诗》卷三五二)

首句"集"字浓缩了整个气氛。自从宋玉说了"悲哉,秋之为气也","秋气"就与"悲"形影相随了。显然,诗人是因为郁闷才来南涧散心的。大自然的风声林影使之"始至若有得,稍深遂忘疲"。听着空谷禽语,看那寒藻在清洌的涧水中回旋,使人感到静穆清心,为之一乐;同时,也使之联想起自家孤单索寞的境遇,反而百感齐上,"孤生易为感,失路少所宜",又为之一忧。这就是苏东坡所说的"柳仪曹诗忧中有乐,乐中有忧"(《苕溪渔隐丛话》前集卷十九引)。钱锺书称之为"杂糅情感"。

作为柳诗"杂糅情感"的特点,是因忧求乐,却又因乐反得忧,一转再转,形成"清劲纤徐"之美。更由于柳宗元灵心善感,故尔兼有谢灵运明朗的画面与阮籍孤愤寂寞的意境,形成独特的"寄至味于淡泊"的艺术风格。如《溪居》和《渔翁》:

久为簪组累,幸此南夷谪。

闲依农圃邻,偶似山林客。

晓耕翻露草,夜傍响溪石。

来往不逢人,长歌楚天碧。

(《全唐诗》卷三五二)

渔翁夜傍西岩宿,晓汲清湘燃楚竹。

烟消日出不见人,欸乃一声山水绿。

回看天际下中流,岩上无心云相逐。

(《全唐诗》卷三五三)

清亮的音响衬得山中更加幽寂。而跳脱的句法如"长歌"到"楚天碧"，"欸乃一声"到"山水绿"，给人以错觉，似乎音响转换为空间与色彩，给人以神奇的美感。就在幽寂中，我们感受到作者不甘寂灭的心，名篇《江雪》尤为典型（见前已述）。我们从独钓者对抗广漠的寒寂中，感受到独钓者那腔热血！这也正是柳诗最动人魂魄之处。

然而，尽管韦应物、柳宗元的诗歌艺术已达到很高的境界，但从文学史发展的角度看，他们基本上属传统的路数，倒是与柳宗元有着相类似遭际的刘禹锡，介乎传统与新变之间，走着一条又雅又俗的路子。

刘禹锡（772—842），字梦得，洛阳人。他与柳宗元同年中进士并一起参加王叔文、王伾的变革，失败后被贬边地。他也与韦应物、柳宗元一样爱与僧人交往，但他受到的影响主要不在清高寡欲，而在通脱。他用通脱来对待人生，所以有抑塞而能发散，甚至表现为一种倔强。如《酬乐天扬州初逢席上见赠》：

> 巴山楚水凄凉地，二十三年弃置身。
> 怀旧空吟闻笛赋，到乡翻似烂柯人。
> 沉舟侧畔千帆过，病树前头万木春。
> 今日听君歌一曲，暂凭杯酒长精神。

> （《刘梦得文集·外集》卷一）

同样是对贬谪的不满，他不像柳宗元那样说"圣恩倘忽念行苇，十年残踏久已劳"（《寄韦珩》），是露骨的怨望，他只是不动声色地说"沉舟侧畔千帆过，病树前头万木春"。似乎是自认"沉舟""病树"而无怨，但所揭示的新陈代谢不可更变的规律，大有"种桃道士归何处？前度刘郎今又来"（《再游玄都观》）的倔强。他的"咏史诗"都写得很好，在常见事物中发现令人深省的内核，如《乌衣巷》云："旧时王谢堂前燕,飞入寻常百姓家。"历史文化的巨变寓于平常的事物之中,写来又雅又俗,令人叹服。他的律诗也写得工稳自然,举重若轻:

> 王濬楼船下益州,金陵王气黯然收。
> 千寻铁锁沉江底,一片降幡出石头。
> 人世几回伤往事,山形依旧枕寒流。
> 今逢四海为家日,故垒萧萧芦荻秋。
>
> （《西塞山怀古》,《刘梦得文集》卷四）

国事、身世,历史、现实,用典、写实,浑融流转一气,是七律中之精品。刘禹锡还写了一些仿民歌体的《竹枝词》,写来也俗中带雅:

> 山桃红花满上头,蜀江春水拍山流。
> 花红易衰似郎意,水流无限似侬愁。
>
> （《刘梦得文集》卷九）

　　除了总体的"舍官样而就家常"的倾向外,大历诗人与韦应物、柳宗元诸人诗中还体现出人格上的分裂及其试图统一心灵矛盾的努力。这就内在地为"元和新变"提供了心理上的依据,传统的诗歌形式不变便不足以表达这种日见复杂、矛盾的内心世界。

第三节　元和新变之一：叙事的笔调

　　与杜甫同时面对现实,并注重诗歌的社会功能的诗人是元结。
　　元结(719—772),字次山。其天宝年间所作的《悯荒诗》、《二风诗》《系乐府十二首》已有明显的写人生的倾向，从题材、立意到形式，已具备后来"新乐府"之眉目。元结创作有明确的主导思想，如天宝六载在《二风诗论》中就提出诗歌要"极帝王理乱之道，系古人规讽之流"；天宝十载又于《系乐府十二首序》提出诗歌应"上感于上，下化于下"的主张。"安史之乱"后，他更力倡风雅，批评近世作者"构限声病，喜尚形似"（《箧中集序》），"烦杂过多，歌儿舞女，且相喜爱，系之风雅，谁道是邪"？（《刘侍御月夜宴会序》）表达了该时期社会剧变对文学改轨的迫切需求。遗憾的是他只从儒家旧武库选取批判的武器，甚至只是继承隋末王通一脉余绪，所倡"风雅比兴"，过分强调诗歌的政教功能，局限于美刺规讽，意在补裨时政，供帝王参考；在艺术上也有明显的复古倾向，抛弃了盛唐丰富不尽的传统，在这一点上与杜甫分道扬镳。不过，"安史之乱"后特殊的生活经历促使元结的创作实践超越其理论，如作于广德二年道州刺史任上的《舂陵行》《贼退示官吏》，是有艺术魅力的写实之作。兹举《贼退示官吏（并序）》为例：

> 癸卯岁，西原贼入道州，焚烧杀掠，几尽而去。明年，贼又攻永破邵，不犯此州边鄙而退。岂力能制敌欤？盖蒙其伤怜而已。诸使何为忍苦征敛，故作诗一篇以示官吏。
>
> 昔岁逢太平，山林二十年。
> 泉源在庭户，洞壑当门前。
> 井税有常期，日晏犹得眠。
> 忽然遭世变，数岁亲戎旃。
> 今来典斯郡，山夷又纷然。
> 城小贼不屠，人贫伤可怜。
> 是以陷邻境，此州独见全。
> 使臣将王命，岂不如贼焉！
> 今被征敛者，迫之如火煎。

谁能绝人命，以作时世贤！

思欲委符节，引竿自刺船。

将家就鱼麦，归老江海边。

（《全唐诗》卷二四一）

　　在创作实践中较明确地追求反映人生的诗人，还有顾况（727—815?）与戴叔伦（732—789），而同时代的"大历十才子"诸人也多多少少都有些写人生现实的诗作，这是现实的残酷迫使诗人不得不"感事"的结果。兹举顾、戴二诗为例，以概其余：

囝生闽方，闽吏得之，乃绝其阳。

为臧为获，致金满屋。

为髡为钳，如视草木。

天道无知，我罹其毒。

神道无知，彼受其福。

郎罢别囝，吾悔生汝。

及汝既生，人劝不举。

不从人言，果获是苦。

囝别郎罢，心摧血下。

隔地绝天，及至黄泉，不得在郎罢前。

（顾况《囝一章》，《全唐诗》卷二六四）

诗语言平实，不避方言俗语，走的是杜甫由雅入俗的路子。继起的有"张王乐府"。张籍（766?—830?），字文昌，吴郡人；王建（766?—831?），字仲初，颍川（今河南许昌）人。高棅《唐诗品汇》称："二家体制相近，稍复古意，或旧曲新声，或新题古义……抑亦唐世流风之变，而不失其正也欤？"他们的乐府诗针砭现实，如张籍《野老歌》、《征妇怨》、《山头鹿》，王建《海人谣》、《水夫谣》、《簇蚕词》

267

等。兹各举一例,以见其概:

老农家贫在山住,耕种山田三四亩。
苗疏税多不得食,输入官仓化为土。
岁暮锄犁傍空室,呼儿登山收橡实。
西江贾客珠百斛,船中养犬长食肉。

(张籍《野老歌》,《张司业集》卷一)

叹息复叹息,园中有枣行人食。
贫家女为富家织,翁母隔墙不得力。
水寒手涩丝脆断,续来续去心肠烂。
草虫促促机下啼,两日催成一匹半。
输官上头有零落,姑未得衣身不著。
当窗却羡青楼倡,十指不动衣盈箱。

(王建《当窗织》,《全唐诗》卷二九八)

张王乐府的语言近口语,但颇凝练,又好换韵,尾联在叙述的基础上翻上一层,突出主题,但仍不著议论。风格与之相近的还有李绅(772—846),首著乐府新题二十首,元稹有《和李校书新题乐府十二首》,白居易又推广为《新乐府》五十首,这便是文学史上著名的"新乐府运动"了。白居易后来居上,从理论到实践将新乐府运动推向高潮。

白居易(772—846),字乐天,晚年自号香山居士。原籍太原,后迁下邽(今陕西渭南县)。白居易在《与元九书》中提出"文章合为时而著,歌诗合为事而作"的主张,在《新乐府序》中强调诗要"为君为臣为民为物为事而作"。其中利弊我们在上编第四章第二节已有专题论析,这里只想着重指出,将"新乐府"归结为"讽喻"、"美刺",固然使诗人对诗歌的教育作用、社会功能有明确的自觉意识,但以此指导创作,显然会在一定程度上限制题材的广度,并容易使之模式化。白居易《新乐府》、《秦中吟》中有许多成功之作,其"惟歌生民病"的意愿与"浅切"的语言风格是一致的,亦不妨说是对杜甫开创的写实诗的有力开拓。不过我们应当看到,白居易只是做到对传统中写实、关心民病一面的加强,真正属于创新并对后世有深远影响的应当是其入俗的一面。所以在元和年间做过中书舍人的李肇后来在其《国史补》卷下称:元和(宪宗年号,806—820)以后歌行"学浅切于白居易"。事实上"浅切"已成为时代走向,不但"新乐府",而且连律诗当时也多浅切之作。宋人苏轼曾以"元轻白俗"品题元稹、白居易这二位诗人。所谓"轻"、"俗",是与传统的"雅"相对的,是一种新型的审美趣味,犹如"乌膏注唇唇似泥,双眉画作八字低"的"时世妆"取代了杨贵妃姐妹的"淡扫蛾眉";市井俗讲、里巷传奇、村陌竹枝取代了代表雅文学高峰的盛唐诗。被视为"小家数、馺俗气"的带着浓重的讲故事、聊家常意味的各种形式、题材的诗受到热烈的欢迎。试读这些诗:

三日入厨下,洗手作羹汤。

未谙姑食性,先遣小姑尝。

(王建《新嫁娘词三首》之三,《全唐诗》卷三〇一)

洛阳城里见秋风,欲作家书意万重。

复恐匆匆说不尽,行人临发又开封。

(张籍《秋思》,《张司业集》卷六)

谢公最小偏怜女,自嫁黔娄百事乖。

顾我无衣搜荩箧,泥他沽酒拔金钗。

野蔬充膳甘长藿,落叶添薪仰古槐。

今日俸钱过十万,与君营奠复营斋。①

____

① 《遣悲怀三首》之一,《元稹集》卷九,中华书局1982年版。

这些诗无论什么形式，什么题材，都善取生活细节，用浅切的语言表达出来，以记叙的笔调抒情，这一点是一致的，也是成功的。而白居易则堪称此中大师。如《问刘十九》：

> 绿蚁新醅酒，红泥小火炉。
> 晚来天欲雪，能饮一杯无？①

诗纯用白描，将酒、炉、天气客观道来，但那绿、红、白的鲜明对比，冷、暖的反差，一下子就将浓郁的生活情趣烘托出来，末句轻轻一问，不由人不动情。再如七律《钱塘湖春行》：

> 孤山寺北贾亭西，水面初平云脚低。
> 几处早莺争暖树，谁家新燕啄春泥？
> 乱花渐欲迷人眼，浅草才能没马蹄。
> 最爱湖东行不足，绿杨荫里白沙堤。
>
> （《白居易集》卷二十）

同样是循序平叙，但读者不觉随马蹄而踏浅草，浸润着西湖春之气息。这种游记式叙事笔调在《游悟真寺诗一百三十韵》中有着最典型的表现，一首诗不啻一篇游记。然而这并非最成功之作，最成功的是那些"感伤诗"。白居易在《与元九书》中曾感喟："今仆之诗，人所爱者，悉不过'杂律诗'与《长恨歌》已下耳。"又记云："又闻有军使高霞寓者，欲娉娼妓。妓大夸曰：'我诵得白学士《长恨歌》，岂同他妓哉？'由是增价。"（《白居易集》卷四五）《长恨歌》的确是以叙事见长的杰作（诗长不录，读者自阅），叙事之婉转动人，语重之浅切明丽，可与《孔雀东南飞》、《木兰诗》并肩。《长

---

① 顾学颉校点《白居易集》卷一七，中华书局排印本。

恨歌》作于元和元年(806),是与友人游寺时,闲聊及唐玄宗与杨
贵妃的爱情故事,由陈鸿写《长恨歌传》,白氏写《长恨歌》。类似
情况还有元稹(779—831)写《会真记》(即《莺莺传》),而李绅作
《莺莺歌》,元稹自己也有《会真诗三十韵》等,这些都直接显示了
中唐颇为兴盛的讲经、变文、话本、词文、俗赋等带有很强的故事
性的民间通俗文学对诗歌创作的影响。事实上元稹《连昌宫词》、
王建《宫词一百首》,乃至李昌符婢仆诗五十首,都是为当时人们
喜爱的能满足好奇心的作品,诚如《唐音癸签》卷九对张籍的评
议:"就世俗俚浅事做题目。"又如张戒《岁寒堂诗话》所说:"元、
白、张籍、王建乐府,专以道得人心中事为工。"在中唐真正的"新
体诗"是这些受俗文艺影响的,富于铺叙的新型叙事笔调的诗作。
这些诗为时人所喜闻乐见,广为流传,如《与元九书》所称:"自长
安抵江西之四千里,凡乡校、佛寺、逆旅、行舟之中,往往有题仆诗
者,士庶、僧徒、孀妇、处女之口每每有咏仆诗者。"又如元稹《白氏
长庆集序》所称:"二十年间,禁省、观寺、邮候、墙壁之上无不书,
王公、妾妇、牛童、马走之口无不道,至于缮写模勒,炫卖于市井,
或持之以交酒茗者,处处皆是。"(《元稹集》卷五十)白居易此类
诗的深受欢迎正体现了当时的主流精神——入俗。白居易"感伤
诗"的精湛之作是《琵琶行》,现录其中一段作为本节尾声:

浔阳江头夜送客,枫叶荻花秋瑟瑟。
主人下马客在船,举酒欲饮无管弦。
醉不成欢惨将别,别时茫茫江浸月。
忽闻水上琵琶声,主人忘归客不发。
寻声暗问弹者谁? 琵琶声停欲语迟。
移船相近邀相见,添酒回灯重开宴。
千呼万唤始出来,犹抱琵琶半遮面。
转轴拨弦三两声,未成曲调先有情。

弦弦掩抑声声思,似诉平生不得志。

低眉信手续续弹,说尽心中无限事。

轻拢慢捻抹复挑,初为霓裳后六幺。

大弦嘈嘈如急雨,小弦切切如私语。

嘈嘈切切错杂弹,大珠小珠落玉盘。

间关莺语花底滑,幽咽泉流水下滩。

冰泉冷涩弦凝绝,凝绝不通声渐歇。

别有幽愁暗恨生,此时无声胜有声。

银瓶乍破水浆迸,铁骑突出刀枪鸣。

曲终收拨当心划,四弦一声如裂帛。

东舟西舫悄无言,唯见江心秋月白。

……

(《白居易集》卷十二)

第四节　元和新变之二：尚怪的情趣

李肇《国史补》一面说元和以后歌行"学浅切于白居易",一面又说是"元和之风尚怪"。可见元和诗风"变新"有二途：元、白一派走的是简化旧法的平易浅切一途,韩、孟一派走的是出奇制胜、趋奇走怪一途。"尚怪"固然是由于盛唐诗在前,中唐人难以为继不得不走险以求新,但也有着更深层的文化、心理的原因。韩愈与孟郊貌同心异的底蕴就在于此。

韩愈(768—824),字退之,河阳(今河南孟县)人。韩愈二十五岁中进士,在那"五十少进士"的时代,这就算是"少年得志"了。此后虽然有几次贬谪,但并未伤筋动骨,最后官至兵部、吏部侍郎。更重要的是,韩愈任过监察御史,参加过平淮西之乱的行动,有机会参与一些国家大事,且长年有着"文宗"的地位,掌着"古文运动"的大旗，在精神上有重振儒学的支柱，所以心态是比较健康的。其诗有"驱驾气势，若掀雷挟电，奋腾于天地之间"（司空图《题柳柳州集后》）的崇高美，可上接盛唐气象。其好奇尚险与个性有关，也与他力图避开旧套路以奇险求新有关，所以其诗用险韵，用散文句式，用古怪的意象，都只是为翻新求变，总体上仍透出一股与盛唐诗相承接的力大思雄的健美风格。试以《山石》诗为例：

山石荦确行径微，黄昏到寺蝙蝠飞。
升堂坐阶新雨足，芭蕉叶大栀子肥。
僧言古壁佛画好，以火来照所见稀。
铺床拂席置羹饭，疏粝亦足饱我饥。
夜深静卧百虫绝，清月出岭光入扉。
天明独去无道路，出入高下穷烟霏。
山红涧碧纷烂漫，时见松枥皆十围。
当流赤足踏涧石，水声激激风吹衣。
人生如此自可乐，岂必局束为人鞿。
嗟哉吾党二三子，安得至老不更归。

（《韩昌黎诗系年集释》卷二）①

意象虽然新奇，韵脚"鞿"字也押得险，但总体如行云流水、散文般晓畅而有层次。《八月十五夜赠张功曹》《谒衡岳庙遂宿岳寺题门楼》《石鼓歌》等都是相类似的长枪大戟式的好作品。韩愈之奇险，还表现在想象力上。如将瀑布喻为长剑："是时新晴天井溢，谁把长剑倚太行？"（《卢郎中云夫寄示送盘谷子诗两章歌以和之》）形容雀儿苦寒，则云："不如弹射死，却得亲炰燖！"这样出奇的想象真叫人瞠乎其后。比较全面体现韩诗奇崛瑰丽特色的有《雉带箭》：

---

① 本节引韩诗咸见钱仲联《韩昌黎诗系年集释》，上海古籍出版社 1984 年版。下引只注卷数。

原头火烧静兀兀,野雉畏鹰出复没。

将军欲以巧伏人,盘马弯弓惜不发。

地形渐窄观者多,雉惊弓满劲箭加。

冲人决起百余尺,红翎白镞随倾斜。

将军仰笑军吏贺,五色离披马前堕。

(卷一)

　　韩愈身旁一群诗人:孟郊、卢仝、刘叉、贾岛、李贺等,则与韩有不同的心态。他们的人生历程更坎坷,处于底层,"济世"压根儿就没他们的分。因此,他们胸中有化不开的抑塞,他们的诗于奇于怪之中有更多的苦涩。

　　孟郊(751—814),字东野,武康(今浙江德清)人。四十六岁上才进士及第,又过四年才得到个小小溧阳尉,元和九年(814)暴病死。他一生穷愁潦倒,对贫富不均有刻骨铭心的愤懑,韩愈说他"钩章棘句,搯擢胃肾"(《贞曜先生墓志铭》),与此有关。先读下面几首孟郊的诗:

秋月颜色冰,老客志气单。

冷露滴梦破,峭风梳骨寒。

席上印病文,肠中转愁盘。

疑怀无所凭,虚听多无端。

梧桐枯峥嵘,声响如哀弹。

(《秋怀》,《全唐诗》卷三七五)

无火炙地眠,半夜皆立号。

冷箭何处来,棘针风骚劳。

霜吹破四壁,苦痛不可逃。

高堂捶钟饮,到晓闻烹炮。

寒者愿为蛾,烧死彼华膏!

274

华膏隔仙罗，虚绕千万遭。

到头落地死，踏地为游遨。

游遨者谁子？君子为郁陶。

(《寒地百姓吟》，《全唐诗》卷三七四)

试妾与君泪，两处滴池水。

看取芙蓉花，今年为谁死！

(《怨诗》，《全唐诗》卷三七二)

"席上印病文"看似平实其实深刻，不但写出卧床之久，也托出无可奈何之心绪，是从体验中得来。至于寒不可耐而宁为蛾扑火以死取暖而不可得，又非只是想象出奇，而是压抑心情的喷发。甚至爱情、相思，也被写得如此决绝，如此触目惊心：饱含愁怨之泪滴入池中，连芙蓉亦为之死！韩愈称其诗"妥帖力排奡"，远比苏轼比为"塞虫号"，元好问比为"诗囚"，要准确、深刻得多。当然，孟郊也有《游子吟》"慈母手中线"这类沉挚感人而又平易自然的诗作，但究其主流，还是上引奇涩一类作品。与孟郊风格相近的贾岛（779—843），按辈分似应划归晚唐，但连类而及，仍在这一节说说。贾岛当过和尚，还俗后当过司仓参军之类小官。他是有名的苦吟诗人，自称"二句三年得，一吟双泪流"(《题诗后》)，困顿潦倒并没有将他逼向"排奡"，反而使他更趋内敛，苏轼用一个"瘦"字形容其诗总体风格，倒是准确。孟郊多作五古，这有利于造成生涩的风格；贾岛则多作五律，这也方便于他那清瘦的风格。闻一多说他爱冷、爱瘦、爱深夜、爱寒冬，甚至爱贫病，爱丑和恐怖，但又用佛家不执着的态度去看待它们①。是的，在贾岛清冷的"怪"当中，已散发出晚唐颓废的气息了。今录其得意之作《送无可上人》，算是尝鼎一脔，余味可知：

---

① 闻一多《唐诗杂论·贾岛》，《闻一多全集》第3卷，生活·读书·新知三联书店1982年版，第40页。

圭峰霁色新,送此草堂人。

尘尾同离寺,蛩鸣暂别亲。

独行潭底影,数息树边身。

终有烟霞约,天台作近邻。

(《全唐诗》卷五七二)

韩派还有一个重要诗人,是卢仝(? —835),号玉川子,长期寓居洛阳,贫不自给。朝廷曾征为谏议大夫,不就,大和九年冤死于"甘露之变"。卢诗尤诡奇,其《月蚀诗》指斥时政,孙樵称"读之如赤手捕长蛇,不施鞚骑坐马,急不得暇,莫可捉搦"(《与王霖书》),可见其怪怪奇奇变化莫测的风格。卢仝以文为诗而能辞语轻松无蹶张之病①,其《萧宅二三子赠答诗》如传奇《元无有》,是几篇连锁的寓言诗,写来趣味盎然,可见其深受市民文艺之影响。卢仝在入俗这一点上又回到张籍、王建、白居易的轨道上来了,兹以《村醉》为例:

昨夜村饮归,健倒三四五。

摩挲青莓苔,莫嗔惊著汝。

(《全唐诗》卷三八七)

事实上无论韩、孟,无论元、白,他们都在改变传统诗的作法,一样是在由雅入俗的道上奔,这股潮流要到北宋才见回旋呢!

李贺是韩派诗人中最有成就者,因其"感官的彩绘笔调"对晚唐有质的影响,且李贺与李商隐诸人在年代上首尾相接,容我将他移到下一章合讲。

---

① 陈贻焮《唐诗论丛》,湖南人民出版社 1980 年版,第 391 页。

第四章　夕阳无限好

晚唐诗：宝历元年(825)—天祐四年(907)

晚唐社会是个乱糟糟的社会,各种矛盾激化,互相碰撞;中央政权与地方割据,宦官与廷臣,牛党与李党,统治者与农民起义军……各种矛盾都搅在一起。最后一幕是,唐帝国大厦在矛盾斗争中忽剌剌倒塌。许多文史家总把晚唐比为六朝的齐梁,似乎是种"复归",其实不然。就历史潮流看,中唐至北宋是世俗地主由兴起到建立自家政教一体的大一统政权的整体过程,世俗地主尚属前进的阶层,不像南朝腐败没落的士族那样不可救药。相应的,晚唐文人并不似南朝士族那般腐烂,他们只是具有比中唐人更为明显的人格分裂: 他们想挽狂澜于既倒,在小品文与相当数量的一些诗中揭露、抨击社会矛盾;同时,他们又明白这种努力的徒然,与当时奢靡的都市生活相应,写出一首首满足感官刺激需求的诗来。从这一角度看,晚唐人比中唐人更矫激,感伤就感伤到颓废,讽喻就讽喻到抨击,浅切就浅切到俚俗,都走向极端。然而,正因为绝望的灰烬下其实掩盖着一颗燃烧的心,所以梁陈宫体诗的结局是衰亡,晚唐诗却在五代词乃至宋初诗中得到涅槃。

第一节　感官的彩绘的笔触

林庚教授《中国文学简史》上卷第十四章曾以诗人特有的敏感

指出：像孟郊的"春芳役双眼，春色柔四支"（《古离别》）一类诗开始了"晚唐感官的彩绘的笔触"。我认为真正大力开始此种笔触者，是李贺。

李贺（790—816），字长吉，福昌（今河南宜阳）人。李贺自己说是"唐诸王孙"，但他父亲只当到县令，且因父名晋肃，与"进士"谐音，李贺为避讳不能考进士，断了他的上进心，加上体弱多病，长期的压抑心理使他早逝，卒年二十七岁。

李贺的想象力是无与伦比的。杜牧《李长吉歌诗叙》形容其想象力云："云烟绵联，不足为其态也；水之迢迢，不足为其情也；……瓦棺篆鼎，不足为其左也；时花美女，不足为其色也；荒国陊殿，梗莽邱垅，不足为其怨恨悲愁也；鲸吸鳌掷，牛鬼蛇神，不足为其虚荒诞幻也。"但杜牧又说："盖《骚》之苗裔，理虽不及，辞或过之。"何谓理"不及"？《骚》虽有怨刺，但都是"言及君臣理乱"，李贺诗则无。事实上李贺有李贺的"理"，不在"感怨刺怼，言及君臣理乱"，而在生与死的沉思。因此，他一方面是对死的恐惧，写下许多牛鬼蛇神哀愤孤激之情；另一方面又因死亡归期而激起对生的热爱，写下许多执着的恋情闺怨之诗。

贫穷细瘦而多愁善感的李贺时常感到死神的召唤，并引起幻觉（如李商隐《李长吉小传》记李贺临死在幻觉中看到"绯衣仙子"）。因此，"死亡"是李贺诗中重要的主题。单"死"字在现存为数不多的李诗中就出现二十多次。在他看来，死亡是无处不在的，甚至天上的神仙也逃不脱："王母桃花千遍红，彭祖巫咸几回死"（《浩歌》）；"拜神得寿献天子，七星贯断姮娥死"（《章和二年中》）；"几回天上葬神仙，漏声相将无断绝"（《官街鼓》）。仙人之死更见得仙界之永生，至此，李贺已用死亡意象沟通了人与非人的世界，泯灭生与死之鸿沟，从而消解人对死亡的与生俱来的恐惧，让死亡也燃放出凄艳之花：

幽兰露,如啼眼。

无物结同心,烟花不堪剪。

草如茵,松如盖;

风为裳,水为佩;

油壁车,夕相待。

冷翠烛,劳光彩。

西陵下,风吹雨。

（《苏小小墓》,《三家评注李长吉歌诗》卷一）①

李贺恐惧的并不是人生必然归宿的死亡,而是在永恒变化中无所作为的人生。试读《梦天》:

老兔寒蟾泣天色,云楼半开壁斜白。

玉轮轧露湿团光,鸾佩相逢桂香陌。

黄尘清水三山下,更变千年如走马。

遥望齐州九点烟,一泓海水杯中泻。

（卷一）

一句一个瑰丽的想象,一个绮丽的画面,真是更变如走马。宋人范晞文《对床夜语》曾记陆游的话:"李贺词如百家锦衲,五色炫耀,光夺眼目,使人不敢熟视。"李贺诗中往往以空间的变化见时间的寂寞与永恒,于是让我们感到一颗充满变迁感而渴求平衡的心!《天上谣》、《官街鼓》、《湘妃》、《苦昼短》等等,莫不如是。在这些幻觉型诗作的深处,是忧心如焚的疑虑,如《浩歌》:

南风吹山作平地,帝遣天吴移海水。

---

① 本节所引李贺诗咸见《三家评注李长吉歌诗》,中华书局上海编辑所1959年版,下引只注卷数。

> 王母桃花千遍红，彭祖巫咸几回死。
> 青毛骢马参差钱，娇春杨柳含细烟。
> 筝人劝我金屈卮，神血未凝身问谁？
> 不须浪饮丁都护，世上英雄本无主。
> 买丝绣作平原君，有酒唯浇赵州土。
> 漏催水咽玉蟾蜍，卫娘发薄不胜梳。
> 羞见秋眉换新绿，二十男儿那刺促！

（卷一）

"神血未凝身问谁"一句，王琦注："谓精神血脉不能凝聚长生于世上，此身果谁属乎？"在不可逃避的死亡面前，怎样才是有价值的死？这就是问题之所在。死亡问题事实上只是认识人生价值这一大问题下的分题。人们有时要面对死才能领悟生。死亡激起李贺对生迫切的爱。其《赠陈商》云："《楞伽》堆案前，《楚辞》系肘后。"《楞伽经》开篇则云："世间离生灭，犹如虚空华。"世间种种生灭，成毁相续，变化流注不断。李贺"变化则永恒"的认识可能受其影响，但执着于现世间的《楚辞》却又给李贺另一种影响：一往情深。这种化解不开的缠绵，使李贺陷入对生的留恋，他甚至追求轰轰烈烈的建功立业的生："少年心事当拿云。"（《致酒行》）"秦王不可见，旦夕成内热。"（《长歌续短歌》）一组《马诗》二十三首更是说尽男儿心事。这种比楚辞还要浓烈之情，在《金铜仙人辞汉歌》中有深沉的意象：

> 茂陵刘郎秋风客，夜闻马嘶晓无迹。
> 画栏桂树悬秋香，三十六宫土花碧。
> 魏官牵车指千里，东关酸风射眸子。
> 空将汉月出宫门，忆君清泪如铅水。
> 衰兰送客咸阳道，天若有情天亦老。

携盘独出月荒凉,渭城已远波声小。

(卷二)

　　然而,李贺对生之留恋更本质地体现为以其感官尽情地拥抱短促的人生。读其诗,便会惊叹诗人对客观世界纤细的感觉,对声、色、香、味的高度敏感,及其特殊的综合感受能力。可以说,他不是以一种感官去感受,而是用各种感官,用整个身心去感受世界。他能听到人们听不到的音响:"银浦流云学水声"(《天上谣》)、"雀步蹙沙声促促"(《黄家洞》)、"羲和敲日玻璃声"(《秦王饮酒》);他能觉察到人们不易觉察的细微事态:"一编香丝云撒地,玉钗落处无声腻"(《美人梳头歌》)、"黄蜂小尾扑花归"(《南园》);他喜欢浓重的色彩,如《雁门太守行》中的黑、金、紫、胭脂等色,同处一个画面;他喜欢坚硬锐利的东西,如"昆山玉碎凤凰叫"(《李凭箜篌引》)、"夜天如玉砌"(《十二月乐词》)、"隙月斜明刮露寒"(《剑子歌》);无论什么东西,他都可以感到它的重量与体积:"虫响灯光薄"(《昌谷读书》)、"忆君清泪如铅水"(《金铜仙人辞汉歌》);他的感应神经打通了,视觉、触觉、听觉、味觉在心灵中交汇:"松柏愁香涩"(《王濬墓下作》)、"玉炉炭火香冬冬"(《神弦》)、"杨花扑帐春云热"(《蝴蝶舞》),这种"通感"正基于对感官的重视。

　　这种"感官的彩绘的笔触"有时难免要滑向宫体诗般的肉感,如《恼公》便是。可是正因它有刺激感官的功能,所以在晚唐那绝望而寻求刺激的年头正好投合了人们的需要,其秾丽纤细的一面得到发挥。这派诗人以温(庭筠)、李(商隐)为代表。

　　李商隐(813?—858),字义山,号玉谿生,怀州河内(今河南沁阳)人。他是个有志匡国的人,却平生沉沦下僚,并因寄人篱下而卷进"牛李党争"不可解脱。他又是个多情的人,有许多苦恋而未成功。其夫妻感情甚笃,偏偏不幸而中年丧偶。这些阴影笼罩着李商隐的诗歌创作,而秾丽纤细的时尚正是通过其落寞心绪折射出异彩来的。这就是李商隐的官能感受加上朦胧意象的艺术特征。李诗"感官的彩绘的笔触"之典型可举《牡丹》为例：

> 锦帏初卷卫夫人，绣被犹堆越鄂君。
> 垂手乱翻雕玉佩，折腰争舞郁金裙。
> 石家蜡烛何曾剪？荀令香炉可待熏。
> 我是梦中传彩笔，欲书花叶寄朝云。
>
> （《玉谿生诗集笺注》卷一）①

方东树《昭昧詹言》卷十九云："七律中以文言叙俗情入妙者，刘宾客（禹锡）也；次则义山，义山资之以藻饰。"刘禹锡不但写《竹枝词》，而且能将俗情引入七律如上章所述，但语言还是比较接近口语的。李商隐则不同，"资之以藻饰"，这"藻饰"不但是李贺似的"彩绘的笔触"，琳琅满目，而且还将六朝骈文属对工巧、用典贴切的工夫运之于诗。关于这一点，我们在上编第三章第二节已有专论，从上引诗也可窥一斑。问题是这些传统的雅言典故下埋伏的是病态的俗情。诗用了孔子见南子、鄂君与越人调情、梁冀妻善为妖态作折腰步、石季伦用蜡烛作炊、尚书令荀文若坐处三日香、江淹得郭璞彩笔这六个典故，大都指向富贵香艳一类事物。由此堆砌出来的整体意象便是牡丹的香艳妖娆之态，是秾丽纤细的时俗之情耳。然而，他的这些技巧一旦与自家经历、感受相结合，用以表达那种难以表达的心理形象时，就有了超出时俗的境界。这就是李商隐那些令人感伤不已的爱情诗。如《无题》：

> 相见时难别亦难，东风无力百花残。
> 春蚕到死丝方尽，蜡炬成灰泪始干。

---

① 本节引用李商隐诗咸见冯浩《玉谿生诗集笺注》，上海古籍出版社 1979 年版。下引只注卷数。

晓镜但愁云鬓改,夜吟应觉月光寒。

蓬山此去无多路,青鸟殷勤为探看。

（卷二）

昨夜星辰昨夜风,画楼西畔桂堂东。

身无彩凤双飞翼,心有灵犀一点通。

隔座送钩春酒暖,分曹射覆蜡灯红。

嗟余听鼓应官去,走马兰台类转蓬。

（卷一）

两题都写难分难舍的一段缠绵之情,意象纷呈,却都指向这个焦点,与前人诗一句一意,甚至一句数意的传统写法大有差别,倒是与后来大多"狭而深"的词境相近。魏庆之《诗人玉屑》卷二引敫器之评其诗云"百宝流苏,千丝铁网",大概指的就是这种"铁网珊瑚钩"式的团团裹定某一情绪的结构吧!虽然要明晰地再现心理形象是不可能的,但被围定的情绪虽朦胧却不可逃脱,是易为读者所感受到的。这也是李商隐成功之处,其对诗捕捉情绪之功能的拓展无疑是一大贡献。

我们不应忽视李商隐对杜诗的学习,一来这是李商隐诗一个重要的方面,二来此学习方法对后世有过大影响。李学杜,首先是对时事的关心,对民间疾苦的同情,如《行次西郊作一百韵》,拟杜《北征》,是唐帝国兴衰的经验总结,大气磅礴。尤其结尾一段议及时事,颇生色。现录如下:

尔来又三岁,甘泽不及春。

盗贼亭午起,问谁多穷民。

节使杀亭吏,捕之恐无因。

咫尺不相见,旱久多黄尘。

官健腰佩弓,自言为官巡。

283

常恐值荒迥，此辈还射人。

愧客问本末，愿客无因循。

郿坞抵陈仓，此地忌黄昏。

我听此言罢，冤愤如相焚。

昔闻举一会，群盗为之奔。

又闻理与乱，系人不系天。

我愿为此事，君前剖心肝。

叩额出鲜血，滂沱污紫宸。

（卷一）

冯浩评云："朴拙盘郁，拟之杜公《北征》，面貌不同，波澜莫二。"另如《哭遂州萧侍郎二十四韵》也写得荡气回肠。其学杜最成功的还是律诗，如《安定城楼》：

迢递高城百尺楼，绿杨枝外尽汀洲。

贾生年少虚垂涕，王粲春来更远游。

永忆江湖归白发，欲回天地入扁舟。

不知腐鼠成滋味，猜意鹓雏竟未休。

（卷一）

以事典造成曲深的风格，表达自家特有的哀感沉绵的情调。如《马嵬》：

海外徒闻更九州，他生未卜此生休！

空闻虎旅鸣宵柝，无复鸡人报晓筹。

此日六军同驻马，当时七夕笑牵牛。

如何四纪为天子，不及卢家有莫愁？

（卷三）

284

诗中不用愁、泪、怒、恨,只用"徒闻"、"未卜"、"空闻"、"无复"等带有自行否定意味的词造成无可奈何的情绪,且全诗因这些属对工切的词语而一气通畅。至后二联则一比再比,在对比中沟通了皇家与平民的情感生活,使本有隔膜的皇家悲剧具有了平民所能理解进而同情的情感基础。在这点上,李诗与白居易《长恨歌》有内在的联系。再如《隋宫》:

> 紫泉宫殿锁烟霞,欲取芜城作帝家。
> 玉玺不缘归日角,锦帆应是到天涯。
> 于今腐草无萤火,终古垂杨有暮鸦。
> 地下若逢陈后主,岂宜重问《后庭花》!

(卷三)

颔联被人称为"尤得杜家骨髓",对仗精工而又流走自然。末句的反问与此相映成趣,有很强的讽刺力却又含蓄而不夸张。总体说,李商隐的律诗相当精纯,这点与"运古入律"的杜律有所不同。虽然李诗也有相当的深度,但李之学杜用力最多还在于顿挫浏亮的音节与密集的意象。这固然是时代的改变,晚唐的李商隐不可能具有盛唐过来人杜甫那种坚定的自信心与气魄;也还因为长期处于寄人篱下、夹在缝隙中求生存的小官吏所特有的失落心态,他更多学到的只是杜诗的技巧。后来的"西昆体"与"江西诗社"都曾受其影响。

李商隐的绝句也很有特色,往往能由一点层层生发,虚实相间,委婉深曲中有隽永的意味。如为人传诵不衰的《夜雨寄北》:

> 君问归期未有期,巴山夜雨涨秋池。
> 何当共剪西窗烛,却话巴山夜雨时。

(卷二)

桂馥《札朴》卷六认为末句是把"眼前景反作后日怀想,此意更深",在虚虚实实中情味愈转愈出。

与李商隐齐名也学李贺笔触的有温庭筠。温庭筠(801？—866？),字飞卿,太原祁(今山西祁县)人。他虽出身大家族,年轻时就有文名,却因生性傲岸,讥讽权贵,一生不得志。但他不像李贺、李商隐,抑郁在心,而是索性放荡开来,"士行尘杂,不修边幅,能逐弦吹之音,为侧艳之词","与新进少年狂游狭邪"(《旧唐书》本传)。正因其如此,所以他似李贺有瑰丽的想象,又似李商隐善写哀婉之情,却无李贺跌宕的气势、李商隐缠绵悱恻之真情,但有比二者更易感受市井世俗的情趣。温庭筠现存乐府诗六十多首,绮错婉媚,色调较近李贺。兹举《懊恼曲》为证:

> 藕丝作线难胜针,蕊粉染黄那得深。
> 白玉兰芳不相顾,青楼一笑轻千金。
> 莫言自古皆如此,健剑拂钟铅绕指。
> 三秋庭绿尽迎霜,惟有荷花守红死。
> 庐江小吏朱斑轮,柳缕吐牙香玉春。
> 两股金钗已相许,不令独作空城尘。
> 悠悠楚水流如马,恨紫愁红满平野。
> 野土千年怨不平,至今烧作鸳鸯瓦。
>
> (《温飞卿诗集笺注》卷二)①

诗写得很有想象力,但语言意绪都仿李贺。比较有自家面目的是《春江花月夜词》,其后半篇写隋炀帝龙舟幸江都云:

> 百幅锦帆风力满,连天展尽金芙蓉。

---

① 本节引温诗咸见曾益等《温飞卿诗集笺注》,上海古籍出版社1980年版。下引只注卷数。

珠翠丁星复明灭，龙头劈浪哀笳发。

千里涵空照水魂，万枝破鼻团香雪。

漏转霞高沧海西，玻璃枕上闻天鸡。

蛮弦代雁曲如语，一醉昏昏天下迷。

四方倾动烟尘起，犹在浓香梦魂里。

后主荒宫有晓莺，飞来只隔西江水。

（卷二）

诗不但意象瑰丽奇幻，还在华美中透出一股刚健之气。温庭筠律诗写得更出色些，如《商山早行》、《利州南渡》，其中"鸡声茅店月，人迹板桥霜"、"波上马嘶看棹去，柳边人歇待船归"，历来为人所激赏。他也善于用律诗咏史慨世叹身，如《经五丈原》、《苏武庙》、《过陈琳墓》等，颇见清峻雄健的笔力。然而他最为时人所爱而又为后人所诟病的，还是那些有着"感官的彩绘的笔触"的艳情诗。如《偶游》：

曲巷斜临一水间，小门终日不开关。

红珠斗帐樱桃熟，金尾屏风孔雀闲。

云髻几迷芳草蝶，额黄无限夕阳山。

与君便是鸳鸯侣，休向人间觅往还。

（卷四）

诗虽然缺乏李商隐那执着的真情，但那藻采、意象、声律都逼近李诗。尤其是"云髻"一联巧妙的比喻，也有李诗般的朦胧美。但温诗比李诗更钻进尖新狭深的境界。如《春愁曲》：

红丝穿露珠帘冷，百尺哑哑下纤绠。

远翠愁山入卧屏，两重云母空烘影。

凉簪坠发春眠重，玉兔煴香柳如梦。

　　锦叠空床委坠红，飔飔扫尾双金凤。

　　蜂喧蝶驻俱悠扬，柳拂赤阑纤草长。

　　觉后梨花委平绿，春风和雨吹池塘。

（卷二）

如果我们将它们与温庭筠的《菩萨蛮》"小山重叠金明灭"作一比较，就会发现温庭筠诗、乐府歌行与词之间相贯通的是什么。许学夷《诗源辩体》卷二六说："李贺乐府七言，声调婉媚，亦诗余之渐。"卷三〇又说："商隐七言古，声调婉媚，大半入诗余矣。"又说："庭筠七言古，声调婉媚，尽入诗余矣！""诗余"就是词，许氏指出由李贺到李商隐、温庭筠诗中词的情调递增的过程。缪钺论李义山诗也曾指出："义山虽未尝作词，然其诗实与词有意脉相通之处。盖词之所以异于诗者，非仅表面之体裁不同，而尤在内质及作法之殊异。词之特质，在乎取资于精美之事物，而成要眇之意境。义山之诗，已有极近于词者。"①并举其《灯》为证。温诗更近词，有时干脆就写词。正是李贺一脉"重感官的彩绘的笔触"的诗人促成了文人词的发达，五代词至是而呼之欲出了。至唐末韩偓、韦庄诸人手，则诗词几于混同矣。

第二节　感伤时代的表情形式

　　晚唐诗坛并不衰飒，"停车坐爱枫林晚，霜叶红于二月花"（杜牧句）。霜叶恋枝，别有一种动人的风采。除李商隐、杜牧之外，诗坛少有开宗立派的人物。当时的景象好比暮色中彩霞满天，有学白居易的，有学韩、孟的，有学李贺的，还有学贾岛的，或者兼学数家，

---

① 缪钺《诗词散论》，上海古籍出版社 1982 年版，第 33 页。

各体有别的。总趋势仍然是流向俚俗浅近,直流过五代漫向宋初。但在五彩缤纷中,有一股感伤的时代情调似夕照中的雾气,渐渐升起、合拢。

"刻意伤春复伤别,人间惟有杜司勋。"这是李商隐赠杜牧的诗句。杜牧首先感受到晚唐感伤的气氛,并凝为风格独具的诗美。

杜牧(803—852),字牧之,京兆万年(今陕西西安)人。其祖父杜佑,是《通典》的作者。家学渊源使杜牧注重经世致用之学,喜论政谈兵,注过《孙子》兵法十三篇,上书执政论削平藩镇也曾被重视。但他又是个耿介不事敷衍的人,所以仕途并不得意。他性格风流倜傥,何况长期在江南繁华都市任职,晚唐人孟启《本事诗·高逸第三》载:"杜登科后,狎游饮酒,为诗曰:'落拓江湖载酒行,楚腰纤细掌中轻。十年一觉扬州梦,赢得青楼薄幸名。'"市井繁华对他的影响是深刻的。明哲的理性与热烈的情感并存于杜牧身上,使其诗体现为一种"豪而艳,宕而丽"、"含思悲凄,流情感慨"的特色。也就是说,杜牧善作理性的沉思(特别是具有史识),又时有激情,故能将豪宕与缠绵两种不同的美融而为一,形成"俊爽"的风格。而这种"俊爽",又往往体现为对感伤情调作理性的化解,让抑郁感伤化为高明的识见,或明丽的意象、意境。如"一骑红尘妃子笑,无人知是荔枝来"(《过华清宫绝句》),如"惟有凉州歌舞曲,流传天下乐闲人"(《河湟》)。亡国、失地,沉重的历史教训却以貌似轻松的口吻出之,更透出深层的清醒与忧患。"停车坐爱枫林晚,霜叶红于二月花"(《山行》),"二十四桥明月夜,玉人何处教吹箫"(《寄扬州韩绰判官》),感伤之雾已凝成诗美之珠。最适合杜牧这种似散实凝手法的形式当然是律、绝,故杜牧虽有《杜秋娘》、《张好好》这样颇为出色的叙事诗篇,但最为人赞赏的还是他的律诗与绝句。如《九日齐山登高》:

江涵秋影雁初飞,与客携壶上翠微。

尘世难逢开口笑，菊花须插满头归。

但将酩酊酬佳节，不用登临恨落晖。

古往今来只如此，牛山何必独沾衣。

(《樊川诗集注》卷三)①

齐景公牛山之泣，是为人生难免一死，终成千古之叹。杜牧用响亮的音节、清秋的意象、旷达的态度出之，所以虽感伤而有俊爽之气。杜牧这种感伤有时深藏在旷达甚至颓放的意象之中，包裹上美的形式。如《题禅院》和《江南春绝句》：

觥船一棹百分空，十岁青春不负公。

今日鬓丝禅榻畔，茶烟轻飏落花风。

(卷三)

千里莺啼绿映红，水村山郭酒旗风。

南朝西百八十寺，多少楼台烟雨中？

(卷三)

只有细细品味，才能感受那深邃的感伤。这种莫名的感伤一旦透出纸面来，就倍加深沉：

两竿落日溪桥上，半缕轻烟柳影中。

多少绿荷相倚恨，一时回首背西风。

(卷三《齐安郡中偶题》)

清时有味是无能，闲爱孤云静爱僧。

欲把一麾江海去，乐游原上望昭陵。

(卷二《将赴吴兴登乐游原一绝》)

---

① 本节引杜牧诗均见冯集梧《樊川诗集注》，上海古籍出版社 1978 年版。下引只注卷数。

在落日烟柳的平静中"一时回首",在"江海去"之前对唐太宗陵墓那深情的一瞥中,我们深为杜牧对时代的感伤所震撼。正因其诗中有深沉忧患的灵魂,所以杜牧最好的诗往往是那些感慨败亡兴替的诗:

> 六朝文物草连空,天淡云闲今古同。
> 鸟去鸟来山色里,人歌人哭水声中。
> 深秋帘幕千家雨,落日楼台一笛风。
> 惆怅无因见范蠡,参差烟树五湖东。
>
> （卷三《题宣州开元寺水阁阁下宛溪夹溪居人》）

> 烟笼寒水月笼沙,夜泊秦淮近酒家。
> 商女不知亡国恨,隔江犹唱后庭花!
>
> （卷四《泊秦淮》）

雨帘烟幕,鸟去鸟来,一切都那么自然恒定,但其中透出人歌人哭,穿织着历史的演进。就在淡淡的水墨风景中,表达出一种挥之不去的怅惘情结,正与李商隐那点对时代的失望情绪相同。于是乎我们在风格迥异的二位晚唐名家之间看到相似之处:

> 多情却似总无情,惟觉尊前笑不成。
> 蜡烛有心还惜别,替人垂泪到天明。
>
> （卷四《赠别二首》其二）

这里面怅惘的意象不就是李义山"无题诗"中常见的那种怅惘的意象?其实,感伤情绪整个儿笼罩着晚唐,诗人只是用不同的三棱镜析出自家独有的光谱,而来源是同一个。

同是感伤,也有境界大小的分别。许浑、张祜、赵嘏、李群玉、陈陶等一群小诗人都有些感慨,风格也大都流丽,律对工切,而取境狭隘不能与杜牧比肩。其中许浑（生卒年不详）名气最大，现存诗数量超过杜牧，且都是近体律绝。由于他全力写律、绝，所以将这一形式打磨得相当圆润纯熟，成了律诗入门的范式，颇有影响。其《咸阳城东楼》诗云：

> 一上高城万里愁，蒹葭杨柳似汀洲。
> 溪云初起日沉阁，山雨欲来风满楼。
> 鸟下绿芜秦苑夕，蝉鸣黄叶汉宫秋。
> 行人莫问当年事，故国东来渭水流。
>
> （《全唐诗》卷五三三）

"山雨"一联形象相当饱满，称得上警策，但下接颈联、尾联力度不够，全诗便显得衰飒不能振起。整体上比较成功的是《金陵怀古》：

> 玉树歌残王气终，景阳兵合戍楼空。
> 松楸远近千家冢，禾黍高低六代宫。
> 石燕拂云晴亦雨，江豚吹浪夜还风。
> 英雄一去豪华尽，惟有青山似洛中。
>
> （《全唐诗》卷五三三）

结构的匀称，荣衰的对照，悲怆的情调，使这首七律显得圆润、有意味。当然，过于平稳匀称，也会使诗显得平庸，缺乏力度。所以《唐音癸签》卷八引刘克庄的话批评道："（杜）牧于律中常寓少拗峭，以矫时弊；（许）浑诗圆稳，律切丽密或过杜牧，而抑扬顿挫不及也。"其实这不仅是技巧问题，更重要的还在于杜牧的识见远比之深刻，诗的境界要阔大得多。

　　张祜（792？—853？）是当时的名诗人，杜牧对他称颂备至，曾云："谁人得似张公子，千首诗轻万户侯！"（《登池州九华楼寄张祜》）其《宫词二首》之一云："故国三千里，深宫二十年。一声何满子，双泪落君前。"传诵颇广。张祜尤善题咏，《题润州金山寺》、《孤山寺》、《题舍陵渡》等，都是名篇绝唱。其《题润州金山寺》云：

> 一宿金山寺，超然离世群。
> 僧归夜船月，龙出晓堂云。
> 树色中流见，钟声两岸闻。
> 翻思在朝市，终日醉醺醺。
>
> （《全唐诗》卷五一〇）

虽然写景颇切题，能将金山寺的地理特征用美的意象写出，但并无杜牧式较为丰富的内蕴。再如善写七律的赵嘏（生卒年不详），其《长安清秋望》云：

> 云物凄清拂曙流，汉家宫阙动高秋。
> 残星几点雁横塞，长笛一声人倚楼。
> 紫艳半开篱菊静，红衣落尽渚莲愁。
> 鲈鱼正美不归去，空戴南冠学楚囚。
>
> （《全唐诗》卷五四九）

其颔联情景交融，据称杜牧"吟味不已，因目嘏为'赵倚楼'"（《唐诗纪事》卷五六）。然而这些都是小感慨，值得重视的还是骤兴于晚唐的"咏史诗"。

自东汉班固《咏史》以来，以诗咏史是常见的形式。然而，只是到晚唐，这一形式才蔚成大观，以前所未有的丰富内容与规模覆盖诗坛。咏史，不但论其成败得失，叙事议论，而且借以抒己情，刺当世，见隐忧。咏史成了晚唐诗人言志缘情的重要手段，甚至出现咏史专集，如胡曾咏史一百五十首，周昙一百九十三首，简直成了"咏史专业户"！其中最值得注意的是：第一，关注对象的转移；第二，爱作翻案文章。晚唐的"热门话题"不再是成功人物如高祖、秦王、范蠡、张良，甚至不是侠客隐士如荆轲、商山四皓之类，而是末路英雄如项羽，亡国之君如炀帝，劳而无功的能臣如贾谊、诸葛亮，薄命女子如绿珠、杨贵妃等。杜甫笔下的诸葛亮，虽然也有"出师未捷身先死"的遗憾，但他仍是"万古凌霄一羽毛"，他与刘备君臣相得，风云际会，依然鼓舞人心。在晚唐人笔下，其遗憾成了无可奈何的命运的慨叹："徒令上将挥神笔，终见降王走传车。管乐有才真不忝，关张无命欲何如？"（李商隐《筹笔驿》）"下国卧龙空寤主，中原得鹿不由人。"（温庭筠《经五丈原》）"时来天地皆同力，运去英雄不自由。"（罗隐《筹笔驿》）而前朝遗迹也往往不是引发扼腕的激愤或深刻的剖析是非功过，而是弥漫开一片怅惘的伤感情思：

> 江雨霏霏江草齐，六朝如梦鸟空啼。
> 无情最是台城柳，依旧烟笼十里堤。
>
> （韦庄《台城》，《全唐诗》卷六九七）

甚至创业之主刘邦的陵墓，也只能引起无限的怅触：

> 长安高阙此安刘，袱葬累累尽列侯。
> 丰上旧居无故里，沛中原庙对荒丘。
> 耳闻明主提三尺，眼前愚民盗一抔。
> 千载腐儒骑瘦马，渭城斜月重回头。
>
> （唐彦谦《长陵》，《全唐诗》卷六七一）

最能体现晚唐人对历史独到的沉思的，是那些翻案诗。其中如杜牧《题乌江亭》"江东子弟多才俊，卷土重来未可知"，《赤壁》"东风不与周郎便，铜雀春深锁二乔"，《题商山四皓庙》"南军不袒左边袖,四老安刘是灭刘",都是讲历史的偶然性,属"非决定论",与杜牧尚存事在人为、力图挽狂澜于既倒的思想有关。至如皮日休《汴河怀古》云:"尽道隋亡为此河,至今千里赖通波。若无水殿龙舟事,共禹论功不较多。"隋炀帝功过并存,"在隋之民不胜其害也,在唐之民不胜其利也"(《汴河铭》)。这种眼光,是真正的历史的眼光与卓识! 大量的咏史诗(有人统计有一千余首)表明,晚唐人并非"陈叔宝全无心肝",他们一直还在思考——无可奈何,而又于心不甘。这种悲剧性的内心矛盾更典型地体现为人格的撕裂:奋争与逃避共体。

第三节　且战且退的最后一批诗人

闻一多曾说:"我们不妨称晚唐五代为贾岛时代。"①晚唐太多的失望,太多的感伤,太长时间的苦闷,使人们需要一剂清凉药,而贾岛的酸涩清苦正合胃口。不但李频、马戴、方干、李洞、齐己等一班人,甚至杜荀鹤、郑谷也都带点贾岛味。只是晚唐人学贾岛大都不像行脚僧的脚跟那般瘦硬,而是在讲究用字下苦功夫的同时还注意意脉语气的通畅明白,有浅切合流的趋势。或许应当说,晚唐不全是"贾岛的时代",要分一半给白居易。学贾人物中,马戴、郑谷算是比较成功的人物。

马戴(生卒年不详),会昌四年(844)进士及第,善五律,严羽《沧浪诗话》称其诗"在晚唐诸人之上"。如"芦荻晚汀雨,柳花南浦风"、"落叶他乡树,寒灯独夜人"等佳句,都做到意象紧密而思致疏朗,可谓清丽精致。其《楚江怀古》之一云:

---

① 闻一多《唐诗杂论·贾岛》,《闻一多全集》第3卷,生活·读书·新知三联书店1982年版,第42页。

露气寒光集，微阳下楚丘。
猿啼洞庭树，人在木兰舟。
广泽生明月，苍山夹乱流。
云中君不见，竟夕自悲秋。

（《全唐诗》卷五五五）

语言凝练，尤其中间两联极有风致，比起贾岛来，境界要阔大些。不过总体上说，马戴功夫多用在语言锤炼上，清丽流动有余而风骨刚健不足，仍是典型的"晚唐体"。

郑谷（851—?），光后三年（887）进士及第。他的诗工巧精致，又"浅切而妙"（清人贺裳语）。欧阳修《六一诗话》称："其诗极有意思，亦多佳句；但其格不甚高，以其易晓，人家多以教小儿。"以下二首诗颇能看出郑谷诗的诗情画意：

乱飘僧舍茶烟湿，密洒歌楼酒力微。
江上晚来堪画处，渔人披得一蓑归。

（《雪中偶题》，《全唐诗》卷六七五）

扬子江头杨柳春，杨花愁杀渡江人。
数声风笛离亭晚，君向潇湘我向秦。

（《淮上与友人别》，《全唐诗》卷六七五）

画面感很强，有一点情思弥漫在短短的篇幅中，渐渐散开去。浅显易解则通俗，难怪前人曾将"郑谷《云台编》必小儿可教"与"香山（指白居易）《长庆集》必老妪可解"并举（《诗学纂闻》）。这也是贾岛、白居易合流的一例。至于那些"念贾岛佛"的方干、李洞、齐己一班人，诗境就更寒狭了。这班人为数虽不少，但实在代表不了"主流精神"。

代表"主流精神"的应是那些不甘绝望，时作奋争、时或逃避，且战且退的诗人们。聂夷中、杜荀鹤、皮日休、陆龟蒙、罗隐、曹邺，乃至韦庄、司空图,都属这类人。他们也写唱和诗、田园诗,甚至艳情诗,想借诗与现实拉开距离;然而他们又终于不能心平气和,时作激争与抨击,写出锋芒毕露的讽喻诗来。他们抨击时政揭露腐败,往往舒筋露骨痛快淋漓,如写过"眉边全失翠,额畔半留黄"一类艳情诗的吴融,竟会在《风雨吟》中直斥:"官军扰人甚于贼,将臣怕死唯守城!"而那位自称"全家欲上五湖舟"的曹邺,却有《官仓鼠》云:"官仓老鼠大如斗,见人开仓亦不走。健儿无粮百姓饥,谁遣朝朝入君口?"再像那位说是"我愿东海水,尽向杯中流"的聂夷中,在《咏田家》中沉痛地说道:"二月卖新丝,五月粜新谷。医得眼前疮,剜却心头肉!"甚至连那位写有大量香艳如"桃脸曼长横绿水,玉肌香腻透红纱"之类脂粉语的韦庄,竟然也有长达 1666 字的史诗《秦妇吟》,其结构宏伟,叙事真切,将官军朝贵的狼狈相刻画得入木三分,难怪传说因诗有"内库烧为锦绣灰,天街踏尽公卿骨"之句而为权贵所忌,韦庄也于发迹后销毁此稿。此诗失传已久,至清光绪二十六年(1900)才于敦煌石窟发现,使我们得知诗人曾经有过怎样不平静的内心世界。如果笼统地将晚唐末世视为淡泊与艳情的诗世界,将皮、陆与司空图视为一味于诗歌中逃避现实的诗人,那就不能看到真正的晚唐末世的主流精神。

皮日休(834?—883?)与陆龟蒙(?—881?)是小品文的杰出作者。他们写有大量的唱和诗,既学元、白的唱和,又学韩、孟的拗峭,内容也相当驳杂,既有写归隐江湖之志的,也有写不得意的愤懑之情的,还有些是与小品一气相通的讽刺之作。如陆龟蒙《奉和袭美〈太湖诗〉二十首·投龙潭》云:"良田为巨浸,污泽成赤地。掌职一不行,精灵又何寄?唯贪血食饱,但据骊珠睡。何必费黄金,年年授星使!"对龙神的不满,其实是对现实中荒淫君臣们的愤慨。皮日休还有《正乐府十篇》,是白居易《新乐府》的响应,其中《橡媪叹》云:"如何一石余,只作五斗量?狡吏不畏刑,贪官不避赃。"语颇沉痛。晚唐讽喻之作大都过于直露,多少会杀去诗美,写得比较有内蕴的是杜荀鹤。

　　杜荀鹤（846—904）讽喻诗学白居易，五律则近贾岛，还有些《春宫怨》之类篇什带温、李风味。其《春宫怨》云：

> 早被婵娟误，欲妆临镜慵。
> 承恩不在貌，教妾若为容？
> 风暖鸟声碎，日高花影重。
> 年年越溪女，相忆采芙蓉。

（《全唐诗》卷六九一）

　　诗总体秾丽近温、李，而"风暖"一联中，"碎"字、"重"字下得极仔细，颇能写出春光融融的气息，反衬宫女心绪之无聊。杜荀鹤曾自称"一句我自得，四方人已知"（《苦吟》），下的是贾岛式的苦吟功夫，但意象并不冷僻，用字也不生涩，与"承恩"一联连读，则颇有白居易之风致。这首诗颇为典型地表现了杜荀鹤乃至晚唐一批作者杂学的风格。但杜荀鹤也有激愤之作，如《再经胡城县》诗云：

> 去岁曾经此县城，县民无口不冤声。
> 今来县宰加朱绂，便是生灵血染成。

（《唐风集》卷下）

　　写得最凄婉动人、形象饱满的是《山中寡妇》一诗：

> 夫因兵死守蓬茅，麻苎衣衫鬓发焦。
> 桑柘废来犹纳税，田园荒后尚征苗。
> 时挑野菜和根煮，旋斫生柴带叶烧。
> 任是深山更深处，也应无计避征徭。

（《唐风集》卷中）

　　最有争议的诗人是司空图。他是一位杰出的诗论家,其《二十四诗品》虽然当今学术界对其真伪提出质疑,但被认作是提倡"韵外之致"、"象外之象"的有力者这一点却无异议。他自鸣得意的诗句如"棋声花院闭,幡影石坛高"之类,也助长人们的这种看法。司空图(837—908)在中条山王官谷有一片庄园,"泉石林亭,颇称幽栖之趣。自考槃高卧,日与名僧高士游咏其中"(《旧唐书》本传)。他自称是"尽日无人只高卧,一双白鸟隔纱厨"(《王官二首》之二)。其实他的内心是很痛苦的,《偶书》云:

　　　　自有池荷作扇摇,不关风动爱芭蕉。
　　　　只怜直上抽红蕊,似我丹心向本朝。

　　　　　　　　　　　　　　(《全唐诗》卷六三三)

这种"向本朝",关心唐帝国命运的心情至死不衰。《乙丑人日》云:"自怪扶持七十身,归来又见故乡春。今朝人日逢人喜,不料偷生作老人!"七十老人还为"偷生"而自愧,这在中国封建社会里恐怕惟儒者为能。至如"带病深山犹草檄,昭陵(唐太宗葬处)应识老臣心"、"穷辱未甘英气阻,乖疏还有正人知"、"亦知世路薄忠贞,不忍残年负圣明"、"空将忧国泪,犹拟洒丹墀",此类诗句无不显示了司空图隐逸的特殊性。作为一个智者,他深知国事不可为,乃避难栖隐;作为一个儒生,他心系国事,愧于栖隐。所以司空氏尽管晚岁颇倾心于释道,在诗论中大露头角,但儒家节义的人格要求却一直纠结于心,最后竟以哀帝被弑而郁闷不食死,体现了他最终极的生命价值观。

　　晚唐的帷幕终于降落。
　　晚唐诗亦如夕阳敛尽它的余晖。

后　记

　　书刚脱稿,便有新疆之行。几年前我曾从兰州穿行河西走廊至敦煌莫高窟,这回则由白水涧道入吐鲁番,看了交河、高昌故城,总算对丝绸之路有了一个断而复续的印象。

　　实地考察使我更坚定了在文化中阐释文学现象的信念。就说书中提及的李颀《古从军行》,"白日登山望烽火,黄昏饮马傍交河",过去读时,也只是感觉到一种模糊的塞外氛围,并没意识到"交河"二字的分量。原来交河城是坐落在雅尔乃孜沟河床中的一座三十多米高的巨大黄土高台上,河水先分后合地包绕着它,四周壁立,不用筑城郭,好个天然要塞! 在"野云万里无城郭"的大碛上匆匆赶路的行人,提着心,吊着胆,注视着烽火台,生怕狼烟带出凶险的信息。此时此际,在一片夕阳迷茫中蓦地看到这么一座岿然屹立的城堡,对疲惫已极的行人将是怎样的一种安慰呵!"黄昏饮马傍交河",既写出行人至此如释重负的一份悠闲,也写出交河这座丝绸路上的"驿站"在时人心目中的地位。依然是夕阳迷茫,但当年西域三十六国客商熙熙攘攘的车师前王国之都,如今只剩高低错落的断垣残堡在余晖中相依无语。"行人刁斗风沙暗,公主琵琶幽怨多。"丝绸之路也是铁血之路。就在火焰山下柏孜克里克洞窟中,我看到被挖去双眼的佛像,信仰与暴力,文明与野蛮,曾结伴而过。"年年战骨埋荒外,空见蒲桃入汉家。"今日人们享受着民族与文化融合之成果,当年人们却为之付出不可言说之痛的代价! 皮日休曾评隋炀帝开运河一事云："在隋之民不胜其害也,在唐之民不胜其利也。"我于是记起恩格斯也有这么一句话："没有哪一次巨大历史灾难,不是以历史的进步为补偿的。"面对交河劫灰,品味李颀《古从军行》,深感此语的深刻与凝重。由此,我更坚信闻一多的话,不弄懂诗唐,便无法深入唐诗。

末了,我还想为本册上编第四章的"纯学术性"表示抱歉。这一章写得比较枯燥苦涩,是锅里的夹生饭。不过我又以为,也不妨来点花力气后仍能弄懂的内容,好比西瓜、草莓拼盘中不妨也放两粒核桃,须知读者中也有愿吃硬的汉子。

1998 年国庆节于面壁斋

唐诗与庄园文化

引　子

在那魅力四射的唐诗王国里,有一片净土——轻浪萍花,蝉声竹影,是那么窈眇清妍,丰神蕴藉。这就是与"边塞诗"双峰并峙的"田园诗"。

有西方学者指出:自然风景在西方是市民阶层文化思想的产物,它源于城市的生活方式及由此而形成的对"自然"的渴望。他们意中所指的自然风景,是那些未经耕作的、不受人类文明制约的、远离人类文明的那一部分。

似乎这便是中国"古已有之"的"世外桃源"了。然而,并不是。桃源中仍然是"有良田、美池、桑竹之属。阡陌交通,鸡犬相闻。其中往来种作,男女衣着,悉如外人"(陶渊明《桃花源记》)。它仍是受人类文明制约的自然。"桃花源"的发明人陶渊明在《饮酒》诗中曾描述过自己的隐居是:"结庐在人境,而无车马喧。"他仍然住在"人境",只是这是个远离市井喧嚣,尤其是那官场污染的"诗意的居住"。吴淇《六朝选诗定论》曾阐发说:"庐之结此,原因南山之佳,太远则喧;若竟在南山深处,又与人境绝。结庐之妙,正在不远不近,可望而见之间,所谓'在人境'也。"中国士大夫追求的并非鲁滨逊的孤岛绝域,而是"在人境"的"诗意的居住"。宋代画论家郭熙在《林泉高致·山水训》中发露了士大夫这一心态:

君子之所以爱夫山水者,其旨安在?丘园养素,所常处也。

　　泉石啸傲,所常乐也。渔樵隐逸,所常适也。猿鹤飞鸣,所常亲也。

　　为此,士大夫对可隐居的山水的理想要求是:"但可行可望,不如可居可游之为得。"

　　看来,作为"隐居生活"反映的田园诗,非但不是远离人类社会文明的产物,恰恰相反,它与人类文明的发展史有着子母般亲密的关系。

　　话,就得从这儿说起……

第一章　世　上　桃　源

第一节　"田家复近臣"

一

在唐代田园诗人中,孟浩然是备受推崇的一位。大诗人李白有一首《赠孟浩然》诗:

> 吾爱孟夫子,风流天下闻。
> 红颜弃轩冕,白首卧松云。
> 醉月频中圣,迷花不事君。
> 高山安可仰,徒此揖清芬。

中间四句,集中地描绘了孟浩然的处世态度:孟浩然少壮时就已抛开仕途,到老犹坚卧山林,宁可醉月迷花,也不肯出仕。(中圣,中圣人。古人称清酒为"圣人",醉酒叫"中圣人"。)

诗人兼画家的王维也曾画过孟浩然的像,据看到该画的张洎说,孟浩然的形象是:"颀而长,峭而瘦。衣白袍,靸帽重戴,乘款段马。一童总角,提书笈负琴而从,风仪落落。"同代人王士源也说他"骨貌淑清,风神散朗"。

这样的佳士,真是所谓"人淡如菊"。闻一多就认为:"淡到看不见诗了,方是真正的孟浩然的诗。不,说是孟浩然的诗,倒不如说是诗的孟浩然。"而"淡"的关键就在他的生活态度,"是为隐居而隐居,为着一个浪漫的理想,为着对古人的一个神圣的默契而隐居"。

　　然而,不是一切印象都是准确的。在唐人中,孟浩然无疑是超脱的,但仍超脱不了时代与文化。你说他"专心古淡"、"色相俱空"吗?怎么他又一再唱出:"嗟吁命不通"(《书怀贻京邑故人》)、"我年已强仕(四十岁),无禄尚忧农"(《田家元日》)、"望断金马门"(《田家作》)、"常恐填沟壑,无由振羽仪"(《晚春卧疾寄张子容》)的歌,并在"年四十"时"游京师"、"应进士"去了呢?

　　相反者往往相成。在唐代,"隐居"的目的往往是为了"出仕"。如果我们将《晋书·隐逸传》作者的按语与《新唐书·隐逸传》作者的按语对读,是很有趣的。《晋书》作者认为,隐士是避害的智者,他们为了远离统治阶级内部斗争的漩涡,不得不厕身山林,"藏声江海之上,卷迹嚣氛之表,漱流而激其清,寝巢而韬其耀"。而《新唐书》作者却认为,隐者有三等:上等是自放草野的贤人,"身藏而德不晦",名声在外,所以"名往从之,虽万乘(天子)之贵,犹寻轨而委聘也"。其次,是想"济世"而未得志的能人,他们对爵禄持超脱的态度:"泛然受,悠然辞。"这反而有"使人君常有所慕企"的极佳效果。最次的隐士,是些"资槁薄"的下脚料,但还有点小聪明:"内审其才,终不可当世取舍,故逃丘园而不返,使人常高其风而不敢加訾焉。"据说,唐代贤人大都当官去了,遁戢不出的大都是那些三等货。然而,隐士进可"使人君常有所慕企",退不失"使人常高其风",所以"放利之徒,假隐自名,以诡禄仕,肩相摩于道"。话虽然说得尖刻了点,但说出了唐代隐居者的特色。

　　这也许是历史的进步。汉魏六朝统治阶级内部斗争十分残酷,文人多罹大难,嵇康、陆机、谢灵运等一大批名士均遭杀戮。所以嵇康在囚禁中方有"昔惭柳惠,今愧孙登"之叹,自恨归隐不早。因此,世人往往以明哲保身为高。陶渊明《感士不遇赋》称:"彼达人之善觉,乃逃禄而归耕。"禄"而需"逃",其危可知。正是这种心态,使归隐与出仕之间有一条不可逾越的鸿沟。大名士谢安曾归隐东山,后来复出当官。有一回,有人送药草来。或问:这种药草叫"远志",又叫"小草",怎么同一种药草有两种名称呢?在座的郝隆就说:这还不明白,在山里就叫"远志",出山来就得叫"小草"!弄得谢安很难堪。

如果说魏晋时隐逸还带有悲剧色彩,那么唐代的隐逸就近乎喜剧了。此时的隐逸动机已由"藏声"一变为"扬名"。《旧唐书·隐逸传》说"高宗、天后(武则天),访道山林,飞书岩穴,屡造幽人之宅,坚回隐士之车",为了点缀太平,皇帝亲自导演了一出出的喜剧。最有趣的是武攸绪,本是武则天的侄儿,却不当官,要当"隐士",在颍阳地面买了片田,"使家奴杂作,自混于民"。后来中宗皇帝要表示"举逸民,天下之人归焉",就把他迎入宫中,并设计好"诏见日山帔葛巾,不名不拜"。没想到武攸绪奴性未除,仍"趋就常班再拜,帝愕然"。真是煞风景。当然,能凑趣的也有,《新唐书》就记载了个隐士田游岩:

> 帝亲至其门,游岩野服出拜,仪止谨朴,帝令左右扶止,谓曰:"先生比佳否?"答曰:"臣所谓泉石膏肓(不治之症),烟霞痼疾者。"帝曰:"朕得君,何异汉获四皓乎?"薛元超赞帝曰:"汉欲废嫡立庶,故四人者为出,岂如陛下亲降岩穴邪?"帝悦,因敕游岩将家属乘传(公家的车)赴都,拜崇文馆学士。

田游岩能凑趣,所以得皇帝的欢心,"将家属乘传赴都"去了。这是"鸡犬升天"型的,还有"给全禄终身"的,有"授朝散大夫,家居给半禄"的,有"敕州县春秋致束帛酒肉"的,有"别起精思观以处之"的,有"宽徭役"的,隐士们的待遇提高了。更重要的是,天子如此重视"举逸民",达官贵人便都来"爱才若渴",甚至连酷吏周兴、男宠张易之者流也纷纷推荐起隐士来,其风靡一时可知。于是乎"有识之士"也就老实不客气地"结庐泉石,目注市朝","托薜萝以射利,假岩壑以钓名"了。这要比考进士容易。如吴筠,"鲁中之儒士也",虽然善文通经典,却"举进士不第"。他于是索性入嵩山隐居当道士去。"玄宗闻其名,遣使征之",一步登了天。难怪当"随驾隐士"卢藏用装模作样地指着终南山说"此中大有佳处"时,司马承祯会酸酸地答道:"以仆视之,仕宦之捷径耳。"这就是所谓的"终南捷径"。《因话录》还载有一则故事:德宗时,有人在昭应县逢一书生,急如星火地赶往京城。问他所求何事这般急,答道:"将应不求闻达科!""不求闻达"而奔走求之,所以可笑。然而在《登科记考》中,堂而皇之记载的初、盛唐科举名目就有:销声幽薮科,安心畎亩科,养志邱园科,藏器晦迹科,不一而足。应此类科与那位书生仁兄应"不求闻达科"又有何异? 在当时人看来,以隐求仕不但不可笑,还是"常规"手段呢!《彰明逸事》载李白青年时代曾"隐居于戴天大匡山,往来旁郡"。在《上安州裴长史书》中,李白也自称曾隐于岷山之南,"养奇禽千计,呼皆就掌取食",引得广汉太守也跑来看,并推荐他去应"有道科"。著名的边塞诗人岑参,也在《感旧赋》序中自称"十五隐于嵩阳,二十献书阙下"。王维在十八岁时写的《哭祖六自虚》诗中,对"隐居"做了描绘,说:

> 念昔同携手,风期不暂捐。
> 南山俱隐逸,东洛类神仙。
> 花时金谷饮,月夜竹林眠。
> 满地传都赋,倾朝看药船。
> 群公咸瞩目,微物敢齐肩。

"满地"一联有两个典故。《世说新语》说,庾仲初作《扬都赋》,庾亮为他吹嘘,说是可与《二京赋》、《三都赋》媲美。一时人人竞相抄写,都城纸为之贵。《晋书·夏统传》载,夏统在船上暴晒所买的药草,洛阳王公贵人乘车来目睹其风采者如云。这就是下句"群公咸瞩目"的意思。可见其"隐居"还是为了造就名声,引起当权者的重视而已。就这样,隐居与求仕之间的鸿沟被求仕者的脚踩平了,这对矛盾也就统一起来了。李白有一篇《代寿山答孟少府移文书》,用拟人手法让寿山向孟少府(县尉)推荐自己。文中自称是"巢、由以来,一人而已"的大隐士,却又仰天长吁,一心要"申管、晏之谈,谋帝王之术"。传说中的大隐士巢父与许由于是乎在新时代有了新任务:"冠冕巢由"取代了"逃禄归耕"。"巢由"而加"冠冕"(乌纱帽),似乎有点不伦不类,但绝不是讽刺。在张说(当时被称为大手笔)《扈从幸韦嗣立山庄应制序》中正儿八经提出"衣冠巢许";王维《暮春太师左右丞相诸公于逍遥谷宴集序》中又以赞叹的口吻出之:"冠冕巢由。"在唐人眼中,官与隐士是可以"一体化"的。所以,在他们看来,由隐入仕的谢安一点儿也不尴尬:"闻道谢安掩口笑,知君不免为苍生!"(李颀句)应召由隐入仕倒是件快活事:"仰天大笑出门去,我辈岂是蓬蒿人!"(李白句)反之,"寄书寂寂于陵子,蓬蒿没身胡不仕? 藜羹被褐环堵中,岁晚将贻故人耻。"(李颀句)老是穷愁潦倒才是耻辱,所以王维《与魏居士书》竟公然嗤笑陶渊明说:

　　近有陶潜,不肯把板屈腰见督邮,解印绶弃官去。后贫,乞食诗云:"叩门拙言辞。"是屡乞而多惭也。尝一见督邮,安食公田数顷,一惭之不忍,而终身惭乎?

如果不是当时风气以出仕为荣,王维敢如此嘲笑"隐逸之宗"的陶渊明吗? 从谢安、陶渊明在舆论界地位的变迁中,我们感受到隐逸者在两个相连却相反的历史时期中不同的心态。只有认识这种新时代的风尚,我们才能比较准确地把握那位"迷花不事君"的孟浩然何以还会有"望断金马门"的心态。

蓝天上的白云,有时也会亲吻黄土地的。

二

田园诗人歌唱隐逸生活,显然不是恋上那微薄的物质生活,或有离群索居的孤独癖,而仅仅是企慕那萧条高寄的精神。所以鲁迅一针见血地指出:归隐先得有吃饭之道,"假如无法啖饭,那就连'隐'也'隐'不成了"(《隐士》)。这在魏晋时,就很限制了隐居者的人数。当时土地高度集中在士族大地主之手,造成"富强者兼岭而占,贫弱者薪苏无托"的状况。一般的文人想归隐,就要甘心于畎亩之间,过极清贫的日子才行,这谈何容易!如《晋书·隐逸传》所载:隐士孙登,要挖土窟而居;董京行乞于市;公孙凤冬天只能披着草衣。陶渊明可算是其中佼佼者了,他虽然乞食,而能守死善道,态度从容。像这样的士大夫毕竟不多,而且他的内心是极其痛苦的。他在《与子俨等疏》中就说过:

> 偾偾辞世,使汝等幼而饥寒……汝辈稚小家贫,役柴水之劳,何时可免?念念在心,若何可言!

因自己避逃社会,过着勤苦的日子,连累了儿女也从小就困苦不堪,字里行间有多少内疚之情不能自已!他多么向往一个"秋熟靡王税"(秋收时不必缴税)的乐土"桃花源"啊!只有物质生活得到保障,隐居才会成为一种"诗意的居住"。

盛唐社会长期安定,生产力迅速发展,物质相当丰富,如杜甫《忆昔》诗所盛称:"稻米流脂粟米白,公私仓廪俱丰实。九州道路无豺虎,远行不劳吉日出。齐纨鲁缟车班班,男耕女桑不相失。"生产力发展,引起生产关系的变化。主要表现为:唐初实行的均田制瓦解,庄园普遍化。什么叫"庄园"?按历史学家韩国磐先生的意见,是指封建地主对土地的一种占有形态和经营方式。唐代庄园基本上是自给自足的经济单位。庄园或称庄、庄墅、庄田、别墅、别业等。庄园有大有小。小的只有一顷或不到一顷地,仅有一些住屋和田地而已。大的庄园,像唐末诗人、诗论家司空图在中条山王官谷的庄园,《南部新书》记载说:

> 司空图侍郎,旧隐三峰,天祐(唐哀帝年号)末,移居中条山王官谷,周回十余里,泉石之美,冠于一山。北岩之上,有瀑泉流注谷中,溉良田数十顷。至今子孙犹存,为司空之庄耳。

这类大庄园自给性很强,往往有花木楼台、水榭泉石,甚至水碾茶山、店铺车坊。诗人柳宗元有个堂弟柳谋,在江陵的庄园,据柳宗元说,是"有宅一区,环之以桑,有僮指三百,有田五百亩,树之谷,艺之麻,养有牲,出有车,无求于人"(《送从弟谋归江陵序》)。"无求于人"正由于庄园能自给自足。所以拥有辋川庄的诗人王维才会在《渭川田家》中悠悠地吟道:

> 斜光照圩落,穷巷牛羊归。
> 野老念牧童,倚杖候荆扉。
> 雉雊麦苗秀,蚕眠桑叶稀。
> 田夫荷锄立,相见语依依。
> 即此羡闲逸,怅然歌《式微》。

有了那么个"方宅十余亩,草屋八九间"的隐士,就不至于"饥来驱我去"了。前面提到过的"白首卧松云"的孟浩然,虽然也叫穷:"甘脆朝不足,箪瓢夕屡空",但从他的诗中看,倒是有点家业:"先人留素业","素业唯田园","不种千株橘,唯资五色瓜","卜邻劳三径,植果盈千树"。虽是用典,但有个不太小的果园是肯定的,而且庄园里还有水阁楼台:"萤傍水轩飞","应闲池上楼","樵唱入南轩"。侍候他老先生的起码有厨子、僮仆:"厨人具鸡黍","渐与骨肉远,转于僮仆亲"。恐怕还有"美人":"试垂竹竿钓,果得查头鳊。美人骋金错,纤手鲙红鲜。"这就是孟浩然之所以能"风神散朗"的物质基础。因为士子如果有了这么个小庄园,就进可攻(求仕),退可守(隐居),在仕途奔竞中取得主动权,心态上自然就容易超逸从容。反之,无此后盾,便会进退维谷的。王昌龄在《上李侍郎书》中说:

> 昌龄岂不解置身青山,俯饮白水,饱于道义,然后谒王公大人,以希大遇哉? 每思力养不给,则不觉独坐流涕!

"力养不给"便是没有这样的后盾,落入"谋官谋隐两无成"的困境,风神如何"散朗"得起来? 总的说来,唐代士子要比魏晋南北朝时代的士子幸运。南朝也有典型的"闲门成市"的庄园,但只集中在极少数的士族地主豪门手中。庄园普遍化是唐代均田制瓦解后的事。唐玄宗天宝十一年有诏书说:"王公百官及富豪之家,比置庄田,恣行吞并,莫惧章程。"反映了当时占田置庄风气之盛。《新唐书·卢从愿传》记载唐玄宗时卢从愿"占良田数百顷",被称为"多田翁";《旧唐书·李憕传》记载李憕"伊川膏腴(好田地),水陆上田,修竹茂树,自城及阙口,别业相望。与吏部侍郎李彭年皆有地癖"。《太平广记》也说王叟"庄宅尤广,容二百余户"。不购置庄园的倒是例外。如宰相张嘉贞不置庄园,因为他认为"比见朝士广占良田,及身没后,皆为无赖子弟作酒色之资,甚无谓也"。这是作为极少的事例载入史册的,正可从反面证明当时置田庄的普遍性。这种普遍性从《全唐诗》所存盛唐诗人的诗题中亦可窥见一斑:如高适《淇上别业》、岑参《送胡象下弟归王屋别业》、李白《过汪氏别业》、祖咏《汝坟别业》、李颀《不调归东川别业》、周瑀《潘司马别业》……

可见拥有庄园的不一定"非士族莫属"。当然,庄园有大有小,自给自足程度不一。但无论如何,当时的文人士子比起南朝文人士子要解决隐居时的"啖饭"问题,无疑是容易多了。陶渊明的裔孙陶岘,在开元年间隐居于崑山,曾制三条小舟,"一舟自载,一舟供宾客,一舟置饮馔。有女乐一部,奏清商之曲。逢山泉则穷其景物,吴越之士谓之'水仙'"。此时气象,乃祖不能望其项背。

庄园的普遍化,使"隐居"生活在唐代具有某种普遍意义,从而构成一种当时的确存在过的文化生活。它,从生活态度、审美趣味、创作方式甚至语言习惯诸方面深刻地左右着唐代的田园诗创作。

这就是我们的兴趣所在。

三

现在,让我们一窥庄园主们的生活及其心态。

庄园,并非唐代所独有。前此的六朝庄园,就颇完备。晋代潘安仁有篇《闲居赋》,写他在洛阳"面郊后市"的庄园是长杨掩映,游鱼出没,荷花满池,竹木蓊翳。有梨有柿,有枣有李。是所谓"筑室种树,逍遥自得。足以渔钓,春税足代耕。灌园粥蔬,以供朝夕之膳。牧羊酤酪,以俟伏腊之费"。在庄园里,有明敞的房屋,优美的环境。园主可以"或宴于林,或禊于汜(春天在水中沐浴)"。《宋书·谢灵运传》也记载了诗人谢灵运有个始宁别业,"傍山带江,尽幽居之美"。谢灵运作了篇《山居赋》,自己作注。从中我们知道他这个庄园别墅连冈盈畴,阡陌纵横,导渠引水,有室有居,草木花果、园蔬池鱼莫不应有尽有,连治病的药物也有。难怪谢灵运会说:"供粒食与浆饮,谢工商与衡牧。"这种自供自给的庄园,大有园林化的倾向。《周书·萧大圜传》说:

　　筑蜗舍于丛林,构环堵于幽薄。近瞻烟雾,远睇风云。借纤草以荫长松,结幽兰而援芳桂。仰翔禽于百仞,俯泳鳞于千浔。果园在后,开窗以临花卉;蔬圃居前,坐檐而看灌畦……

　　在这样优美的环境中,园主可以无拘无束地饱食安步,欣赏他的"一丘一壑"。而此类"隐士"也就与深山老林荒野洞穴告别了。这一现象大约在南朝开始较大量出现,与山水诗的发展也约略同步。这应非偶然。有些历史学者已指出,大田庄的特色是:"求田"之外,还要兼及"问舍",特别注意居住上的安排,庐舍竹木,滨接湖山,往往是生产区与风景区的结合。谢灵运《山居赋》描写自己的庄园景色说:

　　因以小湖,邻于其隈。众流所凑,万泉所回。汜滥异形,首终肥。别有山水,路邈缅归。求归其路,乃界北山。栈道倾亏,蹬阁连卷。复有水径,缭绕回圆。弥弥平湖,泓泓澄渊。孤岸竦秀,长洲芊绵。既瞻既眺,旷矣悠然。

　　在谢灵运笔底,实在是山水与田园混一。德国汉学家顾彬认为:梁、陈之际,山水诗主题已不是荒野的自然,而是身边的自然,旅途上的自然,园林中的自然。这一看法是中肯的。谢灵运名句如"白云抱幽石,绿筱媚清涟"(《过始宁墅》)、"崖倾光难留,林深响易奔"(《石门新营所住》),所描写的山水实在也是田园。甚至他的游山玩水,也与求田问舍大有关系。《宋书·谢灵运传》记载:谢灵运父祖留下产业甚厚,奴僮很多。他凿山浚湖,功役无已。寻山陟岭,必造幽峻。他还备有特殊的登山木屐,上山则去前齿,下山去其后齿(这就是著名的"谢公屐")。有一次,他从始宁别墅出发,伐木开径,直至临海,从者数百人。临海太守还以为是"山贼"作乱呢!

　　庄园不但把诗人的视野从荒野引到园林,还以庄园作为家族僚友之间的聚会场所,赏心乐事,赋诗作文,直接影响了创作内容与形式。《晋书·谢安传》载,谢安"又于土山营墅,楼馆林竹甚盛,每携中外子侄往来游集"。《世说新语·言语》就曾记载了谢安一次这样的文学活动:

> 谢太傅寒雪日内集,与儿女讲论文义。俄而雪骤,公欣然曰:"白雪纷纷何所似?"兄子胡儿(谢朗)曰:"撒盐空中差可拟。"兄女(谢道蕴)曰:"未若柳絮因风起。"公大笑乐。

西晋石崇也有个大庄园,在《思归引序》中,他自称"肥遁(指归隐)于河阳别业。其制宅也,却阻长堤,前临清渠,百木(各种树木)几于万株,流水周于舍下。有观阁池沼,多养鱼鸟。家素习技,颇有秦赵之声。出则以游且弋钓(射猎钓鱼)为事,入则琴书之娱"。著名的《金谷园诗序》便是一次典型庄园文学活动的记录。金谷园在河南县界金谷涧中,"有清泉、茂林、众果、竹柏、药草之属。金田十顷,羊二百口,鸡猪鹅鸭之类,莫不毕备"。有丰富的物质,也有当时一流的"雅集":

> 余与众贤共往涧中,昼夜游晏。屡迁其坐,或登高临下,或列坐水滨,时琴瑟笙筑,合载车中,道路并作。及住,令与鼓吹递奏,遂各赋诗,以叙中怀。或不能者,罚酒三斗。

这次集会有名流之士三十人。说庄园别墅是当时的"文学沙龙",应不为过。当然,这只能在当时享有特权的极少数士族文人圈子中流行,并不普遍。

普遍流行,应在唐代。日本汉学家加藤繁认为,庄园从汉代以来就已存在,但似乎还没有广泛地通行。在唐代,就以非常之势流行于权门势家之间。这一点我们已经在上一节叙述过,这里让我们从唐代士大夫对庄园别墅生活的向往与追求上，来看看这一普遍性。

盛唐人陶翰，有一篇类似石崇《金谷园诗序》的文章——《仲春群公游田司直城东别业序》。序称：

> 司直雁门田侯，行修器博，心远地偏，于是启郊园之扉；主簿天水姜侯，词才俊秀，雅志坚直，于是传翰林之檄。嗟乎！城池不越，井邑不移，林篁忽深，山郁斗起。出回塘而入苍翠，更指深亭；因曲岸而扪穹嵌，忽升绝顶。云天极思，河山满目。菡萏春色，苍茫远空。烟间之宫阙九重，砌下之亭皋千里，临眺之壮也！樽酒既醉，舞袖登筵。欢洽在斯，献酬无算。措九州于乐府，移三典于颂章。皆我顺尧之心，除秦之政，所以偶春服之晏也，咸请赋诗。

其中情调与石崇并无二致，只是田司直并不是什么富倾朝野的豪门巨子而已（司直是"从六品上"的小官）。大手笔李华也写了一篇《贺遂员外药园小山池记》，所记更是一个小官僚的庄园别墅：

> 悦名山大川，欲以安身崇德。而独往之士，勤劳千里；豪家之制，殚及百金。君子不为也。贺遂公——衣冠之鸿鹄，执宪起草，不尘其心，梦寐以青山白云为念。庭除有砥砺之材，础碛之璞，立而象之衡、巫（衡山、巫山）。堂下有畚锸之坳，圩塝之凹，陂而象之江湖。种竹艺药，以佐正性。

这是说人们仰慕名山大川，是为了陶冶情操，提高自己的道德修养。有些人是不辞千辛万苦去游历名山大川，有些人则不怕花费巨资，"名山大川，往往占固"。这些都是"君子"所不为的。贺遂员外是个"衣冠之鸿鹄"（和上节的"冠冕巢由"同一个意思，指半官半隐者。),他自有办法:在自己的庭院里造假山,挖池塘,象征那名山大川。这样也可以收到陶冶情操的目的,在做官的同时解决"梦寐以青山白云为念"的精神上的向往。这也是魏晋人无法实现的"心迹合一"(精神上的向往与现实中的生活的统一)。如果说"世外桃源"只是"逃禄归耕"者如陶渊明辈的"乌托邦",那么田庄别墅则是"冠冕巢由"如"贺遂公"辈的现世间——"世上桃源"。明朝人胡震亨曾一针见血指出这两种隐居本质上的区别:

> 王绩(唐初诗人)之诗曰:"有客谈名理,无人索地租。"隐如是,可隐也。陶潜(渊明)之诗曰:"饥来驱我去……叩门拙言辞。"如是隐,隐未易言矣。

穷隐士只好向往"秋熟靡王税"的世外桃源,唐代的士大夫却向往"太平盛世"中颇为普遍的庄园别墅。其原因当然在于盛唐社会提供了这一可能性。所以刘眘虚《浔阳陶氏别业》宣称:"愿守黍稷税,归耕东山田。"王维《酬诸公见过》也表示要"薄地躬耕,岁晏输税"。他们的"世上桃源"与陶渊明的"世外桃源"不同之处,首先就在于不反对"王税"。因此他们唱的是安居乐业的田园牧歌。

既然"世上桃源"的庄园别墅能使士大夫身心俱足,那么对虚无难寻的"世外桃源"的追求也就不必要了。裴迪就说:"闻说桃源好迷客,不如高卧眄庭柯。"(《春日与王右丞过新昌访吕逸人不遇》)这类话头太多了,为了不使读者心烦,只举祖咏《清明宴司勋刘郎中别业》一首为证:

> 田家复近臣,行乐不违亲。
> 霁日园林好,清明烟火新。
> 以文长会友,唯德自成邻。

> 池照窗阴晚，杯香药味春。
>
> 檐前花覆地，竹外鸟窥人。
>
> 何必桃源里，深居作隐论。

在田园里半官半隐的人最逍遥自得了，既是"田家"又是"近臣"的身份，使之既有禄位的荣耀又有田园山水之乐，同时还能符合"有亲在不远游"的古训。在这庄园优美的自然环境中"以文会友"，志同道合者，可聚居为左邻右舍。有这等良辰美景赏心乐事俱备的环境，又何必去寻求什么缥缈的桃花源，做什么深山老林的隐士呢！"田家复近臣"一语道尽了唐代一批士大夫追求的生活理想。

第二节　"诗意的居住"

一

德国哲学家海德格尔曾借用荷尔德林的诗句"人诗意地居住在此大地上"，来描述人与人的世界的统一。我们仅仅借用来表明田园诗与庄园文化之间的和谐关系。

唐代庄园大小不一，里面的生活状况也有等差。我们先来看看"超豪华型"庄园的生活。无疑，这种庄园别墅为皇亲国戚豪门权贵所有。如武则天的宠女太平公主，《旧唐书》称其"田园遍于近甸膏腴"；唐中宗的宝贝女儿安乐公主，《朝野佥载》称其"夺百姓庄园，造定昆池四十九里，直抵南山，拟昆明池。累石为山，以象华岳；引水为涧，以象天津"。宋人计有功的《唐诗纪事》还保存一批以《奉和幸安乐公主山庄应制》、《安乐公主山庄》为题的诗。抄几首以见其概：

安乐公主山庄
萧至忠

西郊窈窕凤凰台,北渚平明法驾来。
匝地金声初度曲,周堂玉溜始传杯。
湾路分游画舟转,岩门相向碧亭开。
微臣此时承宴乐,仿佛疑从星汉回。

同 题
马怀素

主家台沼胜平阳,帝幸欢娱乐未央。
掩映雕窗交极浦,参差绣户绕回塘。
泉声百处歌传曲,树影千重舞对行。
圣酒一霑何以报,唯忻颂德奉时康。

同 题
李 峤

黄金瑞牓绛何限,白玉仙舆紫禁来。
碧树青岑云外耸,朱楼画阁水前开。
龙舟下瞰鲛人室,羽节高临凤女台。
遽惜欢娱歌吹晚,挥戈却使曜灵回。

　　充斥诗中无非黄金白玉、雕窗绣户、碧亭画舟。再加上故作惊奇的"疑从星汉回"、"下瞰鲛人室"之类神话套语,便塑成一副冰冷面孔的"田园诗"——仍是宫廷诗的本来面目。

　　让我们离开皇帝女儿家,看看大官僚的庄园别墅。《唐诗纪事》保存了睿宗时的官僚高正臣家一次集会上的唱和诗。参与此会的有二十一人,大诗人陈子昂作序。从序中,我们知道高氏亭园在洛阳。陈子昂还指出,"古来游晏欢娱众矣,然而地或幽偏,未睹皇居之盛"。也就是说,这是一批"田家复近臣",在"面郊后市"的庄园别墅中过"隐居"瘾的官僚,用陈子昂序中的话说,就是:"冠缨济济,多延戚里之宾;鸾凤锵锵,向有文雄之客。"这回用的是"五言":

晦日置酒林亭
高正臣

正月符嘉节,三春玩物华。
忘怀寄樽酒,陶性狎山家。
柳翠含烟叶,梅芳带雪花。
光阴不相借,迟迟落景斜。

同　题
崔知贤

上月河阳地,芳辰景望华。
绵蛮变时鸟,照曜起春霞。
柳摇风处色,梅散日前花。
淹留洛城晚,歌吹石崇家。

同　题
韩仲宣

欲知行有乐,芳樽对物华。
地接安仁县,园是季伦家。
柳处云疑叶,梅间雪似花。
日落归途远,留与伴烟霞。

同　题
高绍

啸侣入山家,临春玩物华。
葛丝调绿水,桂醑酌丹霞。
岸柳开新叶,庭梅落早花。
兴洽林亭晚,方还倒载车。

诗的模式化并不难看出。美国汉学家斯蒂芬·欧文就认为："他们在现成意象和构思的基础上作诗。"还以他特有的精明,指出"每首诗的第三联,都以柳和梅相对,柳叶总是含着烟雾或如烟似雾,梅花总是如同雪花。如果我们讨论了整组诗,就可以抽出全部的陈词滥调"(《初唐诗》)。这类陈词滥调最明显还有"石崇(季伦)家"这个金谷园宴集赋诗的典故。现存于《唐诗纪事》的十七首唱和诗中,有七首用了这个典故。

像这类庄园宴集诗还可举出许多来,但我们的兴趣并不在这里。我们的兴趣是:庄园别墅曾作为一种"文学沙龙"存在于唐代。李华在《贺遂员外药园小山池记》中说得明白:

> 其间有书堂琴轩,置酒娱宾,卑痹而敞,若云天寻丈,而豁如江汉。以小观大,则天下之理尽矣!心目所自不忘乎,赋情遣辞,取兴兹境。当代文士,目为"诗园"。

庄园中有明敞的书堂琴轩,又有假山活水,一丘一壑可引发联想,是所谓"以小观大"、"取兴兹境",激发诗人的创作欲望,所以被目为"诗园"。上面引那些诗之所以失败,是因为那一大群人是怀着"奉旨写诗",或"临场应试"的心情来的,并未能"取兴兹境",从诗中根本看不到庄园别墅的活景。所以这种"超豪华"的庄园生活并没有为我们留下几篇像样的田园诗。倒是不以田园诗名世的杜甫,在年轻时游过一些贵族官僚的庄园别墅,以其穷书生惊诧的眼光,放大了其中的诗意,留下一些清新典雅而又别具一格的田园之作。

先看《郑驸马宅宴洞中》七律一首。这是杜甫结束在山东的游历,首次来到长安,大概是通过好友广文馆博士郑虔的关系到郑驸马潜曜家游宴时写下的诗。郑潜曜尚唐玄宗女临晋公主,有园林在长安神禾原莲花洞。杜甫在一篇碑文里提到"甫忝郑庄之宾客,游窦主之园林",指的就是这段日子。诗如下:

主家阴洞细烟雾,留客夏簟青琅玕。
春酒杯浓琥珀薄,冰浆碗碧玛瑙寒。
误疑茅堂过江麓,已入风磴霾云端。
自是秦楼压郑客,时闻杂佩声珊珊。

这是写在夏天,公主园林里的白莲洞轻烟细细,倒很凉快,更何况还有碧玉般可爱的竹席可供客人坐卧。"春酒杯浓琥珀薄,冰浆碗碧玛瑙寒"一联保持了"宫廷诗"的典丽工整。浦起龙认为,"琥珀"既是指酒杯的质地,又是形容所盛的美酒的颜色;"玛瑙"既是指碗的质地,又是形容冰浆的颜色。"一色两耀,精丽绝伦"。"误疑"一联也是宫廷诗人唱和时爱用的故作惊奇的套语,但杜甫不是用"星汉"、"蓬莱"和仙境来搪塞,而是用"茅堂过江麓"来形容盛暑之下的洞宅却能阴凉如此,似乎地理位置都变了,来形容主家是避暑胜地。"已入风磴霾云端",同样是将主家忽然升高到云里风口,来形容其凉爽得出人意表。尾联"秦楼"是用典:秦穆公以女弄玉妻萧史,日于楼上吹箫作乐;影射郑潜曜的驸马身份。"郑谷",指《汉书》所载的郑子真隐居于云阳县谷口;暗示郑驸马在郊原"隐居"。这首诗多少反映了"超豪华型"庄园里奢侈的生活,并因多少能"取兴兹境",而在此类诗中显得难能可贵。

还有两组诗:《陪郑广文游何将军山林十首》、《重过何氏五首》,尤能借他人之酒杯,浇自家胸中之块垒,毫无"应酬气",更有杜甫自家面目。郑广文就是广文馆首任博士郑虔。郑虔是个艺术全才,唐玄宗称其诗、书、画为"郑虔三绝"。杜甫是陪郑虔到何将军庄园去的。《杜臆》评论这组诗道:"山林与园亭不同,依山临水,连村落,包原隰(低湿地),溷(同混)樵渔。王右丞(维)辋川似之,非止一壑一丘之胜而已。此十首诗明是一篇游记,有首有尾。中间或赋景、或写情,经纬错综,曲折变幻,用正出奇,不可方物。"的确,这组诗连贯起来是一篇游记。第一首点明何将军的庄园在"第五桥"

（"第五"是姓，不是序数），初步印象是："名园依绿水，野竹上青霄。"《读杜心解》开导我们说："看来山林以水胜，着眼处在此，向后读去便知。"第二首如下：

> 百顷风潭上，千章夏木清。
> 卑枝低结子，接叶暗巢莺。
> 鲜鲫银丝鲙，香芹碧涧羹。
> 翻疑柁楼底，晚饭越中行。

陈贻焮先生认为："前半写潭上夏日林荫景象，大处泼墨渲染，细处工笔勾勒，相映成趣，境地立呈，极富气氛和情调。随后写设宴林间，飨客以鲜鲫、香芹，不须明说，将军的雅致可想。最出人意料之外的是收尾两句：昔年南游，曾在柁楼底进晚餐时食此羹鲙，触景生情，不觉神往，恍疑此身犹在越中也。"（《杜甫评传》）如果将此诗与上引《郑驸马宅宴洞中》相比较，则郑宅诗充满珠光宝气，"琅玕"、"琥珀"、"玛瑙"、"珊珊"都是些有硬度有光泽的冰凉的字眼。此诗前解（前四句）则都是些平常可见的事物，但都是些有生命的东西：夏天有清荫的树木，结子的枝桠，藏着鸟巢的密叶。五、六句才出现"银丝"、"碧涧"这类有富贵气的字眼，诚如浦起龙所说："暗藏将军雅致。"特别是后解（后四句）出现了"鲜鲫银丝鲙，香芹碧涧羹"这样颇事雕琢的句法，与"翻疑"这样故作惊奇的问句，使人想起宫廷唱和诗。杜甫那位"歌吟冶象"的祖父杜审言就精于此道，很善于在句子中插入名词或短语作为修饰。如："马衔边地雪，衣染异方尘"——将"边地"插入"马衔雪"之间，将"异方"插入"衣染尘"之间。又，"泥拥奔蛇径，云埋伏兽丛"——将"奔蛇"插入"泥拥径"之间，将"伏兽"插入"云埋丛"之间。这就使诗句内涵更丰富，音节更富变化，整个句子也就更耐咀嚼了。杜甫比乃祖更进一步，索性将句子中的动词全部抽掉，使意象更密集："鲜鲫——银丝——鲙，香芹——碧涧——羹。"鲜活乱跳的鲫鱼的形象,立刻与银丝般的细鲙联系起来,而香芹的意象从产地碧涧的联想又立即跳到做成羹后那种景象的联想。如果说:"春酒杯浓琥珀薄,冰浆碗碧玛瑙寒"中的"琥珀"既指酒杯的质地,又形容美酒的颜色,"玛瑙"既指碗的质地,又形容冰浆的颜色,是所谓一击两鸣;那么"鲜鲫银丝鲙,香芹碧涧羹"则将色、香、味融合在一起,产生整体效应:从庄园山水之秀丽到物产之丰富,再到宴席的精美,直归结为主人的雅致。这才叫"取兴兹境"! 第五首也很有意思:

> 剩水沧江破,残山碣石开。
> 绿垂风折笋,红绽雨肥梅。
> 银甲弹筝用,金鱼换酒来。
> 兴移无洒扫,随意坐莓苔。

不说从沧江分流出活水进庄园,却说是"剩水沧江破";不说据地势垒假山以象碣石(魏武帝有诗句云:"东临碣石,以观沧海。"碣石山原在河北省,今已沉入海。),却说是"残山碣石开"。"剩"、"残"二字似将庄园与大自然割裂开来,其实倒是将庄园放在大自然之中,正是所谓"以小观大"。"绿垂风折笋,红绽雨肥梅"一联,陈贻焮先生认为虽然从语法角度看来是"倒装句",但从艺术感受、构思和表现的角度来看,根本无所谓"正装"、"倒装",它只是记录了诗人先触目于"绿垂"、"红绽",随即意识到是"风折笋"与"雨肥梅"这一感受的顺序。"这就会使读者耳目一新,仿佛也随着进入何氏山林,亲身感受到那夏天见风雨的多变、那笋折梅熟的生趣和季节感,甚至连诗人当时处在这幽美境地中快意的神情也似乎活现在眼前了。"(《杜甫评传》)事实上,这两组诗之所以成功,别饶情趣,关键就在于诗人并无"奉旨写诗"、"临场应试"之心,而能"取兴兹境",抒作者自家之情。所以这两组诗中虽也时或闪出"银甲"、"金鱼"字样,但兴之所在是近乎原始的自然景物:"碾涡深没马,藤蔓曲藏蛇"、"犬迎曾宿客,鸦护落巢儿"、"翡翠鸣衣桁,蜻蜓立钓丝"。甚至有意让自然的"野趣"淹没"富贵气":"雨抛金锁甲,苔卧绿沉枪。"主人的雅致在诗人看来,就在于"不务正业":"将军不好武,稚子总能文。"作者强烈的主体意识甚至使自己忘乎所以,以何将军之园林为自家园林:"倒衣还命驾,高枕乃吾庐。"有的注家不明白这一层,便认为"高枕乃吾庐"是何将军给诗人书信中的话,这才合乎该庄园的归属实际。这当然是昏话,不过倒也说出一点真情:何氏山林毕竟不属于杜甫这样的穷诗人,诗写得再好,也不是"超豪华型"庄园主自己的感受。

二

作为个中人而能尽情适意地"取兴兹境"乃至"诗意的居住"的,往往是那些半官半隐(又称"亦官亦隐")的士大夫文人。这不但取决于这批人拥有可以朝暮"取兴兹境"的大小不等的庄园,还取决于这批人有"诗意的居住"的心态。

唐玄宗的宰相张说似乎是个合适的人选。他在《扈从幸韦嗣立山庄应制》诗序中说:

> 岚气入野,榛烟出谷。鱼潭竹岸,松斋药畹。虹泉电射,云木虚吟。恍惚疑梦,间关忘术。兹所谓丘壑夔龙,衣冠巢、许也。

大概张说只能算是个文章家,所以诗序写得比诗本身要有诗味得多。在云木烟水、松斋药畹中,官僚也会"恍惚疑梦,间关忘术"的,而这是文学创作成功的一个条件。张说田园诗虽然写得并不怎么样,但诗序往往颇能撷取"诗园"中的诗意。摘两则于下:

此地有离洲别屿,竹馆荷亭。曲诏环合而连注,丛山相望而间起。幽隐长寂,萧条远风。通终南(山)之云气,下昆明(池)之水鸟。(《邺公园池饯韦侍郎神都留守序》)

城烟屡起而泊山,野风时来而过水。春将怅别,爱落花之洒途;夏如欣会,玩峰云之映诏。(《季春下旬诏宴薛王山池序》)

散文而能得田园诗意的,还有王维。你看他写逍遥谷韦氏庄:

渭之美竹,鲁之嘉树。云出其栋,水源于室。灞陵下连乎菜地,新丰半入于家林。馆层巅,槛侧径。师古节俭,惟新丹垩。(《暮春太师左右丞相诸公于韦氏逍遥谷宴集序》)

不必费力气写什么雕窗绣户、碧亭画舫,只那"灞陵下连乎菜地,新丰半入于家林",就见出庄园之大。馆台建于层巅之上,故云疑出其栋里;楼阁环乎流水,故水源似出于室下。哪怕是"师古节俭,惟新丹垩",庄园主韦氏(逍遥公)的气派也够大了。与张说《韦嗣立山庄应制》诗序一样,王维在此文中也道出半官半隐者的心态:

逍遥谷天都近者,王官有之。不废大伦,存乎小隐。迹崆峒而身拖朱绂,朝承明而暮宿青霭。故可尚也。

韦氏的逍遥山庄就在京都附近,所以能"不废大伦,存乎小隐"。什么是大伦? 唐玄宗说:"礼有大伦,君臣之义不可废也!"这是对隐于嵩山不肯应征的隐士卢鸿一说的。王康琚诗:"小隐隐陵薮,大隐隐朝市。"隐士本是社会失去平衡的产物,反过来又成为社会平衡的调节器。这是个有关社会距离的问题。历代统治者对隐士大致上有两种意见:一是看到隐士"不仕有仕之用"(没当官,却能起到当官的辅助朝廷的作用。)的一面;一是极权主义者(如韩非)只看到

"行极贤而不用于君"（不与帝王合作）的一面，认为"不可以罚禁，不可以赏使也，此之谓无益之臣"。而阶级斗争与统治阶级内部斗争的需要又使当权者寻求一种对隐士最得体的政策；反过来，求隐者也同样在揣摩与当权者最相宜的距离。经过历史的证明，半官半隐（或叫"亦官亦隐"）是统治者与隐士之间最佳距离，这就叫"不废大伦，存乎小隐"：既能尽"为臣"之道，又能"忘怀自逸"，且能"激贪止竞"，缓和本阶级内部斗争。李颀有一首《裴尹东溪别业》诗，正是写这群亦官亦隐者优游的生活与安然自得的心态：

> 公才廊庙器，官亚河南守。
> 别墅临都门，惊湍激前后。
> 旧交与群从，十日一携手。
> 幅巾望寒山，长啸对高柳。
> 清欢信可尚，散吏亦何有？
> 岸雪清城阴，水光远林首。
> 闲观野人筏，或饮川上酒。
> 幽云淡徘徊，白鹭飞左右。
> 庭竹垂卧内，村烟隔南阜。
> 始知物外情，簪绂同刍狗。

这位裴公官为河南尹（河南府由亲王领都督衔，府尹是实际上的主政者），在京都城门口有个别墅庄园，为急流所环绕。每当休沐日（唐代官员每十日休息一天，称"休沐"），就与老友亲人一起来庄园别墅里度假。这时换上隐士的服装，对着柳树啸吟，享受那当官吏时所没有的无拘无束的散漫生活。岸上的积雪使城里显得清冷，远处的河水映着天光，仿佛就在树林上头淌过。闲来无事，看看老百姓在河中放筏，或者就在河边饮酒作乐。天空中有薄薄的云片在浮动，白鹭就在四周飞翔。卧室窗前低垂着竹影，袅袅的炊烟就升起在对岸的村子。看着这一切,才了悟到大自然的情趣,和它相比,"乌纱帽"只不过是像那祭祀完就要扔掉的草扎的狗仔!

当然,假日过后,裴尹仍然要穿戴上那被视为"刍狗"的"簪绂"去上班。不过,经过这十日一回的大自然的"回归",也就涤去了许多烦恼,让身心得到新的平衡。相类的诗并不难寻:

> 公府传休沐,私庭效陆沉。
> 方知从大隐,非复在幽林。
> 阙下忠贞志,人间孝友心。
> 既将冠盖雅,仍与薜萝深。
> 寒变中园柳,春归上苑禽。
> 池涵青草色,山带白云阴。
> 潘岳《闲居赋》,钟期流水琴。
> 一经当自足,何用遗黄金。

（储光羲《同张侍御鼎和京兆萧兵曹华岁晚南园》）

储光羲这位盛唐著名的田园诗人写的也是一个半官半隐者的生活:"公府传休沐"的假日里,在私人庭园里"效陆沉"(陆沉,无水而沉,指芸芸众生中的隐者)。这种不必在深山老林中的隐居,有"既将冠盖雅,仍与薜萝深"(冠盖指当官,薜萝指称大自然)的妙趣,可以收"阙下忠贞志,人间孝友心"的所谓"不废大伦,存乎小隐"之效。

对田庄身心俱足的生活体验,即从经济的自给自足到精神状态的自给自足,这一封闭型的精神生活环境,使盛唐田园诗人"处于自由独立,心满意足的自觉状态",而"这种本身独立自足的静穆才造成秀美的那种逍遥自在的神情"(黑格尔《美学》)。也就是说,是盛唐人自给自足的心态造就了秀美的盛唐田园诗的风格。什么风格?总体说,就是"自在"的风格。《后山诗话》说:

右丞(王维)、苏州(韦应物)皆学于陶(潜),王得其自在。

不但王维,盛唐田园诗总体上都透露出一种自在的神情,使画面分外明朗。如果说陶潜(渊明)对功利主义的扬弃是靠他对社会的洞察获得的,他的安贫乐道是对黑暗政治的绝望,是带有某种超越物质规定性的精神境界,属于节操之美;那么,盛唐人对功利主义并非单纯理性的扬弃,而是特定历史阶段中充满自信心的地主阶级中一群人在物质与精神取得相对稳定时的暂时顺化于自然的自我扬弃,是对功利主义暂时的超越(或称"忘却")。只要将唐代田园诗与陶潜的田园诗略作比较,就不难发现两种不同历史文化背景下心理结构上的差异。

陶潜《归园田居五首》之一云"误落尘网中,一去十三(一作三十)年",指的是当彭泽令退归前那段求仕、出仕的日子。又云"久在樊笼里,复得返自然"。这是退归后的心得,一种忧道不忧贫的精神上的愉悦。所以他的审美注意在于田园生活的安定。五首之二云:

> 野外罕人事,穷巷寡轮鞅。
> 白日掩荆扉,虚室绝尘想。
> 时复墟曲中,披草共来往。
> 相见无杂言,但道桑麻长。
> 桑麻日已长,我志日已广。
> 常恐霜霰至,零落同草莽。

住在孤寂的穷巷中,过着单调的生活。披草衣虽难免有点夸张,但说明作者认为即使是这样质朴的生活也要比危机四伏的官场好得多多。这是"逃禄"者特有的心理,以远害为上。所以其三又咏道:

> 种豆南山下,草盛豆苗稀。
> 晨兴理荒秽,带月荷锄归。
> 道狭草木长,夕露沾我衣。
> 衣沾不足惜,但使愿无违。

《汉书·杨恽传》说:"田彼南山,芜秽不治。种一顷豆,落而为萁。人生行乐耳,须富贵何为!"穷日子也总比保不住命的官场日子好。因之,简朴反而意味着相对稳定的生活,"但使愿无违",简朴也就值得歌颂了。故其五则兴致勃勃地描绘简朴得要命的田家生活:

> 怅恨独策还,崎岖历榛曲。
> 山涧清且浅,可以濯我足。
> 漉我新熟酒,只鸡招近局。
> 日入室中暗,荆薪代明烛。
> 欢来苦夕短,已复至天旭。

近局,犹言近邻。沈德潜评这五首田园诗说:"储(光羲)、王(维)极力拟之,然终似微隔,厚处朴处不能到也。"钟伯敬《古诗归》则说:"储、王田园诗,妙处出此。浩然(孟浩然)非不近陶,而似不能为此一派,清而微逊其朴。"的确,储光羲和王维有时爱学陶诗这种质朴的诗风,但无论如何,盛唐田园诗人都从骨子里透出一种富足相:

> 田家喜秋熟,岁晏林叶稀。
> 禾黍积场圃,楂梨垂户扉。
> 野间犬时吠,日暮牛自归。
> 时复落花酒,茅斋堪解衣。

（万楚《题江潮庄壁》）

> 小园足生事，寻胜日倾壶。
> 葑蔬利于鬻，才青摘于无。
> 四邻依野竹，日夕采其枯。
> 田家心适时，春色遍桑榆。

（杨颜《田家》）

> 夜坐不厌湖上月，昼行不厌湖上山。
> 眼前一樽又长满，心中万事如等闲。
> 主人有黍百余石，浊醪数斗应不惜。
> 即今相对不尽欢，别后相思复何益？
> 茱萸湾头归路赊，愿君且宿黄翁家。
> 风光若此人不醉，参差孤负东园花。

（张谓《湖中对酒作》）

有"小园足生事"，有"禾黍积场圃"，有"黍百余石"，当然可以"心中万事如等闲"了。但唐代田园诗的富足感更多地体现在那平静明朗的农村画面，与主人淡远的神情。在这一点上，刘眘虚的几首诗颇具典型性：

> 陶家习先隐，种柳长江边。
> 朝夕浔阳县，白衣来几年。
> 霁云明孤岭，秋水澄寒天。
> 物象自清旷，野荷何绵联。
> 萧萧丘中赏，明宰非徒然。
> 愿守黍稷税，归耕东山田。

（《浔阳陶氏别业》）

首联承题目而来。浔阳在长江边上，是陶渊明隐居的老地方，现在这座别业主人正姓陶，隐约指主人是陶渊明的后代。"白衣"，古代未入仕的人穿白衣,后指没官职的人。中间两联展开"物象清旷"的图景:朗天白云,秋水明净。欣赏着幽静的田庄,不禁也赞叹起地方清明的吏治,而愿奉公守法做一个安享太平的农夫呢!诗开头从陶氏别业联想到"隐逸之宗"的陶渊明,但结尾却归结为"愿守黍稷税",正与陶渊明《桃花源诗》提出的"秋熟靡王税"(秋收时不必交纳官家的税收)的理想相反。这也正是盛唐人与陶渊明的区别。然而,他们的心态也是自在的,从"雾云明孤岭,秋水澄寒天"中澄明的色调里,我们可感受到这一点。唐人殷璠《河岳英灵集》评刘眘虚的诗"情幽兴远",是不错的。再看这首《阙题》:

> 道由白云尽,春与清溪长。
> 时有落花至,远随流水香。
> 开门向溪路,深柳读书堂。
> 幽映每白日,清晖照衣裳。

诗中不涉及黍稷足否,甚至也不著议论,但幽深的景致,主人"深柳读书"的自在神情,却更内在地透出富足感。让我引一首祖咏的《陆浑水亭》为本小节作结:

> 昼眺伊川曲,岩间雾色明。
> 浅沙平有路,流水漫无声。
> 浴鸟沿波聚,潜鱼触钓惊。
> 更怜春岸绿,幽意满前楹。

浅沙流水,潜鱼触钓,在一片舒适的恬静之中,我们看到的抒情主人公并非深山羽客,而是如意自得的世俗地主。诗中并没有陶潜的"以贫为乐",而是一片朴素明朗,裕足平和。其意境之完整、明净,是六朝人所少见的。这才是盛唐人自给自足心态所造就的田园诗的"自在"风格。

三

当然,唐代田园诗并不老写竹馆荷亭、松斋药畹,也写沟塍耒耜、鸟雀牛羊的。其兴趣之所在固然与"超豪华"型庄园宴集诗截然不同,但其心态仍与半官半隐者相通。也就是说,诗中的老农,往往只是庄园主的"短打扮"耳。你看这一首:

> 北场耘藿罢,东皋刈黍归。
> 相逢秋月满,更值夜萤飞。
>
> (王绩《秋色喜遇姚处士义》)

所写似乎是地道的农家生活,但其实不然。随手从《王无功文集》中引两首看看:

> 平子试归田,风光溢眼前。
> 野楼全跨迥,山阁半临烟。
> 入屋敧生树,当阶逆涌泉。
> 剪茅通洞底,移柳向河边。
> 崩砂犹有处,卧石不知年。
> 入谷开斜道,横溪渡小船。
> 郑玄唯解义,王列镇寻仙。
> 去去人间远,谁知心自然。
>
> (《春日山庄言志》)

> 居人姓仲长,端坐悦年光。
> 地形疑谷口,川势似河阳。
> 傍山移草石,横渠种稻粱。

滋兰依旧畹,接果着新行。
自持茅作屋,无用杏为梁。
蓬埋张仲径,藜破管仲床。
浴蚕温织室,分蜂暖蜜房。
竹密连阶暗,花飞满宅香。
坐棠思邵伯,看柳忆嵇康。
自得终焉趣,无论怀故乡。

(《春日还庄》)

我们不必理睬诗中许多典故人名,只看野楼山阁、移柳植兰,还有那些稻田果树,还有织室蜜房,便可断言这是一个颇典型的自给自足的庄园。王绩的友人吕才,就曾说过他有"渚田十数顷,颇称良沃"。再看下面这一首:

东风何时至,已绿湖上山。
湖上春已早,田家日不闲。
沟塍流水处,耒耜平芜间。
薄暮饭牛罢,归来还闭关。

(丘为《题农父庐舍》)

养牛耕种,这是"农父"的生活。然而,最多也只能是庄园主丘为眼中认识的"农父"生活。他还有一首《湖中寄王侍御》:

日日湖水上,好登湖上楼。
终年不向郭,过午始梳头。
尝自爱杯酒,得无相献酬?
小僮能脍鲤,少妾事莲舟。
每有南浦信,仍期后月游。

336

> 方春转摇荡,孤兴时淹留。
> 骢马真傲吏,儵然无所求。
> 晨趋玉阶下,心许沧江流。
> 少别如昨日,何言经数秋!
> 应知方外事,独往非悠悠。

显然,丘为有一个临湖的庄园,可以自给,"终年不向郭(指城)"。稻粱自然没问题,还有小僮少妾伺候,脍鲤鱼,荡莲舟,登楼饮酒,惬意得很,这才会有"儵然无所求"的心态。此辈有意泯没庄园主乃至官吏身份,而以"农父"、"野人"自居,储光羲是个典型。试看《田家即事》:

> 蒲叶日已长,杏花日已滋。
> 老农要看此,贵不违天时。
> 迎晨起饭牛,双驾耕东菑。
> 蚯蚓土中出,田乌随我飞。
> 群合乱啄噪,嗷嗷如道饥。
> 我心多恻隐,顾此两伤悲。
> 拨食与田乌,日暮空筐归。
> 亲戚更相诮,我心终不移。

起饭牛(喂牛)、耕东菑,似乎抒情主人公自己是个从事生产劳动的农夫。然而,诗的重点是在通过"拨食与田乌"来表现自己的"恻隐"之心。如果我们再读这首《同王十三维偶然作十首》之一,就更容易明白作者的用意了:

> 仲夏日中时,草木看欲燋。
> 田家惜工力,把锄来东皋。

顾望浮云阴,往往误伤苗。

归来悲困极,兄嫂共相诮。

无钱可沽酒,何以解劬劳?

夜深星汉明,庭宇虚寥寥。

高柳三五株,可以独逍遥。

应当说,诗的前半至少是写出当时一些农家的现实生活。"顾望浮云阴,往往误伤苗"也写出炎阳下锄草的艰辛及企望云雨来而失手伤苗的细节。这是作者观察之细,甚至不排除有作者自己的一定体验。不过,诗的后半还是透露出士大夫自家的精神面目。"高柳三五株,可以独逍遥",只能是以"君子"之腹,度"小人"之心。"小人"(古代往往指劳动者为"小人")是不会这么看重陶式逍遥的。同题第三首说:

野老本贫贱,冒暑锄瓜田。

一畦未及终,树下高枕眠。

荷蓧者谁子? 皤皤来息肩。

不复问乡圩,相见但依然。

腹中无一物,高话羲皇年。

落日临层隅,逍遥望晴川。

使妇提蚕筐,呼儿榜渔船。

悠悠泛绿水,去摘浦中莲。

莲花艳且美,使我不能还。

一畦未终而卧树下高眠,腹中空空却高话上古的太平盛世(羲皇,指传说中的伏羲)。这与"民以食为天"格格不入,倒是陶渊明曾经自称"开卷有得,便欣然忘食",又说:"五六月中,北窗下卧,遇凉风暂至,自谓是羲皇上人。"储光羲正是按陶渊明的神情来塑造农

338

夫野老的形象,本来就无意反映农家的真面目真生活。明白了这一层,我们才可能进一步发掘储氏的诗心。储光羲是开元十四年进士,据唐人殷璠的著名选本《河岳英灵集》叙称"开元十五年后,声律风骨始备","粤若王维、昌龄、储光羲等二十四人,皆河岳英灵也",则储光羲在盛唐诗人中辈分、成就都比较高。但储光羲在官场中并不得意,两《唐书》无传,《唐诗纪事》称他"历监察御史"(八品上)。像他这样"才高位下"的人,难免要有点牢骚了。在《过新丰道中》说:"诏书植嘉木(原注:二十八年,有诏植果),众言桃李好。自愧无此容,归从汉阴老。"自称无桃李之容,无非是表明不入俗,在官场上不讨好。汉阴老是用典故。《庄子·天地篇》说有个汉阴老人,抱瓮灌园。子贡对他说:您这太吃力了,何不用桔槔(一种汲井的机械)省力气?老人回答说:有机械者必有机事,有机事者必有机心,我才不愿投机取巧呢!这里暗示官场复杂,不如返璞归真。事实上综观储光羲的田园之作,多用心表达自己这一意愿。《杂诗》云:"混沌本无象,末路多是非。达士志寥廓,所在能忘机。耕凿时未至,还山聊采薇。"所以我们回头看上引的《田家即事》,其中"拨食与田乌"的农父,便是一个"无机心"或"忘机"的诗人的自我形象。因此,储光羲的田园诗很难找出孟浩然、王维那种珠玑光彩的佳句来,他总是不断在提醒你要"忘机":"桔槔悬空圃,鸡犬满桑间"、"禽雀知我闲,翔集依我庐"、"封君渭阳竹,逸士汉阴园"。较有诗味的如《田家杂兴》之八:

> 种桑百余树,种黍三十亩。
> 衣食既有余,时时会亲友。
> 夏来菰米饭,秋至菊花酒。
> 孺人喜逢迎,稚子解趋走。
> 日暮闲园里,团团荫榆柳。
> 酩酊乘夜归,凉风吹户牖。

> 清浅望河汉,低昂看北斗。
> 数瓮犹未开,明朝能饮否?

　　这回诗人放下"老农"的装扮道具,老老实实以庄园主面目与我们相见了。有桑百余株,有田三十亩,可以足衣,可以足食。但有所余并不积存,而是作为会宾客之需。清人徐增《而庵说唐诗》分析道:"孺人(妻之通称)喜我逢迎宾友,家中所有,只管将来;稚子又解意,健于奔走以承应,直是乐事。""日暮闲园里"不可轻轻放过,这一句点出主人的安排和氛围。日暮闲时,在"团团荫榆柳"的环境中,一切才会显得这般平和、富足,一副无忧无虑的样子。待到客散人静,主人犹余兴未尽,望着星空,心想:家中尚有酒数瓮,何时再乐一乐? 物有余、兴有余,直如徐增所评:"轻轻一带,通首皆灵。"这才是储诗上品。田园富足的生活,使诗人"无机心"的理想得以在特定环境中实现,平淡的语言与返璞归真的追求,构成了一种生活的情趣。试读这首《吃茗粥作》:

> 当昼暑气盛,鸟雀静不飞。
> 念君高梧阴,复解山中衣。
> 数片远云度,曾不蔽炎晖。
> 淹留膳茶粥,共我饭蕨薇。
> 敝庐既不远,日暮徐徐归。

　　虽然诗人在这首诗中不再提醒我们"忘机",但整个情趣正透出这种"忘机"的真淳。同前文论及的"超豪华型"庄园生活相比,它显得更有真趣,更有诗意。我想读者大概也会赞同我的结论吧?

第三节 云水辋川庄

一

在当时人看来,作为"一代文宗"的,不是后来的"诗圣"杜甫,甚至也不是"诗仙"李白,而是所谓"诗佛"的王维。这不但见于唐代宗的"手敕",著名诗选家殷璠在《河岳英灵集叙》中也称:"粤若王维、昌龄、储光羲等二十四人,皆河岳英灵也。"首席是王维。后来的高仲武选编《中兴间气集》,开篇称赞钱起,也说是"文宗右丞(指王维),许以高格"。我想,除了王维各种诗体的确写得高明之外,还有一个因素起作用:王维的田园诗写出盛唐文人普遍的情趣,在士大夫文人圈子中具有很大的影响,孟浩然、王昌龄、储光羲、丘为、祖咏、卢象、裴迪、张谭、薛璩、綦毋潜、皇甫冉兄弟、钱起等一批诗人都与他交往唱和。可以说,展示王维的诗卷,便可追寻当时士大夫普遍的心态。

王维,字摩诘。(把他的名和字合起来,便是维摩诘,是佛教传说中法力无边的一位"居士"。)生在约武则天如意年间,具体不可确考。他是个神童式的人物,脍炙人口的《九月九日忆山东兄弟》:"独在异乡为异客,每逢佳节倍思亲。遥知兄弟登高处,遍插茱萸少一人。"至今仍是众口传。而这首诗就写在他十七岁时,对生活感受之深,情之笃,表现之老到,为一般成年人所不及。这与他青少年时代的经历有关。王维父亲早丧,有兄弟五人,还有妹妹。因此,青少年的王维就不得不为将来谋得一官而奔走。他主要活动地点在洛阳——唐朝皇帝爱在洛阳住些时日,特别是在关中歉收时。因此,洛阳又称"东都"、"东京",是个有百万人口的经济、政治中心,许多王公贵族在洛阳都有别业园林。按当时风尚,士人都喜欢"隐居"以造就名声,然后谒王公达官,请他们推荐,然后一举中第,直上青云。所以王维在《哭祖六自虚》诗中回顾这段生活说:"念昔同携手,风期不暂捐。南山俱隐逸,东洛类神仙。"又说:"花时金谷饮,月夜竹林眠。满地传都赋,倾朝看药船。群公咸属目,微物敢齐肩。"看来造就文名的目的是达到了,已引起"群公咸属目"了。《旧唐书·王维传》称:"凡诸王驸马豪右贵势之门,无不拂席迎之。"这时期的王维,留下一批在"超豪华型"庄园里宴游的诗歌。其中写得最出色的当数《从岐王过杨氏别业应教》。岐王,是唐睿宗第四子,雅爱文章之士。应教,是臣下与诸王之间的文字关系。诗如下:

> 扬子谈经所,淮王载酒过。
> 兴阑啼鸟换,坐久落花多。
> 径轻回银烛,林开散玉珂。
> 严城时未启,前路拥笙歌。

扬子,扬雄,西汉的学者,用指主人杨氏;淮王,汉时淮南王安,好学术,折节下士,用指岐王。《艇斋诗话》称前人诗写落花而有思致者有三:王维的"兴阑啼鸟换,坐久落花多";李嘉祐的"细雨湿衣看不见,闲花落地听无声";荆公(王安石)的"细数落花应坐久,缓寻芳草得归迟"。王安石一联无疑是受到王维的启发,但"细数"、"缓寻"的主观意味强。王维则"以物观物",通过"啼鸟换"、"落花多",不动声色地透出主人公闲逸的情态。在应酬诗中能写出这么细腻的体味者,实在是凤毛麟角。作为这种生活体验(或者说是"印象")在诗歌艺术中的再现,首推《桃源行》。据原注称,这是他十九岁时的作品。诗较长,但值得一录。

> 渔舟逐水爱山春,两岸桃花夹去津。
> 坐看红树不知远,行尽青溪不见人。

山口潜行始隈隩，山开旷望旋平陆。

遥看一处攒云树，近入千家散花竹。

樵客初传汉姓名，居人未改秦衣服。

居人共住武陵原，还从物外起田园。

月明松下房栊静，日出云中鸡犬喧。

惊闻俗客争来集，竞引还家问都邑。

平明闾巷扫花开，薄暮渔樵乘水入。

初因避地去人间，更闻成仙遂不还。

峡里谁知有人事，世中遥望空云山。

不疑灵境难闻见，尘心未尽思乡县。

出洞无论隔山水，辞家终拟长游衍。

自谓经过旧不迷，安知峰壑今来变！

当时只记入山深，青溪几度到云林。

春来遍是桃花水，不辨仙源何处寻。

　　这是陶渊明《桃花源诗》的变奏曲。后来有的评论家认为是王维误读了陶渊明的诗文，将陶诗中的"奇踪隐五百，一朝敞神界"理解为仙境。有的学者认为王维不是误解了陶渊明的原意，而是有意从事主题的更新。说得很对，王维在"更闻成仙遂不还"、"世中遥望空云山"、"不辨仙源何处寻"的外衣下，掩藏着自己对现世间被视为"桃花源"的庄园别墅的认识。你看："遥看一处攒云树，近入千家散花竹"、"月明松下房栊静"、"平明闾巷扫花开"，这样的描写与上文有关"超豪华型"别墅的描写有什么差别？在仙家道袍下面，仍然是庄园主的凡胎。不必广征博引，只要再读王维的《蓝田山石门精舍》诗，读者就能认出王维笔下桃源的人间面目：

落日山水好，漾舟信归风。

玩奇不觉远，因以缘源穷。

> 遥爱云木秀,初疑路不同。
>
> 安知清流转,偶与前山通。
>
> 舍舟理轻策,果然惬所适。
>
> 老僧四五人,逍遥荫松柏。
>
> 朝梵林未曙,夜禅山更寂。
>
> 道心及牧童,世事问樵客。
>
> 暝宿长林下,焚香卧瑶席。
>
> 涧芳袭人衣,山月映石壁。
>
> 再寻畏迷误,明发更登历。
>
> 笑谢桃源人,花红复来觌。

写法与《桃源行》同一模式,只不过因对象是"精舍"(此指僧人居住之处),所以"鸡犬升天"的道教典故让位给"老僧四五人",而骨子里依然是人间的庄园别墅——顺便说一下,唐代贵官富族,多以庄园创立寺院,但仍支配这份财产,事实上是在寺院财产的特权掩护下实行土地兼并,涤去这层油彩,"深山古刹"也还有田庄别墅的成分。

不过,真正代表王维田园诗成就的,并不是这类作品,而是天宝初年他购下宋之问的辋川别业,开始他的半官半隐生活以后的作品。开元年间的王维曾经是个奋发有为的青年,在《献始兴公》诗中,他向当时代表进步力量的宰相张九龄靠拢,诗称:"宁栖野树林,宁饮涧水流。不用食粱肉,崎岖见王侯。鄙哉匹夫节,布褐将白头。任智诚则疑,守仁固其优。侧闻大君子,安问党与酬。所不卖公器,动为苍生谋! 贱子跪自陈,可为帐下不? 感激有公议,曲私非所求。"因为张九龄不是结党营私的小人,所以他愿投靠,"动为苍生谋",为公众做点有益的事。可惜张九龄很快就为奸相李林甫所排挤,开元二十五年贬为荆州长史。王维写下《寄荆州张丞相》诗,表示"终身思旧恩",并说"方将与农圃,艺植老邱园"。也就是表示要退隐。天宝初,他果然买下辋川别业。由于他是带着厌恶奸相李林甫及后来以杨国忠为代表的腐败政治的情绪去过半官半隐的生活的,所以他不是枯木朽株式的隐居,而是在那死灰下仍掩盖着火种,在寂静中活跃着至动的心灵。这是我们看王维田园诗应有的视角。

二

王维有一篇著名的散文:《山中与裴秀才迪书》。不长,抄录如下以飨读者:

> 近腊月下,景气和畅,故山殊可过。足下方温经,猥不敢相烦。辄便往山中,憩感配寺,与山僧饭讫而去。北涉玄灞,清月映郭。夜登华子冈,辋水沦涟,与月上下。寒山远火,明灭林外。深巷寒犬,吠声如豹。村墟夜舂,复与疏钟相间。此时独坐,僮仆静默。多思曩者,携手赋诗,步仄径,临清流也。当待春中,草木蔓发,春山可望。轻鲦出水,白鸥矫翼。露湿青皋,麦陇朝雊。斯之不远,倘能从我游乎?非子天机清妙者,岂能以此不急之务相邀?然是中有深趣矣,无忽。因驮黄蘖人往,不一。山中人王维白。

把它翻译成白话文,大致便是这样:

> 寒冬腊月已近尾声了,景物开始透出一股和畅之气,(辋川山庄的)旧居实在值得一游。因知道您现在正在温习经书,仓猝之间不敢打扰,便独自到山里去。一路游赏,在感配寺停息,同山僧一起吃过饭才回来。又北行到水色深青、潘岳称之为"玄灞"的灞水,清凉的月色映照着黑糊糊的城郭。晚上登上华子冈,可看到风吹辋水泛起沦涟,波光粼粼,月影随波上下。

寒冬的山林,远远地闪烁着火光。深巷寒风中传来的村犬,吠声闷闷地好似豹吼。村寨不知哪家在夜间捣米,与稀疏的钟声错落相间,韵味悠然。这时独坐在家,僮仆们也都静静地侍候,不禁想起许多往事:曾和您携手赋诗,同走在狭窄的山路上,或面对着清澈的流水。

　　要待到春天,那时草木的芽骨朵儿突突地冒出来,春山实在值得一看哪!轻捷的鲦鱼浮上水面,矫健的白鸥举翅奋飞,露水沾湿了泽边青青的水田,清晨雉鸡在麦陇里啼叫……这样迷人的春天景象不会太远了,您还能再来同我一起游赏吗?如果不是您天机清妙,超俗不凡,我哪能用这样不急之务来邀请您呢?不过,其中自有俗人难以领会的深机妙趣啊!您可千万别忽视了。恰好有载运黄柏的卖药人出山,便托他带给您这封信,不能一一详写了。山里人王维敬告。

信是冬天写的,却充满对春天的向往。清月映郭、辋水沦涟,远火明灭,犬吠如豹,辋川的冬夜清幽淡远;草木蔓发,轻鲦出水,鸥飞雉雏,携手赋诗,辋川的春山多么令人神驰!然而,这位"山中人王维"并非真正在过着山栖谷饮、高居深视的隐居者的生活。辋川庄是个有相当规模的庄园。蓝田山在蓝田县西三十里,一名玉山。《陕西志》说,辋川在蓝田县峣山之口,去县八里,水沦涟如车辋然,川尽处为鹿苑寺,即王维别业。杜甫有首《九日蓝田崔氏庄》诗说:"蓝水远从千涧落,玉山高并两峰寒。"写的就是蓝田景色。而王维的辋川庄就在崔氏庄的西面,它原是宋之问的庄园,在《蓝田山庄》诗中,宋之问说:"辋川朝伐木,蓝田暮浇田。"显然是有田有林的庄园。在《别之望(之问的弟弟)后独宿蓝田山庄》诗中又说:"尔寻北京路,予卧南山阿。"南山,指终南山。有的学者认为王维的终南别业便是辋川别业,我同意这种看法。王维的母亲笃信佛教,褐衣蔬食,持戒安禅,乐住山林。王维特地为她买下这所别业,在《请施庄为寺表》中说:"臣遂于蓝田县管山居一所,草堂精舍(拜佛的房舍),竹林果园,并是亡亲宴坐之余,经行之所。"可见庄园买来后是有所修整的,除了菜园春碓、农田果林与草堂精舍外,还有许多竹洲花坞之类的景点,从《辋川集》序中就可知道有:孟城坳、华子冈、文杏馆、斤竹岭、鹿柴、木兰柴、茱萸沜、宫槐陌、临湖亭、南垞、欹湖、柳浪、栾家濑、金屑泉、白石滩、北垞、竹里馆、辛夷坞、漆园、椒园等二十处。这是一座既有经济价值又有娱乐设施的庄园别墅。这里的主人王维既是有相当地位的官僚又是有很高文艺修养的文士。从物质到精神,都是"自给自足"。《偶然作六首》之二称:

　　　　田舍有老翁,垂白衡门里。
　　　　有时农事闲,斗酒呼邻里。
　　　　喧聒茅檐下,或坐或复起。
　　　　短褐不为薄,园葵固足美。
　　　　动则长子孙,不曾向城市。

　　不知读者有否"似曾相识"的感觉?上章我们曾引用储光羲的唱和之作:《同王十三维偶然作十首》之十"种桑百余树",还有丘为的《湖中寄王侍御》"日日湖水上",他们都塑造了一个"衣食既有余"、"翛然无所求"、"终年不向郭"的自给自足的庄园主的形象。不过,王维手法要更高明些,笔下的庄园主神态要更从容些。其《田园乐七首》(又题《辋川六言七首》),堪称庄园主生活的写真:

　　　　出入千门万户,经过北里南邻。
　　　　蹀躞鸣珂有底,崆峒散发何人?

　　　　再见封侯万户,立谈赐璧一双。
　　　　讵胜耦耕南亩,何如高卧东窗!

采菱渡头风急,策杖村西日斜。
杏树坛边渔父,桃花源里人家。

萋萋芳草春绿,落落长松夏寒。
牛羊自归村巷,童稚不识衣冠。

山下孤烟远村,天边独树高原。
一瓢颜回陋巷,五柳先生对门。

桃红复含宿雨,柳绿更带春烟。
花落家僮未扫,莺啼山客犹眠。

酌酒会临泉水,抱琴好倚长松。
南园露葵朝折,东谷黄粱夜舂。

　　六言诗本来就不多,写得好的更不多,何况这还是写得很整齐的一组七首的六言诗呢!第一首可谓"宏观把握",先说是看尽市井千门万户北里南邻,那些在长安城车马喧闹的"鸣珂里"迈着碎步的达官贵人又算什么,懂得散发隐居崆峒山的又是谁人?前三句是垫底,为的是想要凸现那个崆峒散发的高士的身影。第二首说得更白了:哪怕你交上好运,立谈而封侯,一见而赐白璧,虽富贵立致,又何如自由自在地南亩耦耕东窗高卧?这就是《献始兴公》中说的"宁栖野树林,宁饮涧水流。不用食粱肉,崎岖见王侯。"更是《酌酒与裴迪》中说的:"酌酒与君君自宽,人情翻覆似波澜。白首相知犹按剑,朱门先达笑弹冠……世事浮云何足问,不如高卧且加餐!"人情反复,尤其是官场的勾心斗角,使他巴望返璞归真,过上自由自在的生活。后五首便是写这种闲散富足、无忧无虑的生活。日斜杖策,牛羊自归,南园折葵,东谷夜舂,何等自然、富足!"童稚不识衣冠(当官的标志)","五柳先生(陶潜自称)对门",将《桃花源记》"不知有汉,无论魏晋"的时间差改换成远离市井官场的空间差。最为人称道的是第六首,桃红柳绿,含烟带雨。"花落家僮未扫,莺啼山客犹眠",更是写尽富贵闲人的神情。田园诗人储光羲、綦毋潜辈,虽偶或能得隐居者神情,却未能置于美的环境中情景交融如此。柳烟桃雨,还只是外部环境的描写。至"花落家僮未扫",已点出主人家的幽雅。"莺啼山客犹眠"不但写出主人公高枕无忧的自在,而且将这一生活细节提升到审美的位置上来。"抱琴好倚长松"也同样善于将"富贵气"与士大夫的情趣结合起来,赋予半官半隐生活以一种美感——尽管随着时代观念的改变,这种美感已减弱或消失,但当时毕竟是一种美感。好比林黛玉在追求健康美的现代人眼中似乎已难臻厥美,但在"宝哥哥"们眼中,毕竟曾是个大美人。

应当承认,最善于从田园及其生活细节中提炼出诗意的,是王维。试看《戏赠张五弟諲》:

> 吾弟东山时,心尚一何远!
> 日高犹自卧,钟动始能饭。
> 领上发未梳,床头书不卷。
> 清川兴悠悠,空林对偃蹇。
> 青苔石上净,细草松下软。
> 窗外鸟声闲,阶前虎心善。
> 徒然万象多,淡尔太虚缅。
> 一知与物平,自顾为人浅。
> 对君忽自得,浮念不烦遣。

诗的大意是:老弟在东山隐居时,精神追求是何等高远! 太阳高高挂起,你还兀自高卧不起,要待到山寺钟响,这才开始吃早餐。未梳理的头发就随意散开在衣领上,床头的书也任其打开并不收卷起来。对着清清的溪流你雅兴悠悠;对着空寂的树林,你好比庄子托病于漆园。青苔长上光洁的石面,松林下的细草是那么厚那么软。窗外,鸟啼恰恰,显得如此悠闲;阶前,连老虎也是如此心善。

哦！世上的万象纷纷扰扰,只有淡淡的太空是如此超越,如此遥远!当你悟到"齐物"的道理,你会发现自己对人生的看法竟是这样浅薄。面对着你,我忽有所得,一时间躁气浮念不遣自散。

诗中主人公的形象是个懒散的形象。说实在的,懒散本是个令人不快的生活作风。然而,它一旦与官场那种拘谨的、如履薄冰的、充满虚伪礼节的生活相对比,便显得轻松愉快。"前身是画师"的王维还善于为之渲染出相应的氛围:清川空林,钟声鸟声。尤其是"青苔石上净,细草松下软"是如此不受人的干扰,是近乎原始的自然,使人有"复归"的感觉。于是乎"懒散"化为"自在",从而获得那一时代的美感。请看这首《春园即事》:

> 宿雨乘轻屐,春寒著弊袍。
> 开畦分白水,间柳发红桃。
> 草际成棋局,林端举桔槔。
> 还持鹿皮几,日暮隐蓬蒿。

闲散的生活已酿成令人微醺的酒。不但轻屐、弊袍与鹿皮小几桌,是这样适意可人;甚至桃柳间发,畦水分流,林端上下的桔槔,草际来去的棋局,其节奏也是如是鲜明,同样令人感到适意。王维高出储光羲辈,就在于能由神情外射到景物,渲染出美的意境,从而在某种程度上超越士大夫狭小的圈子,使其田园之作具有很大的感染力。喏,你看这首《辋川闲居》:

> 一从归白社,不复到青门。
> 时倚檐前树,远看原上村。
> 青菰临水映,白鸟向山翻。
> 寂寞於陵子,桔槔方灌园。

白社、青门、於陵子、桔槔灌园,统统是写隐士时常见的陈词滥调。然而,"时倚檐前树,远看原上村",随着抒情主人公的视线,我们得到一个平远而广阔的画面。"青菰临水映,白鸟向山翻",色彩明澈,由近而远,极富空间感。一个"映"字,一个"翻"字,不但使上下空间的层次分明,而且使画面有了动感。这便是所谓"灵的空间"。"灵",就"灵"在"活",在有生命。不妨再读一首《山居即事》,不会让你倒胃口的:

> 寂寞掩柴扉,苍茫对落晖。
> 鹤巢松树遍,人访荜门稀。
> 嫩竹含新粉,红莲落故衣。
> 渡头灯火起,处处采菱归。

不必我来饶舌,读者不难发现诗中流溢的生机,在苍茫的暮色中,人与物是多么和谐自在。于是,我们体味到的已是隐去了庄园主面目的一种"诗意的居住"。脍炙人口的代表作是《山居秋暝》:

> 空山新雨后,天气晚来秋。
> 明月松间照,清泉石上流。
> 竹喧归浣女,莲动下渔舟。
> 随意春芳歇,王孙自可留。

"空山"中充满的不是枯寂清冷,而是万物欣欣向荣的律动。末了两句是与传统的隐士诗唱反调:《楚辞·招隐士》:"王孙游兮不归,春草生兮萋萋","王孙兮归来,山中兮不可以久留。"诗人召唤隐者从充满危险的深山密林中归来,回到人类社会的文明中来。而王维却反其道而行之:"空山"是如此可亲可近,任其春去春来,隐居者自可留居山中,不必归去。问题就在于王维为代表的唐代亦官亦隐者的"山居",乃是京都近郊的庄园别墅,本来就未曾远离人类社会的文明。于是乎已隐去了的庄园主的面目又依稀可见了。

三

翁方纲《石洲诗话》称：

> 古人唱和，自生感激。若《早朝大明宫》之作，并出壮丽；
> 《慈恩寺塔》之咏，并见雄宕，率由兴象互相感发。至于裴蜀州
> （指裴迪，或云曾为蜀州刺史）之才诣，未遽齐武右丞（指王维，
> 官至右丞），而辋川唱和之作，超诣不减于王，此亦可见。

翁氏认为唱和能互相启发，面对同一景象，唱和者通过"兴象互相感发"，在印象、心绪、情调、风格等方面取得某种一致性。比如贾至写了一首《早朝大明宫呈两省僚友》，写得颇严整典丽。如"剑佩声随玉墀步，衣冠身惹御炉香"，将百官早朝的气势写出来了。王维唱和有"九天阊阖开宫殿，万国衣冠拜冕旒"句，杜甫唱和有"旌旗日暖龙蛇动，宫殿风微燕雀高"句，岑参唱和有"花迎剑佩星初落，柳拂旌旗露未干"句，称得上是"并出壮丽"。至于天宝年间杜甫、高适、薛据、储光羲、岑参诸诗人在长安同时写下的登慈恩寺塔诗，也都有"雄宕"的一面。这些都是唱和的佳话，颇能说明唱和时"兴象互相感发"的效果。但这些都仅仅是短期聚会，思想、意绪、风格、情趣的交流远不是充分的。像王维，天宝年间长期居住在长安，有一个地处京郊，"辋水周于舍下，别涨竹洲花坞"的庄园别墅，又是极有号召力的"一代文宗"，周围大都是私交甚深、来往颇密的一群知名诗人——弟王缙，内弟崔兴宗，长期唱和的裴迪秀才，"结交二十载"的祖咏，"善诗，出王维之门"的皇甫曾及其兄皇甫冉，"事王维为兄，皆为诗酒丹青之契"的张谞，"王右丞许以高格"的钱起，以及诗人储光羲、丘为等。他们植根于同一个大时代，大都有一个较为平稳

的经历与环境,在"诗园"——辋川山庄或其他山庄中,互相感发,取得风格情调与审美趣味上的冥契,是可想而知的了。翁方纲点出裴迪与王维唱和"超诣不减于王",并不是他一人的意见,如管世铭《读雪山房唐诗》也认为:"裴迪辋川唱和不失为摩诘劲敌。"让我们也摘选几首《辋川集》的唱和之作,看看"互相感发"些什么。

孟城坳	同 咏
王 维	裴 迪
新家孟城坳,	结庐古城下,
古木余衰柳。	时登古城上。
来者复为谁?	古城非畴昔,
空悲昔人有。	今人自来往。

按:王维的辋川庄曾是宋之问的庄园,王维搬来,不无感慨。衰柳暗示了时空的变化,本可引向"今人悲前人,后人复悲今人"的感喟中去,但王维却寓常于变,也就是预见后人定会悲我,而我又何必悲前人呢!故曰:"空。"认识到一切都必然是变化的,也就不必悲了,"变"也就成了"常"。裴迪虽然直说了"古城非畴昔",但"今人自来往"一个"自"字,写出一种不理会古今之变的态度,仍与王维一样是想跳出"今人悲前人,后人复悲今人"的无限循环,达到一种"离空有"的佛家无上境界。当然,王维表现手法要含蓄些。

木兰柴	同 咏
王 维	裴 迪
秋山敛余照,	苍苍落日时,
飞鸟逐前侣。	鸟声乱溪水。
彩翠时分明,	缘溪路转深,
夕岚无处所。	幽兴何时已?

　　两人都取落日时木兰柴的景象,而王维在色彩上较敏感:秋山、夕照,都是橙红为主的色调。苍茫中一切都是那么浑融,飞鸟相逐,在夕岚中时或闪烁其翠羽,如此分明,但终于融入夕岚中不可寻觅。("彩翠"亦可解释为秋山斑斓的色彩。)在色彩与动态的捕捉上,裴迪无法与王维相比,但"鸟声乱溪水"却颇有特色。溪流浅浅,在暝色中闪烁波光,故有"乱"的感觉,却因暝色中归鸟的乱啼而产生错觉(或通感),似是鸟声乱了夕照中的溪流。可惜裴迪未能像王维在一点上不断叠加印象,从而产生强化印象的效果,而是转向写路,写兴之不已,反而冲淡了印象。不过裴迪对暝色苍茫中物象浑融的感受与王维还是相通的。

宫槐陌　　　　　　　　**同　咏**

王　维　　　　　　　　裴　迪

仄经荫宫槐,　　　　　门南宫槐树,

幽阴多绿苔。　　　　　是向敧湖道。

应门但迎扫,　　　　　秋来山雨多,

畏有山僧来。　　　　　落叶无人扫。

　　裴迪极写无人之境,"落叶无人扫",以见空且静的幽居。王维也写空静的感受,但集中写山道槐荫,绿苔侵上道路,这已见幽清了,又再追加一笔,写有人要扫道路——只因恐怕有山僧要来造访,先事迎候。山僧,在古人看来是心存淡泊的静者,这就从外部景物进入内心世界,从山道的幽清到人心之清净。王维写静往往不避写人之来往,因为他强调的是禅宗所谓的"心本来无所动",是更彻底的唯心主义。好比宋人画"野渡无人舟自横",渡船上一舟子卧而吹笛,不是没人,只是没有渡人而已。在表现手法上裴王的高下相去颇远,但对空静的追求显然是一致的。如果我们不将裴诗与王诗作对比,只挑出裴迪咏辋川的诗来,便容易乱真。试看:

砊石复临水，弄波情未极。
日下川上寒，浮云淡无色。

（《白石滩》）

绿堤春草合，王孙自留玩。
况有辛夷花，色与芙蓉乱。

（《辛夷花》）

《白石滩》一诗，抓住日落而寒气生、浮云在暮色中没入夜雾这一景象，勾画出白石滩的空静。当然，如果与王维"浣纱明月下"相同，裴迪避开富有生气的人的行为，毕竟要输与王维一头。而《辛夷花》一诗，将"王孙自留玩"（指隐居者玩赏于绿堤）与辛夷花（木笔）色同于芙蓉（荷花）联系在一起，用一"乱"字暗示了"神与物游"的境界，在裴诗中是难得的好诗。总之，裴迪与王维唱和，感受同一景物，在志趣上趋同，乃至风格上深受其影响，是无可置疑的。由于志趣乃至审美意识上的相近，裴诗在某种程度上成了王诗的影子或"注脚"。试举两个例子，以概其余：

与卢员外象过崔处士兴宗林亭

王 维

绿树重阴盖四邻，
青苔日厚自无尘。
科头箕踞长松下，
白眼看他世上人。

同 咏

裴 迪

乔柯门里自成阴，
散发窗中曾不簪。
逍遥且喜从吾事，
荣宠从来非我心。

过感化寺昙兴上人山院

王 维

暮持筇竹杖，
相待虎溪头。

同 咏

裴 迪

不远灞陵边，
安居向十年。

催客闻山响，	入门穿竹径，
归房逐水流。	留客听山泉。
野花丛发好，	鸟啭深林里，
谷鸟一声幽。	心闲落照前。
夜坐空林寂，	浮名竟何益，
松风直似秋。	从此愿栖禅。

　　对泉声鸟啭、竹径空林的幽兴是相同的，对荣宠浮名的蔑视也是相似的。这不只是王、裴两人，在以王维为核心的这群田园诗人中，是志趣相投的，甚至在诗风上从大范围看也是相近的。王维有《偶然作六首》，储光羲有《同王十三维偶然作十首》，上文我们曾引用王作第二首与储作第三首，现仍依次抄录如下，以便比较：

田舍有老翁，垂白衡门里。
有时农事闲，斗酒呼邻里。
喧聒茅檐下，或坐或复起。
短褐不为薄，园葵固足美。
动则长子孙，不曾向城市。
五帝与三王，古来称天子。
干戈将揖让，毕竟何者是。
得意苟为乐，野田安足鄙？
且当放怀去，行行没余齿。

野老本贫贱，冒暑锄瓜田。
一畦未及终，树下高枕眠。
荷蓧者谁子？皤皤来息肩。
不复问乡圩，相见但依然。
腹中无一物，高话羲皇年。
落日临层隅，逍遥望晴川。

　　使妇提蚕筐,呼儿傍渔船。

　　悠悠泛绿水,去摘浦中莲。

　　莲花艳且美,使我不能还。

　　王维笔下的田舍翁与储光羲笔下的野老,虽然面目或有不同,而精神境界是相通的。他们都透出一种自足的神情,对农家微薄的物质生活的"满足"——事实上是士大夫对平静的庄园生活的适意感觉。毋需一一引证、对比,在同一时代下田园文化对田园诗的影响是显而易见的。这就好比同一母亲生下的一大群孩子,虽然性格、相貌各个不同,而在顾盼之间时或表露出来神态的酷肖,却是不难觉察的。

四

　　当然不是所有文人都有福气在长安、洛阳的近郊弄到一个"庖厨出深竹,印绶隔垂藤"的庄园别墅的。更多的是外省农庄,甚至只是"方宅十余亩,草屋八九间"。有些文人也许谈不上是庄园主,但与庄园文化多少还是有关涉的,容我也说几句。

　　在两京之外的田园诗人领袖是与王维齐名的孟浩然,与王维并称"王孟诗派"。本书开篇我们已指出,孟浩然有瓜园、果园,有农田,有水阁楼台,是个庄园主。根据陈贻焮教授的考证,他的园子在襄阳砚山下,叫"涧南园",另外不远的鹿门山下还有个别业。陈先生还制了图(见后页)。

　　孟浩然布衣终身,大多数的日子就在涧南园与鹿门山别业中过的。李白钦仰的也正是他的"迷花不事君"。孟浩然的熟人王士源在《孟浩然集序》中刻画孟浩然的形象说:"骨貌淑清,风神散朗。救患释纷,以立义表。灌蔬艺竹(指从事农业劳动),以全高尚。"孟浩然并非从来不事干谒,事实上他四十岁就曾入长安参加科举。问

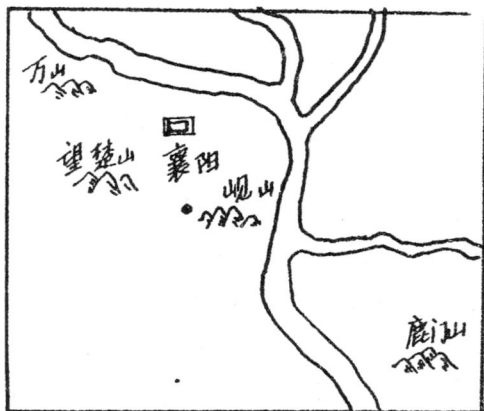

涧南园鹿门山示意图　·号为涧南园

题是他一旦发现"世途皆自媚,流俗寡相知",考不中的根本原因是"朝端乏亲故",他便毅然决然跳出仕途,"争食羞鸡鹜",过着平静的隐居生活,表现出一种"风神散朗"的飘逸品格。因此,他的田园诗很少有王维、储光羲这类半官半隐者刻意摹仿"野老"、"农夫"的口吻,甚至于田园景色本身也少有客观的描绘。他首先要抒发的是自己对隐居生活的热爱之情,表现的是自己飘逸的神态。试看这首广为流传的《过故人庄》:

> 故人具鸡黍,邀我至田家。
> 绿树村边合,青山郭外斜。
> 开轩面场圃,把酒话桑麻。
> 待到重阳日,还来就菊花。

绿树青山,只是很写意地一抹,而"开轩面场圃,把酒话桑麻"当脱胎于陶渊明的"相见无杂言,但道桑麻长",但也写出了抒情主人公于世事毫无芥蒂,从容于布衣生活的坦荡襟怀。这就是殷璠《河岳英灵集》评孟诗时说的:"无论兴象,兼复故实。"既是用典,又是实事实景实情。开头与结尾两联似乎只是"实话实说"：老朋友邀我饮酒，我就来了。气氛很好，等重阳时我一定还来！口吻之随便显出田家平民友谊之真诚，毫无做作，更见作者的"风仪落落"。所以闻一多会说："淡到看不见诗了，才是真正孟浩然的诗。不，说是孟浩然的诗倒不如说是诗的孟浩然。"再举《秋登万山寄张五》为例：

> 北山白云里，隐者自怡悦。
> 相望始登高，心随雁飞灭。
> 愁因薄暮起，兴是清秋发。
> 时见归村人，平沙渡头歇。
> 天边树若荠，江畔舟如月。
> 何当载酒来，共醉重阳节。

　　淡淡的暮色，淡淡的愁绪，淡淡的远景，都渲染出浓郁的秋兴。胡应麟曾论诗家清淡一派的细微区别说："靖节（陶渊明）清而远，康乐（谢灵运）清而丽，曲江（张九龄）清而淡，浩然清而旷，常建清而僻，王维清而秀，储光羲清而适……"（《诗薮》）"清而旷"的"旷"，首先是孟浩然旷达的胸怀。浩然有"冲天羡鸿鹄"之志，但更有"争食羞鸡鹜"的人格，所以能于科举受挫后断然选择了终身布衣的道路。据《新唐书》本传，孟浩然四十岁游京城求官被放还后，采访使韩朝宗（就是后来李白曾称"生不用万户侯，但愿一识韩荆州"的韩荆州）与之相约同赴京，准备荐之于朝。恰逢有老朋友来，孟浩然与之欢饮。有人就提醒他：你与韩公有约，不要误了时间。孟浩然大声答道：正喝得痛快，还管什么别的事情！结果韩朝宗一怒之下走了，孟浩然也不后悔。此事颇能表明孟浩然的价值观。正由于此，孟氏能从容于隐居生活，不减生活之热情，所以古人称其诗"冲淡中有壮逸之气"。《夏日南亭怀辛大》就是一首这样淡而有味、清旷飘逸的名篇：

> 山光忽西落，池月渐东上。
> 散发乘夕凉，开轩卧闲敞。
> 荷风送香气，竹露滴清响。
> 欲取鸣琴弹，恨无知音赏。
> 感此怀故人，终宵劳梦想。

透过夏夜水亭纳凉清爽闲适之感，我们仍然看到孟浩然那副"风神散朗"的神情。"荷风送香气，竹露滴清响"一联，不但有画面，还有气味音响，就是在画家、音乐家王维的诗集中，也是不可多得的。对并不奇特的庄园生活有如此细腻的感受，表露了他是多么热爱自己选定的生活。正是从这一角度出发，我们认为孟浩然无意于刻画田园风物的田园诗却本质地体现了盛唐田园诗的本质。就让我们用孟浩然的《夜归鹿门歌》来结束本篇：

> 山寺鸣钟昼已昏，渔梁渡头争渡喧。
> 人随沙岸向江村，余亦乘舟归鹿门。
> 鹿门月照开烟树，忽到庞公栖隐处。
> 岩扉松径长寂寥，惟有幽人自来去。

第二章 青山白云梦

第一节 将相池台：平泉庄

一

中唐大诗人白居易有首长诗《朱陈村》,其中写道:

徐州古丰县,有村曰朱陈。
去县百余里,桑麻青氛氲。
机梭声札札,牛驴走纭纭。
女汲涧中水,男采山上薪。
县远官事少,山深人俗淳。
有财不行商,有丁不入军。
家家守村业,头白不出门。
生为陈村民,死为陈村尘。
田中老与幼,相见何欣欣!
一村唯两姓,世世为婚姻。
亲疏居有族,少长游有群。
黄鸡与白酒,欢会不隔旬。
生者不远别,嫁娶先近邻。
死者不远葬,坟墓多绕村。

> 既安生与死,不苦形与神。
>
> 所以多寿考,往往见玄孙。

　　这是一个《老子》第八十章曾勾画过的"安其居,乐其俗,邻国相望,鸡犬之声相闻,民至老死不相往来"的原始农村公社。如果说,王维曾在《桃源行》(见上章所引)诗中,将世俗的庄园别墅幻化为"日出云中鸡犬喧"的灵境仙源;那么,白居易则仍将"桃源"拉回到原始的农村公社去。不是中唐人先天缺乏想象力,而是严酷的现实使之不得不收敛想象的翅膀。

　　"安史之乱"使庞大的唐帝国一夜之间忽刺刺地瓦解了,几经修复总也无法复原。在天宝年间已日见崩坏的均田制,至中唐已不可收拾,只好易之以"两税法"。据《旧唐书·杨炎传》所记载,两税法是夏、秋两次征收的税。其税额是按资产和田亩确定的,"户无主客,以见居为簿;人无丁中,以贫富为差"。这个税法,不分土户或外来客户都必须交税。这是针对土地买卖盛行,"租庸调"的旧税法行不通的实际情况制定的。据专家研究认为,盛唐以前封建地主占有土地的手段主要是通过"赐予"、"请射"等方法,从统治主那里得到赐田、职田、公廨田等。当然,也有一部分是买卖得来。不过,均田法规定口分田与永业田"凡卖买皆须经所命官司申谍,年终彼此除附,若无文牒辄卖买,财没不追,地还本主"。可见买卖土地并不自由。天宝十一载,唐玄宗曾下诏说:

> 　　自今以后,更不得违法买卖口分、永业田,及诸(请)射、兼借公私荒地、无马妄请牧田、并潜停客户、有官者私营农。如辄有违犯,无官者决杖四十,有官者录奏取处分。(《册府元龟·田制》)

　　这里说到土地买卖,还说到官僚地主侵占公田手段的无耻:无马而请牧地！中唐"两税法"是从法定的意义上否定了"均田"的存在。其中地税一项规定以地定税，不限多少，不问土地之所从来。这就使土地买卖成为封建地主取得土地的重要手段。这首先对乱世中政权、兵权在握的将相们是个福音，他们最有大量攫取土地的优势。据有关论著所查出的拥有庄园的将相人物有郭子仪、马燧、元载、韦宙、李德裕、裴度、郑驯……他们的庄园，或赏赐所得，或买卖而来；或在家乡，或在他方；或近者数十里，或远者千里外；或多至数百亩，或少止数十亩。《旧唐书》说宰相元载在长安南有"膏腴别墅，连疆接畛，凡数十所"；《新唐书》说淄青节度使李师道"多买田伊阙（洛阳）、陆浑间"。《北梦琐言》说宰相韦宙在江陵府有别业，"良田美产，最号膏腴，而积稻如坻，皆为滞穗"。韦宙自称积谷七千堆，唐懿宗称之为"足谷翁"。将相权势纷纷攫取土地，自然是为了经济上的原因，决不只是为了"三径之资"（陶潜称隐居所必需的"基金"）。唐德宗时，陆贽就在奏章里说："今京畿之内，每田一亩，官税五升，而私家收租殆有亩至一石者，是二十倍于官税也；降及中等，租犹半之，是十倍于官税也。"无情地揭露了私庄中残酷的租佃关系。陆贽又说：农民"依托豪强，以为私属，贷其种食，赁其田庐，终岁服劳，无日休息，罄输所假，尝恐不足，有田之家，坐食租税"。显然，土地买卖盛行后，加深了阶级分化，同时使封建主的经营方式也有所改变，地租成为庄主与庄客之间的纽带。由是，庄主对庄园的管理不一定亲往，或托家仆，或托兵弁，或托亲属，而官僚地主多半寄身都市"坐食租税"。如果说像辋川庄主王维一类的庄园主，有很浓的士大夫气，固然也从庄园中得到经济效益，但更重视其中的景物，陶然于诗酒园林，是所谓的"诗园"；那么中唐后大量出现的将相官僚们的庄园，更多的是商业味、血腥气。同处盛、中唐之交的王维与元载就有相当大的区别：士大夫文人习气很浓的王维晚年将辋川庄献给佛寺，孤居独处，经案绳床而已。暴发户元载，交结宦官当上宰相，颇事聚敛，室宇奢广，膏腴别墅数十所，至死不肯撒手，抄家时犹存"胡椒至八百石,它物称是"。或有夸张,但贪鄙之性可知。当然,中唐庄园经济是盛唐庄园经济的延伸与发展,两间之庄园主未必都如王维与元载有如是大区别,但土地买卖盛行后,庄园更带上商品味是不足怪的。"有百年人无百年地",土地变迁易主的周期更短了,特别是中晚唐政治斗争日趋残酷,南北司(宦官与朝臣)之争,朋党之争,朝廷与方镇(地方军阀)之争,错综复杂,此起彼伏,正与土地易主的节奏一样日见其快。

土地制的变迁,有两点应引起我们注意:一是庄园的经济意义加强了,带有更多的商业味;一是土地买卖引起的"变迁感"对这些庄园主的心理影响。二者是引起田园诗式微的文化综合征的重要因子。

本节先探讨庄园对官僚文人出身的庄园主的双重意义。所谓双重,无非一是经济意义,一是观赏意义。庄园之于庄园主,所具有的意义无非如此,也历来如此,不过因人因时两者所占之比例各有不同而已。就总体说来,盛唐文人如上篇所述,往往以庄园为"养名"之地,以隐求仕,或既仕而半隐,求得心理平衡。所以经济意义往往被有意无意地隐没在赏心悦目的后面,而表现清高的田园生活场景则凸显出来。为表现清高,富足的庄园常被写得很简朴。但无论是储光羲的"腹中无一物,高话羲皇年",还是王维的"晚田始家食,余布成我衣",都只是士大夫的"短打扮",其田园诗所表现的主要是士大夫优游其间的神态。中晚唐则开始在传统的田园牧歌中夹入一些"不和谐音"。且看中唐诗人张籍的《野居》诗:

贫贱易为适,荒郊亦安居。
端坐无余思,弥乐古人书。
秋田多良苗,野水多游鱼。
我无耒与网,安得充廪厨?
寒天白日短,檐下暖我躯。

四肢暂宽柔,中肠郁不舒。

多病减志气,为客足忧虞。

况复苦时节,览景独踟蹰。

　　腹中一空,就难免要注目于廪厨禾鱼了。如此苦时节,能不"览景独踟蹰"?经济因素悄悄地从景物后面探出头来。这时的言穷,已不是为了衬托"清高"了。李端《题山中别业》说:

旧宅在山中,闲门与寺通。

往来黄叶路,交结白头翁。

晚笋难成竹,秋花不满丛。

生涯只粗粝,吾岂讳言穷!

　　话说得颇沉痛,不由你不信。王建有一组《原上新居十三首》,颇类储光羲的《偶然作十首》,较全面地写了庄园生活,录三首如下:

春来梨枣尽,啼哭小儿饥。

邻富鸡常去,庄贫客渐稀。

借牛耕地晚,卖树纳钱迟。

墙下当官路,依山补竹篱。

移家近住村,贫苦自安存。

细问梨果植,远求花药根。

倩人开废井,趁犊入新园。

长爱当山立,黄昏不闭门。

住处去山近,傍园麋鹿行。

野桑穿井长,荒竹过墙生。

新识邻里面,未谙村社情。

石田无力及,贱赁与人耕。

与储诗描写的"一畦未及终,树下高枕眠"的"田家乐"不同,王建在这里细诉生活的拮据"借牛耕地晚,卖树(一作"谷",更切实际。)纳钱迟","细问梨果植,远求花药根","石田无力及,贱赁与人耕"。纳钱赁地入诗,正是"两税法"施行的证明。其情调颇近杜甫当年建草堂时的诗作。王建还有一首《田家行》,无异夹在传统田园交响曲中的一响"手枪",颇煞"田家乐"风景:

男声欣欣女颜悦,人家不怨言语别。

五月虽热麦风清,檐头索索缫车鸣。

野蚕作茧人不取,叶间扑扑秋蛾生。

麦收上场绢在轴,的知输得官家足。

不望(一作"愿")入口复上身,但免向城卖黄犊!

回(一作"田")家衣食无厚薄,不见县门身即乐。

麦方在场,绢犹在轴,则官税已逼。"不望入口复上身,但免向城卖黄犊",与白居易著名的《卖炭翁》的"心忧炭贱愿天寒"一样写尽农家不得已的悲苦。"不见县门身即乐",是决绝语,与盛唐田园诗中称"愿守黍稷税"的安居乐业心态相去不啻万里!历史学家韩国磐先生指出:两税法从经济发展的角度上来看,虽比租庸调法进步些,但施行后不久,对农民的剥削却日益加重了(详参见《隋唐五代史纲》)。于是乎庄园里的啼哭声不能不渗入到"田园牧歌"里来。中唐以后不乏刻画农家现实的好诗,只不过本书重点在阐述庄园文化与田园诗之关系,侧重在庄园主兼诗人的心理剖析,所以不拟细谈。

二

　　土地买卖盛行后,对灵心善感的文人(特别是庄园主文人)造成的心理压力,首先是"变迁感"。咸通(唐懿宗年号)年间有个书生号"唐五经",常告诉人说:"不肖子弟有三变:第一变为蝗虫,谓鬻庄而食也;第二变为蠹虫,谓鬻书而食也;第三变为大虫,谓卖奴婢而食也。"平心而论,在那样危机四伏,祸乱随时而至的年代,在土地兼并剧烈的岁月,不但是不肖子弟,便是"将门虎子"有时也难免要当"蝗虫"。据《旧唐书》记载,名将郭子仪死后,其子郭曜被奸人夺去不少田宅、奴婢而不敢诉。后来穆宗游子仪孙郭钫城南庄,钫不得不以庄为献。郭曜是子仪长子,"子仪专征伐,曜留治家事,少长无闲言",并不是"不肖子弟",但也保不住庄田。再如名将马燧,《旧唐书》称其"资货甲天下,燧既卒,畅(其子)承旧业,屡为豪幸邀取。贞元(唐德宗年号)末,中尉申志廉讽畅令献田园第宅"。郭、马都是唐朝的大功臣,田地尚且不保,一般人家难免兼并可知。于是便出现这种情况:新贵拼命置地产买房屋,作为子弟永久之业产;而旧贵族又纷纷破落,示人以世事的无常。《云溪友议》引王梵志的诗说:"多置庄田广修宅,四邻买就犹厌窄。雕墙峻宇无歇时,几时能有宅中客?"田宅是封建地主的根本,田宅的变迁往往代表田地产业的变迁,标志封建地主家族的兴衰。清初的思想家顾炎武在《日知录》中曾指出"安史之乱,法度隳弛,内臣戎帅,竞务奢豪,亭馆第舍,力穷乃止"。并举马燧、马璘二名将为例,其产业子孙不保。白居易在《秦中吟·伤宅》诗中说:

　　谁家起甲第?朱门大道边。丰屋中栉比,高墙外回环。累累六七堂,栋宇相连延……如何奉一身,直欲保千年?不见马家宅,今作奉诚园!

奉诚园，原是名将马燧之旧居，因中贵人逼取，指使施舍佛寺。燧之子畅，不敢违抗，晚年财产并尽，身殁之后，诸子无室可居，以至冻馁。白居易《新乐府·杏为梁》又说：

> 杏为梁，桂为柱，何人堂室——李开府！碧砌红轩色未乾，去年身殁今移主。高其墙，大其门，谁家第宅——卢将军！素泥朱板光未灭，今岁官收别赐人。

元稹在《和乐天高相宅》中总结道：

> 莫愁已去无穷事，漫苦如今有限身。
> 二百年来城里宅，一家知换几多人！

在这种"有百年人无百年地"的变迁感后面，是中晚唐杀夺政治的背景。且不说朝廷与方镇之间频仍的战争，朝中宦官与朝臣之间，朝臣朋党之间，便不断有流血的斗争。如代宗、德宗朝，元载、常衮、杨炎与李揆、崔祐甫、刘晏、卢杞两派互相杀夺。李揆排摈元载，后元载为相，提拔党人杨炎。元载得罪，刘晏等为主审官，处死元载。后杨炎为相，杀刘晏，为元载报仇，"凡其枝党无漏"。至卢杞为相，又设法杀杨炎为刘晏报仇……当时政治，由此可见一斑。唐帝国就这样在方镇、宦官、朋党的交错斗争中消亡，而士大夫的"变迁感"正是在杀夺政治的震荡下心理失衡的反映。所谓"牛李党争"一方领袖的李德裕，在洛阳有一座很有名的庄园——平泉庄。买庄后李德裕有一首《近于伊川卜山居，将命者画图而至，欣然有感……青田胎化鹤》，诗中说：

> 寄世如婴缴，辞荣类触藩。
> 欲追绵上隐，况近子平村。

邑有桐乡爱,山余黍谷喧。
既非逃相地,乃是故侯园。
野竹多微径,岩泉岂一源。
映池方树密,傍涧古藤繁。
邛杖堪扶老,黄牛已服辕。
只应将唉鹤,幽谷共翩翻。

绵上,是晋文公的近臣介之推弃禄归隐的地方。子平,指晋代高士向子平,曾读《易》经,渭然长叹:"吾已知富不如贫,贵不如贱,但未知死何如生耳!"诗中表达了李德裕在官与隐问题上矛盾的心情:"寄世如婴缴,辞荣类触藩。"婴,缠绕。缴,矰缴,一种捕鸟的工具。喻人在世上处处有险阻,想辞荣也不容易。类触藩,指羊角卡在藩篱上,进退不得,这是《易经》用来比喻两难境地。退身何难?李德裕有一篇《退身论》说:

> 其难于退者,以余忖度,颇得古人微肯:天下善人少,恶人多。一旦去权,祸机不测。掺政柄以御怨诽者,如荷戟以当狡兽,闭关以待暴客。若舍戟开关,则寇难立至。迟迟不去者,以延一日之命,庶免终身之祸。

李德裕认为,在剧烈的政治斗争漩涡中,不宜自己引退,因为这就等于面对强暴而放弃手中的武器。然而,在残酷的朋党斗争中,他又深感厌倦,难免有青山白云之想。在后来的《平泉山居诫子孙记》中,他说到当年置庄的经过,说:

> 经始平泉,追先志也……(先公)尝赋诗曰:"龙门南岳尽伊原,草树人烟目所存。正是北州梨枣熟,梦魂秋日到郊园。"吾心感是诗,有退居伊洛之志。

李德裕的父亲李吉甫是唐宪宗的宰相,"牛李党争"正是从他与牛僧孺等人为科举发生矛盾开始的。在李吉甫时,就有退隐之心,但未能实现,至李德裕才购置了平泉庄。然而,李德裕也并没有退居平泉,自己说:"虽有泉石,杳无归期,留此村居,贻厥后代。"并有鉴于田宅往往为子孙所卖,再三叮嘱说:"鬻吾平泉者,非吾子孙也!以平泉一树一石与人者,非佳子弟也。吾百年后为权势所夺,则以先人所命泣而告之,此吾志也。"但到宋代李格非写《洛阳名园记》时,不见有此平泉庄。看来,其子孙还是保不住这座庄园。不过,我们从李德裕的诗文中,还是知道一点这座著名庄园的情况。这个庄子规模不小,有池潭,有瓜园,有飞瀑,有亭子,有药圃,有茶园,有山林等等。据《重忆山居六首》中有题为《忆春耕》,看来还有些田地,一般说来,是赁与农人耕种,自己家人未必动手的。但从大量回忆之作看来,主要是园林,有奇花异草怪石,是从各地搜罗来的,如:泰山石、巫山石、罗浮山石、漏潭石,还有似鹿石、海上石笋,甚至有"海鱼骨","皎皎连霜月,高高映碧渠",无疑是海鲸一类巨骨。李德裕有篇《平泉山草木记》,自称是"二十年间,三守吴门,一莅谁服。嘉树芳草,性之所耽。或致自同人,或得于樵客"。其中罗列所得有:天台之金松琪树,剡溪之红桂厚朴,海峤之香柽木兰,天目山之青神凤集,等等。在当时也许是个最大的植物园罢?可惜李氏父子都有跳出政治漩涡之心,却又都办不到。于是又回到魏晋人的感叹:"隐显殊迹,盖兼之者鲜矣!"于是不再有盛唐人"冠冕巢由"的论调,而是承认现实,说:"乃知轩冕客,自与田园疏!"何以解忧?曰:"怀绮皓而披素卷,想瀛洲而观画图(意为:怀念隐居生活就读读道家书,想念仙境便看看画图)。何必尚遍游于名岳,蠡长往于五湖!"(《知止赋》)这也算是"因地制宜",盛唐亦官亦隐者是以市郊庄园代桃花源,时常去过过隐士瘾;中唐后的将相则于官场失意时瞥一眼"山居图"之类,也算是圆了一番青山白云梦!高鹤《见闻搜玉》云:"士大夫家,往往崇构堂宇,巧结台榭,以为游宴之所,然而久羁宦邸,终不获享其乐,是可叹也。白乐天(居易)诗曰:'试问池台主,多为将相官;终身不曾到,惟展画图看!'"对于将相与池台未能相亲近的感慨,不只白居易一人。张籍也曾到过平泉庄,有《和令狐尚书平泉东庄近居(一作属)李仆射有寄十韵》诗说:"旧隐离多日,新邻得几年。"又说:"各当恩寄重,归卧恐无缘。"在《三原李氏园宴集》中又说:"借问主人翁,北州佐戎轩。仆夫守旧宅,为客侍华筵。"园主不在庄园,只由仆夫守业,恐怕也只好"惟展画图看"了。因之,此期田园诗颇多怀忆、梦别业,或题他人旧居之作。其中庄园主自足感在减弱,代之以由家到国的沧桑之感。就以李德裕现存于《全唐诗》者为例,一百三十九首中题为"忆山居"、"思平泉"之类竟占七十二首之多!盛唐田园诗人作为优游其中的"世上桃源",至是又成为士大夫精神上的一种寄托而已。因此,中唐此类田园诗写田园景物能精微入神的并不多见。试节引李德裕《怀山居邀松阳子同作》诗为例:

> 我有爱山心,如饥复如渴。
> 出谷一年余,常疑十年别。
> 春思岩花烂,夏忆寒泉冽。
> 秋忆泛兰卮,冬思玩松雪。
> 晨思小山桂,暝忆深潭月。
> 醉忆剖红梨,饭思食紫蕨。
> 坐思藤萝密,步忆莓苔滑。
> 昼夜百刻中,愁肠几回绝!

作者情意所关,并不在乎对田园景物本身的体味,而仅仅是在倾诉,倾诉自己的向往之切,思念之深。其中罗列了一批景点,却缺少王维式的可感的画面。再如《清明后忆山中》:

遥思寒食后，野老林下醉。

月照一山明，风吹百花气。

飞泉与万籁，仿佛疑箫吹。

不待曙华分，已应喧鸟至。

爱山林池台之心诚有之，能传山林池台之神却未也。这种对山林向往之情，或者说只是青山白云之梦，其深层意识中隐藏着将相们对官场斗争内在的恐惧。李德裕《离东都平泉》诗云："十年紫殿掌洪钧，出入三朝一品身……自是功高临尽处，祸来名灭不由人。"事实正是如此，李德裕最终被贬死崖州。至于他苦心经营的平泉庄，因广集奇花异石，被贬后据《唐诗纪事》载，有人作诗讥之："当时谁是承恩者，肯有余波达鬼村。"又云："画阁不开梁燕去，朱门罢扫乳乌归。千岩万壑应惆怅，流水斜倾出武闱。"这是对平泉庄的不平。

另一处著名的将相池台是午桥庄，即"裴公绿野堂"。这是名相裴度的庄园。裴度是被白居易称之为"十授丞相印，五建大将旗"的名相，白氏有《奉和裴令公〈新成午桥庄绿野堂即事〉诗》。诗云：

旧径开桃李，新池凿凤凰。

只添丞相阁，不改午桥庄。

远处尘埃少，闲中日月长。

青山为外屏，绿野是前堂。

引水多随势，栽松不趁行。

年华玩风景，春事看农桑。

花妒谢家妓，兰偷荀令香。

游丝飘酒席，瀑布溅琴床。

巢由终身隐，萧曹到老忙。

千年落公便，进退处中央。

显然这也是一个"超豪华"的庄园,有楼阁亭池,有松竹农桑。"巢许终身隐,萧曹到老忙",是说裴相与巢父、许由这些隐士比,能身处显位,享尽荣华;与萧何、曹参这些名相比,又不至于忙到老,而能悠游庄园,是"进退处中央"者。白氏认为这是最佳选择:"昔号天下将,今称地上仙。"这叫"身安家国肥"。刘禹锡也有一首《奉和裴令公新成绿野堂即书》诗,说是"位极却忘贵,功成欲爱闲"。但在另一首和尉迟郎中的诗中,话就说白了:"留作功成退身地,如今只是暂时闲。"骨子里还是忧患意识。韩愈也曾与裴度唱和,《和裴仆射相公假山十一韵》说裴是"逍遥功德下"。然而,在《和仆射相公朝回见寄》诗中就婉劝道:"尽瘁年将久,公今始暂闲。事随忧共减,诗与酒俱还。放意机衡外,收身矢石间。秋台风日迥,正好看前山。"诚如《全唐诗》该题下所注:"时牛李党炽,裴度介其间。累遭谤谗,故愈诗有高蹈之语。"功成身退是将相与池台之间的内在联系,它深藏着一种彷徨的情绪。刘禹锡《酬思黯见示小饮四韵》颇直露地表现了这种情绪:

> 抛却人间第一官,俗情惊怪我方安。
> 兵符相印无心恋,洛水嵩云恣意看。
> 三足鼎中知味久,百寻竿上掷身难。
> 追呼故旧连宵饮,直到天明兴未阑。

丞相思黯在伊水边上有个南庄,"知囊心匠日增修",好不容易有个退身之处,又好不容易脱却"百寻竿上掷身难"的窘境,"功成身退",其招亲引朋连宵达旦狂饮,正是彷徨心理渴望平衡的反映。

三

惆怅、彷徨、孤独,取代了盛唐田园诗的明朗、安适、自在。一种身世苍茫之感,与中唐后崛起的咏史诗所具有的今古苍茫之感相呼应,是帝国落日的景观。

　　首先是对旧贵族衰败的感喟。前引白居易诗"试问池台主,多为将相官;终身不曾到,惟展画图看",也是时人对盛世跌落到乱世的普遍感慨。唐中宗至唐玄宗朝,诸公主往往贵盛。《太平广记》载安乐公主夺百姓庄田造定昆池四十九里,穷天下之壮丽。太平公主也广占土地,韩愈《游太平公主山庄》诗云:"公主当年欲占春,故将台榭押城闉。欲知前面花多少,直到南山不属人!""当年"句已露讥讽,欲占春而春已去。司空曙有《唐昌公主院看花》诗云:"遗殿空长闭,乘鸾自不回。至今荒草上,寥落旧花开。"情调正与元稹著名的《连昌宫词》相似,是家国变迁的叹息。刘禹锡也有《题于家公主旧宅》:

　　　　树绕荒台叶满池,箫声一绝草虫悲。
　　　　邻家犹学宫人髻,园客争偷御果枝。
　　　　马埒蓬蒿藏狡兔,凤台烟雨啸愁鸱。
　　　　何郎独在无恩泽,不似当年傅粉时。

　　何郎,指何晏,娶曹操女。这里借指驸马,即主人虽在,而家道已破落。王建《九仙公主旧庄》结句云"楼上凤皇飞去后,白云红叶属山鸡",更含蓄凄凉。题公主旧居的诗,在中唐甚多,几乎可单列为一大主题。有些士族如韦氏庄园的破落也是诗人题吟的对象。韩愈有《题韦氏庄》:"昔者谁能比,今来事不同。寂寥青草曲,散漫白榆风。架倒藤全落,篱崩竹半空。宁须惆怅立,翻复本无穷。"盛唐时关于韦氏山庄的题吟与安乐公主、太平公主山庄的题吟是《全唐诗》中的"热门",难怪其没落会引起韩愈如此深的感慨,竟指为人间世的规律:"翻复本无穷。"

　　这种情绪还渗透在故交旧业的题吟里。张籍有首《沈千运旧居》诗：

> 汝北君子宅，我来见颓墉。
> 乱离子孙尽，地属邻里翁。
> 土木被丘圩，溪路不连通。
> 旧井蔓草合，牛羊坠其中。
> 君辞天子书，放意任体躬。
> 一生不自力，家与逆旅同。
> 高议切星辰，余声激喑聋。
> 方将旌旧间，百世可封崇。
> 嗟其未积年，已为荒林丛！
> 时岂无知音，不能崇此风？
> 浩荡竟无睹，我将安所从！

据《唐才子传》说，沈千运是天宝年间数次应举不第的文人，后来因为时世多艰，归隐山中别业。诗中"旧井蔓草合，牛羊坠其中"的荒颓景象与其"高议切星辰，余声激喑聋"的慷慨形成对比，颇能激起读者的不平与同情。结尾抒发作者的愤懑，令人嘘唏。还有些写故地重来，风物已变的感伤，也很动人。如卢纶《晚到盩厔耆老家》：

> 老翁曾旧识，相引出柴门。
> 苦话别时事，因寻溪上村。
> 数年何处客？近日几家存！
> 冒雨看禾黍，逢人忆子孙。
> 乱藤穿井口，流水到篱根。
> 惆怅不堪住，空山月又昏。

　　将家国身世的变迁与庄园旧业的兴衰作一气浩叹的,还有刘长卿的《郧上送韦司士归上都旧业》:

　　　　　前朝旧业想遗尘,今日他乡独尔身。
　　　　　郧地国除为过客,杜陵家在有何人?
　　　　　苍苔白露生三径,古木寒蝉满四邻。
　　　　　西去茫茫问归路,关河渐近泪盈巾。

　　这里不就是本节开头所说的身世苍茫之感与今古苍茫之感的交汇? 这种情绪甚至扩散到尚未破败的庄园里去。试读号称"大历十才子"之一的耿湋诗《题杨著别业》:

　　　　　柳巷向陂斜,回阳噪暮鸦。
　　　　　农桑子云业,书籍蔡邕家。
　　　　　暮叶初翻砌,寒池转露沙。
　　　　　如何守儒行,寂寞过年华?

　　子云,指扬雄,汉代学者。学者而事农桑,自然是有点牢骚在其中。落叶翻飞的意象更暗示一种儒生末路的感慨。卢纶也有一首《秋晚山中别业》,抒发类似的情绪:

　　　　　树老野泉清,幽人好独行。
　　　　　去闲知路静,归晚喜山明。
　　　　　兰茇通荒井,牛羊出古城。
　　　　　茂陵秋最冷,谁念一书生?

　　牛羊夕照、树老泉清,本可引出一派平和自在的情绪来,却归结为茂陵秋冷,书生无着。茂陵是汉武帝陵墓,唐人喜以汉武喻玄宗,所以是对玄宗的怀念,更是对玄宗朝书生多意气风发的一种憧憬。正是这种变迁感使云山泉石在中唐人眼中别具一种滋味。李端《雨后游辋川》不妨与王维《终南别业》合读:

骤雨归山尽,颓阳入辋川。　　中岁颇好道,晚家南山陲。
看虹登晚墅,踏石过春泉。　　兴来每独往,胜事空自知。
紫葛藏仙井,黄花出野田。　　行到水穷处,坐看云起时。
自知无路去,回步就人烟。　　偶然值林叟,谈笑无还期。
　　　　（李端）　　　　　　　　　　　（王维）

就画面而言,李端的辋川景色要绚丽多了:夕照彩虹,紫葛黄花。然而,游者的心态却大不一样:李端是感到孤寂,终于心怯了,道是此去无路,不如回头。"就人烟"三字正是害怕孤独心理的反映。王维却喜欢"每独往",而且很自在、从容。没路了?那就坐下欣赏:"行到水穷处,坐看云起时。"辋川并不空寂,还有林叟可谈笑,且莫归去。

事实上李端与王维各自的心态都有其时代精神。中唐士大夫颇致力于"中兴"事业,但无情的事实不断粉碎其"中兴梦",使之不得不"知难而退"。顾况《归山作》云:

心事数茎白发,生涯一片青山。
空林有雪相待,古道无人独还。

心事无从而知,但见白发已经上鬓。事业也无着落,只得归乎一片青山。这是中唐士大夫不得已的苦楚。"古道"是双关,暗指儒家治国平天下之道。所以末句更是对难挽狂澜于既倒心情的抒发。如果我们进一步体味,便可发现,中唐士大夫把这种落寞惆怅的情绪对象化了,凝为一种审美情趣,寻出其中的一点美感。为说明问题,试以刘长卿诗为例阐释一二。

唐人高仲武《中兴间气集》称"长卿有吏干,刚而犯上。两遭迁谪,皆自取之"。看来是个有才干、有个性而命运多蹇的人。他对时代的变迁是敏感的,如《茱萸湾北答崔载华问》诗说:

> 荒凉野店绝,迢递人烟远。
> 苍苍古木中,多是隋家苑。

古木苍凉之中,有很深的感慨。他似乎颇喜欢咀嚼孤独感,如《碧涧别墅喜皇甫侍御相访》:

> 荒村带返照,落叶乱纷纷。
> 古路无行客,寒山独见君。
> 野桥经雨断,涧水向田分。
> 不为怜同病,何人到白云。

又是荒村。有客人来了,还是谈自己的孤独。对别人呢,也是说对方孤独,如名篇《送灵澈上人》:

> 苍苍竹林寺,杳杳钟声晚。
> 荷笠带夕阳,青山独归远。

与其说是同情对方的独归,不如说是欣赏这种孤独。所以《送方外上人》诗说:

> 孤云将野鹤,岂向人间住。
> 莫买沃洲山,时人已知处。

这不能不说是把孤独感提炼成为美感了。高仲武批评他的诗"甚能炼饰,大抵十首已上,语意稍同"。就孤独感的反复吟唱而言,高仲武的意见是对的。"闻在千峰里,心知独夜禅";"解印孤琴在,移家五柳成";"孤城向水闭,独鸟背人飞";"夕阳孤艇去,秋水两溪分";"寒堵一孤雁,夕阳千万山";"暮帆遥在眼,春色独何心"云云,对他来说,简直是无孤无独便难成诗了。且不说名篇《新年作》"乡心新岁切,天畔独潸然"一首可谓集孤独感之大成,即使是不露"孤"字、"独"字的《逢雪宿芙蓉山主人》,也充塞着这种情绪:

> 日暮苍山远,天寒白屋贫。
> 柴门闻犬吠,风雪夜归人。

小屋柴门固然给夜归人一种亲切感,是孤独的外乡人的一点安慰,却也反衬出外部世界是如此空旷,和弥天大雪一样充塞着孤独感。

这里,已无"自在"可言。

第二节　独处:"青山淡吾虑"

一

独步中唐的"隐逸诗人"不是刘长卿辈,而是韦应物。后代评论家总爱将他与王维相提并论,明代的宋濂甚至称韦诗"一寄秾鲜于简淡之中,渊明以来,盖一人而已"! 这不但是其诗的风格,也是其人的风格。

韦应物为人也颇"简淡",简淡到如李肇《国史补》所谓"韦应物立性高洁,鲜食寡欲,所至焚香扫地而坐";然而考其经历,却有一段颇为"秾鲜"的风流史。韦氏在《逢杨开府》诗中忆及颇带无赖气的青年时代：

> 少事武皇帝，无赖恃恩私。
> 身作里中横，家藏亡命儿。
> 朝持樗蒲局，暮窃东邻姬。
> 司隶不敢捕，立在白玉墀……

安、史乱后，几经磨砺，折节读书，并深受释道哲学之影响，终于"焚香扫地而坐"，"一寄秾鲜于简淡之中"了。在韦应物诗中，有质性自然追慕隐逸的一面，又有忧心于黎民的一面。二者如风水相激，构成韦诗澄淡却又气骨峥嵘的特色，笔者曾拟一联题韦应物云"莫道诗思清入骨，谁知剑气暗飞霜"，便是这个意思。

韦应物骨子里是儒家亲政病民的思想，所以二十九岁任洛阳丞时，就曾经因为对骄横的军士绳之以法而被讼于上级，后弃官闲居。有《示从子河南尉班》诗，说："立政思悬棒，谋身类触藩。不能林下去，只恋府廷恩。""思悬棒"用曹操故事：曹操任洛阳北部尉时，门悬五色棒，犯禁者不避豪强一律棒杀。但他又认识到刚直为政是要危及自身的，所以又想"林下去"，去与不去之间，正如羊角卡在藩篱上，进退不得，表达其矛盾心情。四十岁任京兆府功曹摄高陵宰时，又有《高陵书情寄三原卢少府》诗，说："直方难为进，守此微贱班。开卷不及顾，沉埋案牍间。兵凶互相残，徭赋岂得闲。促威下可哀，宽政身致患。日夕思自退，出门望故山。"当官要执行上级命令，在兵荒马乱的岁月，要向老百姓逼收赋税，增加徭役，使之处于两难境地：老百姓是如此痛苦，逼迫之不忍；宽政以疗民病，又会给自己的仕途带来厄运。于是诗人不能不"出门望故山"了。不过，就韦应物一生看，济世心往往战胜退隐之心，他一直处在中、下层官僚的位置，真正退隐的日子并不多。《游琅玡山寺》诗说："物累诚可遣，疲虻(老百姓称"虻")终未忘。还归坐郡阁,但见山苍苍!"《始至郡》诗也称:"岂待干戈戢,且愿抚惸婺。"(惸婺,应作惸嫠,无兄弟、无丈夫的人,泛指孤苦伶仃者。)这点悲天悯人之心使他不能像陶渊明那样飘然而去。而且韦应物往往能扪心自问,当官时看到子民的痛苦:"风物殊京国,邑里但荒榛。赋繁属军兴,政拙愧斯人!"(《答王郎中》)"仓廪无宿储,徭役犹未已。方惭不耕者,禄食出闾里。"(《观田家》)"身多疾病思田里,邑有流亡愧俸钱。"(《寄李儋元锡》)因有这点扪心自问的精神,使之处于欲罢不能的心境中。除了短期"休告卧空馆",乃至"投迹在田中"的隐居生活,韦应物绝大部分生命是消耗在仕宦生涯——他称之为"形迹"。奇特之处就在于:正是这样一位官员,却成为中唐最杰出的"隐逸"诗人。

与其说韦应物是"隐逸"或"隐居",倒不如说他是在"独处"。

独处是人的一种社会行为,只要将它与环境联系起来考察,就会发现它是人们用以调整他们与社会的交往,使之处于开放或关闭状态的一种手段。这种独处的调节手段有助于人的心理平衡,它可以是物质环境的——如王维逍遥于辋川庄,王绩的"以酒德游于人间",在酒中"独处";也可以是自己有意造成的心理上的距离,如僧人的坐禅,道家的"心斋",东方朔式的"吏隐"——不把当官当一回事,保持与社会的心理距离。东方朔事实上并未真正做到这一点,但从"理论"上提供了这样一种可能性。韦应物则介于物质环境与纯精神上的独处之间:他往往在当官时能借助自然景色保持心态的平衡,与社会拉开心理距离。用韦氏自己的话,就叫"景清神已澄"。这是他用以解决心态失衡时的主要手段,故曰:"闲游忽无累,心迹随景超。"(《沣上西斋寄诸友》)故曰:"寂寥氛氲廓,超忽神虑空。"(《同德寺阁集眺》)故曰:"山水本自佳,游人已忘虑。"(《游龙门香山泉》)故曰:"山水旷萧条,登临散情性。"(《又演法师西斋》)因此,韦应物写了许多"吏隐型"的田园山水诗,试举《南园陪王卿游瞩》为例:

形迹虽拘检,世事淡无心。
郡中多山水,日夕听幽禽。
几阁文墨闲,园林春景深。
杂花芳意散,绿池暮色沉。
君子有高躅,相携在幽寻。
一酌何为贵,可以写冲襟。

"形迹虽拘检",是指当官与"质性自然"的性格有乖违之处,但只要"世事淡无心",虽是郡中也有佳山水可供逍遥,是《再游西山》诗所说的:"出身厌名利,遇境即踌躇。守直虽多忤,视境方晏如。况将尘埃外,襟抱从此舒。"刚直为政与质性自然二者(也是儒、道哲学的核心问题)就这样得到统一。再看《东郊》:

吏舍侗终年,出郊旷清曙。
杨柳散和风,青山淡吾虑。
依丛适自憩,缘涧还复去。
微雨霭芳原,春鸠鸣何处。
乐幽心屡止,遵事迹犹遽。
终罢斯结庐,慕陶真可庶。

诗中心境随着春景的展开而舒张、和融。"杨柳散和风,青山淡吾虑"是情是景,是心理的过程:心中的郁结在春风中散解,心中的忧虑在青山白云中淡化。韦应物的心中很澄明,他不否认郁结与忧虑的存在,只是在景物中得到"散"和"淡"而已。因此,韦诗喜用"散"、"淡",就像刘长卿的喜用"孤"、"独"。用"散"字如:"微风飘襟散"、"烦疴近消散"、"微风散烦燠"、"余悲散秋景"、"萧条林表散"、"暂可散烦缨"、"与君聊散襟"等。用"淡"字如:"闲居淡无味"、"淡然山景晏"、"空宇淡无情"、"晨起淡忘情"、"晚景淡山晖"、

"风淡意伤春"、"云淡水容夕"等。有了这种"淡"与"散"的独处精神,韦应物便有本事将郡斋化为田园。试看《县内闲居赠温公》:

> 满郭春风岚已昏,鸦栖散吏掩重门。
> 虽居世网常清净,夜对高僧无一言。

这俨然是"吏隐"的神态了。再读这首:

> 宿雨冒空山,空城响秋叶。
> 沉沉暮色至,凄凄凉气入。
> 萧条林表散,的砾荷上集。
> 夜雾著衣重,新苔侵履湿。
> 遇兹端忧日,赖与嘉宾接。

如果不看诗题是《郡中对雨赠元锡兼简杨凌》,读者也许要误以为是首田园诗。韦应物也正是把郡斋当庄园来写的,《郡斋赠王卿》就说是"赏爱似山家"。《寄杨协律》云:

> 吏散门阁掩,鸟鸣山郡中。
> 远念长江别,俯觉座隅空。
> 舟泊南池雨,簟卷北楼风。
> 并罢芳樽燕,为怆昨时同。

吏散掩门,便独处如山居了。韦应物直接写田园的诗不多,而将郡斋办公室写得像庄园的诗倒不少。韦应物有意这样写,说是"似与尘境绝"(《郡中西斋》);说是"兹焉即可爱,何必是吾庐"(《新理西斋》);说是"公门自常事,道心宁易处"(《晓坐西斋》)。这种在办公室独处,使自己有选择地与人交往,如《唐诗纪事》所说:

"应物性高洁,所在焚香扫地而坐,惟顾况、刘长卿、丘丹、秦系、皎然之俦,得厕宾列,与之酬唱。"秦系是著名的隐士,皎然是著名的诗僧。交往的选择又使其心态得以平衡,在处理公事时能了其济世之愿,公余又能自造一个"尘外"的文化环境,遂其"质性自然"之初衷。《花径》一诗写的便是这种业余生活:

> 山花夹幽径,古甃生苔涩。
> 胡床理事余,玉琴承露湿。
> 朝与诗人赏,夜携禅客入。
> 自是尘外踪,无令吏趋急。

不难发现,这种"吏隐诗"是田园生活经验的虚化,心灵化,上升为一种士大夫特有的审美情趣。试细吟《闲居寄诸弟》绝句:

> 秋草生庭白露时,故园诸弟益相思。
> 尽日高斋无一事,芭蕉叶上独题诗。

"独题诗"之所以具有很浓的诗意,关键在于诗是题在翠绿的蕉叶上的,这就使读者的联想不能不飞向广阔的大自然。全篇"无事"、"相思"等独处环境的渲染使这一意向更澄明。

现在该来欣赏一下韦应物的代表作《郡斋雨中与诸文士燕集》了。全诗录如下:

> 兵卫森画戟,宴寝凝清香。
> 海上风雨至,逍遥池阁凉。
> 烦疴近消散,嘉宾复满堂。
> 自惭居处崇,未睹斯民康。
> 理会是非遣,性达形迹忘。

鲜肥属时禁，蔬果幸见尝。
俯饮一杯酒，仰聆金玉章。
神欢体自轻，意欲凌风翔。
吴中盛文史，群彦今汪洋。
方知大藩地，岂曰财赋疆！

开篇二句深受白居易的赞赏。"森"字、"凝"字，写出肃穆清静的气氛，加上风雨至而池阁凉，使得"嘉宾复满堂"的热度大大下降了。接下来四句议论"自惭居处崇，未睹斯民康"，表现其儒家处世民饥民溺的一面；"理会是非遣，性达形迹忘"，是其道家处世要通达超脱的另一面。通篇写尽韦应物"兼济"与"独善"的统一，极见其淡化的功夫，开后来白居易之先河，难怪白居易要击节赞叹，泐之石碑。

进一步将"兼济"与"独善"确立为士大夫心灵的自调机制者，正是这位白居易。

二

明代胡震亨《唐音癸签》卷二五有一则评论颇精到：

王绩之诗曰："有客谈名理，无人索地租。"隐如是，可隐也。陶潜之诗曰："饥来驱我去……叩门拙言辞。"如是隐，隐未易言矣。白乐天（居易）之诗曰："冒宠已三迁，归朝始二年。囊中储余俸，园外买闲田。"如是罢官，官也可罢也。韦应物之诗曰："政拙忻罢守，闲居初理生。""聊租二顷地，方课子弟耕。"罢官如是，恐官正未易罢耳。韦与陶千古并称，岂独以其诗哉！

能从经济基础的角度分析四家差异,对一个古人来说,实在是不同凡响。恰好陶、王、白各自有一篇自传式的散文,可作为佐证,谨录作比较:

五柳先生传

(晋)陶潜

先生不知何许人也,亦不详其姓字,宅边有五柳树,因以为号焉。闲静少言,不慕荣利。好读书,不求甚解;每有会意,便欣然忘食。性嗜酒,家贫不能常得;亲旧知其如此,或置酒而招之。造饮辄尽,期在必醉;既醉而退,曾不吝情去留。环堵萧然,不蔽风日;短褐穿结,箪瓢屡空;晏如也。常著文章自娱,颇示己志。忘怀得失,以此自终。赞曰:

黔娄之妻有言:"不戚戚于贫贱,不汲汲于富贵。"其言兹若人之俦乎? 酣觞赋诗,以乐其志。无怀氏之民欤? 葛天氏之民欤?

黔娄,春秋时齐国之隐士,安贫自守,拒绝重金征聘,死后衾不蔽体,其妻甚贤。无怀氏、葛天氏都是上古帝王。这里慕其古朴的民风。陶潜虽然也有点家业,但在士大夫中无疑属贫困户了"环堵萧然,不蔽风日;短褐穿结,箪瓢屡空",自己形容贫困如此,要紧的是:"晏如也。"他自得其乐:读书、饮酒(他人之酒)、著文章。他的精神支柱是颜回式的安贫乐道,是儒家"隐居以求其志,行义以达其道"。

五斗先生传

(初唐)王绩

有五斗先生者,以酒德游于人间。人有以酒请者,无贵贱皆往。往必取醉,醉则不择地斯寝矣,醒则复起饮也。尝一饮五斗,因以为号。先生绝思虑,寡言语,不知天下之有仁义厚薄也。忽然而去,倏焉而来;其动也天,其静也地:故万物不能萦心焉。尝言曰:"天下大可见矣! 生何为养,而嵇康著论;途何为穷,而阮籍恸哭? 故昏昏默默,圣人之所居也。"遂行其志,不知所如。

文章虽仿陶文,但突出了"酒"这一意象,说是"以酒德游于人间",其哲学来自老庄。《老子》云"夫礼者,忠信之薄而乱之首",主张处世要"和其光,同其尘"。《庄子》云"至道之极,昏昏默默,无视无听,抱神以静",多少有点"糊涂主义"。陶潜对物质世界和生活情趣是重视的,故以"五柳"为号,而王绩文中只剩下"五斗"了,连嵇康著《养生论》、阮籍哭穷途的情绪发泄也认为多此一举了。再看白居易:

醉吟先生传
(中唐) 白居易

醉吟先生者,忘其姓字、乡里、官爵,忽忽不知吾为谁也。宦游三十载,将老,退居洛下。所居有池五六亩,竹数千竿,乔木数十株,台榭舟桥,具体而微。先生安焉。家虽贫,不至寒馁;年号老,未及耄(七十岁)。性嗜酒,耽琴,淫诗。凡酒徒、琴侣、诗客,多与之游。游之外,栖心释氏,通学小中大乘法。与嵩山僧如满为空门友,平泉客韦楚为山水友,彭城刘梦得为诗友,安定皇甫朗之为酒友。每一相见,欣然忘归。洛城内外六七十里间,凡观寺、丘墅,有泉石花竹者,靡不游;人家有美酒、鸣琴者,靡不过;有图书、歌舞者,靡不观。自居守洛川泊布衣家,以宴游召者,亦时时往。每良辰美景,或雪朝日夕,好事者相过,必为之先拂酒罍,次开诗箧。酒既酣,乃自援琴,操宫声,弄《秋思》一遍。若兴发,命家僮调法部丝竹,合奏《霓裳羽衣》

一曲。若欢甚，又命小妓歌《杨柳枝》新词十数章。放情自娱，酩酊而后已……因自吟《咏怀》诗云："抱琴荣启乐，纵酒刘伶达。放眼看青山，任头生白发。不知天地内，更得几年活？从此到终身，尽为闲日月。"吟罢自哂，揭瓮拨醅，又引数杯，兀然而醉。既而醉复醒，醒复吟，吟复饮，饮复醉：醉吟相仍，若循环然。由是得以梦身世，云富贵，慕席天地，瞬息百年，陶陶然，昏昏然，不知老之将至，古所谓得全于酒者，故自号为醉吟先生……

白居易的爱好"嗜酒、耽琴、淫诗"与陶潜较相近，但生活条件则相去甚远。"有池五六亩，竹数千竿，乔木数十株，台榭舟桥"等等，显然是个庄园。因此，他的饮酒，他的听琴，他的写诗，都是在唐代庄园文化的环境中产生，充满富足感。他的生活态度更多地与王绩相近，但掺进了佛家的哲学："栖心释氏。"佛家的人生态度是任运随缘，白居易在《赠杓直》诗中说："早年以身代，直赴《逍遥》篇。近岁将心地，回向南宗禅。外顺世间法，内脱区中缘。进不厌朝市，退不恋人寰。自吾得此心，投足无不安。"晚年白居易的处世态度是"委顺"，以世间为出世间，当个任运随缘的富贵闲人。他的"放眼青山"，也只是"放情自娱"之一。他的"既而醉复醒，醒复吟，吟复饮，饮复醉"，与王绩"醉则不择地斯寝矣，醒则复起饮也"相似，只是加上一味"吟"，故不叫"五斗先生"，而自称"醉吟先生"。由于物质生活的优裕，加上其佛教任运随缘、无地不乐的人生哲学，所以王绩的"昏昏默默"被改为"陶陶然，昏昏然"。这离陶潜的安贫乐道不知已有几多里了！

尤可注意的是"醉吟"的"吟"字，白居易将写诗也当成喝酒一样可使自家"陶陶然"的东西了。这岂不与他"文章合为时而著，歌诗合为事而作"的文学主张相违背么？不然。白居易在提出此主张的《与元九书》中还说：

古人云：穷则独善其身，达则兼济天下。仆虽不肖，常师此语。大丈夫所守者道，所待者时。时之来也，为云龙，为风鹏，勃然突然，陈力以出；时之不来也，为雾豹，为冥鸿，寂兮寥兮，奉身而退。进退出处，何往而不自得哉？故仆志在兼济，行在独善：奉而始终之则为道，言而发明之则为诗。谓之"讽喻诗"，兼济之志也。谓之"闲适诗"，独善之义也。

"时之来"与"时之不来"的两种不同处理方法，显然承诸孔子的"邦有道则仕，邦无道则可卷而怀之"，但作了修正。孔子是孜孜以求的积极主动态度，而在大一统的君主专制日趋强化的时代，白居易不能主动去择邦之有道与否，只能"奉身而退"。这里面显然是明哲保身的成分居多。孟子的"士穷不失义，达不离道"、"古之人得志，泽加于民，不得志，修身见于世。穷则独善其身，达则兼善天下"，其本义是有机会实现济世理想固佳，没机会也不随波逐流。既存理想，又保人格。至白氏，则由孟子重在"士穷不失义"滑向"奉身而退"，乃至"知足保和"，乃至"放情自娱"。白氏将释、道"委顺"外部世界的空无思想引入儒家"独善"原则之中，冲淡其"威武不能屈"的内容。然而，这种进舒退卷的处世哲学使封建时代士大夫既想入仕干点事业，又想明哲保身的心态有了自调机制，可使自身保持心态上的平衡，也因此成为后期封建社会士大夫普遍尊奉的处世原则。正是在这种自觉意识的指导下，山水田园诗已由晋人用以"见道"之具渐入为"知足保和，吟玩情性"之具。白氏有《效陶潜体诗十六首》，其中写田园日常生活的一首如下：

原生衣百结，颜子食一箪：
欢然乐其志，有以忘饥寒。
今我何人哉？德不及先贤。
衣食幸相属，胡为不自安？

况兹清渭曲,居处安且闲。

榆柳百余树,茅茨十数间。

寒负檐下日,热濯涧底泉。

日出犹未起,日入已复眠。

西风满村巷,清凉八月天。

但有鸡犬声,不闻车马喧。

时顷一樽酒,坐望东南山。

稚侄初学步,牵衣戏我前。

即此自可乐,庶几颜与原!

　　原,原宪;颜,颜回。颜回在陋巷,一箪食一瓢饮,物质生活十分微薄,人不堪其忧而回也不减其乐。原宪,也是孔子门人,也是以安于穷困而为人称道:"原宪贫无愁,颜回乐自持。"逍遥自得本是前代田园诗重要的内容,白居易更着力渲染了"知足常乐"的思想:"今我何人哉?德不及先贤。衣食幸相属,胡为不自安?"这种调子在白诗中比比皆是:"才小分易足,心宽体长舒"、"寡欲虽少病,乐天心不忧"、"茅屋四五间,一马二仆夫;俸钱万六千,月给亦有余"、"年长身常健,官贫心甚安"、"我今信多幸,抚己愧前辈"……因为白氏着眼点在"知足",是内在的自我调节,所以少有王维对画面的沉醉,也少有韦应物的以景物净心。统观白居易闲适诗,田园景物的体味、刻画比王、韦要少,要粗浅,而自我内心想法的剖白倒是大大增多了,很有"议论化"与"叙述化"的倾向。至此,盛唐田园诗自足、自在的神情已被"安全感"所取代。只举一例,已足资说明。白诗《马上作》云:"一列朝士籍,遂为世网拘。高有矰缴忧,下有陷阱虞。每觉宇宙窄,未尝心体舒!"这不但是白居易个体独特的感受,也是中唐社会士大夫危机感的反映,甚至是中国后期封建社会君主专制强化,士大夫个体压抑感日渐增强的预兆。

　　现在让我们回到本章开头引用的白居易诗《朱陈村》上来。该村是个颇为原始的农村公社,"家家守村业,头白不出门","一村唯两姓,世世为婚姻"。可想而知,这样的村子物质生活必定因其落后而困顿。然而,白居易却把它写成桃花源,男耕女织,其乐也融融。何以故?诗的末尾白居易说明了:

> 离乱失故乡,骨肉多散分。
> 江南与江北,各有平生亲。
> 平生终日别,逝者隔年闻。
> 朝忧卧至暮,夕哭坐达晨。
> 悲火烧心曲,愁霜侵鬓根。
> 一生苦如此,长羡陈村民!

忧患意识使农村公社微薄的物质生活退居幕后,"安全感"上升为"安居乐业"的美感。无独有偶,戴叔伦也记下一处"野人所居":

> 犬吠空山响,林深一径存。
> 隔云寻板屋,渡水到柴门。
> 日昼风烟静,花明草树繁。
> 乍疑秦世客,渐识楚人言。
> 不记逃乡里,居然长子孙。
> 种田烧险谷,汲井凿高原。
> 畦叶藏春雉,庭柯宿旅猿。
> ……

(《桂阳北岭偶过野人所居,聊书即事呈王永州邕李道州坼》)

在作者看来,刀耕火种也要比危机四伏的都市郊园好得多,"日昼风烟静,花明草树繁",正好给人一种安全感。再如王建《题金家竹溪》:

少年因病离天仗，乞得归家自养身。
买断竹溪无别主，散分泉水与新邻。
山头鹿下长惊犬，池面鱼行不怕人。
乡使到来常款语，还闻世人有功臣。

末句俨然是个"不知有汉，无论魏晋"的桃源世界。山头鹿下，池鱼不惊，也正是"安全感"的具象化。

中唐，已失去盛唐的"世上桃源"。我们也许可以下这样的结论：中唐田园诗中的"安全感"，正是中唐社会剧烈的"变迁感"的反拨，正应了弗洛伊德所认为的：艺术创作是艺术家"想要缓解不满足的愿望"的工具。

三

还是那位弗洛伊德。他认为得不到满足的愿望是幻想的驱动力，而诗人所致力的正是创造一个幻想世界（详见《诗人与幻想》）。我们也有"国产"的说法，即钟嵘《诗品·序》所说："诗可以群，可以怨，使穷贱易安，幽居靡闷。""安史之乱"带来的极不安定感，统治阶级内部残酷的政治角逐带来的极不安全感，使中唐士大夫失去了盛唐士大夫优游其中的"世上桃源"，失去盛唐士大夫自在自足的心态。他们更多地在梦、忆中追寻"失乐园"，在田园诗中缓解"梦寐以青山白云为念"（李华语）的精神渴求。这种心态可在白居易《截树》诗中得到深刻的印象：

种树当前轩，树高柯叶繁。
惜哉远山色，隐此蒙笼间！
一朝持斧斤，手自截其端。
万叶落头上，千峰来面前。

忽似决云雾，豁达睹青天。
又如所念人，久别一款颜。
始有清风至，稍见飞鸟还。
开怀东南望，目远心辽然。
人各有偏好，物莫能两全。
岂不爱柔条？不如见青山！

　　不能进青山，也要面青山。把这一愿望吟出来，心里便舒畅了。有的学者已注意到，山水田园诗在宋人杨万里那里，"已和实质上淡泊的仕宦生活溶而为一了"，正如杨万里自己所说："诗在山林而人在城市"，"身居金马玉堂之近，而有云峤春临之想；职在献纳论思之地，而有灞桥吟哦之色"。只要吏散庭空，便是冠冕巢、由，连庄园也不必有。事实上，这一现象在中唐人如韦应物、白居易身上已有充分的表现，不必待到南宋的杨万里。中唐人早已在编织他们青山白云的梦幻曲。因此，中唐田园诗的界限模糊了，有时会雇佣兵似的出现在各类题材中。比如怀人诗，就往往有田园山水的片断，请读韦应物《答偰奴重阳二甥》诗：

弃职曾守拙，玩幽遂忘喧。
山涧依碇磈，竹树荫清源。
贫居烟火湿，岁熟梨枣繁。
风雨飘茅屋，蒿草没瓜园。
群属相欢悦，不觉过朝昏。
有时看禾黍，落日上秋原。
饮酒任真性，挥笔肆狂言。
一朝忝兰省，三载居远藩。
复与诸弟子，篇翰每相敦。
西园休习射，南池对芳樽。

山药经雨碧,海榴凌霜翻。
念尔不同此,怅然复一论。
重阳守故家,徊子旅湘沅。
俱有缄中藻,恻恻动离魂。
不知何日见,衣上泪空存!

　　"弃职曾守拙",约指在沣上隐居的日子,在长安西郊他有个隐居处。以下自"山涧依硗碛"至"挥笔肆狂言"十二句是对沣上隐居情景的回忆。"一朝忝兰省,三载居远藩"是指他后来在中央与地方当官的日子,以下是现实。像这种"夹生"的结构,在中唐是常见的。再请读白居易的《官舍》诗:

高树换新叶,阴阴复地隅。
何言太守宅,有似幽人居。
太守卧其下,闲慵两有余。
起尝一瓯茗,行读一卷书。
早梅结青实,残樱落红珠。
稚女弄庭果,嬉戏牵人裾。
是日晚弥静,巢禽下相呼。
喷喷护儿鹊,哑哑母子乌。
岂唯云乌尔,吾亦引吾雏!

　　太守宅翻作幽人居,是田园隐者的幽灵出现在官舍之中。这能算是田园诗吗?不能。然而庄园生活的经验与精神主宰了这类题材却是明摆着的。白居易百首"闲适诗",直写田园的很少,但又大都有田园隐者的幽灵在其中游荡。因此,我们可以说,中唐田园精神在扩散,扩散到各类题材中去。这也是庄园文化潜在的有力影响。为加深印象,我们不妨再读一首白居易的《郡中即事》:

漫漫潮初平,熙熙春日至。
空阔远江山,晴明好天气。
外有适意物,中无系心事。
数篇对竹吟,一杯望云醉。
行携杖扶力,卧读书取睡。
久养病形骸,深谙闲气味。
遥思九城陌,扰扰趋名利。
今朝是只日,朝谒多轩骑。
宠者防悔尤,权者怀忧畏。
为报高车盖,恐非真富贵!

　　这首不妨列入讽喻诗中去,里面也没有田园景致,但仍然有田园隐居的精神。只是物象被虚化了,田园生活经验被虚化了。试读张籍这首《和李仆射雨中寄卢严二给事》诗:

郊原飞雨至,城阙湿云埋。
迸点时穿牖,浮沤欲上阶。
偏兹解箨竹,并诵落花槐。
晚润生琴匣,新凉满药斋。
从容朝务退,放旷披曹乖。
尽日无来客,闲吟感此怀。

　　景象是城中景象,眼光却是林下的眼光。也就是说,将廊庙当作山林来体味。王夫之在《姜斋诗话》中曾说:"意犹帅也。"又说:"烟云泉石,花鸟苔林,金铺锦帐,寓意则灵。"中唐人以山林之意来帅城中之池台花鸟,便别有一番风味。中唐田园诗的边界是模糊了,自身淡化了,稀释了,不成其为"田园诗派"了,但它却更泛开去,使中唐更多类题材染上田园味。然而,由于"意"的转移,同时也就

引起诗人对物象的意象化的要求有所不同。先来比照旗鼓相当的
两首名篇：

<table>
<tr><td>辛夷坞</td><td>秋夜寄丘二十二员外</td></tr>
<tr><td>王　维</td><td>韦应物</td></tr>
<tr><td>木末芙蓉花，</td><td>怀君属秋夜，</td></tr>
<tr><td>山中发红萼。</td><td>散步咏凉天。</td></tr>
<tr><td>涧户寂无人，</td><td>空山松子落，</td></tr>
<tr><td>纷纷开且落。</td><td>幽人应未眠。</td></tr>
</table>

　　两首都写得空灵，成功地描绘出空山的幽静。然而王维是即景
会心，通过细腻的观察，以客观的态度绘出自然画面——山中某个
角落默默开放的辛夷花，又纷纷飘落了。在这有限的空间、时间里
所发生的细微之事，竟蕴含着亘古以来人们回味不尽的一种理趣，
是方回《瀛奎律髓》所评："虽各不过五言四句，穷幽入玄，学者当自
细参，则得之。"也就是说，物象自己呈露着，而诗人之意是埋伏其
中，藏而不露，要读者去"参"。韦应物诗中主要是人在活动，一虚一
实，两两相对。实者在我：秋夜散步咏诗怀人；虚者在彼：山之秋景
想必是松子落地有声，而友人此际必与我同，怀人不能成眠。"松子
落"是想象之景物，是自己生活经验之意象化。松子落，正见秋山
空。空寂中发怀人之幽想，不但是想象中友人之幽寂，也是我方秋
夜之幽寂，可谓"一击两鸣"，是极其成功的氛围的渲染。王维重在
实景之体味，韦应物重在虚景之构想。二者当然都以生活经验为基
础，但一实一虚，了然在目。王维是一丘一壑的无言之美，韦应物是
以景净心，"寂寥氛氲廓，超忽神虑空"的倾心之美。韦应物还有一
首代表作《寄全椒山中道士》，同属此型：

　　　　今朝郡斋冷，忽念山中客。

涧底束荆薪，归来煮白石。

欲持一瓢酒，远慰风雨夕。

落叶满空山，何处寻行迹？

　　诗中景色略事点染，便历历在目。然而，都不是即景寓目的实相，而是想象中的图景。这些景色如此合情合理，无疑是韦应物生活经验的升华，是想象力魔杖的点化而成。但也因之此类景色如雾中花、水中月，不能似王维描写的那般真切活现。韦应物说："青山淡吾虑。"青山美景是用来淡化、稀释我心中之郁结，是为我服务的，是所谓"登临散情性"，重要的只是氛围。再举题材相近的二例来比较：

<table>
<tr><td align="center">**赠裴十迪**</td><td align="center">**晚归沣川**</td></tr>
<tr><td align="center">王　维</td><td align="center">韦应物</td></tr>
<tr><td>风景日夕佳，</td><td>凌雾朝阊阖，</td></tr>
<tr><td>与君赋新诗。</td><td>落日返清川。</td></tr>
<tr><td>淡然望远空，</td><td>簪组方暂解，</td></tr>
<tr><td>如意方支颐。</td><td>临水一偹然。</td></tr>
<tr><td>春风动百草，</td><td>昆弟忻来集，</td></tr>
<tr><td>兰蕙生我篱。</td><td>童稚满眼前。</td></tr>
<tr><td>暧暧日暖闺，</td><td>适意在无事，</td></tr>
<tr><td>田家来致词：</td><td>携手望秋田。</td></tr>
<tr><td>欣欣春还皋，</td><td>南岭横爽气，</td></tr>
<tr><td>淡淡水生陂。</td><td>高林绕遥阡。</td></tr>
<tr><td>桃李虽未开，</td><td>野庐不锄理，</td></tr>
<tr><td>蕤萼满其枝。</td><td>翳翳起荒烟。</td></tr>
<tr><td>请君理还策，</td><td>名秩斯逾分，</td></tr>
<tr><td>敢告将农时。</td><td>廉退愧不全。</td></tr>
</table>

> 已想平门路，
> 晨骑复言旋。

两人身在廊庙心在山林是相似的，审美趣味也是相近的。然而，王维似乎只是客观地、不动声色地在制作他心爱的画面：青皋日暖，陂水淡淡，黄鹂满枝……韦应物却倾诉夹杂着景色，真是一步一回头，流连忘返。但南山爽气、野庐荒烟也自是清晰的画面。然而，景物在诗中扮演的角色虽都成功，却仿佛一位是专家，一位是"票友"，毕竟身份不同。这与中唐庄园文化不再成为一个热点，却更加广泛，更加日常化的现象是相称的。中唐田园诗的淡化，使之走向士大夫心理的深层，与济世言志共同构成后期封建社会士大夫生命之二元。

这不是田园诗的式微，而是田园诗的泛滥。

第三节　休休亭传出的尾声

一

中唐到晚唐，好比秋肃入于寒冬。还是冷，只是更冷罢了。所以晚唐士大夫同样还在做青山白云梦，只是梦境更加凄清。在通往"桃花源"的路上，昔日是"隐隐飞桥隔野烟"，如今则已是"人迹板桥霜"了。

说到"桃花源"，这里还有一桩"公案"。自从王维写下《桃源行》，据盛唐庄园的模式重塑桃花源，至中唐便多有人将桃源改写成仙山。中唐参加过王叔文"永贞革新"的刘禹锡，也写过两首此类诗，一题《游桃源一百韵》，一题《桃源行》，前者尤有影响。诗中多属想象之词，如"清猿伺晓发，瑶草凌寒坼。祥禽舞葱茏，珠树摇玓球。羽人顾我笑,劝我税归轹。霓裳何飘飘,竟颜洁白皙"。(《桃源行》也说是"筵羞石髓劝客餐"。)这些物象大都是道教徒描写仙家的东西,刘禹锡也自己明说是"幽寻如梦想,绵思属空阒",纯属虚构。当时将"桃源"仙化应是普遍现象,故招来韩愈这位力排释、道的儒家斗士的训斥:"神仙有无何缈茫,桃源之说诚荒唐!"韩愈甚至对"乃不知汉,无论魏晋"的桃源人的不问政治也有微词:"嬴颠刘蹶(指秦、汉相继倒台)了不闻,地坼天分非所恤!"儒家以济世为本,故有这些话头。刘禹锡何尝不也是这样想? 只是"永贞革新"的失败使他更看透统治集团的腐败,更深刻地感到自身的危机。所以刘禹锡在诗的后半部分将现实与"桃源仙境"作了对比:"因思人间世,前路何狭窄! ……是非斗方寸,荤血昏精魄。"又说:"巧言忽成锦,苦志徒食蘗。平地生峰峦,深心有矛戟。层波一震荡,弱植忽沦溺。"对唐朝廷政治的腐败与险恶可谓痛绝,而失望又使之想逃离这污浊的人间世:"自从婴网罗,每事问龟策……誓将依羽客,买山构精舍。领徒开讲席,冀无身外忧。"这就是说,此时的"桃花源"已不再是盛唐士大夫优游其间,取得从物质到精神自给自足的洞天福地——庄园的影子,而是"幽寻如梦想"的世外避难之所。由于中唐到晚唐是个向下的斜坡,韩愈力挽狂澜并不成功,人们还是要将桃源看成仙境。这是对无可救药的现实的反拨。

　　问题的深刻性就在于:盛唐人是用世上的庄园来重塑"桃源"的形象;中、晚唐人是用世外的桃源来幻化地面上的田庄。晚唐人干脆不提什么"桃源",而是直接将田庄别业写成"桃源仙境"。陆龟蒙是个典型。《送人罢官归茅山》诗云:

> 呼僮晓拂鞍,归上大茅端。
> 薄俸虽休入,明霞自足餐。
> 暗霜松粒赤,疏雨草堂寒。
> 又凿中峰石,重修醮月坛。

这位退休官员当然不会真的去饮明霞吃松粒,但陆氏却这么写了。还有他的《四明山诗》,其序介绍说:"谢遗尘者,有道之士也。尝隐四明之南雷。"据谢遗尘说,他隐居处"有峰最高,四穴在峰上。每天地澄霁,望之如牖户。相传谓之石窗,即四明之目也。山中有云不绝者二十里,民皆家云之南北。每相从,谓之'过云'。有鹿亭、有樊榭、有潺湲洞"。且看其中《过云》诗:

> 相访一程云,云深路仅分。
> 啸台随日辨,樵斧带风闻。
> 晓著衣全湿,寒冲酒不醺。
> 几回归思静,仿佛见苏君。

苏君,汉末"升仙"的苏耽。深山别业被写得如此灵气往来。繁华的庄园也被写得没人间烟火似的,如《和袭美褚家林亭》诗:

> 一阵西风起浪花,绕栏杆下散瑶华。
> 高窗曲槛仙侯府,卧苇荒芹白鸟家。
> 孤岛待寒凝片月,远山终日送余霞。
> 若知方外还如此,不要秋乘上海槎。

所谓海槎,是传说故事:有人八月里乘槎下海,直通银河,到天上逛了一圈。褚家林亭已是"仙侯府",所以也就不必乘槎去远寻了。这是晚唐士大夫在庄园中的一种心态,即"身从乱后全家隐"的避世、避祸的心态。这种心态即便是"仙气"也遮蔽不住。试读陆龟蒙的《丁隐君歌》,其序云:

> 隐君,姓丁氏,字翰之,济阳人也,名飞举。读老子、庄周书,善养生,能鼓琴。居钱塘龙泓洞之左右,或曰憩馆耳。别业

在深山中,非得得行不可适。到其下,畜妻子,事耕稼,如常人。

人是常人,深山别业倒有奇景。其歌云:"连江大抵多奇岫,独话君家最奇秀。盘烧天竺春笋肥,琴倚洞庭秋石瘦。草堂暗引龙泓溜,老树根株若蹲兽。霜浓果熟未容收,往往儿童杂猿狖。"别业中显然有田地有堂舍,甚至有花园(洞庭秋石便是庭园设施),但写来竟似未经开发的原始山林,以至"儿童杂猿狖"。他之所以如此赞赏这无社会干扰的"蛮荒"地,是因为它可避害:"去岁猖狂有黄寇,官军解散无人斗。满城奔进翰之(丁隐君字)间,只把枯松塞圭窦。"这种坞堡式的"桃源"不禁使我们回到陶渊明的时代,那时战火遍野,历史学家陈寅恪据以推论陶渊明正是以当时避祸乱的坞堡村寨为模特塑造了"桃花源"的。历史飞碟似的飞了个大圈子,似乎又回到了晋宋的上空。

拂去仙家"五色云",我们看到晚唐庄园的真面目:士大夫的"避难所"与精神支点。试读陆龟蒙这首《江墅言怀》诗:

> 病身兼稚子,田舍劣相容。
> 迹共公卿绝,贫须稼穑供。
> 月方行到闰,霜始近言浓。
> 树少栖禽杂,村孤守犬重。
> 汀洲藏晚弋,篱落露寒舂。
> 野弁敧还整,家书拆又封。
> 杉篁宜夕照,窗户倚疏钟。
> 南北唯闻战,纵横未脱农。
> 大春虽苦学,叔夜本多慵。
> 直使貂裘敝,犹堪过一冬。

在"南北唯闻战"的情况下,庄墅的首要价值不是消闲,而是

"贫须稼穑供"的生存保证。哪怕是濒临破败的庄园,也能支撑一阵子:"直使貂裘敝,犹堪过一冬。"貂裘敝,是用苏秦"书十上而说不行,黑貂之裘敝,黄金百金尽"的典故,指干谒碰壁求官不成。显然,此时的陆龟蒙尚未放弃仕途。据《新唐书·隐逸传》载,他家"有田数百亩,屋三十楹,田苦下,雨潦则与江通,故常苦饥。身畚锸,茠刺无休时"。所记情况与此诗大致不差,看来是有个规模不太小,却不富有的庄园。但这个庄园对他是如此重要,甚至影响到他的行为。本传还说到他举进士,一不中便游湖州、苏州。"尝至饶州,三日无所诣。刺史蔡京率官属就见之,龟蒙不乐,拂衣去。"如果没有这么个"犹堪过一冬"的"江墅",还能如是旗鼓不倒吗? 只是在战乱中,这些"避难所"已是风雨飘摇。郑谷《访姨兄王斌渭口别墅》诗已透露这点信息:

枯桑河上村,寥落旧田园。
少小曾来此,悲凉不可言。
访邻多指冢,问路半移原。
久歉家僮散,初晴野荠繁。
客帆悬极浦,渔网晒危轩。
……

周敬有评语说:"'访邻'四语,悲情苦景可怜。"周珽有评语说:"中六句总见悲凉不可言。"如果说盛唐人在庄园中更多的是"自在",中唐人更多的是"独处";那么晚唐人在庄园中更多的则是希企安全而已,但心中忽忽,并未有真正的安全感。陆龟蒙有组《自遣诗三十首》,其序称:

自遣诗者,震泽别业之所作也。故疾未平,厌厌卧田舍中,农夫日以未耜事相聒。每至夜分不睡,则百端兴怀搅人思,益纷乱无绪。

这种忽忽不稳的心情甚至使震泽别业的主人厌听农事:"农夫日以耒耜事相眠。"这与上文曾引及王维《赠裴十迪》所示那种听到"田家来致词,欣欣春还皋"时欣喜的心态,相去不啻百里! 你看主人在别业中竟是如此情绪纷乱:

> 雪下孤村淅淅鸣,病魂无睡洒来清。
> 心摇只待东窗晓,长愧寒鸡第一声!

事实上,癌扩散似的唐帝国危机已遍及全国,晚唐士大夫在庄园中也深深感到不可回避的祸乱的到来。陆龟蒙有首《江湖散人歌》,反映了这一深层意识。其序称:"散人者,散诞之人也。心散、意散、形散、神散。既无羁限,为时之怪民。"散了,从身心到行为一切都散了架。韦应物如前所述,好用"散"字,盖散心也,散心中之郁闷,求心理上之平衡耳。此陆龟蒙则是心散,是对唐帝国失去信心,是心绪的散乱,是唐社会分崩离析的反映。听:

> 人间所谓好男儿,我见妇女留须眉!
> 奴颜婢膝真乞丐,反以正真为狂痴。
> 所以头欲散,不散弁峨巍;
> 所以腰欲散,不散珮陆离;
> 行散任之适,坐散从倾敧;
> ……

一切都乱了套,世间无是非。想逃避吗?"四方贼垒犹占地,死者暴骨生寒饥。归来辄拟荷锄笠,诟吏已责租钱迟!"逃无所逃,正是杜荀鹤"任是深山更深处,也应无计避征徭"的意思。于是只好

403

"心散、意散、形散",散！散！散！罗隐《自遣》写得更通俗：

> 得即高歌失即休,多愁多恨亦悠悠!
> 今朝有酒今朝醉,明日愁来明日愁。

这已近乎穷开心,压抑感因无可奈何而化为一种麻木感。《寄前户部陆郎中》总括为:"罹乱事多人不会,酒浓花暖且闲吟。"尽管晚唐田园诗之于士大夫,其调节心理平衡的功能已大大削弱,但面对土崩瓦解的唐帝国,无计可施的士大夫好比溺水人更紧地抱住船的碎片不放,他们也只能是仍旧徘徊于田园这块传统的"避难所"的土地上,并用幻想之笔添上仙家的五色云。然而,破败的悲凉之气仍要透出来。

田园的调节功能减弱了,士大夫更多地依靠处世态度来调节心理平衡,好比瞎子的耳朵必定更加敏锐。

二

由中唐人白居易重新设计的"兼济"与"独善"的士大夫处世原则,在晚唐人身上得到发挥。

晚唐士子不像南朝腐败的士族那样不可救药,他们人格上往往呈现出二元,于诗文也往往于追求形式美的同时,不乏剥非补失、指陈时病之作。如自称"十年一觉扬州梦,赢得青楼薄幸名"的杜牧,却有议论风发、指陈国家大事的《罪言》;史称"士行尘杂,不修边幅,能逐弦吹之音,为侧艳之词"的温庭筠,仍有《过五丈原》、《过陈琳墓》等沉郁悲壮之作;而以《香奁集》得名的韩偓,也有"谋身拙为安蛇足,报国危曾捋虎须"一类深沉的感慨。鲁迅在《小品文的危机》中说"唐末诗风衰落,而小品文放了光辉","皮日休和陆龟蒙自以为隐士,别人也称之为隐士,而看他们在《皮子文薮》和《笠泽丛书》

中的小品文,并没有忘记天下,正是一塌糊涂的泥塘里的光彩和锋芒"。的确,皮、陆的小品文十分锋利,如皮日休《鹿门隐书》说:"古之杀人也,怒;今之杀人也,笑。古之置吏也,将以逐盗;今之置吏也,将以为盗。"《读司马法》又说:"古之取天下也,以民心;今之取天下也,以民命。"锋芒所向,直指最高统治集团。而陆龟蒙在《野庙碑》中,指责那些"耳弦匏,口粱肉,载车马,拥徒隶"(意为:听着音乐,吃着饭肉,出门就乘车骑马,由一群奴才拥簇着)的政府官吏们,只会鱼肉人民,"民之奉者,一日解怠,则发悍吏,肆淫刑,殴之以就事"(意为:他们的要求只要有一天没及时得到满足,就会派凶恶的官吏滥施刑法,对他们逼迫陷害),比无知的土木鬼神还不如!以诗文讽刺现实,这是他们"兼济"的一面,田园诗则表现其"独善"的一面。如皮日休《所居首夏水木尤清适然有作》诗云:

> 病来无事草堂空,昼永休闻十二筒。
> 桂静似逢青眼客,松闲如见绿毛翁。
> 潮期暗动庭泉碧,梅信微侵地障红。
> 尽日枕书慵起得,被君犹自笑从公。

一副庄园主慵懒的模样。陆龟蒙《独夜》诗则云:

> 新秋霁夜有清境,穷檐病客无佳期。
> 生公把经向不说,而我对月须人为?
> 独行独坐亦独酌,独玩独吟还独悲。
> 古称独坐与独立,若比群居终校奇。

生公,西晋高僧道生。传说他在虎丘讲经,石头听了也为之点头。这联是以生公对群石来衬出自己独对月,都毋须人为伴。甚至那位将自己的讽刺文集命名为《谗书》的罗隐,在锋芒指向无德无能峨冠博带的达官贵人,乃至在农民大起义时代高声赞许"顺大道而行者,救天下者也"的周武王伐纣之师的同时,也有上文所引的"今朝有酒今朝醉"的颓丧之言。其《南园题》云:

> 搏击路终迷,南园且灌畦。
> 敢言逃俗态? 自是乐幽栖。
> 叶长青松阔,科圆早薤齐。
> 雨沾虚槛冷,雪压远山低。
> ……

也是一副乐幽栖的模样。他们这种酷似白居易的作风,并非偶合,而是有意模仿。皮日休《七爱诗》就赫然有白乐天之名:

> 吾爱白乐天,逸才生自然。
> 谁谓辞翰器? 乃是经纶贤!
> 欻从浮艳诗,作得典诰篇。
> 立身百行足,为文六艺全。
> 清望逸内署,直声惊谏垣。
> 所刺必有思,所临必可传。
> 忘形任诗酒,寄傲遍林泉。
> 所望握文柄,所希持化权。
> 何期遇訾毁,中道多左迁。
> 天下皆汲汲,乐天独怡然!
> 天下皆闷闷,乐天独舍旃。
> 高吟辞两掖,清啸罢三川。
> 处世似孤鹤,遗荣同脱蝉。
> 仕若不得志,可为龟鉴焉。

　龟,是龟壳,卜筮之工具。鉴,铜镜。这末尾一句说得明白:如果仕途不得志,那就以白乐天为榜样,"寄傲遍林泉"去。难怪皮日休也自号"醉吟先生",司空图也仿《醉吟先生传》作《休休亭记》,乃至宋人苏轼取白居易东坡诗意,自号"东坡"。由此可见,白居易那种"时之来也,为云龙,为凤鹏,勃然突然,陈力以出;时之不来也,为雾豹,为冥鸿,寂兮寥兮,奉身而退"的处世态度对后代士大夫有多么深刻的影响!后期封建社会少不了殉国殉夫的烈士节妇,却少有屈原式为其志而自沉的士大夫。虽然不能由白居易来承担全部责任,但"兼济"、"独善"这种士大夫自调机制的完善,不能不说是士大夫取得内心平衡、减弱对不合理社会现象冲击力的一个重要内因。而庄园的生活经验,不能不说是这一处世原则的酵母之所在。如果没有谢灵运、陶渊明乃至王绩、王维这些历代的富有田园生活经验的优秀诗人对田园生活的体味与描绘,就不可能使田园生活这一不见得那么丰富多彩的生活会成为动人遐想的理想世界。如果没有韦应物、白居易这些中唐优秀诗人将田园生活经验虚化为士大夫官场生活中的向往,甚至使官场生活染上田园色彩,也不可能使田园生活成为封建时代士大夫精神世界的一个不可或缺的部分。田园诗,已经成为缓解日益附属于封建文化专制机器的士大夫对个体自由渴求的有效工具。然而,田园诗中田园生活经验本身却淡化了,不再成为人们反复咀嚼、体味的主题;只有田园生活态度才是士大夫注目之所在。也就是说,此时士大夫反复咀嚼、体味的主题是自己对社会的态度:或远避之以为乐,或远羡之以为悲。二者骨子里,都是对现实的失望,都不得不披上世纪末的悲凉之气。请容我从中、晚唐之交的贾岛说起。贾岛有首颇著名的《题李凝幽居》:

闲居少邻并,草径入荒园。
鸟宿池边树,僧敲月下门。
过桥分野色,移石动云根。

暂去还来此,幽期不负言。

这就是所谓"推敲"的出处。夜间敲门,有声响,比"推"字更能传幽居之神。总的调子是冷色调。至如《访李甘原居》云"石缝衔枯草,楂根渍古苔";《僻居无可上人相访》云"砚中枯叶落,枕上断云闲";《原上秋居》云"鸟从井口出"之类,赏爱的是清僻生冷的东西了。其中透出的是与社会的心理距离,即《孟融逸人》诗中自称的"树林幽鸟恋,世界此心疏"。另一个苦吟诗人姚合,也有一首《闲居》写此心情:

　　不自识疏鄙,终年住在城。
　　过门无马迹,满宅是蝉声。
　　带病吟虽苦,休官梦已清。
　　何当学禅观,依止古先生。

不但心理上冷僻,取象也冷僻。如姚合《过杨处士幽居》云:"裁衣延野客,剪翅养山鸡。酒熟听琴酌,诗成削树题。"山鸡而剪翅,树削皮以题诗,不免煞风景。这样的形象,显然与王维式以保持自然不受干扰的自足形态为极致的审美趣味大相径庭了。中唐至晚唐田园诗就总的趋势而言,已渐渐由盛唐时代的雍容自得、本色自然,发展为对凄清怪异乃至枯寂的自我欣赏。例如皮日休的"水痕侵病竹,珠网上衰花"、"压酒移溪石,煎茶拾乌巢";杜荀鹤的"庭前树瘦霜来影,洞口泉喷雨后声"、"冷烟粘柳蝉声老,寒渚澄星雁叫新";方干的"树影搜凉卧,苔光破碧行"、"枯井夜闻邻果落,废巢寒见别禽来"。这些冷僻的"瘦句",表达了诗人与社会的心理距离。

不过,更深刻地体现诗人与社会心理距离的,是那些看似清新,实则冰凉的田园之作。刘沧《秋夕山斋即事》云:"半夜秋风江色动,满山寒叶雨声来。"清新过后,却有一股惆怅的动感掠过心头。

再如曹邺《早秋宿田舍》：

> 涧草疏疏萤火光，山月朗朗枫树长。
> 南村犊子夜声急，应是栏边新有霜。

真所谓"诗思入骨清"。在山村月色中，传来犊子的急促的哞叫，使人悟到秋霜已下。盛唐人祖咏有名篇《终南望余雪》可参照：

> 终南阴岭秀，积雪浮云端。
> 林表明霁色，城中增暮寒。

境界似乎一样，细品却截然不同。祖咏这首小诗很有厚重感。诗从对面飞来，先写雄伟秀丽的终南山远景：断云上"浮"着冬天厚厚的积雪。"林表明霁色"，一个"明"字准确地写出阳光下明晃晃的雪色，无比开朗，在树林这第二层次的远景的衬托下，是如此亲切地落在眼前。下一层要读者自己想象了：城中忽增寒意。是暮色？不，暮色只是表面的印象，寒意来自在终南山雪光笼罩下，人们心里的一种反应。全诗从眼到身体乃至内心，体现了终南山给人雄伟崇高的感觉。何况，客观上终南雪的融化虽给城中增了寒气，却也预示了冬天的过去，心底能无初春的暖意油然而生？而曹邺诗中的新霜却预示了寒冬的逼近，那清冷的月色和幽寂的山村，使小牛犊的哞叫更令人怜悯。自称"冷句偏宜选竹题"的郑谷，有首《郊园》：

> 相近复相寻，山僧与水禽。
> 烟蓑春钓静，雪屋夜棋深。
> 雅道谁开口，时风未醒心。
> 溪光何以报？只有醉和吟。

郑谷说出心里话：山僧水禽、春钓夜棋、溪光山色，看似清新的田园生活，无非只是与醉吟同为缓解晚唐士大夫心中彷徨郁结的工具。明朝人许学夷在《诗源辨体》中认为："唐人之诗虽主乎情，而盛衰则在气韵。如中唐律诗、晚唐绝句，亦未尝无情，而终不得与初、盛相较，正是其气韵衰飒耳。"话说得不错，晚唐人之情不能不感受时代的气息，才情与时代气象相联系。这是纵向看。横向看，则晚唐田园诗轻清悲凉的风格未尝不是晚唐没落的奢靡之风的反拨。韦庄《咸通》诗写尽晚唐醉生梦死的达官贵人的丑恶：

> 咸通时代物情奢，欢杀金张许史家。
> 破产竞留天上乐，铸山争买洞中花。
> 诸郎宴罢银灯台，仙子游回璧月斜。
> 人意似知今日事，急催弦管送年华。

咸通，唐懿宗年号。金、张、许、史家，是汉代名门豪族，借指唐当时的贵族权门。与声色犬马的糜烂官场相比，晚唐田园诗也仍不失为一小片诗国净土。

三

晚唐田园诗已弹奏到尾声。

诗论大家司空图为我们提供了一窥唐代庄园文化与唐诗关系的最后机会。

司空图是晚唐有名的庄园主。《旧唐书》本传称：

> 图有先人别墅在中条山之王官谷，泉石林亭，颇称幽栖之趣。自考槃高卧，日与名僧高士游咏其中。

考槃,《诗经》中一篇名,咏贤者隐居山林之乐。至于王官庄园的情况,《南部新书》记载较详:

> 司空图侍郎,旧隐三峰,天祐末移居中条山王官谷,周回十余里,泉石之美,冠于一山。北岩之上,有瀑泉流注谷中,溉良田数十顷。至今子孙犹存,为司空之庄耳。

《南部新书》是宋人钱易所作,故有些不太准确。如"天祐末移居中条山王官谷",天祐是哀帝年号,共三年。"末",那就该是天祐三年(906)。但早在十九年前的光启三年(887),司空图已有《中条王官谷序》,将自己的诗集"以中条别业一鸣"命名。看来还是史书说得对,是"先人别墅",不是什么"移居"。这个别业有"良田数十顷","周回十余里",是个典型的庄园。司空图自己在光启三年写的《山居记》中描述说:

> 中条就蒲津东顾,距虞乡才百里。亦犹人之秀发,必见于眉宇之间,故五峰颇然为其冠珥。是溪蔚然涵其浓英之气,左右函洛。乃涤烦清赏之境。

中条山在长安与洛阳之间,与辋川庄、平泉庄此类京都庄园不同,是在山区,在战火连天的岁月里,中条山里的王官谷庄园成了避难所,《新唐书》称"寇盗"独不入王官谷,士人依以避难。在这个"涤烦清赏之境",据司空图《山居记》自称,有证因亭,内刻佛像;有拟纶亭、修史亭、濯缨亭(后改名为"休休亭")、览昭亭、莹心亭,后二亭有僧人居住;有三诏堂、九籥室,室中壁画列有"国朝至行清节文学英特之士",以激励自己。司空图还写了《王官二首》,写出了王官谷一带的环境:

风荷似醉和花舞,沙鸟无情伴客闲。

总是此中皆有恨,更堪微雨半遮山。

荷塘烟罩小斋虚,景物皆宜入画图。

尽日无人只高卧,一双白鸟隔纱厨。

看来这个庄园是有山有水,风物宜人的。司空图还有《修史亭二首》,其二说:

篱落轻寒整顿新,雪晴步屐会诸邻。

自从南至歌风顶,始见人烟外有人。

由此又可知王官谷这个庄园较空旷独立。在《与李生论诗书》中,司空图举了些自己满意的诗,其中有"隔谷见鸡犬,山苗接楚田。人家寒食月,花影午时天"。又:"绿树连村暗,黄花入麦稀。远陂春早渗,犹有水禽飞。"所描绘的似乎便是王官谷的图景。

关于司空图这个人及其归隐王官谷的动机,历史上似有异议。《唐诗纪事》卷六三引《五代史阙文》称:司空图为人"躁于进取",也就是急功好利的意思,颇自矜伐,所以正直的人都鄙视他。黄巢起义后,他回到先人旧业的中条山别业,"日以诗酒自娱,属天下版荡,士人多往依之,互相推奖,由是声名籍甚"。意思是司空图回山中还是为了造就名声,与一伙来依靠他的士人"互相推奖"。又说,司空图"负才慢世,谓己当为宰辅(宰相),时人恶之,稍抑其锐。图愤愤,谢病归中条"。《唐诗纪事》不同意这种看法,认为司空图"见唐政多僻,中官(宦官)用事,知天下必乱,即弃官归中条山"。我同意。司空图的归隐,不但有急迫的形势使之然,还有很深刻的思想依据,代表后期封建社会中比较正直的那一部分士大夫的处世原则。

司空图主要活动在唐懿宗、僖宗、昭宗至哀帝时代。这时唐帝国的崩溃已是尽人皆知的事了。问题仅仅在于：如何对待这一形势？许多朝臣不是依附宦官便是投靠方镇军阀，蝇营狗苟，偷得一时富贵。即便在将倾的大厦底下，也还忙着排挤人才，争权夺利——崔胤、柳璨之流便是。司空图则反于是，在三十三岁时写的《与惠生书》中，他自称"文之外，往探治乱之本"，等有机会就要"以成万一之效"。他认为当今之务，在于"存质以究实，镇浮而劝用"，要"尚通"、"尚法"。他也深知此时挽狂澜于既倒之不易，说："一国之政，我公而未必皆行也，就其间量可为而为之。"他还作一个譬喻说："夫百人并迫于水火，可皆救之，斯为幸矣；不可皆救，则将竭力救其一二耶？亦将高拱以视之耶？"这种儒家"知难而进"、"知不可为而为之"的精神与所谓"躁进"大有区别——古人往往用"躁于进取"来攻击那些勇于改变现状的人，故不可不注意区分。然而，随着时间的推移，他渐渐感到谗言蜚语的可怕。他在《感时》诗中说：

　　　　好鸟无恶声，仁兽肯狂噬。
　　　　宁教鹦鹉哑，不遣麒麟细。
　　　　人人语与默，唯观利与势。
　　　　爱毁亦自遭，掩谤终失计。

　　在污浊的环境中，他开始采用老庄的处世法："众人皆察察，而我独昏昏。取训于老氏，大辩欲纳言。"（《自诫》）《旧唐书》本传称"时朝廷微弱，纪纲大坏，图自深推出不如处，移疾不起"。此后，一再推辞朝廷的任命："乾宁中，又以户部侍郎征，一至阙廷致谢，数日乞还山，许之。昭宗在华，征拜兵部侍郎，称足疾不任趋拜，致章谢之而已。"还有一次是权臣柳璨想借故诛灭有才望的朝臣，诏司空图入朝，"图阳（佯）堕笏"，柳璨这才放了心，让他还山。他算是看透了"青云无直道，暗室有危机"的官场，认定"逃名最要是无能"，只有装傻，才不会招来灾祸，所以说"忍事敌灾星"，自号"耐辱居士"。

《狂题十八首》其十七说：

> 十年三署让官频，认得无才又索身。
> 莫道太行同一路，大都安稳属闲人。

深刻的危机感是司空图隐居的主要原因。因此，他喜欢用"久避重罗稳处飞"的山鹊来比喻自身的遭际。《喜山鹊初归三首》之三说：

> 阻他罗网到柴扉，不奈偷仓雀转肥。
> 赖尔林塘添景趣，剩留山果引教归。

这种远离是非之地的心情，必然是司空氏歌吟的对象：

> 新霁田园处，夕阳禾黍明。
> 沙村平见水，深巷有鸥声。
>
> （《河上》）

> 几处白烟断，一川红树时。
> 坏桥侵辙水，残照背村碑。
>
> （《闲步》）

> 幽鸟穿篱去，邻翁采药回。
> 云从潭底出，花向佛前开。
>
> （《即事》）

此类诗比较接近王维那种细细品味田园生活、沉浸在一丘一壑之中的风格。有些司空氏自鸣得意的警句如"草嫩侵沙长，冰轻著雨销"、"棋声花院闭，幡影石坛高"，应当是安心于栖隐心态的反映。

然而,司空图只是主张"据正而能屈己"(《题东汉传后》),并非真正认为"世间万事非吾事",所以才会在退隐后自称"耐辱居士",以示不得已。因此,在他的田园诗中更多的是表白自己不得已的内心。《偶书》云:

> 自有池荷作扇摇,不关风动爱芭蕉。
> 只怜直上抽红蕊,似我丹心向本朝。

这种"向本朝",关心唐帝国命运的心情可谓至老不衰。《乙丑人日》云:"自怪扶持七十身,归来又见故乡春。今朝人日逢人喜,不料偷生作老人!"七十老人还为"偷生"自愧,在中国封建社会恐怕唯儒者能之。至如"带病深山犹草檄,昭陵(唐太宗葬昭陵)应识老臣心"、"穷辱未甘英气阻,乖疏还有正人知。荷香泡露侵衣润,松影和风傍枕移"、"亦知世路薄忠贞,不忍残年负圣明"、"丧乱家难保,艰虞病懒医。空将忧国泪,犹拟洒丹墀",这些诗句无不显示了司空图隐逸的特殊性:作为一个智者,他深知国事不可为,乃避难栖隐;作为一个儒者,他休戚仍系心于国事,愧于栖隐。可以说,司空图栖隐时内心的平衡往往要靠自己不断地证明自己这一行动的正确性来取得。如《丁巳重阳》称:"乱来已失耕桑计,病后休论济活心。自贺逢时能自弃,归鞭唯拍马鞯吟。"《寄王赞学》称"黄卷不关兼济业,青山自保老闲身"。因此,司空图的田园之作往往表现出一个避难者对现实记忆犹新的清醒,以及理性的自我化解后的平和神情。请读《山中》诗:

> 全家与我恋孤岑,蹋得苍苔一径深。
> 逃难人多分隙地,放生麇大出寒林。
> 名应不朽轻仙骨,理到忘机近佛心。
> 昨夜前溪骤雷雨,晚晴闲步数峰吟。

诗前半部分是现实,是避难的艰辛;后半部分转为"忘机近佛心"的理性自我化解,终使心平气和,昨夜之骤雷迅雨,今日之闲步数峰,便有言外之意了。再如《丁未岁归王官谷》诗:

> 家山牢落战尘西,匹马偷归路已迷。
> 冢上卷旗人簇立,花边移寨鸟惊啼。
> 本来薄俗轻文字,却致中原动鼓鼙。
> 将取一壶闲日月,长歌深入武陵溪。

丁未是光启三年,次年又有《光启四年春戊申》之作,题下注:"一作《归王官次年作》。"这首归来一年后的诗说:

> 乱后烧残数架书,峰前犹自恋吾庐。
> 忘机渐喜逢人少,览镜空怜待鹤疏。
> 孤屿池痕春涨满,小阑花韵午晴初。
> 酣歌自适逃名久,不必门多长者车。

两首诗的意思前后是衔接的。前诗多言惨酷之现实与"将取一壶闲日月"的愿望,后诗则多言这"壶中天地"的闲适生活,但"乱后烧残数架书"又是记忆犹新的现实。"酣歌自适"正是理性自我化解的过程。因此,读司空图的田园之作,现实的"烧痕"是明显的。因其处理现实的态度如此,所以他在评诗时对白居易大不以为然,甚至抨击"元、白力勃而气孱,乃都市豪估耳",而在出处问题上却又楷模之。在六十七岁头上,他也仿白居易写《醉吟先生传》,写了《休休亭记》。为什么叫"休休亭"?作者说:

> 盖量其材,一宜休也;揣其分,二宜休也;且耄而瞆,三宜休也。而又少而惰,长而率,老而迂,是三者皆非救时之用,又宜休也。

说了许多自己该休息的理由,但其中不平之气读者不难感受到。量材宜休,这是反语,不必说也明白。揣分何以也宜休?《有感》诗云:"古来贤俊共悲辛,长是豪家拒要津。"豪门权贵把持着官场,你还不"安分守己"? 他这股不满之气在《题休休亭》(一作《耐辱居士歌》)中有强烈的发泄:

> 咄! 诺。休休休,莫莫莫。伎俩虽多性灵恶,赖是长教闲处著。休休休,莫莫莫! 一局棋,一炉药,天意时情且料度。白日偏催人快活,黄金难买堪骑鹤。若曰尔何能? 答言耐辱莫。

开头几句不易理解。《唐音癸签》卷二三解释说:"咄,拒物之声。诺,敬言也。图隐身不出,其本怀。姑为拟议之辞,先叱之,随诺之,因以休休莫莫自决耳。"这是一个由进取到退隐的过程。开始是"咄!"拒绝之;继而"诺",承认现实,愿意退隐;终以"莫莫莫,休休休",表示一种对世事的放弃态度。《效陈拾遗子昂感遇》有云:"豪夺乃常理,笑君徒咄嗟。"可见"咄嗟"是用以对现实表现不满与斥责。看惯豪夺,竟以之为"常理",也就"磨损胸中万古刀",不再激愤了。说的也是同一过程。《狂题十八首》之五又说:"不劳世路更相猜,忍到须休惜得材。几度懒乘风水便,拗船折舵恐难回!"这便是最终下了决心不再回头的态度,也是世事不可救药的"莫莫莫",终于"自决"归隐的"休休休"! 也是司空图一再辞官不拜的坚决态度。至于"一局棋,一炉药",是有意美化退隐生活。事实上中条山王官谷并非仙境,兵火也烧得到。就以这个"构不盈丈"的休休亭来说,也是因原来的濯缨亭被陕军所焚才改建的。据《书屏记》自述,这次陕军还焚毁了他家藏书七千四百卷,在中条山要"白日偏催人快活"岂容易哉! 而司空图田园诗之可贵处,也就在于不忘世事,是心理矛盾的反映。试读《重阳山居》:

诗人自古恨难穷,暮节登临且喜同。
四望交亲兵乱后,一川风物笛声中。
菊残深处回幽蝶,陂动晴光下早鸿。
明日更期来此醉,不堪寂寞对蓑翁。

三、四句《许彦周诗话》认为"意甚委曲"。的确,这一联颇能传达出司空图在那样的乱世中隐居的复杂心情。如前所论,白居易在改造儒家"兼济"与"独善"处世原则时,曾添上南禅宗一味。司空氏虽然也在晚年颇倾心于释道,在其诗论中大露头角,但儒家节义等人格要求却一直纠结盘踞于心胸,最后竟以哀帝被弑而郁闷不食致死,体现了他最终极的生命价值观。司空图很清楚自己与白居易之间的差异,《修史亭三首》之二说:

甘心七十且酣歌,自算平生幸已多。
不似香山白居士,晚将心地著禅魔。

事实上白居易晚年也未必无儒学在胸,只是他的确偏离得远了些。司空图更典型地体现了"独善"只是"兼济"的重要补充,而不是并列的关系。司空图以庄园自处,以释道淡化胸中郁结,但最终仍皈依于儒学的生命准则;其经历有力地解释了中国封建士大夫何以软弱,却又时有颇为壮烈之举,而且历代有之,不绝如缕的历史现象。庄园文化这块土地将培植出什么样品格的植被,还要由撒下的是什么思想的种子,什么样的历史"气候"来决定。

休休亭传出的尾声颇耐人品味。

第三章　水　中　之　月

第一节　人与自然对话

一

有人把中国人传统的思维模式概括为"通天人、合内外"六个字,我看是有道理的。中国人与自然关系的最高境界不是"人定胜天",而是"人心通天",是"天人合一"(当然不是人与天平起平坐,而是人效法于天)。所以中国人对待自然的态度,是一种融洽游乐的态度,安分知足的态度,而不是尽量索取、无限追求的态度。这种态度是否代表了一切古代的中国人? 我不知道。不过,我认为至少是唐代士大夫对待自然的基本态度。

早在产生《诗经》的远古时代,先民对自然已有了亲和的态度。"关关雎鸠,在河之洲",已经是一幅带音响的美丽图像,颇为完整。然而它尚不是独立自足的风景描写,它只是"引子",是爱情诗必需的氛围而已,叫"兴"。先秦儒家仍然持此态度,孔子说"知者乐水,仁者乐山",以自然作为道德精神的象征,知者如水之灵动不息,仁者似山之厚重安固。但他又赞成门人曾点的向往:"暮春者,春服既成,冠者五六人,童子六七人,浴乎沂,风乎舞雩,咏而归。"这是对自然的亲和,更是儒家独善的道德情操的贯注,是"据于德,游于艺"的审美态度。对自然明显取"通天人,合内外"态度的是道家。庄子说:"天地与我并生,万物与我为一。"又云:"独与天地精神往来。""庄周梦蝶"的故事更是形象地表达了道家神与物游、合内外、与自然融一的主张。不过作为文学实践,要待到魏晋南北朝才获得较普遍的成功。

　　山水诗的兴起与魏晋玄学的盛行有关,这已经是文学史常识了。我们不想翻老账,只想重点谈两个对山水田园诗有突出贡献的大人物:陶潜与谢灵运。前者把大自然纳入个体的日常生活,成为人生不可或缺的重要内容;后者把山水纳入田园,构筑士大夫从物质到精神自给自足的小天地。

　　《庄子·知北游》说:"山林与! 皋壤与! 使我欣欣然而乐与!"魏晋玄学正是把这种在自然美的欣赏中得解脱、获自由的精神化为一种风尚,成为"魏晋风度"的一个重要组成部分。《世说新语·赏誉》载:"孙兴公为庾公参军,共游白石山。卫君长在坐。孙曰:'此子神情,都不关山水,而能作文?'"神情不关山水,就要被认作不能神超形越,不得为名士风流。这时便有"以玄对山水"、"山水以形媚道"的提法。这应当被看作是中国士大夫第一次认真地与自然的"对话"。人以"道"来理解山水,而山水又以其魅力来显示"道"的神妙,"道"是沟通二者的"语言"。不过,这时双方尚处于互相外在的地位,谈不上"促膝而谈"。只有陶潜才真正做到这一点,在日常生活中与自然融一,促膝而谈。也就是说,人与自然的关系,至此才进入一种审美生活的关系。其中关键在于:陶潜是以儒家"安贫乐道"的从容态度来处理道、释超脱现实的"出世间"的追求,使之归于儒家"据于德,游于艺"的入世精神。用陶潜独特的提法,就叫"质性自然",而不"以心为形役"。他的"顺心",就是保持个体人格的独立自由,不"为五斗米折腰"。这仍是颜回"安贫乐道"的精神。一篇《归去来兮辞》道尽这种乐天的情趣:

引壶觞以自酌,眄庭柯以怡颜。倚南窗以寄傲,审容膝之易安。园日涉以成趣,门虽设而常关。策扶老以流憩,时矫首而遐观。云无心以出岫,鸟倦飞而知还。景翳翳以将入,抚孤松而盘桓。

这里既无"千岩竞秀,万壑争流",也无"鸟兽群鱼,自来亲人"。诗人置身于一个平凡的日常生活之中:独饮独开怀,虽是容膝之蜗居,庭院里的树,远山上的云,仍足以使人情趣盎然,盘桓不倦。因为这样简朴的生活可免去"违己交病"的官场屈辱,是"因事顺心",是"乐夫天命"。这就叫"质性自然"。于是诗人感到顺心的"自然"与眼前的"自然"有了同样的律动,达到物我交融的境界。这也就是《归园田居》诗中的境界:

> 少无适俗韵,性本爱丘山。
> 误落尘网中,一去三十年。
> 羁鸟恋旧林,池鱼思故渊。
> 开荒南野际,守拙归园田。
> 方宅十余亩,草屋八九间。
> 榆柳荫后檐,桃李罗堂前。
> 暧暧远人村,依依墟里烟。
> 狗吠深巷中,鸡鸣桑树颠。
> 户庭无杂尘,虚室有余闲。
> 久在樊笼里,复得返自然。

由于把精神上的追求置于物质追求之上,"安贫乐道",所以平实不过的农村日常生活场景也能以审美的态度处之。《冷斋夜话》引苏东坡的意见"渊明诗,初视若散缓,熟视有奇趣",原因就在这里。著名的《饮酒》诗说:

结庐在人境，而无车马喧。

问君何能尔？心远地自偏。

采菊东篱下，悠然见南山。

山气日夕佳，飞鸟相与还。

此中有真意，欲辩已忘言。

前四句是"神与物游"的先决条件：心远地偏，心灵的虚静，排除了一切功利的追求。正是以无所求之心来对待自然，这才有下面四句与自然融洽的描绘。苏东坡评说："采菊之次，偶然见山，初不用意，而意与景会，故可喜也。""不用意"是一种近乎自然的态度，故与自然的无心机取得平等的地位。西方人讲究"移情"，往往把人的主观意识移植到自然中去，是"拟人主义"。陶渊明却没有半点这种意思，他与景物——南山，是猝然打了个照面，于是山气归鸟才进入视野。自然景物在这里是客观的、独立的，但正好与抒情人的心境是相和谐的。所以末尾两句诗人似有所悟，但"欲辩已忘言"，只顾沉浸在这物我一片融洽的气氛中。杰出的文论家刘勰对此类成功的创作实践做了理论性的升华。他在《文心雕龙·物色》中说："目既往还，心亦吐纳"，"情往似赠，兴来如答"。人与自然是"对话"的关系，是物我双向建构的关系。陶渊明为后人树立了与自然对话的榜样：要善于在身旁景物中找到与心律合拍的自然的律动，找到物我共振共鸣的契合点，而不是简单的象征或移情、拟人之类。

另一位描写大自然的重要诗人是谢灵运。谢家是东晋以来最显赫的士族豪门之一，他们拥有许多大庄园。这个家族的成员文学修养很高，谢安、谢万兄弟已开始寄傲林丘的诗歌创作。这些都遗传给刘宋时代的谢灵运。《宋书》本传说："灵运内因父祖之资，生业甚厚，奴僮既众，义故门生数百。凿山浚湖，功力无已。"写于会稽庄园的《山居赋》详尽地描绘了他那规模庞大的庄园，有山有水，有园有林，是南朝典型的自给自足的大庄园，不但"闭门成市"，简直把山水也纳入这个自足的小天地了。试读其《于南山往北山经湖中瞻眺》诗：

> 朝旦发阳崖，景落憩阴峰。
> 舍舟眺迥渚，停策倚茂松。
> 侧径既窈窕，环洲亦玲珑。
> 俛视乔木杪，仰聆大壑淙。
> 石横水分流，林密蹊绝踪。
> 解作竟何感，升长皆丰容。
> 初篁苞绿箨，新蒲含紫茸。
> 海鸥戏春岸，天鸡弄和风。
> 抚化心无厌，览物眷弥重。
> 不惜去人远，但恨莫与同。
> 孤游非情叹，赏废理谁通？

头两句是说早晨从南山(山南曰"阳"，山北曰"阴")出发，日落才到北山歇脚。以下写眺望所经湖上的自然风光，尤其是"初篁苞绿箨"四句出色地描绘出江南的早春。破土的竹笋，带着紫茸的蒲芽，戏水的鸥鸟，风中传来的鸡鸣……把大自然表现得如此贴切细致，完整独立，而且从头而下的这么多自然景物层出不穷，极富视觉效果，前此的诗人们是很难办到的。再读几段《山居赋》，将有助于我们对这首诗中空间位置的理解：

> 近南则会以双流，萦以三洲。表里回游，离合山川。崿崩飞于东峭，槃傍薄于西阡。拂青林而激波，挥白沙而生涟。

> 因以小湖，邻于其隈。众流所凑，万泉所回。氿滥异形，首凑终肥。别有山水，路邈缅归。求归其路，乃界北山。栈道倾亏，蹬阁连卷。复有水径，缭绕回圆。弥弥平湖，泓泓澄渊。孤

423

岸竦秀,长洲芊绵。既瞻既眺,旷矣悠然。

这么个大庄园,当然从南山到北山要走上一天了。从描写中看,庄园里自有山山水水,所以田园诗写起来也就与山水诗差不多。而且这么宏大的规模,这么丰富的内容,正适合用赋体铺排的手段,所以谢灵运的田园山水诗富丽丰赡,正如沈德潜所称:"谢诗胜人正在排。"因其注重客观风景的铺叙,所以谢诗中的景物更有独立性、客观性,诗人的感受也往往错杂其间,而不用景物来象征、对应。也就是说,景物是外在的,只供人"赏心"。于是庄园具有了这样的意义:为人们提供了一个独立自足的物质条件,从中可产生出人们精神上独立自足的愉悦。事实上,东汉时的庄园就已经注意到"所起庐舍,皆有重堂高阁,陂渠灌注"(《后汉书·樊宏传》),经营不离庭园,极舒适方便之能事。南朝的庄园更是聚石蓄水,进行一丘一壑的经营。庄园已经是士大夫精神文化生活的一部分,如谢灵运《拟魏太子邺中集诗八首序》所说:"天下良辰美景,赏心乐事,四者难并。今昆弟友朋,二三诸彦,共尽之矣。"谢灵运的"山水型"的田园诗正是这种"窥情风景之上,钻貌草木之中"的文化生活的产物。随着南朝以后自然的园林化日渐加强,人与自然的对话便从蛮荒无垠的大自然日渐集中到身边日常可见的文明生活中的自然。如果说汉人的《招隐士》表现了隐居者是处于蛮荒之中,"猿狖群啸兮虎豹嗥",令人不安,要发出"王孙兮归来! 山中兮不可以久留"的召唤;那么谢灵运笔下"池塘生春草"的自然已是园林化的自然,隐居者的处境很安全。尤其要指出的是,唐代物质条件更好了,庄园的普遍化更使"隐居"不再是为数极少的士族庄园主的专利。正因其普遍化,庄园文化才对封建士大夫的精神生活、审美趣味产生了深远的影响。因此,谢灵运在盛唐人心目中具有崇高地位也就不奇怪了。然而,唐人田园诗的成功,还因为他们是在庄园生活经验的基础上汲取了陶渊明那种自得的生活态度,及其对自然采取"境与神会"的审美态度。总之,陶、谢使人与自然更贴近了,如果没有这二者的妙合,便不可能有如此成功的唐代田园诗。

美学家宗白华先生说:"晋人向外发现了自然,向内发现了自己的深情。"

我们是否可以这么说:"唐人向外发现了深情,向内发现了自然?"

二

我们说唐人向外发现了深情,是指唐人改造了晋人以"目击道存"去看待山水的方法,他们发现独立自在的自然景物便有深情在。他们善于让景物独立地存在着,便能含情脉脉,便能一往情深。这就是后人津津乐道的"景中情"。

我们说唐人向内发现了自然,是说唐人心中别有一种灵奇,善创想象之境。由于"三教并用"(释、道、儒),唐人着力开拓自己的精神世界,自然的山山水水内化为自己所独有的一片天地。也许可称作"情中景"。

唐人让心中的山山水水与独立自在的大自然的山山水水交汇辉映,造成一个情景交融的艺术世界,真正达到"通天人,合内外"的境界。这也正是六朝人想达到而尚未达到的境界。现在让我们看一个颇有兴味的例子。南朝诗人何逊有首《慈姥矶》:

> 暮烟起遥岸,斜日照安流。
> 一同心赏夕,暂解去乡忧。
> 野岸平沙合,连山近雾浮。
> 客悲不自已,江上望归舟。

诗中,外部的自然世界与内部的精神世界两两对照:平稳的流水,苍茫的暮色,正是诗人想要消解的心中思乡乱绪的对比;野岸平沙,连山雾气,又象征了诗人心中撩人的乡思使人心境不得明朗。这种一景一情的重复的结构,使自然景物具有象征意义。如果我们把句子的顺序改动如下:

> 客悲不自已,江上望归舟。
> 野岸平沙合,连山近雾浮。
> 暮烟起遥岸,斜日照安流。
> 一同心赏夕,暂解去乡忧。

　　开头两句只是让抒情者获得一个视角,中间四句将写景集中起来,自然景物便获得相应的独立自足,是诗的主体。末了两句是自然风景给予诗人的深切感受。这么一改,是不是便近乎一首唐诗?何逊想让情景交融,却仅仅得到情与景的对应;唐人让景物独立,却偏偏使得情意如盐着水,化入景中,真正获得情景交融。对景物不同的处理,产生不同的时代风格,不是颇能给人一点启示?
　　关键看来是要让自然景物独立自足,从比附、象征中解放出来。有位外国人很敏感地指出:唐人经常用“空”和“自”字,这两个概念后面藏着一种时间和空间的失落感。你看崔颢的名篇《黄鹤楼》就用了两个“空”字:

> 昔人已乘黄鹤去,此地空余黄鹤楼。
> 黄鹤一去不复返,白云千载空悠悠!
> 晴川历历汉阳树,芳草萋萋鹦鹉洲。
> 日暮乡关何处是,烟波江上使人愁。

　　这两个“空”字,分别强调了空间与时间的失落。大自然是独立的,不以人的意志为转移。晴川之树,芳草之洲并不因人去楼空而改变其律动。从人事的变迁与大自然的永恒的对比中,托出了诗人对生命的热爱及对生命短暂的无限感慨。大诗人李白有一首追摹此诗的《登金陵凤凰台》:

> 凤凰台上凤凰游,凤去台空江自流。
> 吴宫花草埋幽径,晋代衣冠成古丘。
> 三山半落青天外,二水中分白鹭洲。
> 总为浮云能蔽日,长安不见使人愁!

这里的对比更强烈。当年繁华的吴宫,风流的晋人,如今都逝去了,只有青山白水依旧。诗人为人生的短暂却不能及时建功立业而愤慨。诗中的"空"与"自"相接,更加强了变迁感与永恒感的对立。李白有时不用"空"、"自",却有一个看不见的"空"与"自"在。如《越中怀古》:

> 越王勾践破吴归,义士还乡尽锦衣。
> 宫女如花满春殿,只今惟有鹧鸪飞!

前三句在想象中把越王的事业旋上顶峰,末一句却蓦地跌落到眼前的现实,只有荒草野禽的大自然才是真正的胜利者!杜甫则更喜欢用自然景物与诗人心情的"不相干"来表现这个"空"与"自"。如《绝句》:

> 江碧鸟愈白,山青花欲燃。
> 今春看又过,何日是归年?

前两句里,大自然欣欣向荣,色彩是如此浓烈。后两句是说自身的空度时光,日趋灰色的衰老。景色与心情色调并不一致。这也是杜甫常感慨的"欣欣物自私",是大自然的独立自足。可见唐人是尊重自然本身的客观性的。

由于唐人尊重自然的独立自足,所以唐人往往不追求以自然物作象征、比附,而是选择自然景物,以某一个清澈面呈露出来,组合成一个多面的水晶体似的完整境界,用来表现诗人心中的山山水水。你看孟浩然的《宿建德江》:

> 移舟泊烟渚,日暮客愁新。
> 野旷天低树,江清月近人。

"移"字、"泊"字点明这是途中暂宿此地。第二句"客愁新"的"新"字有味,可见是因泊此地才勾起的一种新感受。后两句并未纠缠这个"愁"字,而是放眼看去,夜景是如此亲切可人。要知道,中国人是讲究"良辰、美景、赏心、乐事"四者并举的。独客异乡,见此情景,奈何无亲朋共赏,因此更易勾起新的旅途惆怅——须知家乡也有"鹿门月照开烟树"的美景啊!孟浩然就是这样,撇开自身的思绪,让景物清澈地呈露在眼前,却因此使诗中弥漫着一种孟浩然特有的情绪。与孟浩然同时的杰出诗人王昌龄也有一首景物相似的《太湖秋夕》:

> 水宿烟雨寒,洞庭霜落微。
> 月明移舟去,夜静魂梦牵。
> 暗觉海风度,萧萧闻雁飞。

同样是月明烟水移舟,但微霜雁鸣使诗中愁绪的浓度要比上首高得多。盛唐诗评家殷璠曾将王昌龄与储光羲的风格作比较,认为"王稍声峻"。王昌龄与孟浩然诗风都有明朗的一面,相比起来,也可以说"王稍声峻"。与"风神散朗"的孟浩然不同,王昌龄经历要

坎坷得多,感情也要深沉得多,上两首诗的比较已颇露端倪。稍后的诗人张继也有名篇《枫桥夜泊》:

> 月落乌啼霜满天,江枫渔火对愁眠。
> 姑苏城外寒山寺,夜半钟声到客船。

　　仍是月夜泊舟,悠悠颤颤的钟声使客船与寒山寺有了距离感,使诗境罩上迷离恍惚的情绪,恰恰与孟浩然的"江清月近人"相反;也没有王昌龄烟雨风霜那般苍苍莽莽,其清迥的风格倒又与孟浩然相近。三人取题材相似,景物也多有相重,但所表达的情绪各各不同。其中的差异主要是靠景物所呈露的角度的不同,甚至只是色调上微妙的变化。从这组诗的比较中,我们是否可以领悟到唐人对独立自足的景物的深刻了解,并依据表情的需要随心所欲地呈露其某些面的高超技巧?

　　靠转动景物的各个"面"来反映内心世界的方方面面,更是田园诗惯常的手段。初唐的王绩已擅长用此法了。试读《在京思故国见乡人遂以为问》:

> 旅泊多年岁,忘去不知回。
> 忽逢门外客,道发故乡来。
> 敛眉俱握手,破涕共衔杯。
> 殷勤访朋旧,屈曲问童孩。
> 衰宗多弟侄,若个赏池台?
> 旧园今在否? 新树也应栽?
> 柳行疏密布? 茅斋宽窄裁?
> 经移何处竹? 别种几株梅?
> 渠当无绝水? 石计总生苔?
> 院果谁先熟? 林花那后开?

> 羁心只欲问，为报不须猜。
>
> 行当驱下泽，去剪故田莱。

　　诗写得很白，中间一串问句，可谓"每事问"。不过注意看，都与"赏池台"有关，无论移花布柳、果熟花开，都是田庄生活中赏心之事，而不是"经济效益"。这些景物虽各以自己特殊的一面呈露，却有共同的指向，表达了作者想归隐田园过闲适生活的情志。他另有《春园兴后》一首，正是这种生活的写照：

> 比日寻常醉，经年独未醒。
>
> 回瞻后园柳，忽值数行青。
>
> 定是春来意，低头更好听。
>
> 歌莺辽乱动，莲叶绕池生。
>
> 散腰追阮籍，招手唤刘伶。
>
> 隔架窥前空，未余几小瓶。
>
> 风光须用却，留此待谁倾！

　　末后部分是说架上蓄存的酒只剩下几小瓶了，但面对如此春光，不喝又留下等谁！数行柳、一池莲，正是庄园中的良辰美景，能引来赏心乐事。酒加上春光中的庄园自然景物，是诗人隐居生活中的两大要素。至此，我们就不难明白诗人何以关心"柳行疏密布"、"渠当无绝水"了。这也是东皋子（王绩号）的特长：善叙隐居事物，娓娓道来，如数家珍。后来的王维虽然拿手的"绝活"是短句加短篇的五言绝句，但铺叙隐居中事物也不让王绩。试读《田家》：

> 旧谷行将尽，良苗未可希。
>
> 老年方爱粥，卒岁且无衣。
>
> 雀乳青苔井，鸡鸣白板扉。

> 柴车驾羸犉，草屩牧豪豨。
> 多雨红榴折，新秋绿芋肥。
> 饷田桑下憩，旁舍草中归。
> 住处名愚谷，何烦问是非！

"草屩牧豪豨"，意为穿着草鞋去牧猪。豪豨，指壮猪。通首写隐居事物，从吃粥、驾车写到红榴、绿芋，末了才点到"愚谷"——传说春秋时有隐士不与世争，被视为愚，所居山谷称"愚谷"。上面诗句的种种描写正是呈露田家生活简朴自足、与世无争的一面。尽管雀乳鸡鸣、驾牛牧猪、芋肥榴折，都是具体的事物互不相干，也无所谓象征、比兴，却都指向了诗人向往的富足闲逸，与世无争。这才是诗人心中向往的世界——未必是现实田家的世界。值得注意的是，诗人并未扭曲现实中的事物，他只是巧于组合而已。

然而，唐人的这种组合绝不是汉人的罗列堆砌，也不是晋人的"目击道存"、"以山水媚道"，它是以谢灵运用赏心的态度去客观地描写自然为基础，汲取陶渊明以"质性自然"，同自然和合的态度去体味自然，与自然同一的精神，创造出唐人特有的情景交融：外部世界与内部世界的交相辉映，从氛围中去感受深情。举孟浩然《夏日南亭怀辛大》为例：

> 山光忽西落，池月渐东上。
> 散发乘夜凉，开轩卧闲敞。
> 荷风送香气，竹露滴清响。
> 欲取鸣琴弹，恨无知音赏。
> 感此怀故人，中宵劳梦想。

诗由暮色写到凉夜。雾气凝于竹叶，荷风吹而露滴，一个"清"字写出响声之彻，乃见夜之静。诗人长时间地在南亭静思，既是爱此凉夜,也是怀友情长。在静夜的氛围中,"恨无知音赏"凸现了,既表现了怀友之情,更表现了自家对这种闲适的田园生活的深情,可谓"一击两鸣"。很难想象没有"荷风送香气,竹露滴清响"一联,便可取得这样的效果。从这个意义上讲,荷风竹露绝不是陪衬,而是处于主体地位,情思由此而发生。无独有偶,柳宗元也写了相类的一首《中夜起望西园值月上》:

> 觉闻繁露坠,开户临西园。
> 寒月上东岭,泠泠疏竹根。
> 石泉远逾响,山鸟时一喧。
> 倚楹遂至旦,寂寞将何言。

也是月上露坠,但给人的是清冷孤寂。何以故? 孟诗有山光,有荷香,是暖色调;有散发乘凉,开轩闲卧,是舒适举动。所以人事与景物互相感应,将读者引向清爽闲适。而柳诗寒月惊鸟、露坠泉响,都是冷色调;倚楹至旦,且寂寞无言,是无可慰藉的灵魂。人事与景物一结合,读者只能感受到诗人的忧伤。

这就是我们本节开头所说:唐人发现独立自在的景物便有深情在,他们善于转动自然景物,使之含情脉脉。其中枢纽,就田园诗而言,是诗人对田园生活的态度、兴趣。如王绩《野望》:

> 东皋薄暮望,徙倚将何依?
> 树树皆秋色,山山唯落晖。
> 牧人驱犊返,猎马带禽归。
> 相顾无相识,长歌怀采薇。

中间两联已是自足的山村画图。然而前后两联点明诗人的倾向在于对这种田园牧歌式的平静生活的浓厚兴趣,这就使遍野的明亮的秋色与镀金似的夕阳下的群山,成为一种令人向往的生活环境;自由的牧人、猎手们平静的生活,则成为令人羡慕的生活方式。于是一望中的村野便笼罩上诗人的深情,自然景物也就与诗人的情思幻化出一片灵奇:是实景,也是幻景。盛唐人殷璠称之为"兴象"。

<h2 style="text-align:center">三</h2>

盛唐评论家殷璠在《河岳英灵集》中标举的"兴象"说,可以说是盛唐田园山水诗创作的理论升华。在盛唐人如何处理人与自然之间关系这一问题上,它最具代表性,不容忽视。《河岳英灵集·叙》说:

> 于是攻异端、妄穿凿,理则不足,言常有余,都无兴象,但贵轻艳。虽满箧笥,将何用之!

在评论陶翰时又说:

> 历代词人,诗笔双美者鲜矣。今陶生实谓兼之:既多兴象,复备风骨。

"兴象"与"轻艳"对立,与"风骨"并举。殷璠虽然没有回答"这是什么",却告诉我们"这不是什么"。兴象看来是指一种既不轻艳、又非刚健的诗歌风格的内在质素。从所举孟浩然有兴象的实例——"众山遥对酒,孤屿共题诗"——看来,是"对景即兴"的意思。事实上它不但指"兴"与"象"的静态结合,还指诗人兴发而与物象遇合的创作过程。所以殷氏评王维说:

> 维诗词秀调雅,意新理惬,在泉为珠,着壁成绘,一句一字,
> 皆出常景。

这评论与苏东坡认为王维"诗中有画,画中有诗"的意见似乎相合,但殷氏着重点不在效果,而在于创作过程:境是常境,但因意新理惬,所以情景交汇,"在泉为珠,着壁成绘",成为艺术胜境。评张谓时说得更明白:

> 谓代北州老翁答,及湖中对酒,行在物情之外,但众人未曾
> 说耳,亦何必历遐远探古迹,然后始为冥搜?

常景,身旁平常的自然景物,都可以即景发兴,写出有兴象的诗来。试读张谓《湖中对酒作》:

> 夜坐不厌湖上月,昼行不厌湖上山。
> 眼前一樽又常满,心中万事如等闲。
> 主人有黍百余石,浊醪数斗应不惜。
> 即今相对不尽欢,别后相思复何益。
> 茱萸湾头归路赊,愿君且宿黄翁家。
> 风光若此人不醉,参差孤负东园花!

如果读者尚觉得面熟,那是由于在前文"诗意的居住"部分,我们曾举过这首田园诗,作为盛唐人田园诗多有富足感的例子。不过,这里殷氏是作为常景只要"行在物情之外",也可成为有"兴象"的好诗,而不必历遐远探古迹而求之的例子。你看诗中只淡淡地扫了一笔湖上山,湖上月,又闪过茱萸湾、东园花这两个与风景有关的词,更多的倒是置身风景中的人的神态与心情的描写。正是人的情趣的参与,才使平淡无奇的常境具有了诗意,这就叫有兴象。而作

为点化常境的因素,是"行在物情之外"。从这首诗中看,那就是抒情人的富足感。如前所说,唐人将庄园当成"世上桃源",使已进入人类文明日常可见的自然景物也具有世外神仙境界的奇妙,是一个逍遥自在、无忧无虑的境界。正是庄园文化培养、规定了中国后期封建社会士大夫的生活情趣不是在"历遐远探古迹",而是在身旁常景中以高远的情怀去发现,从而与自然景物结合成一个动人遐想的半虚半实的新天地。因此,殷璠在强调境只须常境的同时,又强调诗人的"兴"要新奇,要幽远。如评贺兰进明说"又《行路难》五首,并多新兴";评王季友说"爱奇务险,远出常情之外";评储光羲说"储公诗格高调逸,趣远情深";评刘眘虚说"眘虚诗情幽兴远"。只要情趣高远,得遇相惬之景物,对景即兴便可有佳作。下面是殷氏赞赏的情幽旨远的一部分景句:

> 松际露微月,清光犹为君。(常建)
>
> 山光悦鸟性,潭影空人心。(常建)
>
> 落日山水好,漾舟信归风。(王维)
>
> 涧芳袭人衣,山月映石壁。(王维)
>
> 松色空照水,经声时有人。(刘眘虚)
>
> 山风吹空林,飒飒如有人。(岑参)
>
> 寒风吹长林,白日原上没。(薛据)
>
> 塔影挂清汉,钟声和白云。(綦毋潜)
>
> 小门入松柏,天路涵虚空。(储光羲)

景象大都较平实无奇,但蕴含着逸致幽情,颇有意味,是殷氏兴象说的具体化。可见所谓兴象,是诗人幽远情趣与实景的遇合,是对景即兴的创作过程及其富有意味的艺术效果。这种审美意识的产生,与唐代普遍存在的庄园文化对士大夫文人的生活情趣的熏陶有关。

我们感兴趣的,还在于"兴象"这一概念的可容量之大与活力之强。兴象说的活力,首先来自"兴"与"象"的并列,两端确定,中间关系则不确定:"兴",是比兴的"兴"?还是寄兴的"兴"?感兴的"兴"?"象",是形象的"象"?意象的"象"?境象的"象"?"兴"与"象"之间的关系是"兴"主"象"宾,还是"象"主"兴"宾?或者是互为宾主?中间留下很大空白,有很大的容量。"兴"与"象"的并列,平起平坐,不作"寄居蟹"式的组合,这就使兴象有了物我遇合的意义。《文心雕龙·比兴》说:"诗人比兴,触物圆览。"《诗品·序》说:"文已尽而意有余。"二家之说都可以在兴象说中得以圆融通贯。所谓"触物圆览",是合乎我民族先民"天人合一"、"人心通天"的基本精神的。盛唐田园山水诗极力表现的就是人与自然的和谐,从中总结出来的兴象说也同样表现了人与自然的平等,"兴"与"象"的平等。兴象,不是由人向物的"移情",也不是物成为人的意念化的"象征",人与物是互相感应的关系,如上引诗句可证:

山光悦鸟性,潭影空人心。

山与鸟与潭与人,交互影响,不分宾主。再如王昌龄的《听流人水调子》:

孤舟微月对枫林,分付鸣筝与客心。
岭色千重万重雨,断弦收与泪痕深。

流人,指被流放到边远地区的罪人,他们大都是些原中央政府的官员。流浪诗人听到他们的筝声,自然要引起共鸣。岂止是诗人,连自然景物也共鸣共振了:"岭色千重万重雨。"是筝声引起的错觉? 还是远处岭上的真景象? 或者两者兼而有之:筝如急雨,而雨也正在远处岭上。物我浑然一体了。《文心雕龙·物色》云"目既往还,心亦吐纳";"情往似赠,兴来如答"。这是物我双向建构的感应关系。杜甫说:

> 坐对秦山晚,江湖兴颇随。
>
> 兴与烟霞会。
>
> 山林引兴长。
>
> 在野兴清深。

这是对景即兴之意。但他似乎更喜欢用"发兴"二字:

> 云山已发兴,玉佩仍当歌。
>
> 造幽无人境,发兴自我辈。
>
> 客身逢故旧,发兴自林泉。

"兴"自何来? 自我? 自物? "发"字的强烈动态的确更能将物、我相激相生之情状显现出来。而不太涉及诗论的李白,无意之中也很漂亮地表达了物我双向建构的关系:

> 相看两不厌,只有敬亭山!

这岂不就是人与自然的对话?

"兴象说"正是在诗歌理论上对这种"情往似赠,兴来如答"的人与自然对话关系的肯定,对物我双向建构的感性认识的理性升华。

"象",得与"兴"取得如此独立平等的并列地位,当得力于道家"目击道存"的思维方式。《庄子·田子方》说:

> 子路曰:"吾子欲见温伯雪子久矣,见之而不言,何邪?"仲尼曰:"若夫人者,目击而道存矣,亦不可以容声矣!"

子路问孔子,说先生不是早就想见温伯雪子其人吗?为何见了又不说话呢?孔子回答说,像如此人,只要见到就可以"目击道存",毋需说什么。郭庆藩注释说,目击道存的意思就是目才往而意已达。事物自身的呈露可取代言辞的解说,所以晋人才以对山水的观照取代"道"的说教,是王羲之所谓的"寓目理自陈"。于是乎山水诗才从玄言的附庸脱出,蔚成大国。如果我们再考虑到山水诗的"远祖"——民歌中用以起兴的景句,那么山水景物与言意之间的关系就更明朗了。林庚教授说:"正如有一些起兴往往可以用在许多的歌词上,某些山水诗句也往往能引起多方面的联想……山水诗虽不停留于兴,却往往带有比兴的丰富启发性。"山水景物用以言道,却又从玄言中解放出来;山水景物用以起兴,却又从兴中独立出来。它是如此圆满自足,使艺术之"象"得以区别于哲学之"象",但同时又从文学的"兴"与哲学的"目击道存"的"双亲"那儿获得"遗传",具有多重启发性与象外指向性的品格。唐诗人正是善于把握这种品格,以最大的热情转动自然景物的各个"面",使之不加任何演绎地呈露其明澈的一面,组合成意境,取得西方诗歌中景物描写所不可比拟的自足性。值得注意的是,"象"的这种品格在唐前尚未臻阙美,要待到盛唐田园山水诗派崛起,这才叫"功德圆满"、瓜熟蒂落。原因当然是多方面的,譬如诗歌自身发展需要时间,要有许多优秀诗人经验的积累;南朝以后中原政治文化重心南迁,使云蒸霞蔚的江南自然风景为具有较高文化修养的北方文人所认识;等等。
不过作为一种具有了普遍意义的文学现象,其外部条件是不应忽视
的。正是由于东汉以来就存在着的庄园经济,至盛唐均田制崩坏以
后得以成为士族、庶族地主所共同拥有的一种相当广泛的经营方
式,这才使庄园文化对士大夫文人来说具有普遍的意义。作为这种
文化土壤所产生的一种生活情趣、审美意识,包括对日常的身旁的
自然的欣赏态度,于是乎对田园山水诗创作产生了深刻的影响。特
别是盛唐人将田庄别墅作为进可仕退可隐的基地,成为人们心目中
的桃花源,这就赋予了庄园文化一种理想主义的色彩。正是在这样
的历史氛围中,"一丘一壑"受到人们的重视,优游其间,吟玩体味,
使自然物获得独立自足的地位,而与诗人心灵上的自足相融洽,成
为诗人内心世界的一种适合的外在显现。这就是黑格尔所说:"诗
人必须从内心和外表两方面去认识人类生活,把广阔的世界及其纷
纭万象吸收到他的自我里去。"(《美学》第三卷)这种说法颇类司空
图所谓的"万取一收",它强调了诗人与客观世界之间的相互关系。
盛唐庄园造成一批士大夫文人独立自足的心理,也造成田园诗中所
表现出来的自在的神情。"兴象说"正是体现了精神世界与物质世
界的这种契合、融洽。如果这种逻辑关系用示意图表示的话,则如
下所示:

  庄园经济⋯⋯→庄园文化⋯⋯→与自然对话⋯⋯→对
"象"的新认识⋯⋯→田园山水诗的创作经验

当然,这仅仅是对田园山水诗发生影响的多维关系中的一
维,还有诸如其他门类艺术的发展、当时盛行的禅宗思维方式、作
者个人修养与气质等等因素与逻辑关系、非逻辑关系在同时起
作用。

第二节　诗·画·禅

一

海外学者徐复观曾称绘画是庄学（道家）的"独生子"，很生动。的确，就文艺而言，受儒学控制最少的莫过于绘画理论。历代统治者总是以儒家"诗教"作为他们文艺政策的总出发点，对以诗文为中心的文艺界严加控制。因此，文学批评总是跳不出"教化"的圈缋。绘画被视为末技，却又往往是文人墨客的"业余爱好"，是士大夫生活中颇为重要的审美活动。因此，在"儒道互补"的文化结构中，绘画更多地体现了道家超脱的精神。不过，它还有个"表姐妹"，那就是田园山水诗，都带有隐逸性格。就像那小说里所说"表亲是危险的亲"，他们会互相爱慕、结合。"诗中有画，画中有诗"，这就像民歌中唱的："和块黄泥儿捏咱两个，捏一个儿你，捏一个儿我……将泥人儿摔碎，着水儿重和过，再捏一个你，再捏一个我——哥哥身上也有妹妹，妹妹身上也有哥哥！"

山水画与山水诗都可溯源到晋代，它们都是"以玄对山水"的产物，被看作是与"道"即自然的认同。"目击道存"也罢，"山水以形媚道"也罢，都是为了"浑万象以冥观，兀同体于自然"，达到"体静心闲"、"世事都捐"的精神境界，实现对人生的超越与解脱。《世说新语·品藻》载：

> 明帝问谢鲲，君自谓何如庾亮。答曰："端委庙堂（朝廷），使百僚准则，臣不如亮；一丘一壑，自谓过之。"

谢鲲自以为作为朝廷的模范官员，自己不如大臣庾亮，具有表率作用;但自己能静心安适于园林山水之间,不竞不贪,倒是庾亮所不能及。大画家顾恺之曾取材于此,画谢鲲置身于岩石中,以表现其纵意丘壑、清心洁性的品格。不过这一时期的山水画与山水诗一样,还只是一种陪衬、比附、象征,尚未独立自足。技法上也还比较质朴、呆板,诚如唐代画论家张彦远所说,画山峰像画笼子;画水则不能泛舟,毫无浩渺之感;画树木,则如伸胳膊展手指,不见生机。待到盛唐,山水画有了长足的发展,与山水田园诗一样,成为独立自足的艺术,出现了李思训、吴道子、王维、张璪、郑虔、王宰、韦偃、毕宏等一批善画山水的杰出画家。其中如吴道子"怪石崩滩,若可扪酌",李思训"金碧山水图障,笔法艳雅",都是自成风格的一代宗师。《画鉴》称王维"平生喜作雪景、剑阁栈道、骡纲晓行、捕鱼、雪渡、村墟等图。其画辋川图,世之最著者。盖其胸次潇洒,意之所至,落笔便与庸史不同"。显然,士大夫好画山水,与其生活态度有直接的关系。画论家张彦远虽然也说什么"夫画者,成教化,助人伦"云云,但这只是打官腔。他在《历代名画记》论及南朝山水画家及画论开创者宗炳与王微时说:"图画者,所以鉴戒贤愚,怡悦情性。"又指出"宗炳、王微皆拟迹巢、由,放情林壑,与琴酒而俱适,纵烟霞而独往。各有画序,意远迹高,不知画者,难可与论。"在"教化"功能之外,张彦远又提出了"怡悦情性"的功能。宗炳所代表的南朝画家之所以能做到有高超的画论又有高明的创作,就因为他们能体味放情林壑的隐逸生活,独往自适,意远迹高。张彦远的评论,代表了唐人对山水画的理解,也是唐代山水画实践与唐代士大夫田园生活之间联系的正确阐发。这种怡悦情性的态度是士大夫对生命节奏的特殊体验,也是对宇宙观察的独特角度。美学家宗白华就曾经以此阐明中国诗与中国画中共有的空间意识:移远就近,由近知远。

中国先哲对宇宙空间的态度是:"高山仰止,景行行止,虽不能至,而心向往之。"是极目悠悠的向往,是孟子所谓"万物皆备于我矣,反身而诚,乐莫大焉。"所以中国人对无穷的天宇不是去探险、去征服,而是游目骋怀、俯仰自得,将无穷之时空饮吸于胸中,罗网于眼前,使"万象在旁"。所以中国山水画不采用透视法,而是"以大观小"、"散点透视"乃至"反透视"。中国画的卷轴,有一种是竖的长方形,观者抬头由上至下看,也就是从远处、高处向近处、低处看。画面上的物体向观者收拢,直至脚下的花草泉石。这种画法重视的是层次,以便形成节奏感,让观者能由此体味自然的律动。西洋画则相反,追求空间的无穷尽,以引起一种崇高感。如《托米多一瞥》,这张全景图把观者安放在一个类乎神的位置,所有景物——高天灿烂的云层、远处的城堡、脚下的湖水……都一览无遗。物体越接近地平线,离开设想的观察点就越远,天宇无穷,就像在哥特式大教堂中仰观极高的屋顶,仿佛是在观天象,感叹于宇宙之无穷,上帝之伟大。中国山水画不要西洋画令人有一去不返的效果,而是要回旋往复,如宗炳《画山水序》所称:"身所盘桓,目所绸缪。以形写形,以色貌色。"就像唐诗人沈佺期《范山人画山水歌》所形容:"山峥嵘,水泓澄,漫漫汗汗一笔耕,一草一木栖神明。忽如空中有物,物中有声。复如远道望乡客,梦绕山川身不行!"盘桓周遭于身旁的事物,却又浮想联翩,梦绕山川。宗炳称为"卧游"的作画情趣,在沈诗中得到描绘。《易》云:"无往不复,天地际也。"人与自然周旋,企图实现"天人合一",这种意识在文艺中得到体现。从中国画所体现出的移远就近、由近知远的空间意识及其盘桓绸缪、游目骋怀的艺术哲学中,我们得到重大的启发,可以对田园山水诗作一番新的观照。

　　首先是移远就近、由近知远的取景法。初唐诗人杜审言有句云:"树杪玉堂悬。"较远层次的玉堂,移至较近层次的树林间,使之置于同一平面上,这不就形成坚重的玉堂却"悬"在树梢上的画面吗?杜甫也有句云:"窗含西岭千秋雪,门泊东吴万里船。"西岭含于窗,是移远就近;船泊于门,却来自万里外之东吴,是由近知远。岑参有句云:"窗影摇群动,墙阴载一峰。"万物都向我靠拢来,远峰也从墙上探头。孟浩然有句云:"野旷天低树,江清月近人。"眼光正是看长轴画似的,从上至下,由天俯至树,再到江面,却又见月如此亲切,真是无往不复,移远就近又由近而知远了。诗人兼画家的王维,自然是精于此道,其《瓜园诗》说:

> 携手追凉风,放心望乾坤。
> 蔼蔼帝王州,宫观一何繁!
> 林端出绮道,殿顶摇华幡。
> 素怀在青山,若值白云屯。
> 回风城西雨,返景原上村。

这是立足于瓜园高斋"俯视南山形胜"的诗,与前举油画《托米多一瞥》观景立足相类似。然而这里骋目游怀并不是一去不返,虽然"放心望乾坤",宫观殿顶历历在目,但"林端出绮道",分明是中国山水特有的平面化的画面,将远处之绮道置于较近层次的林梢上,与"迢迢南川水,明灭青林端"、"水国舟中市,山桥树杪行"同一写法,不是流水道路消失在地平线上,造成景深,而是道路、流水、山桥明灭于树林之端! 加上"回风城西雨,返景(太阳的返照)原上村",造成无往不复、盘桓绸缪的境界。这一境界含蕴着诗人俯仰自得、游目骋怀的精神境界,也是王维田园诗特出的"自在"的境界。这种境界可归结为:心尚幽远,而盘桓却在近旁。王维曾赠诗给另一面家张谭,诗云:

> 吾弟东山时,心尚一何远。
> 日高犹自卧,钟动始能饭。
> 领上发未梳,床头书不卷。
> 清川兴悠悠,空林对偃蹇。
> 青苔石上净,细草松下软。
> 窗外鸟声闲,阶前虎心善。

徒然万象多,淡尔太虚缅。

一知与物平,自顾为人浅。

对君忽自得,浮念不烦遣。

　　王维赞张谭"心尚一何远",但细写的却是身旁懒散的日常生活。这种懒散来自"无欲",不想有所作为正是隐居者的表面形象。他玩赏着清川空林、青苔细草,却又向往着远方:"徒然万象多,淡尔太虚缅。"太虚,天宇也;缅,远也。这就是士大夫不肯放弃现实,却又向往着彼岸乐土的处世态度。反过来,我们也从中意识到庄园文化,尤其是在这种文化中培植起来的生活态度,对山水画、田园山水诗,乃至整个对自然物观赏的方法,有其深巨的影响。宗白华教授指出:"中国诗人多爱从窗户庭阶,词人尤爱从帘、屏、栏杆、镜以吐纳世界景物。"的确,王维就有"隔窗云雾生衣上,卷幔山泉入镜中"、"枕上见千里,窗中窥万室"、"大壑随阶转,群山入户登"、"自识门前山,千里横黛色"、"寥落云外山,迢遥舟中赏"、"窗中三楚尽,林上九江平"、"端居不出户,满目望云山"、"坐看南陌骑,下听秦城鸡"。可谓俯拾皆是。此中透露的是一种怡然自足的精神状态,又叫"意远"。身不必入深山探幽谷,只在园林中引水叠山,便可"城池不越,井邑不移,林篁忽深,山郁斗起……云天极思,河山满目",收到"卑痹而敞若云天,寻丈而豁如江汉,以小观大,则天下之理尽矣"的效果。这一点我们在第一篇《世上桃源》中已有详尽的陈说。这种切近自然又超乎自然的哲学,使中国画中的诗情,中国诗中的画意,都注重优之游之的情趣。如中国画有横轴画卷,随着观者的展现而渐次出现山水人物,形成"大壑随阶转"的动态。中国山水画追求的是"不下堂筵,坐穷泉壑"的效果,如宋代画论家郭熙所总结:"君子所以爱夫山水者,其旨安在? 丘园素养,所常处也;泉石啸傲,所常乐也;渔樵隐逸,所常适也。"这境界不就是《世说新语》载简文帝所云:"会心处不必在远,翳然林木,便自有濠濮间想也。觉鸟兽禽鱼,自来亲人!"也是梁元帝《全德志论》所云:"但使良园广宅,面水带山……或出或处,并以全身为贵,优之游之,咸以忘怀自逸。"这不只是理想,还是实践。谢灵运《山居赋》云:

> 抗北顶以葺馆,瞰南峰以启轩,罗层崖于户里,列镜澜于窗前。因丹霞以赧楣,附碧云以翠椽。

他形容说,自己的山居就建在北山上,打开楼窗可鸟瞰南山;层崖好似罗列在户里,平静的流水就横卧在窗前;丹霞映红了门楣,碧云染翠了屋椽。可见庄园主在营建自己的生活区时,是充分地考虑到如何优之游之,切近自然又超乎自然,达到怡养情性的目的。这是一种文化的积淀,经历漫长的岁月,特别是唐人使庄园经济普遍化,加上唐诗已普及,从而使这种"诗意的居住"在士大夫中获得了普遍性的意义。在唐田园山水诗中,随处可见这一横轴画卷式的场景描写。试读孟浩然《夜归鹿门歌》:

> 山寺钟鸣昼已昏,渔梁渡头争渡喧。
> 人随沙路向江村,余亦乘舟归鹿门。
> 鹿门月照开烟树,忽到庞公栖隐处。
> 岩扉松径长寂寥,惟有幽人夜来去。

随着黄昏山寺的钟声,我们来到争渡的喧闹的渡口。过了渡,展现在眼前的是一条通向江村泛白的沙路,这时天已渐暗下来,鹿门升起的明月照开一片新画面:朦朦胧胧的烟雾中是黑压压的树林子,那便是古时隐士庞德公隐居的地方。夜静如水,石门松径只有幽栖者独来独往。从黄昏喧闹的场景,随着渡船、沙路、松径的转变,来到幽静的月夜寂寥的场景。这不是一幅绝妙的夜行图卷吗?再如崔国辅《宿范浦》:

月暗潮又落,西陵渡暂停。

村烟和海雾,舟火乱江星。

路转定山远,塘连范浦横。

鸱夷近何去? 空山临沧溟。

全诗都是写景,一个画面接一个画面。我们好比坐在小舟上随之上下飘荡,随之走走停停。村烟海雾,舟火江星,我们也呼吸到潮湿的空气,徜徉于夜的光与影之中。景色由江河渐向沧海,一种空濛的海色在等待我们,我们也就感受到诗人漂泊江湖、前程未卜的落寞与惆怅。王维更是此中高手,你看他写《终南山》:

太乙近天都,连山到海隅。

白云回望合,青霭入看无。

分野中峰变,阴晴众壑殊。

欲投人处宿,隔水问樵夫。

这是一幅长长的竖挂的画卷。先抬头看远山,山势如奔,直赴沧海。再往下看,是中景,外看白云封山,但探身入云,则不见青霭,唯有雾气。此山之大,是地跨东西两个不同的分野——古人把天上星宿与地上区域作了对应,凡地上某区域,则划属星空某分野。且这半边晴那半边雨,这半边暖,那半边凉,真让人感同身受。再往下看,已是看画人脚边事了。观画人不禁恐惧这么个大荒山,前不巴村,后不见店的,今晚睡哪儿? 还是赶紧问问难得一遇的这位樵夫。全诗的布局正是竖立长轴山水画的布局。再看一幅横轴画卷《蓝田山石门精舍》。开卷我们看到的是:

落日山水好,漾舟信归风。

玩奇不觉远,因以缘源穷。

黄昏时乘着小舟随意漂流,于是看到如此佳景:

> 遥爱云木秀,初疑路不同。
> 安知清流转,偶与前山通。

诗人在《青溪》诗中云"随山将万转,趣途无百里。声喧乱石中,色静深松里",也是这种境界,不足百里的山溪倒有"万转",景物也愈出愈幽。峰回路转,溯源上岸,别有天地:

> 舍舟理轻策,果然惬所适。
> 老僧四五人,逍遥荫松柏。

与"桃花源"不同的是,这是现世间,这里是僧人的世界:

> 朝梵林未曙,夜禅山更寂。
> 道心及牧童,世事问樵客。
> 暝宿长林下,焚香卧瑶席。

这里展现了一个幽清的画面:

> 涧芳袭人衣,山月映石壁。

山野的气息,清空的月色,迷离恍惚,虽是自然又给人以超乎自然的感觉。这样的布局,不就是中国山水画横轴的布局吗?诗人毋需滔滔不绝地陈述己见,而愈转愈奇的画面不是已经将诗人向往什么样的生活和盘托出了吗?

然而,诗毕竟不是画。唐人往往是先勾出画意,便入诗情。如孟浩然《过故人庄》:

故人具鸡黍，邀我至田家。
绿树村边合，青山郭外斜。
开轩面场圃，把酒话桑麻。
待到重阳日，还来就菊花。

诗中的景色是漫步者眼中之景：一路绿树，进村回头一看，村口来路已是绿树掩映，整个村子都在绿树中。抬头看，远处是城郭之上的一抹青山。到农家坐定，从窗口望出去，是一片开阔的打谷场和菜园子。就是这样的景色，加上"把酒话桑麻"的悠闲，使诗人留恋，乃至主动提出明年还要来！孟浩然"风神散朗"的那份潇洒劲，就是这样体现出来的。我们不妨说：

"隐逸性格"是"诗情画意"的灵魂。

二

"诗中有画，画中有诗"强调的是诗与画的融合，而佛学禅宗则是二者融合的一种"速溶剂"。《苕溪渔隐丛话》引《后湖集》，说：

> "中岁颇好道，晚家南山垂。兴来每独往，胜事空自知。行到水穷处，坐看云起时。偶然值林叟，谈笑无回期。"此诗造意之妙，至与造化相表里，岂直诗中有画哉！观其诗，知其蝉脱尘埃之中，浮游万物之表者也。

所引诗为王维《终南别业》，"垂"一作"陲"，"回"一作"还"。行到水源穷尽之处，便坐而看那远方云起，无疑是一幅横轴的画卷。画面中蕴含着什么意味呢？这就"说来话长"了。从王维的经历看，"中岁颇好道"的"道"并非道家，而是释家。王维母亲是禅宗普寂大师的弟子，王维也是禅宗信徒。开元末，正值他的"中岁"，又笃好南禅宗,与神会是好友,还为南宗开宗立派大师惠能写过碑志,经常与僧人来往。晚年他隐居于终南山脚下的辋川庄,过着居士般的生活。"兴来"一联正写出当时独来独往的自在适意的生活。把"好道"与隐居生活联系起来是有道理的。禅,音译全称是"禅那",意译是"静修",所以禅宗人士往往又称作"静者"。这种静修当然以山林隐居生活最为合适,而王维的静修与僧人的静修有重大的差别。前面我们曾提到:王维字摩诘,取义于佛教大居士维摩诘。这是一个隐居于天竺毗耶离城的大财翁,有广大的田园与无数资财,居家有妻子,却以禅悦为味。这样的在家的"出家人"最合王维这样"半官半隐"的士大夫的口味。所以不管王维多么精通佛法,他骨子里是个世俗地主和士大夫,不应将他与禅宗僧人等量齐观。老实说,他代表的是一群既不肯放弃人世间的舒适生活,又企望有佛家无量清净的凡夫俗子。如果离开这个基点来讨论王维,就难免偏执。事实上禅宗之所以能在中土迅速蔓延,与其世俗化有极大关系。禅宗为投合凡夫俗子的口味,往往有意淡薄世间与出世间的界限,淡化市朝与山林之间的界限。维摩诘这个形象,正是为凡夫俗子"定制"的形象。王维最推崇的是禅宗"随缘任运"的理论,以即世间而出世间的禅宗佛性论为自己的人生哲学。"行到水穷处,坐看云起时"正是这种哲学的显现:随流溯源,到得水穷路绝,便随意坐下,有云起,就看云。此止彼行,依然有无限自在。这与阮籍至歧路便放声痛哭的"哭途穷"自有天壤之别。"竹林七贤"以玄学为宗,但他们的反礼教正如鲁迅所说,是受礼教之深,见礼教为世俗所糟蹋,反而疾恶起"礼教"来。这批人看重的是道家提倡个体自由的一面,骨子里仍执着于儒家的人伦节操。"随缘任运"又与陶潜的"安贫乐道"不同,"采菊东篱下,悠然见南山"也是"自在",但这是儒家独善其身的最高境界。王维的"自在",是自给自足的庄园闲适生活在精神上的反映,也是以自我精神解脱为核心的无可无不可的适玄人生的显现。正如葛兆光所说,是传统的"独善其身"与禅宗的

"自我解脱"的嫁接,是老庄"无为"、"自然"与士大夫淡泊的生活情趣的混合。因此,王维的诗中往往有谢灵运客观描写的画面,又有陶渊明自得其乐的味道——末两句"偶然值林叟,谈笑无回期"便是。然而,"嫁接"会变种,"混合"有反应。王维所具有的士大夫淡泊的生活情趣与陶、谢迥异。在《与魏居士书》中,他反对嵇康"顿缨狂顾"为个体自由而不愿与当权者合作的固执;又嘲笑陶渊明"不肯把板屈腰见督邮,解印绶弃官去",最后还是落得乞食多惭,"一惭之不忍,而终身惭"!因此他提倡无可无不可的"随缘任运",只要"身心相离"就能无视世间种种差别,得大自在。所以在批评嵇康、陶渊明的执着之后,他说"苟身心相离,理事俱如","虽方丈盈前,而蔬食菜羹;虽高门甲第,而毕竟空寂"。也就是说,只要心离开现实,就无忧无虑。这与他在《逍遥谷宴集序》中赞美亦官亦隐是"不废大伦,存乎小隐,迹崆峒而身拖朱绂,朝承明而暮宿青霭"的言论是一致的,也证明半官半隐的庄园生活与他的"无可无不可"理论是有必然联系的。现在让我们重读其《田家》诗:

旧谷行将尽,良苗未可希。
老年方爱粥,卒岁且无衣。
雀乳青苔井,鸡鸣白板扉。
柴车驾羸牸,草屧牧豪豨。
多雨红榴折,新秋绿芋肥。
饷田桑下憩,旁舍草中归。
住处名愚谷,何烦问是非。

此诗前文已引用过,就不再注释了。诗是以一个老农的口吻道出的,但这是当时士大夫写田园诗所惯用的方法。作为一个个的具体的农家日常画面,这是客观的,情调与陶渊明也颇相似。然而从整体看,那清贫的生活与乐在其中的态度并未组合成陶诗所具有的安贫乐道的思想境界,而是全诗透出一片随遇而安、随缘任运的宁静平和。"住处名愚谷,何烦问是非"那种无可无不可的态度是篇末点题。但与陶、谢更为深刻的区别,还在于王维对禅宗寂灭境界的追求。

寂灭就是超世间,是与佛教"色空"思想相联系的。佛教是讲"空"的哲学,认为一切东西都没有一个永久不变的实体("无自性"),只能是相依相约的存在,叫做"万有缘起"。一切自无实体,曰"毕竟空",无内无外,无始无终,如梦如幻,如泡如影。也就是说,一切皆"有",而"有"就是"空","色不离空,空不离色,色即是空,空即是色"。在这些颠颠倒倒纠缠着的语言后面,无非是要解决一个常识问题:客观事物是人们可感知的,如何把它说成是不存在的呢?禅宗聪明之处就在于骑墙地介入"有"与"无"之际,王维《荐福寺光师房花药诗序》说:

> 心舍于有无,眼界于色空,皆幻也,离亦幻也。至人者不舍幻,而过于色空有无之际。

高明的人不执着于"有",也不执着于"无",只承认"道无不在,物何足忘",把世间万物都看成只是佛法的显现而已。也就是说,世间一切可感知的物象,都是虚妄的存在,都是变幻无常的,只有清净空灵的心境才是真实的。王维田园山水诗往往追求这种空灵变幻的意境。试读《木兰柴》:

> 秋山敛余照,飞鸟逐前侣。
> 彩翠时分明,夕岚无处所。

秋山彩翠,众鸟高飞,是个活泼泼的世界,但终归寂灭:"夕岚无处所。"再如《欹湖》:

> 吹箫凌极浦，日暮送夫君。
> 湖上一回首，山青卷白云。

　　吹箫击鼓，人来人往，但回头看时，"山青卷白云"，一切动息归于浑茫寂静。再如《竹里馆》：

> 独坐幽篁里，弹琴复长啸。
> 深林人不知，明月来相照。

　　此诗环境描写似乎受阮籍《咏怀诗》的影响：

> 夜中不能寐，起坐弹鸣琴。
> 薄帷鉴明月，清风吹我衿。
> 孤鸿号外野，翔鸟鸣北林。
> 徘徊将何见，忧思独伤心。

　　同是幽篁明月，同是独坐弹琴，但阮诗静中生动，心绪不可排遣；王诗动归于静，弹琴长啸终归寂灭：明月相照。快乐乃在独处之中。

　　然而，禅宗的寂灭并非死寂，而是对鸢飞鱼跃的生命进行澄怀静穆的观照。愈是活泼泼的生机，愈能体现禅宗的寂照。所以《大乘五方便》强调"寂是体，照是用。寂而常用，用而常寂"。《华严经义海百门》强调"动静不二"："静时由动不灭，即全以动成静不灭，即全以静成动也。由全体相成，是故动时正静，静时正动。"这种"寂而常照"、"动静不二"的道理，也见诸王维的文章中。《与魏居士书》云"无守默以为绝尘，以不动为出世"；《能禅师碑》云"离寂非动，乘化用常"，讲的就是这一个道理。但更多的是从诗中的画面透出这一信息：

春池深且广,会待轻舟回。
靡靡绿萍合,垂杨扫复开。

飒飒秋雨中,浅浅石溜泻。
跳波自相溅,白鹭惊复下。

舟回,萍合;波溅,鹭惊。是动?是静?一瞬间泼剌剌的动态生出无限的静意来。皎然《诗式》曾对"静"有个说明:"非如松风不动,林狖未鸣,乃谓意中之静。"所谓"意中之静",正是强调了澄怀观道时心之宁静。禅宗寂灭的境界是寓于生机勃勃的自然律动之中,是空寂中生气的流动,这对于"不舍幻",想在赏玩体味自然,饱食安步于庄园之中灭尽诸种烦恼的士大夫来说,正对胃口。我们不妨读一下常建的名篇《题破山寺后禅院》:

清晨入古寺,初日照高林。
曲径通幽处,禅房花木深。
山光悦鸟性,潭影空人心。
万籁此都寂,但余钟磬音。

清代学者纪昀认为此诗"兴象深微","自然二字尚不足以尽之"。也就是说,诗中的曲径禅房,山光潭影,不只是自然的呈露,在钟磬声中,似有画外音,这就是"山光悦鸟性,潭影空人心"所示的寂灭的境界。人、鸟,在寂照中得澄明的无差别的佛家境界,这才是诗人所倾心不已的。常建还有一首《张山人弹琴》,其中有这么几句:"朝从山口还,出岭闻清音。了然云霞气,照见天地心。"自然风光与琴声艺术都使人心净化,得"天地心"。士大夫正是通过对自然、艺术的寂照达到内心平衡的目的,也是常建所谓"四郊一清影,千里归寸心"。尽管禅宗似乎是海外仙山,可望不可即,但归根结底与俗世间有着千丝万缕的关系。奥妙神秘的"寂灭",仍可在士大夫适意而懒散的庄园生活中找到某种回响,无非是从大千世界无限丰富的矛盾斗争中撤退到"寸心"这个求安稳的小小的内心世界里来,徘徊于身旁事物,让自己在封闭中得到适意而已。所以禅宗有个著名的"公案":

> 老僧三十年前来参禅时,见山是山,见水是水;及至后来亲见知识,有个入处,见山不是山,见水不是水;而今得个体歇处,依然见山是山,见水是水。

这后一个山水与前一个山水似乎一样,其实大不相同,它已经是禅者的直觉体验,是蕴含了禅意的山水。你看这首小诗:

> 木末芙蓉花,山中发红萼。
> 涧户寂无人,纷纷开且落。

这似乎是以客观的态度再现大自然原始状态的"见山是山,见水是水",花开花落并不因"涧户寂无人"而停止其律动。然而细味其中的理趣,它将这种现象孤立出来了,给人聚散生灭的印象,显示了毕竟空寂的禅宗幻灭思想。这也许是"见山不是山,见水不是水"了。但这毕竟是读者的联想,诗中的物象是独立自足的,它以它静美的一面光彩照人,使人不做任何联想也能体会到自然的律动,依然是"见山是山,见水是水"。田园山水诗的美学意义更多的不是因为它具有"禅趣",而是它具有独立自足的美。再读这首小诗:

> 人闲桂花落,夜静春山空。
> 月出惊山鸟,时鸣春涧中。

在静观默察中，人与自然在无言地"对话"。你也许很难说明诗中蕴含着什么禅理，但你并不难从中得到美感。因山中的寂静，甚至连桂花落地也能觉察，因此悄然上升的明月也会惊动山鸟，在它边飞边鸣的轨迹中，我们触摸到大自然的动脉的搏动。我们为春天的生机勃勃而感动与欣然。历史总喜欢与人开玩笑，你想进这个房间，却错进了另一个房间，"欲往城南望城北"。因时代、学历、阶级、审美经验种种的不同，读者在接受的过程中未必能、或未必愿意按作者的暗示去阐释诗意。王维正是因为善于将自己对大自然的体味、默察、玩赏的审美经验融入诗中，以独立自足的画面无比澄明地呈露于读者面前，所以在不同的时代、不同的阶级、不同学历乃至不同民族的读者中，获得赞赏。特别是这样短小的篇幅，隐去了作者慵懒的庄园主神态，略去了作者任何文字上的表白，留下更大的空间，在一丘一壑中让读者去填充自己的审美经验与审美理想，也就更成就了王维的"诗中有画，画中有诗"的独异风格。但是勘破到底，作者是以禅宗思想为溶剂来溶解诗情画意为一体的，其生活态度正是源于他大庄园主的生活实践。

三

熔诗、画、禅于一炉，并非王维的专利，如中唐人韦应物、柳宗元、刘禹锡诸人，都能在田园山水诗中交织诗情画意佛理。兹各举一例以概其余：

> 独怜幽草涧边生，上有黄鹂深树鸣。
> 春潮带雨晚来急，野渡无人舟自横。
>
> （韦应物《滁州西涧》）
>
> 渔翁夜傍西岩宿，晓汲清湘燃楚竹。
> 烟销日出不见人，欸乃一声山水绿。

回看天际下中流,岩上无心云相逐。

（柳宗元《渔翁》）

公馆似仙家,池清竹径斜。

山禽忽惊起,冲落半岩花。

（刘禹锡《题寿安甘棠馆》）

　　这些诗都有明丽的画面,都可在泼剌剌的生机中领悟某种佛家哲理。然而,如前文所述,中唐后士大夫所处的历史环境不同于盛唐的太平昌盛,文人心态不是与庄园和谐的自给自足的生活同步,"思与境偕";而是面临着频仍的动乱与官场日益加剧的倾轧,士大夫更多的是在郡斋中衙门内做他们的青山白云梦。不过,盛唐庄园文化却积淀在士大夫的日常生活中,使他们在心灵的一角保持着庄园生活的心态,在想象之中过着他们的"吏隐"生活。"醉吟先生"白居易无疑是个典型,他的闲适诗是盛唐田园山水诗的变调。

　　白居易的经历与王维有许多相似之处,譬如,都是早年就习佛,都倾心于南禅宗,都是以"即世间为出世间"的维摩诘居士为典范,都是随缘任运的富贵闲人,都是当时诗坛的一代宗主,等等。当然,经历上还有些非本质性的区别,如二人虽然都是前期奋发、后期沉潜,但王维早年追随张九龄进步的政治集团,虽自称"宁栖野树林,宁饮涧水流,不用食粱肉,崎岖见王侯",但却愿意追随张九龄:"可为帐下不? 感激有公议,曲私非所求!"(《献始兴公》)后来张为李林甫所排挤,王维开始采取消极的不合作态度,优游于辋川庄。前期王维诗也抨击社会不平,边塞诗也写得开阔雄健。"安史之乱"起,王维虽然授伪职,但是非之心并未泯没,在被拘洛阳时曾写下《菩提寺禁,裴迪来相看,说逆贼等凝碧池上作音乐,供奉人等举声,便一时泪下,私成口号,诵示裴迪》的著名绝句。当然王维的反抗是软弱无力的,他另有五绝云:"安得舍尘网,拂衣辞世喧。悠然策藜杖,归去桃花源。"对待"安史之乱",他只是用佛家自我解脱的方法,企求"舍尘网",避归辋川而已,置万民于水火则无所用心。白居易前期更是奋发有为,曾写下惊天动地的《新乐府》《秦中吟》等讽喻诗,为当权恶势力所忌恨。然而,一旦被贬,便明哲保身,晚年甚至在政治上流于圆滑,在朋党纷争、宦官朝臣矛盾剧烈的情势下,与各派不即不离保住自己能安居高位。在这一点上,他的政治技巧要高于王维,但也可于此小分优劣。宋人苏辙曾议论说:

> 乐天(白居易)少年知读佛书,习禅定,既涉世,履忧患,胸中了然照诸幻之空也。故其还朝为从官,小不合即舍去,分司东洛,优游终老。盖唐世士大夫达者如乐天寡矣。(《书白乐天集后二首》)

苏辙的议论是客观的。不过,白氏对佛学的态度与王维有差别。王维对佛教是诚心奉信的,白居易似乎只是把佛学与"醉吟"并列,"禅能泯人我,醉能忘荣粹",都是自我解脱的工具。这点白氏自己很清楚,所以在《醉吟先生传》中他说:

> 性嗜酒,耽琴,淫诗。凡酒徒、琴侣、诗客,多与之游。游之外,栖心释氏(佛教),通学小、中、大乘法。与嵩山僧如满为空门友,平泉客韦楚为山水友,彭城刘梦得为诗友,安定皇甫朗之为酒友。

这种"六经注我"的态度,分明是将佛理作为自我消闲的一种方式而已。所以,白居易的人生态度虽然与王维同有随缘任运的共同点,但白居易更强调放情自娱、知足保和。因此,王维诗中的禅趣当于自然景物的显现中求之,白居易诗中的禅趣则更多地应从生活场景中求之。宋人张镃《读乐天诗》云:

诗到香山老,方无斧凿痕。
目前能转物,笔下尽逢源。
学博才兼裕,心平气自温。

"目前能转物",道出白氏对自然场景的态度,更带主观色彩。他善于用浅近的语言组织日常细节,及眼前的景物,造成适意安乐的氛围,以体现自己心平气和的精神上的自足。如《池上早夏》:

水积春塘晚,阴交夏木繁。
舟船如野渡,篱落似江村。
静拂琴床席,香开酒库门。
慵闲无一事,时弄小娇孙。

只要有个园林,就能得野渡江村之趣。他甚至认为不必大庄园,小园子也就可以了。《自题小园》说:

不斗门馆华,不斗林园大;
但斗为主人,一坐十余载。
回看甲乙第,列在都城内;
素垣夹朱门,蔼蔼遥相对。
主人安在哉? 富贵去不回。
池乃为鱼凿,林乃为禽栽。
何如小园主? 拄杖闲即来;
亲宾有时会,琴酒连夜开。
以此聊自足,不羡大池台!

他嘲弄那些不知变通的将相池台主,还想与太平盛世庄园主一样浸淫于一丘一壑之中。中唐的频繁动乱,使白居易将青山白云之梦化为小园自得之乐。他不肯放弃的仅仅是庄园生活的那副慵闲的神态与散漫的方式,所以他的田园诗、闲适诗不以自然物的独立自足为美,而是要求自然物为我所用,是"目前能转物"。《新涧亭》云:

> 烟梦初合涧新开,闲上西亭日几回。
> 老病归山应未得,且移泉石就身来。

孟浩然说是"还来就菊花",是我来近物;白居易说是"且移泉石就身来",是物来亲我。王维欣赏"涧户寂无人,纷纷开且落",白居易却讥笑"池乃为鱼凿,林乃为禽栽"。王、孟追求物我同一的化境,白居易却将山水自然与诗、禅、琴乐等量齐观,无非使我适意。因此,在白居易田园闲适诗中,自然风物之体味不深,倒是田园生活风情得到铺张。王维虽然也时有科头箕坐、弄琴把卷的生活描写,但点到辄止。白居易则乐此不疲,娓娓道来。试看《夏日闲放》:

> 时暑不出门,亦无宾客至。
> 静室深下帘,小庭新扫地。
> 褰裳复岸帻,闲傲得自恣。
> 朝景枕簟清,乘凉一觉睡。
> 午餐何所有? 鱼肉一两味。
> 夏服亦无多,蕉纱三五事。
> 资身既给足,长物徒烦费。
> 若比箪瓢人,吾今太富贵。

末句是与颜回比较。颜子一箪食、一瓢饮,能不改其乐,相形之下,白氏已太富贵了。诗颇有记流水账之嫌,风格与王绩《在京思故

园见乡人问》相似,但王绩"每事问"的内容以"经移何处竹？别种
几株梅？渠当无绝水？不计总成苔"之类景物为主,白氏则絮絮叨
叨成一部"起居注"。再将白氏《晚起闲行》与王维《春园即事》作个
对比：

<table>
<tr><td align="center">晚起闲行</td><td align="center">春园即事</td></tr>
<tr><td align="center">白居易</td><td align="center">王　维</td></tr>
<tr><td align="center">皤然一老子，</td><td align="center">宿雨乘轻屐，</td></tr>
<tr><td align="center">拥裘仍隐几。</td><td align="center">春寒着弊袍。</td></tr>
<tr><td align="center">坐稳夜忘眠，</td><td align="center">开畦分白水，</td></tr>
<tr><td align="center">卧安朝不起。</td><td align="center">间柳发红桃。</td></tr>
<tr><td align="center">起来无可作，</td><td align="center">草际成棋局，</td></tr>
<tr><td align="center">闭目时叩齿。</td><td align="center">林端举桔槔。</td></tr>
<tr><td align="center">静对铜炉香，</td><td align="center">还持鹿皮几，</td></tr>
<tr><td align="center">暖漱银瓶水。</td><td align="center">日暮隐蓬蒿。</td></tr>
<tr><td align="center">午斋何俭洁，</td><td></td></tr>
<tr><td align="center">饼与蔬而已。</td><td></td></tr>
<tr><td align="center">西寺讲楞伽，</td><td></td></tr>
<tr><td align="center">闲行一随喜。</td><td></td></tr>
</table>

两人同样爱自由无拘的隐栖生活,但兴趣所在有所不同：白氏
津津乐道的是慵闲知足的适意生活,关注的焦点在生活方式,礼佛
参禅只是这一生活方式中的一部分；王氏赏玩体味的是与庄园自然
景物结合在一起的生活本身,诗中没提到禅,但禅宗与道家的无为、
随缘便在白水红桃、林端草际。

看来,用独立自足的自然景物的画面来显露诗意,并不是所有接
受禅宗思想影响的诗人采用的方法。关键还在是否用禅宗独特的思
维方式,这才是王维与白居易田园闲适诗风格迥异的深层原因。

禅宗认为,靠日常的逻辑是达不到真理的,只有从逻辑甚至日常语法中解脱出来,才有可能获得真理。他们经常采用答非所问式的教学:

> 问:如何是祖师西来意?
> 答:日里看山。

回答的意思是说:禅宗初祖达摩西来中土传布佛教的来意本来分明,只有不去看的人才看不见。又如:

> 问:如何是佛法大意?
> 答:西南看北斗。

回答的意思是:北斗只能北看,西南当然看不到,但一旦回头,北斗不就在你的对面? 这是叫人回头即是。他们反对“A 是 A”的逻辑,讲究“A 是非 A”或“A 是 B”的命题,重点在泯灭矛盾对立双方的差别,如死即生,生即死,虽死而生,等等。他们还喜欢用这种“A 是 B”的思维,让景物来蕴含某种道理,如:

> 问:如何是佛法大意?
> 答:春来草自青。

佛法好比春来草青一样自然、充满生机,不必论证。这叫“机锋”,这叫“单刀直入”。你明白了吗? 明白了就叫“悟”。王维的田园山水诗往往用禅宗这种思维方式,讲究即情即景,景就是情,情就是景,让直觉经验代替演绎、分析、议论。这是王维名篇《酬张少府》:

> 晚年唯好静,万事不关心。
> 自顾无长策,空知返旧林。
> 松风吹解带,山月照弹琴。
> 君问穷通理,渔歌入浦深。

末一联像是禅宗的问答。改作如下形式:

> 问:如何是命运穷塞和通显的道理?
> 答:听,渔歌已悠悠入浦中,渐去渐远。

不过我们还是可以从上溯的画面里得到更明确的答案的。"松风吹解带,山月照弹琴"是山水小品的好题材。因散漫,故宽衣松带,风一吹,带便解开了。这是慵闲无拘的田园隐者常见的形象,在懒散中见其无忧无虑。山月照弹琴是自我欣赏,是寂灭的境界。此联活画出栖隐者散朗的风神。这就是对穷塞通显人生采取的无所谓的态度,又叫"随缘任运"。虽然再上溯,犹可感到报国无门的一点愤懑("自顾无长策"是古人惯用的反语),至此已自我化解了。如果说我们的这段头头是道的分析未免有悖于作者非演绎性之初心,那么我们不妨再另录一首小诗,请读者自己"悟入"好了。这首是《临高台送黎拾遗》:

> 相送临高台,川原杳何极。
> 日暮飞鸟还,行人去不息。

我只提示一句:日暮倦鸟尚且知还,行人何为还要奔波?
韦应物也善于此道,你看他写《登楼》:

> 兹楼日登眺,流岁暗蹉跎。

> 坐厌淮南守,秋山红树多。

你要问为何"坐厌淮南守"吗?看,对面秋山上遍野的红树是如此撩人。在萧瑟而美丽的秋山红叶里,恐怕正蕴含着诗人思乡之情,也蕴含着对官场的厌恶,甚至还蕴含着"时不我与"的悲怆。再读这首《夜望》:

> 南楼夜已寂,暗鸟动林间。
> 不见城郭事,沉沉唯四山。

暗鸟动林间,恐怕是诗人的直觉经验。但沉沉夜色中仍有生机在,正好与"不见城郭事"相联系,显示出山中的独立自足。韦应物这手即情即景的功夫有时实在是直逼王维,试读名篇《赋得暮雨送李胄》:

> 楚江微雨里,建业暮钟时。
> 漠漠帆来重,冥冥鸟去迟。
> 海门深不见,浦树远含滋。
> 相送恨无限,沾襟比散丝。

好一幅江南烟雨图!是雨丝?是情思?都在帆来鸟去、烟树暮钟之中。韦应物还有不少诗,如《秋夜寄丘二十二员外》的"空山松子落,幽人应未眠";《寄全椒山中道士》的"落叶满空山,何处寻行迹",其诗情、画意、禅趣,都不让王维。

将诗情、画意溶于禅趣,是唐代田园山水诗人的创新。它是田园诗这棵常青树的树梢,离开庄园生活的土壤距离更加远了,但它毕竟还是从这片土地生长起来的。

第三节　"象 外 之 象"

一

　　田园诗已瓜熟蒂落,该是做总结的时候了。唐末田园诗人、诗论家、庄园主司空图是个合适的人选。有人将司空图的诗论专著《二十四诗品》誉为"第十个文艺女神",是世界艺术批评史上的一个奇迹。诗品何以分二十四品? 肖弛认为,司空图是以天时变化的二十四节气为线索,作为他的《诗品》的潜在结构,"由'雄浑'入而读《二十四诗品》,就如同步入扬州个园,那四季假山,在一定空间中堆叠,从满园石笋到惨淡如睡的宣石山子,却在悄悄展示时间的绵延"。(《中国诗歌美学》)

　　我喜欢这个比喻。因为我由"雄浑"入而读《二十四诗品》时,的确有步入园林之境的感觉,使人流连忘返。不过,我觉得所游并非扬州的个园,而是辋川庄,又仿佛是大观园。二十四品有:雄浑、冲淡、纤秾、沉著、高古、典雅……好比辋川庄有孟城坳、华子冈、文杏馆、斤竹岭、鹿柴、茱萸沜……大观园有怡红院、稻香村、潇湘馆、秋爽斋、蘅芜院……

　　第一品曰"雄浑":"大用外腓,真体内充。返虚入浑,积健为雄。具备万物,横绝太空。荒荒油云,寥寥长风。超以象外,得其环中。持之非强,来之无穷。"这一品表现了我民族"体用不二"的传统哲学精神。内容与形式是不可分离的整体,韵味正是从这个整体中发生。也就是说,这一品强调的是浑成的整体,要求以充实的内容为体,多变化的形式为用。而充实的内容要靠积累才能至大至刚,又不能堆砌填实,只有空灵变化才能入于浑然的境界。好比那充塞天地包涵万物之气,独来独往,无边无际,化作那浑沦一气汹涌鼓荡的风云。这就是雄浑的境界。它超乎迹象之外,却能在虚静处得道理之圆足。追索不必勉强,来时却浩然无穷。清人论《诗品》,认为"雄浑具全体",又说:"中间诸品皆《雄浑》之所生。"显然,"雄浑"所论的体用关系,是全篇的总纲目,好比《红楼梦》写大观园景观,开门处"只见一带翠嶂挡在面前",园中多少景致、多少人物,都隐没在这翠嶂之后。

第二品曰"冲淡":"素处以默,妙机其微。饮之太和,独鹤与飞。犹之惠风,荏苒在衣。阅音修篁,美曰载归。遇之匪深,即之愈稀。脱有形似,握手已违。"有人这样翻译道:

> 默默然淡泊地自安自处,巧妙地领悟那道家精微。就好像呼吸着冲和之气,与幽独的白鹤展翅齐飞。又好像竹林里听罢鸣琴,情舒意惬地踏上了归路。这时候有阵阵和风吹来,轻轻地拂动着我的衣服。自然的遇合不在深究,勉强去追求反而希微。即使偶尔有形式近似,表面纵然相接,精神却已远离。

说实在的,能将司空图如此精微怡悦的文字翻译成这个样子,已经是难能可贵了。但我还是要说,与司空图飘忽空灵的旨意仍有一定的距离。由于司空图《诗品》主要是用自然景象与人物风神所构成的某种意境类型去拟摹某种诗歌风格所具有的意境类型,所以必须特别小心处理其整体效果,保留其意境的完整性及其多层次的启发性。如"饮之太和,独鹤与飞",翻译成"好像呼吸着冲和之气,与幽独的白鹤展翅齐飞",便失去了多义性,使人只能朝一个方向联想。原文"饮之太和"是一个境界,"独鹤与飞"又是一个境界,之间若即若离,似断似连。且"呼吸"二字是吐纳之动作,主体性太强,与"饮之太和"那种融身大化之中,毕竟不同。"饮",给人一种沉浸其中的神态,好似陶渊明"采菊东篱下,悠然见南山","见"比"望"更能体现诗人的无心、与物齐一的神态。以下惠风荏苒"在"衣,竹林中"阅"音,也同样有物我同一的意味。古典诗歌语言的简练,及其语法上词汇有很强的独立性,这些特点使翻译成现代白话文有极大的困难。要深入体味《诗品》,只能在其意境上下功夫。

我想,咱们不必刘姥姥游大观园似的一处处探头,还是就本书要说的"庄园文化"浏览一下吧。先摘录有关的意境描绘:

> 采采流水,蓬蓬远春,窈窕深谷,时见美人。碧桃满树,风日水滨,柳荫路曲,流莺比邻。(《纤秾》)

其中意境既来自司空氏对人生哲学的体认,也来自他对诗歌创作的体会,更来自他对王官谷庄园生活环境的直接体验。在他的诗歌创作中有类似的境界:

> 春来渐觉一川明,马上繁花作陈迎。
> 掉臂只将诗酒敌,不劳金鼓助横行。
> 　　　　　　　　(《力疾山下吴村看杏花》)

> 伏溜侵阶润,繁花隔竹香。
> 娇莺方晓听,无事过南塘。
> 　　　　　　　　　(《春中》)

> 绿树连村暗,黄花入麦稀。
> 远陂春草绿,犹有水禽飞。
> 　　　　　　　　　(《独望》)

> 孤枕闻莺起,幽怀独悄然。
> 地融春力润,花泛晓光鲜。
> 　　　　　　　　　(《杂题》)

司空图正是以他的直接经验为基础,来创构他心目中诗歌风格的意境类型。其中包括有庄园生活的种种体验：

绿林野屋，落日气清。脱巾独步，时闻鸟声。（《沉著》）

月出东斗，好风相从。太华夜碧，人闻清钟。（《高古》）

玉壶买春，赏雨茅屋。坐中佳士，左右修竹。白云初晴，幽鸟相逐。眠琴绿阴，上有飞瀑。落花无言，人淡如菊。（《典雅》）

空潭泻春，古镜照神。体素储洁，乘月返真。载瞻星气，载歌幽人。（《洗炼》）

雾余水畔，红杏在林。月明华屋，画桥碧阴。金尊酒满，伴客弹琴。（《绮丽》）

幽人空山，过雨采蘋。（《自然》）

明漪绝底，奇花初胎。青春鹦鹉，杨柳楼台。碧山人来，清酒深杯。（《精神》）

水流花开，清露未晞。要路愈远，幽行为迟。（《缜密》）

筑室松下，脱帽看诗。但知旦暮，不辨何时。倘然适意，岂必有为？（《疏野》）

娟娟群松，下有漪流。晴雪满汀，隔溪渔舟。可人如玉，步屟寻幽。载瞻载止，空碧悠悠。神出古异，淡不可收。如月之曙，如气之秋。（《清奇》）

登彼太行，翠绕羊肠。杳霭流玉，悠悠花香。（《委曲》）

忽逢幽人，如见道心。清涧之曲，碧松之阴。一客荷樵，一客听琴。（《实境》）

萧萧落叶，漏雨巷苔。（《悲慨》）

467

> 乱山乔木,碧苔芳晖。(《超诣》)

> 落落欲往,矫矫不群。缑山之鹤,华顶之云。高人惠中,令色绷缊。(《飘逸》)

> 为何尊酒,日往烟萝。花复茅檐,疏雨相过。倒酒既尽,杖藜行歌。(《旷达》)

景,无非空山群松、碧涧烟萝;人,尽是畸人、高人、幽人;其情趣,则脱帽看诗、茅屋赏雨、步屧寻幽、伴客弹琴。这些"零件",不但常见诸司空氏诗中,更泛见于陶潜、王绩、王维、韦应物这批田园诗人的作品中。事实上,司空图是以这些田园诗中常见的"零件",组装成幻境,来摹拟诗歌风格的意境类型——至少《诗品》中大部分是如此。

分析《二十四诗品》的"风格学"、"创作论"之前,我们已感觉到了它与田园生活之间的某种血缘。

二

前人解"冲淡"品有云:

> 此格陶元亮(潜)居其最。唐人如王维、储光羲、韦应物、柳宗元亦为近之,即东坡所称"质而实绮,癯而实腴,发纤秾于简古,寄至味于淡泊"。要非情思高远,形神萧散者,不知其美也。

不管解说者是否自己意识到,他已道出风格与诗人、读者的精神面貌之间的密切关系。审美情趣,是作者与读者之间在作品中沟通心灵的甬道。也就是说,审美情趣是作者与读者的契合点,作品因之获得读者,为其所接受,并影响读者。上面所引这段话,认为陶、王、储、韦、柳诸人借冲淡的风格传达出高远的情思、萧散之形神,只有懂得这种情趣的人,才能懂得陶、王诸人诗中冲淡之美,要不就"不知其美也"。西方有"风格即其人"的说法,我国也有"文如其人"的说法,都是承认风格与人格的直接关系。事实上,也就包括了对风格与人的生活态度之间密切关系的肯定。以此眼光返照上节所引《二十四诗品》中大量高人、幽人在栖隐生活中的种种情趣,便可对司空图摹拟的种种诗歌风格境界有所领悟。就以"冲淡"品为例而言,正如上节所云,这一品用"饮之太和,独鹤与飞。犹之惠风,荏苒在衣。阅音修篁,美曰载归"的诸多境界,不断叠加一个印象:诗人与物齐一的心态。冲和之气而曰"饮",独鹤孤飞却曰"与",惠风荏苒而曰"在",竹篁有音而曰"阅"。这些词的谨慎选用,都意在避免主观性太强,尽量显出"无心"的神态,置身于景物之中,与之同一。汤用彤作《言意之辨》,指出:

> 魏晋名士之人生观,既在得意忘形骸。或虽在朝市而不经世务,或遁迹山林,远离尘世。或放弛以为达,或佯狂以自适。然既旨在得意,自指心神之超然无累。

"魏晋风度"自然是"形神萧散"得很,但这无非是其"得意忘形骸"的人生观在生活方式上的一种表现而已。魏晋人定下的这个调子,后来的士大夫老接着唱,唱个没完。于是乎"积淀"成士大夫的一种"集体无意识",即以"形神萧散"作为"冲淡"的人格美。而这种"形神萧散"、"超然无累",则要在栖隐生活中求之。就让我从唐代田园诗中采撷一把例证吧:

> 清昼犹自眠,山鸟时一啭。
>
> 散发时未簪,道书行尚把。

松风吹解带,山月照弹琴。

倚杖柴门外,临风听暮蝉。

科头箕踞长松下,白眼看他世上人。

（以上王维）

清涧日濯足,乔木时曝衣。

安坐看沉浮,素发随风扬。

垂钓绿湾春,春深杏花乱。

日与南山老,兀然倾一壶。

东岭或舒啸,北窗时讨论。

（以上储光羲）

聊舒远世踪,坐望还山云。

没露摘幽草,涉烟玩轻舟。

虽居世网常清净,夜对高僧无一言。

幽径还独寻,绿苔见行迹。

聊披道书暇,还此听松风。

（以上韦应物）

昨夜前溪骤雷雨,晚晴闲步数峰吟。

娇莺方晓听,无事过南塘。

旧居留稳枕,归卧听秋钟。

永日无人新睡觉,小窗晴暖蝎虫飞。

雨洗芭蕉叶上诗,独来凭槛晚晴时。

（以上司空图）

诗人们所展示的,是"形神萧散"、"超然无累"的栖隐生活。

司空图正是由栖隐情趣来体现人格精神的境界,再由此境界追摹诗歌风格的艺术境界。后人也不负其苦心,以意逆志来解其"冲淡"品,才有了上引那段话头,也算是"知音"了。

这里涉及一种古老的思维方式,有人称之为"直觉思维",有人称之为"经验思维",要之是一种介于形象思维与逻辑思维之间的思维方式。这种思维方式与在小农经济基础上产生的"天人合一"的世界观有着必然的联系。在大自然面前小农经济只能慨叹于"谋事在人,成事在天",而追求"人心通天"的境界。小农经济使人的目光落在日出而作,日入而息,春种秋收,四季轮回的节奏上。因此,对事物的认识不是通过分析推理得出因果逻辑,而是天人合一,在体验中去直觉了悟,作经验类比,找出新的适应,与环境融洽。所以这种思维过程总伴随着形象因素,主客观浑然一体。重要的是类比而不是分析。司空图正是以这种思维方式,在生活经验与诗歌风格之间找出了关联点。也正因此而田园栖隐生活之经验对《二十四诗品》有着更直接的影响。

田园栖隐经验有两种,其一是直接经验,如王维在辋川庄的生活,优游其间,深入体验、玩味。其二是"虚化"了的经验。这种经验虽然从第一种经验中来,但已是"印象",是想象、回忆,及他人作品中来,理想的成分多。如韦应物、白居易的将衙门当庄园看便是。他们也有田园栖隐的实际经验,但更多的已是想象中将周围环境"改造"成庄园也似的环境,我称之为"虚化"。这种经验是主观想象与客观存在的融合,是由客观的观察到主客观结合的体验,再进而达到艺术境界的创造。北宋画家兼画论家郭熙在《林泉高致》中对这一虚化过程有明确的表述:

　　苟洁一身,出处节义斯系。岂仁人高蹈远引,为离世绝俗之行,而必与箕颖埒素,黄绮同芳哉。(徐复观解说云:按以上乃言山水虽宜于隐逸,而士大夫不必皆为隐士。)

　　然而林泉之志,烟霞之侣,梦寐在焉,耳目渐绝。(徐复观解说云:按此言人之处境虽不必为隐士,而人之用情实又不能无高蹈之思。故身在庙堂,仍有山水之慕恋。)今得妙手,郁然出之。不下堂筵,坐穷泉壑。猿声鸟啼,依约在耳;山光水色,滉漾夺目;此岂不快人意,实获我心哉。

中国画家不必夹画板对山水作素描,只要多历览,深有体会,便可称"搜尽奇峰打草稿"了。既不凭空想象,又不亦步亦趋,是笪重光《画筌》所说:"真境逼而神境生。"真境愈逼真,就愈能逗人遐想,于诗中画外感到别有世界。方士庶《天慵庵笔记》说:

　　山川草木,造化自然,此实境也。因心造境,以手运心,此虚境也。虚而为实,是在笔墨有无间,衡是非,定工拙矣……故古人笔墨,具见山苍树秀,水活石润,于天地之外别构一种灵奇。

"天地之外别构一种灵奇",就是要对实境深有体验,才能"虚而为实",造成天地外的艺术境界。这些画论家都很空灵地表达了真实之境与艺术之境相互间的关系。西方现代符号论美学家苏珊·朗格在其名著《情感与形式》中认为:

　　诗人务求创造"经验"的外观,感受和记忆的事件的外貌,并把它们组织起来,于是它们形成了一种纯粹而完全的经验的现实,一个虚幻生活的片断。

　　诗歌为生活的基本幻象。诗歌的第一行就建立起经验的外表,生活的幻象。所以读者刚一入读就立即面临着经验的虚幻秩序。

为了说明普遍生活经验与诗歌虚幻经验之间的关系,苏珊·朗格还举韦应物诗《赋得暮雨送李曹》一首为例。韦诗如下:

> 楚江微雨里,建业暮钟时。
> 漠漠帆来重,冥冥鸟去迟。
> 海门深不见,浦树远含滋。
> 相送情无限,沾襟比散丝。

"李曹",《全唐诗》题作"李胄",题下注:"一作渭。"苏珊·朗格分析道:这不是关于李曹离去的报导,它芟除了常识意义上的诸多事宜,如友人何往、行程几何等,创造了一个全然主观的境况。洒落江上、帆上、树上的雨,最后化为泪珠。雨水淋沐着整首诗,几乎每一行都染上了雨意。结果其他细节如钟声、依稀难辨的飞鸟、视野外的海门,均溶入雨中,凝成全诗为之泪下的深情厚谊。友人、雨、江、声响、别离都是诗的因素,诗中之所言以及所未言都赋予事件与地点以自己的特征。

> 诗中的每一件事都有双重性格:既是全然可信的虚的事件的一个细节,又是情感方面的一个因素。

所论也是实境与艺术幻境之间的关系。看来,东西方、古今人对客观景象与艺术形象之间关系有着许多共同的语言,都对此与艺术本质有关的问题投入极大的关注。苏珊·朗格所说"诗中的每一件事都有双重性格",不由使我们想起司空图论诗有云:"象外之象,景外之景。"邻壁之光,可以借照。让我们就从生活经验与虚幻经验这一角度切入,重新观照司空图那"象外之象"的古老而神秘的论题。

三

司空图论诗主旨,在所谓"三外",即"味外之旨"、"韵外之致"、"象外之象,景外之景"。先录有关言论如下:

> 文之难,而诗之尤难。古今之喻多矣,而愚以为辨于味而后可以言诗也。江岭之南,凡足资于适口者,若醯非不酸也,止于酸而已;若鹾非不咸也,止于咸而已。中华之人所以充饥而遽辍者,知其咸酸之外,醇美有所乏耳……王右丞、韦苏州,澄淡精致,格在其中,岂妨于道学哉!贾阆仙(岛)诚有警句,然视其全篇,意思殊馁。大抵附于蹇涩,方可致才,亦为体之不备也,矧其下者哉!噫,近而不浮,远而不尽,然后可以言韵外之致耳。(《与李生论诗书》)

> 盖绝句之作,本于诣极。此外千变万状,不知所以神而自神也,岂容易哉!足下之诗,时辈固有难色;倘复以全美为上,即知味外之旨矣。(《与李生论诗书》)

> 戴容州(叔伦)云:诗家之景,如蓝田日暖,良玉生烟,可望而不可置于眉睫之前也。象外之象,景外之景,岂容易可谈哉!(《与极浦书》)

文学批评史家郭绍虞指出:司空图是以这种韵外之致、味外之旨的标准论各种风格的。如《二十四诗品》论雄浑,谓"超以象外,得其环中";论冲淡,谓"遇之匪深,即之愈稀";论纤秾,谓"乘之愈往,识之愈真";论沉著,谓"所思不远,若为平生",云云。这些都是重在"味外之旨"的意思,所以要研究《诗品》就得讨论这一中心问题。

许多专家已经这样做了。大略说来,所谓"味外之旨",当是指诗歌语言所焕发出来的情趣意味。早在梁朝时,钟嵘《诗品》就提出:"五言居文词之要,是众作之有滋味者也。"又说:"文已尽而意有余,兴也。"司空图也称:"近而不浮,远而不尽,然后可以言韵外之致耳。"可见以味言诗不算是司空图的独创,它只是先民"近取诸身"的喜用类比的经验思维的一种应用。独创之处我认为在"象外之象",很明确地将"象"分为两个层次。只有能从第一个"象"引发出第二个"象",这才能得"味外之旨"、"韵外之致"。罗宗强认为:"象外之象"的第一个象是指诗中易于感受到的具体形象,有形有色,是明晰的画面。后一个"象"借助于读者的联想呈现出来,更飘忽、空灵。以王维《辋川闲居赠裴秀才迪》诗为例:

> 寒山转苍翠,秋水日潺湲。
> 倚杖柴门外,临风听暮蝉。
> 渡头余落日,墟里上孤烟。
> 复值接舆醉,狂歌五柳前。

夕阳下群山更显得郁郁苍苍,倚杖唯闻蝉响,举目但见渡头落日、墟里孤烟。诗境如水墨画,炊烟之白与群山之苍苍,色阶对比强烈而和谐。这个情景交融的画面就是第一个"象"。从这个"象"中,读者可得到多重感受。如着重于感受其宁静之美者,可由"渡头余落日,墟里上孤烟"想象出全画色阶最明亮之渡口返照处,有三三两两之山中归人,宁静中有生活之喧闹;于色阶次亮之炊烟下,可想象出三两屋角,宁静而无寂寞之感,全幅暮色朦胧的水墨画面充满宁静中的生之乐趣。另有些读者,亦可着重于感受诗中苍茫寂寞的一面,则可呈另一重意境。

这样的确颇能说明"景外之景"的含义:第一重景是实景,第二重景是想象之景,是艺术作品引发读者联想之景。不过,"象外之象"还可以更进一层来说明。"象",是个很有点老资格的概念了。《周易·系辞上》说:"在天成象,在地成形,变化见矣。""象"可包括形,但比形的涵盖面更广、更空灵。故除"形象"之外,还有"意象"、"气象"、"兴象"之类构词方式。王弼《周易略例·明象》说:

夫象者,出意者也;言者,明象者也。尽意莫若象,尽象莫若言。

言描绘"象","象"表达意,言、意、"象"互为依存。"象",有哲学之象与文学之象。前者重在达意,故强调要"忘象",要"见月忽指",要"到岸舍筏","象"只是"路标",不是目的地。后者不离"象","象"就是文学本身所在,不是过客之旅亭,而是哭斯歌斯的聚骨肉之家室,要令人一见则刻骨镂心永志不忘。不过,中国诗人们对文学之象往往要求兼具哲学之象富有暗示性的品格。所以司空图引戴叔伦的话说:"诗家之景,如蓝田日暖,良玉生烟,可望而不可置于眉睫之前也。"托名王昌龄的《诗格》也说:诗中之景"是犹如水中见日月",都强调艺术形象与现实形象之间不即不离的关系。如果说西方现代美学家苏珊·朗格强调的是"诗歌为生活的基本幻象","诗人务求创造'经验'的外观,感受和记忆的事件的外貌";那么东方古代诗论家司空图的"象外之象,景外之景"强调的则是经验、感受、记忆必须虚化为诗人自家创构之艺术世界,从具体事物及其经验中焕发出情趣意味来。则《二十四诗品》所谓的"高人惠中,令色绸缪"、"离形得似"、"意象欲出"、"生气远出"、"脱有形似,握手已违"、"超以象外,得其环中"云云,"由外到内"与"由内到外"两个不同的角度都说明了现实形象与艺术形象之间不即不离的关系,合观之则臻厥美。如果我们也从司空图的立场来看上节所引韦应物《赋得暮雨送李曹》诗,便有了一个新的阐释的视角:韦应物善于将暮钟浦树、帆来鸟去的实际生活经验通过雨帘造成审美距离，使"经验"幻化为"境界"，创构出韦应物自己含情脉脉的新天地：江树、暮钟、帆、鸟……一切交织在雨丝中，也是交织在作者的离情别绪中——客观上哪有这样专为诗人而设的雨世界？ 因之我们可以进一步理解司空图的"象外之象，景外之景"不应是两个象、两种景。正如苏珊·朗格所说的"诗中的每一件事都有双重性格"，象，仍是一个象；景，还是一个景。只是一月在天，可映出万川水中之月！一个景象，可因蕴含的不同情意而幻化出几许境界与韵味！景象虽然"俯拾即是"，但要经过诗人"万取一收"的筛选，让它们合于诗人的意愿，呈露出有相同倾向的某一个面，形成所谓的"视觉和弦"，从而影响于读者。以此，我们来重新观照王维《辋川闲居赠裴秀才迪》诗。中间两联的画面是：

> 倚杖柴门外，临风听暮蝉。
> 渡头余落日，墟里上孤烟。

山中群息万千，诗人只让我们"听暮蝉"。一个"余"字又将渡头的万象隐去，好比舞台上的灯光只打在主角儿身上，我们只感受到落日的余晖。接着，墟里升起一股袅袅的炊烟，吸引了我们的目光。山中暮色的万千景象，经过诗人的剪裁，只剩下如此明净的几件，都以宁静的一面呈现在我们的耳目之前。不觉中，我们随诗人的意愿，见到、听到他要我们见到、听到的事物。根据我们不同程度的审美经验与阅读水平，还有心绪、修养，我们接受着诗人的审美情趣。我们并没有企图离开诗人提供的画面去另建一个场景，至少是没有走出诗人的画面多远，便要止步回头流连忘返。我还要再次引用禅宗这段话头：

> 老僧三十年前来参禅时，见山是山，见水是水；及至后来亲

见知识,有个入处,见山不是山,见水不是水;而今得个体歇处,依然见山是山,见水是水。

"象外之象"也似乎有这么个"三部曲":先感受到的是诗人真实的生活经验,再引起自家联想,糅进自家的审美经验与兴趣,最后还是要回到作者描写的具体形象上来,体味其中的意味。不过,这回看似"依然见山是山,见水是水",象还是原来的象,但这回所感受到的诗人的"真实"经验,早已掺和着读者的经验,是一个新的"象",一个似乎与作者原来的象重合的,实际上却已经是诗人、读者共同创构的象,是之谓:"象外之象。"

司空图之所以能觉察到"象"的两重性格,与其生活经验不无关系。以前所论,盛唐人写田园诗,多得自庄园优游的直接经验,无非实境;中唐人写田园诗,因战事频仍,争斗惨剧,故大都只能是坐衙门而梦青山;至晚唐人写田园诗,时当帝国败亡之际,虽庄园不得逃其荒废,所以诗人往往以虚幻的造境来自我消遣。司空图正是如此,他的王官谷虽然在战火中经历过破败,也有正视现实的"四望交亲兵乱后,一川风物笛声中"、"乱来已失耕桑计,病后休论济活心"之类诗句,但王官谷比起洛阳、长安,毕竟要少历战火,他更愿意在心灵一角去苦心经营其"尽日无人只高卧,一双白鸟隔纱厨"之类的幻美世界。作为个中人,他深知他所创构的"雨微吟足思,花落梦无憀"、"棋声花院闭,幡影石坛高"之类的境界与现实之间是一种什么样的关系。正因为此,他不难觉察到诗中的景象可以有双重性格。也就是说,田园诗由实境的描绘走向幻境的创构,是司空图诗论的催生婆,没有这一重大变化,"象外之象"、"韵外之致"、"味外之旨"的理论将会延迟她的产期。反过来也可以这么说:司空图诗论的诞生,是田园诗瓜熟蒂落的标志,虽然她将超越田园诗的范围而具更为普遍的意义。

结　语

　　优秀的诗歌好比精美的苏绣，哪怕是单纯的白孔雀，也要由百千种色阶微别的丝线交织而成。因此，想在千差万别、经纬错综、林林总总的因果之网中单理出唐诗与庄园文化之间因果关系的头绪来，犁然有序地陈述其间来龙去脉，才薄如我，奈何，奈何！

　　好在庄园文化与田园诗的联系，与其他文化因子与诗之关系要相对直接、浅显些。然而，这种关系毕竟还是草蛇灰线，摸实不得。既不可半空中摇铃，又不宜棒打石人头，虚不得，实不得。笔者因而拟以半虚半实的"虚线"来描画轨迹，大略如是：

　　均田制瓦解、庄园经济普遍化……庄园成为盛唐士大夫文人重要的文化生活场所，形成"诗意的居住"……在优游庄园的生活中产生具有普遍意义的审美趣味……历史环境的变迁使士大夫文人虽仍沉湎于庄园生活之情趣，但具体经验已更多地虚化为精神上的向往而存留在士大夫生活态度之中……庄园文化通过社会心理化作具有时代意义的审美理想，在佛教禅宗与道家玄学思维方式的催化下，凝成了诗歌理论与创作上对"韵外之致"的追求。它从田园诗创作实践中萌发，却超越其界限，成为中国古典诗歌的一个重要品格。

1992 年夏秋之交于面壁斋